L'ÉTÉ DES LOUPS

"Actes noirs"

DU MÊME AUTEUR

LA SÉRIE SEBASTIAN BERGMAN,
CO-ÉCRITE AVEC MICHAEL HJORTH

SECRETS, Éditions du Rocher, 2012.
CELUI QUI N'ÉTAIT PAS UN MEURTRIER, paru sous le titre *DARK SECRETS*, Éditions Prisma, 2013 ; Babel noir n° 267.
LE DISCIPLE, Éditions Prisma, 2014 ; Babel noir n° 270.
LE TOMBEAU, Éditions Prisma, 2014 ; Babel noir n° 273.
LA FILLE MUETTE, Actes Sud, 2018 ; Babel noir n° 243.
RECALÉ, Actes Sud, 2019.
JUSTICE DIVINE, Actes Sud, 2021.

Titre original :
Vargasommar
Éditeur original :
Norstedts, Stockholm

ISBN 978-2-330-16634-2

HANS ROSENFELDT

L'Été des loups

roman traduit du suédois
par Rémi Cassaigne

ACTES SUD

Couchée sur le flanc, parmi la mousse et les buissons.

Les moustiques sifflaient autour de sa tête. Respiration pénible, à quelques souffles de perdre conscience. L'œil vers le ciel, les nuages légers aux bordures roses et orangées.

C'était la saison chaude. La lumière éternelle.

Elle sentait la puanteur de l'infection depuis plusieurs jours, mais ce n'était pas ça qui allait la tuer. Pas non plus la faim. Elle avait mangé jusqu'à satiété. Pour la première fois depuis longtemps.

La plaie refusait de cicatriser, malgré tous ses efforts pour la nettoyer. Le mal et la chaleur étaient remontés dans sa patte. La meute s'était adaptée à son rythme. Un temps. Trois de ses petits avaient suivi les autres mais le plus faible était resté avec elle. Condamné à sa perte.

Elle ne pouvait plus chasser, il n'avait pas encore appris.

Les jeunes élans, proies faciles durant la saison lumineuse, étaient hors d'atteinte. Même le petit gibier lui échappait. Il était trop tôt pour les baies qui pouvaient légèrement calmer la faim en cas d'urgence. Hier, ils avaient trouvé un peu de viande, partiellement enfouie, dont l'odeur lui avait instinctivement ordonné de fuir, mais qui leur avait donné la force de continuer. Jusqu'à ce rocher plat à l'orée de la forêt où ils en avaient trouvé davantage. Beaucoup. De gros morceaux, plus qu'ils n'avaient pu en manger.

Et elle était repartie en boitant avec son petit, jusqu'à ce qu'il ralentisse, se mette à gémir, titube sur le flanc, bientôt incapable de se relever.

Elle était restée auprès de lui jusqu'à être certaine qu'il était mort, puis avait continué. Pas longtemps. Les crampes et les tremblements l'en empêchaient. Elle s'était effondrée dans la mousse, était restée étendue sur le flanc.

Dans la chaleur. Dans la lumière. La lumière éternelle.

Tout s'était passé comme prévu.

Pour commencer, selon le plan initial.

Arriver les premiers sur place, garer la jeep et la Mercedes noire côte à côte dans la clairière artificielle utilisée par les camions de débardage et les engins forestiers comme lieu de chargement et de manœuvre, capots tournés vers l'étroite route d'exploitation par laquelle ils étaient arrivés. Vitres baissées, seul le chant d'un oiseau nocturne brisait le silence absolu avant qu'un bruit de moteur n'annonce l'arrivée des Finlandais.

Une Volvo XC90, noire elle aussi, apparut. Vadim vit Artyom et Michaïl prendre leurs armes et descendre de la Mercedes en même temps que Liouba et lui de la jeep. Il aimait bien Liouba et pensait que c'était réciproque. Ils étaient plusieurs fois sortis boire des bières et quand on lui avait demandé avec qui elle voulait faire équipe, elle l'avait choisi, lui. Un instant, il envisagea de lui dire d'attendre dans la voiture, à l'abri, qu'il avait l'impression que ça pouvait mal tourner. Mais alors, que faire ensuite ?

Disparaître ensemble ? Vivre heureux jusqu'à la fin de leurs jours ?

Impossible quand elle aurait compris ce qui s'était passé : jamais elle n'agirait contre Zagorny. Elle ne l'aimait pas à ce point. Donc il ne lui dit rien.

La Volvo s'arrêta quelques mètres devant eux et les quatre Finlandais en descendirent. Tous armés. Ils regardèrent avec méfiance alentour tout en se dispersant.

Le tout en silence.

Le calme avant la tempête.

Le chef du groupe, un homme de grande taille aux cheveux ras, avec un tatouage tribal autour d'un œil, fit signe au plus petit et plus maigre, qui rangea son pistolet dans son holster, passa derrière la Volvo et ouvrit le coffre.

Jusque-là, c'était le plan initial.

À présent, le sien.

La balle du fusil muni d'un silencieux entra sous l'œil du Finlandais le plus proche de la voiture. La soudaine explosion d'os, de sang et de cervelle quand, l'instant suivant, le projectile ressortit à l'arrière du crâne fit aussitôt réagir instinctivement les autres.

Tous se mirent à tirer à peu près en même temps.

Tous sauf Vadim, qui se jeta à l'abri derrière la jeep.

L'homme au visage tatoué hurla et abattit aussitôt Michaïl de quatre ou cinq balles mortelles dans la poitrine. Artyom répliqua. Le tatoué reçut deux balles, tituba en arrière mais retrouva son équilibre et tourna son arme vers Artyom qui se jeta trop tard à l'abri derrière la Mercedes. Plusieurs balles le touchèrent à la jambe, en descendant à partir de la hanche. Hurlant de douleur, il atterrit sur le gravier sec. Sanglant, hurlant et tirant, le tatoué continua à avancer vers la Volvo, résolu à se sortir de là vivant. Une seconde plus tard, il tomba à genoux en gargouillant, lâcha son arme et pressa ses deux mains sur ce qui restait de son cou.

Quelque part, on tira d'autres coups de feu, on entendit d'autres cris.

Artyom se traîna en position assise tout en essayant maladroitement de stopper le sang qui jaillissait de sa jambe au rythme de sa pulsation cardiaque accélérée. On entendit alors une série de tirs et il se figea, son regard passant du désespoir au vide, ses lèvres formant quelques mots muets avant que sa tête ne tombe en avant sur le haut de son corps.

Le troisième Finlandais s'était jeté dans un fossé peu profond d'où il avait le champ libre sur les voitures garées. Une rafale concentrée de son fusil automatique avait touché Artyom à la chute des reins. Vadim réalisa qu'il devait lui aussi être entièrement visible et se jeta de l'autre côté de la jeep pour s'abriter derrière une des grandes roues. En atterrissant sur le côté de la voiture, il vit le plus petit des quatre Finlandais qui gisait à terre, mort.

Liouba n'était visible nulle part.

Une série de tirs retentit en provenance du fossé à l'orée des arbres, des balles s'abattirent sur l'enjoliveur et crevèrent le pneu. L'une d'elles traversa le caoutchouc et toucha Vadim au flanc, juste au-dessus de la fesse. La douleur lui traversa le corps comme un éclair blanc. Il ravala un cri entre ses dents, pencha le front contre son genou étendu en se faisant aussi petit qu'il pouvait. Quand, lentement, il souffla, il réalisa que la fusillade avait cessé.

C'était silencieux. Complètement silencieux.

Pas un mouvement, pas une voix, pas un cri de douleur ou de colère, pas un chant d'oiseau, rien. Comme si le lieu lui-même retenait son souffle.

Il glissa prudemment un œil derrière la jeep.

Aucun bruit. Aucun mouvement.

Lentement, lentement il leva la tête pour avoir une meilleure vue d'ensemble. Le soleil sous les cimes des arbres, au-dessus de l'horizon, la scène qu'il avait sous les yeux baignait dans cette douce lumière que seul produisait le soleil de minuit.

Lentement, il se mit debout, la balle s'était fichée dans des muscles et des tissus, mais ne semblait pas avoir touché d'organe vital. Il pressa la main sur la plaie. Du sang, mais rien d'impossible à bander.

"Liouba ?"

Elle était assise, adossée au pare-chocs arrière de la voiture des Finlandais, la respiration superficielle et saccadée, l'avant de son tee-shirt gris sous son blouson trempé de sang, son pistolet toujours dans sa main droite. Vadim examina ses blessures. Le sang en coulait régulièrement, aucune artère n'était touchée. Pas de bulles d'air, donc les poumons probablement intacts. Elle pouvait très bien s'en tirer.

"Qui a tiré ? demanda-t-elle hors d'haleine en saisissant le blouson de Vadim d'une main ensanglantée. Qui a commencé à tirer, putain ?

— Il est avec nous.

— Quoi ? Comment ça, avec nous ? Qui c'est ?
— Allez, viens."

Il lui prit doucement son pistolet, le glissa dans sa poche puis se releva et se pencha pour l'aider. La douleur et l'effort la firent grimacer mais elle parvint à se mettre debout. Il lui prit la taille, elle passa un bras sur ses épaules. Vadim la guida entre les voitures garées. Là où le Finlandais tatoué était tombé il s'arrêta, ôta doucement le bras de Liouba, cessa de la soutenir par la taille et s'écarta de deux grands pas.

"Pardon..."

Le regard de Liouba ne fut d'abord que pure incompréhension, puis elle réalisa ce qu'il avait fait, où il l'avait conduite, juste avant que la balle du fusil automatique muni d'un silencieux ne lui traverse la tempe en la jetant à terre.

Vadim pressa la main sur la plaie au bas de ses reins et s'étira en poussant un profond soupir.

Tout s'était passé comme prévu, malgré tout.

La ville s'éveille.

Comme elle le fait toujours. Comme elle l'a toujours fait.

La paix de Fredrikshamn en 1809. D'une simple signature, la Suède perdait un tiers de sa surface, un quart de sa population. L'Empire russe ayant obtenu la Finlande et par là Torneå, jusqu'alors le principal centre commercial de la région, la frontière tracée au milieu du fleuve, la Suède se retrouvait soudain sans aucune ville dans le secteur. Il en fallait une, tous étaient d'accord là-dessus, mais où ? Les propositions furent nombreuses, les discussions longues. Pendant qu'on essayait de se mettre d'accord, elle attendit patiemment, passant d'un petit village de quelques fermes à une bourgade avant d'être finalement nommée ville. En 1842, l'année de sa naissance.

Haparanda, d'après Haaparanta, le mot finnois pour Aspstrand.

De bonnes années s'ensuivirent, où elle grossit à s'en faire éclater la panse. Les périodes les plus fastes étaient celles où les autres étaient en difficulté. Être une ville neutre à la frontière d'un monde en guerre avait ses avantages. Plusieurs fois, elle s'était retrouvée la seule porte ouverte vers la Russie. Le trou d'une aiguille entre l'est et l'ouest.

Biens, lettres, marchandises, personnes.

Légaux, illégaux, vivants, précieux, dangereux.

Tous les trafics du monde transitaient par elle, quels qu'ils soient. Elle s'épanouissait. Prospérait.

Aujourd'hui, elle est un peu plus fatiguée. Elle s'est définitivement calmée. Lentement, elle s'étiole. Ce n'est en aucune façon une chute libre, mais les morts et les départs sont chaque année plus nombreux que les naissances et les arrivées.

Elle connaît ses habitants. Elle partage leurs vies, voit et sait. Se souvient et espère. Elle a besoin d'eux tous. Elle est une ville, n'existe que tant que des gens choisissent de vivre en elle. Comme un dieu qui cesse d'exister dès lors que plus personne ne croit en lui.

Aussi accueille-t-elle les nouveaux venus et pleure-t-elle les disparus, étendue silencieuse et patiente aux rives du fleuve éternel.

Les places de stationnement ne manquaient pas : Hannah choisit une de celles les plus proches du magasin Stadium, descendit de voiture et regarda alentour tout en remettant sa chemise dans son pantalon d'uniforme. En quittant l'hôtel de police, elle avait eu une bouffée de chaleur et, même si elle n'avait duré qu'environ une minute, elle avait encore le visage brûlant et le dos ruisselant de sueur.

Le temps n'aidait pas vraiment.

Treizième jour d'affilée avec une température supérieure à vingt degrés, exceptionnelle pour un mois de juin : c'était plus calme que d'habitude au centre commercial le long de l'E4, où une dizaine de boutiques s'alignaient en espérant recueillir les miettes de la force d'attraction d'Ikea. Aujourd'hui avec un succès mitigé, constata Hannah quand, après s'être machinalement retournée vers sa voiture, elle gagna en quelques pas l'entrée de l'enseigne sportive.

Dans la boutique, il faisait plus frais que dehors. De rares clients étaient dispersés entre les portants arrondis dont les pancartes annonçaient de quarante à soixante-dix pour cent de réduction sur les articles qu'ils présentaient. Hannah salua de la main la femme qui tenait la caisse. Elle ne la connaissait pas mais savait qui elle était. Tarja Burell, mariée à Harald, le petit frère de Carin, de l'accueil. La caissière répondit à son salut tout en faisant un signe de tête vers l'intérieur de la boutique. Hannah aperçut aussitôt celui pour qui elle était venue.

Un jeune homme, elle le reconnaissait lui aussi. Jonathan, surnommé Jonte, elle ne remettait pas pour l'instant son nom de famille, ce qui signifiait qu'il ne faisait pas partie des visiteurs les plus assidus des cellules de l'hôtel de police. Elle se dirigea vers les piles de cartons à chaussures disposées devant un mur où leur contenu était affiché. Le jeune homme avança en titubant vers un couple d'une trentaine d'années qui faisait de son mieux pour l'éviter, tout en refusant de lui donner la satisfaction de les mettre en fuite : ils essayaient donc tout simplement de faire comme s'il n'existait pas.

"Je peux vous parler ?"

Jonte se tourna vers Hannah. Si son visage blême et cireux et ses gestes saccadés ne lui avaient pas encore indiqué qu'elle avait affaire à un homme en grave état de manque, ses pupilles dilatées laissaient peu de place au doute. Héroïne, probablement. Ou Subutex. L'offre, et par là la consommation, avait explosé ces dernières années.

"Mais quoi ? s'offusqua le jeune homme en reniflant.

— Je voudrais juste vous parler, suivez-moi dehors.

— J'ai rien fait.

— On pourra toujours en discuter. Dehors."

Elle posa doucement la main sur son épaule. Il l'ôta si violemment qu'il perdit presque l'équilibre et dut reculer d'un pas pour éviter de tomber à la renverse.

"Fous-moi la paix. Je demande de l'argent, c'est tout, continua-t-il en dédramatisant d'un haussement d'épaules. La manche. C'est pas… c'est pas illégal.

— D'accord, mais quand on ne vous donne rien, vous faites quoi ?

— Hein ? Mais quoi ?"

Hannah le vit s'efforcer de fixer son regard papillonnant dans une expression interloquée.

"Vous menacez de les frapper.

— Ah oui, mais euh… je l'ai pas fait…

— Non, mais vous ne pouvez pas menacer les gens comme ça, alors maintenant suivez-moi."

Elle posa à nouveau légèrement la main sur son épaule, et sa réaction fut la même, un violent mouvement de recul qui semblait prendre totalement par surprise le reste de son corps.

"Dégage tes gros doigts boudinés !

— Pas de problème, dit Hannah en lâchant son épaule. Et vous me suivez dehors ?

— Oui, mais me touche pas."

Hannah fit un pas de côté et lui fit signe de passer devant elle. Mal assuré sur ses jambes, il se dirigea lentement vers la sortie. En passant devant un bac de slips de marque, il en attrapa quelques paquets qu'il tenta gauchement de cacher sous son mince blouson.

"Sérieusement ? demanda avec lassitude Hannah. J'ai l'air d'avoir laissé mon chien d'aveugle à la porte, ou quoi ?

— Mais quoi ?" répondit Jonte, l'air totalement interloqué. Hannah s'avança en soupirant, lui reprit les sous-vêtements qu'elle rejeta dans le bac. Une brusque poussée dans le dos lui signifia que ça suffisait, maintenant. Il parut le comprendre et se dirigea vers la sortie sans protester davantage.

Quand il sortit dans la lumière vive du soleil, il mit ses mains en visière pour protéger ses yeux sensibles. Une nouvelle petite poussée l'orienta vers la voiture de police. À mi-chemin, il s'arrêta, une main sur le ventre, un peu plié en avant.

"Putain, je suis pas bien !

— C'est parce que vous avalez plein de cochonneries."

Jonte ne répondit pas, mais Hannah crut percevoir un léger hochement de tête avant qu'il continue.

Elle l'installa sur la banquette arrière, et ils se mirent bientôt en route. Elle posa le regard sur ses mains qui tenaient le volant. Certes, son alliance la serrait un peu plus que la première fois où elle l'avait enfilée à son annulaire et elle n'avait aucune chance d'entrer encore dans sa robe de mariée si l'idée saugrenue la prenait, mais ses doigts n'étaient pas boudinés. Elle n'était pas grosse. Son ventre s'était un peu arrondi ces dernières années, mais voilà quelques semaines elle avait trouvé sur internet un calculateur d'indice de masse corporelle, où il suffisait d'entrer sa taille et son poids. Son IMC était de vingt-sept. Elle envisagea d'expliquer à l'homme assis à l'arrière qu'elle avait un IMC égal à son QI. Un coup d'œil au rétroviseur lui indiqua que ce serait peine perdue : la tête de son passager pendait sur sa poitrine, comme s'il s'était endormi.

Le trajet se poursuivit en silence. Ils parvinrent bientôt de l'autre côté de l'E4, en route vers le centre-ville plus ou moins désert. Les clients du grand magasin de meubles s'aventuraient rarement jusqu'au centre historique blotti au-delà de l'autoroute qui formait à certains égards autant une ligne de démarcation que la frontière avec la Finlande quelques centaines de mètres plus loin.

Elle prit à gauche devant l'immeuble rouge de deux étages qui hébergeait la rédaction de l'*Haparandabladet*, le journal local qui ne paraissait plus désormais que deux fois par semaine, et tourna devant le long bâtiment en briques jaunes de trois étages, assez anonyme, que la police partageait avec, entre autres, le centre des impôts et l'Assurance maladie.

Elle se gara dans le parking sur une des deux places libres, descendit de voiture, se pencha vers la banquette arrière pour secouer son passager. Assez péniblement, il sortit à son tour et, sans qu'elle ait à lui indiquer le chemin, il se dirigea vers la porte qui menait aux cellules. Soudain, il s'arrêta, appuya une main sur le capot, gémit. Hannah arriva à sa hauteur juste à temps pour voir son regard vide quand il se tourna vers elle. Sans crier gare, une cascade de vomi l'atteignit juste au-dessous du menton, elle sentit à travers le tissu la chaleur qui ruisselait sur le devant de sa chemise. La puanteur lui sauta à la gorge.

“Mais bordel !”

Elle réussit à s'écarter d'un pas, de sorte que le puissant jet suivant atterrit par terre en ne faisant qu'éclabousser ses chaussures et le bas de son pantalon.

Le jeune homme se redressa en respirant à fond, un petit sourire de soulagement aux lèvres. Hannah s'efforça de respirer court par la bouche en poussant la porte de la petite pièce où les personnes arrêtées étaient enregistrées avant d'atterrir dans une des quatre cellules qui étaient pour l'instant toutes vides. La femme qu'ils avaient arrêtée pour détention de stupéfiants la semaine dernière avait été écrouée et transférée à Luleå. Au cours du week-end, ils avaient eu une conduite sous l'emprise de stupéfiants, deux amendes – un véhicule non déclaré, une remorque non homologuée – et le dimanche matin ils avaient assisté les ambulanciers dans la prise en charge d'une femme en état d'ébriété qui s'était cassé le poignet et avaient trouvé sur le bas-côté un renne victime d'un accident de la route. Pas de quoi remplir les cellules.

Morgan Berg arrivait dans le couloir, une tasse de café à la main. Il s'arrêta et recula d'un pas en voyant ce qui arrivait.

"Enregistre-le", lui ordonna Hannah en poussant Jonte vers le banc fixé au mur en face du petit guichet. Sans attendre de réponse ou d'objection, elle tourna les talons, sortit son passe et ouvrit la porte derrière elle. Un bref couloir, des casiers de tôle bleue le long d'un mur, quelques chaises ici ou là, des tuyaux et des câbles au plafond. La première impression du visiteur était celle d'un tunnel glauque, mais c'était le vestiaire des messieurs, qu'on était forcé de traverser pour atteindre celui des dames.

Hannah gagna son casier et commença à se déshabiller. Était-ce juste la puanteur, ou avait-elle reçu un peu de vomi dans la bouche ? Elle luttait pour ne pas se sentir mal elle aussi. Ça l'avait toujours rebutée : quand les enfants étaient petits, c'était toujours Thomas qui devait s'en occuper quand ils vomissaient. Dégoûtée, elle déboutonna et ôta sa chemise, la jeta par terre. Se pencha pour enlever chaussures et chaussettes. Elle était en soutien-gorge et pantalon d'uniforme quand son téléphone sonna. Tentée de ne pas répondre, elle jeta pourtant un œil à l'écran.

Un appel d'Uppsala.

Où Gabriel faisait ses études.

Ce n'était pas son numéro, mais ça pouvait être un camarade, il avait peut-être perdu son téléphone, quelque chose avait pu se passer. Elle décrocha avec un bref :

"Allô ? Ici Hannah.

— Euh, oui, bonjour, c'est Hannah… Wester ? fit à l'autre bout du fil la voix de quelqu'un qui avait cherché dans ses notes son nom de famille.

— Oui, qui est à l'appareil ?

— Pardon, je suis Benny Svensén, j'appelle de la SVC." Il se tut un instant, comme s'il se demandait s'il allait ou non expliciter le sigle SVC, mais décida visiblement de passer outre.

“Je voulais vous parler de ces loups… car c’est bien vous qui vous en occupez, n’est-ce pas ?”

En effet.

Elle dirigeait l’enquête préliminaire dans une affaire de braconnage concernant des loups. Un randonneur allemand avait appelé mercredi dernier dans tous ses états pour expliquer dans un anglais approximatif qu’il avait trouvé un loup mort. Après un moment d’incompréhension, ils avaient fini par obtenir une localisation. Une fois sur place, il s’était avéré qu’il ne s’agissait pas seulement d’un loup, mais de deux. Une femelle et un petit. Pas de blessures apparentes, mais que les deux soient morts de cause naturelle à moins d’un kilomètre l’un de l’autre semblait improbable. En tout cas, la procédure avait été suivie et les corps envoyés au Service vétérinaire central, qui avait visiblement chargé Benny Svensén de reprendre contact.

“Sans doute, confirma Hannah en réfrénant une envie de cracher. S’il s’agit bien d’une femelle et d’un petit retrouvés près de Kattilasaari mercredi dernier.

— Oui, ce sont eux, nous n’avons pas d’autres loups pour l’instant.

— Ça, je ne pouvais pas le savoir, n’est-ce pas ?

— Non, bien sûr, mais…

— Oubliez ça, que voulez-vous ?” Elle regrettait d’avoir répondu, elle aurait préféré se débarrasser au plus vite de ses vêtements et filer sous la douche. En outre elle estimait en savoir assez. Les loups avaient été empoisonnés. Il s’agissait d’un acte de braconnage, qui serait très vraisemblablement classé sans suite aussitôt l’affaire transmise au procureur à Luleå. Ce genre de dossier mobilisait d’importantes ressources, pour un niveau de priorité et un taux d’élucidation très bas. Les loups étaient rares dans la région, il n’y avait pas à sa connaissance de population permanente, mais parfois il en arrivait d’autres régions de Suède, de Russie, de Finlande ou de Norvège. Quand ils étaient découverts, ils ne tardaient cependant jamais à “disparaître”.

“La cause du décès était un empoisonnement”, lui confirma Benny. Elle l’imaginait en train de lire le rapport d’autopsie.

“Très bien, comme ça je suis fixée, dit-elle tout en déboutonnant son pantalon et en commençant à s’en débarrasser. Ce n’est pas tout à fait le moment, là : pouvez-vous juste m’envoyer le rapport ? Merci.” Il était évident qu’elle souhaitait mettre un terme à la conversation. Croyait-elle. Mais apparemment, cela avait totalement échappé à Benny Svensén.

“Il y a autre chose.

— Quoi, encore ?” pesta-t-elle, incapable de cacher son impatience. Quand elle entendit ce qu’il avait à dire, elle se redressa, figée, oubliant un instant qu’elle était à demi nue et couverte de vomi : avait-elle bien entendu ?

Ce n’était quand même pas possible…

"Il a mangé une personne ?" répéta Gordon Backman Niska en écarquillant les yeux devant Hannah. Incrédule, tout en envisageant les conséquences si c'était avéré.

"Les deux loups en ont mangé, oui, selon le SVC", confirma Hannah en hochant la tête.

Gordon poussa un profond soupir, se leva lestement de son fauteuil de bureau ergonomique, gagna sa fenêtre donnant sur Strandvägen et regarda vers le parking, de l'autre côté. Avec ses trente-six ans, il était le plus jeune commissaire qu'ils aient jamais eu à Haparanda, et sans doute aussi, comme sa chemise bleu clair slim le suggérait, le plus athlétique. Les trophées alignés sur l'étagère basse derrière son bureau le confirmaient : trois courses Ironman et quatre compétitions classiques de ski de fond. Hannah et Morgan attendirent en silence que Gordon se fourre un sachet de tabac à chiquer sous la lèvre supérieure.

Parfois, Hannah en sentait le goût quand elle mettait sa langue dans sa bouche. Elle n'aimait pas ça.

"Ils ont tué et mangé un homme", répéta Gordon – une constatation teintée de lassitude –, tandis qu'il commençait à mesurer les suites prévisibles.

L'intérêt médiatique. Les gros titres.

La question de la faune sauvage, et des loups en particulier, divisait la Suède. D'année en année, le débat se faisait plus dur et plus haineux. Menaces, harcèlement et mises au pilori sur internet étaient monnaie courante dans les deux camps. Avec parfois des actes de vandalisme et des violences. Ce serait pain béni pour les ennemis du loup : un homme réellement tué en Suède, c'était autre chose que des chiens de chasse estropiés ou des rumeurs d'attaques contre des personnes dans les montagnes du Kazakhstan. Mais s'ils se manifestaient et se faisaient mieux entendre, leurs opposants se renforceraient eux aussi, la polarisation s'intensifierait, s'étendrait à tout ce qui concernait la chasse. Il y avait beaucoup de chasseurs dans le district de Gordon Backman Niska.

"En tout cas, ils en ont mangé une partie, précisa Hannah. Nous ne savons pas s'ils ont tué quelqu'un.

— Mais qu'est-ce qui se serait passé, alors ? demanda Gordon en se tournant vers eux.

— Quelqu'un est peut-être mort là-bas pour d'autres raisons, dit Hannah en haussant les épaules. Un randonneur ou un pêcheur qui a eu un infarctus, ou ce que tu veux."

Possible, bien sûr, mais elle sentait elle-même que ça sonnait creux, ce que Gordon confirma d'un coup d'œil sceptique.

"Ça ne semble pas très vraisemblable, si ?

— Que ces loups aient tué quelqu'un ne semble pas non plus tellement vraisemblable, objecta Morgan de sa voix calme et grave. À part cette femme morte récemment à Kolmården, personne n'a été tué par un loup en Suède depuis deux cents ans."

Ni Hannah ni Gordon n'envisagèrent même une seconde de demander comment Morgan le savait. Ils étaient habitués à ce qu'il sache toujours à peu près tout sur tout. À trois reprises, il avait remporté la finale du vendredi soir de *Qui sait tout ?* en empochant chaque fois dix mille couronnes. En 2003, il avait participé à *Qui veut gagner des millions ?* sur TV4, en allant jusqu'au bout. Il avait gagné trois millions de couronnes avec encore deux jokers en poche. Tout le monde à Haparanda était au courant, mais personne – et encore moins Morgan lui-même – n'en parlait.

"Nous avons un peu de chance : c'était un loup suédois venant du sud et équipé d'une balise", dit Hannah. Gordon l'invita d'un regard à développer. "Les fragments humains étaient depuis maximum un jour et demi dans les estomacs, selon SVC, sans doute moins. Si les services régionaux les ont pistés, on pourra peut-être utiliser ça pour retrouver le reste du corps.

— Combien un loup peut-il parcourir en trente-six heures ?

— Entre vingt et quarante-cinq kilomètres, répondit Morgan.

— La femelle était blessée, glissa Hannah. Elle ne pouvait pas aller aussi vite.

— Femelle blessée avec un petit, opina Morgan. Ça change un peu la donne. Elle s'attaque à ce qu'elle peut attraper. Des choses lentes…

— Quelle est la résolution du GPS, du satellite, ou que saisje ? soupira Gordon, bien conscient de ce que suggérait son collègue.

— Je ne sais pas, répondit pour une fois Morgan. Je peux appeler pour m'informer.

— Fais-le, trouve la personne responsable du pistage de ce loup en particulier et fais-toi envoyer une carte la plus détaillée possible."

Morgan tira sur son énorme barbe comme pour ajouter quelque chose, mais se ravisa, hocha la tête et quitta la pièce.

Gordon passa devant le bureau et gagna le mur où une carte du district policier était affichée à côté d'un tableau blanc couvert pour le moment d'un schéma organisant le service et les vacances des effectifs. Comme on s'en doute, Gordon disposait du plus vaste bureau du bâtiment. Si Hannah faisait deux pas dans le sien, elle se cognait au mur.

"Où a-t-on trouvé ces loups ?"

Hannah s'avança pour indiquer un point à trente kilomètres environ au nord-ouest d'Haparanda, à un centimètre de Kattilasaari. Gordon s'approcha derrière elle. Près, si près qu'elle pouvait sentir la chaleur de son corps.

"Tu t'es fait vomir dessus, aujourd'hui ?"

Hannah se tourna vers lui tout en remontant le col de sa chemise propre pour le renifler.

"Je sens ?

— Non, je l'ai juste entendu dire.

— C'était ce Jonte… quelque chose qui était en manque.

— Lundin.

— C'est ça. Lundin." Elle se tourna à nouveau vers la carte. "On les a trouvés là.

— Trente-six heures, disons trente kilomètres par jour, c'est un rayon de quarante-cinq kilomètres." Gordon vérifia l'échelle de la carte, prit une règle et un crayon, mesura, traça un cercle et étudia son œuvre. "Ça fait un sacré bout de forêt. On a besoin de renforts.

— On devrait peut-être attendre de voir ce que Morgan obtient. Si ces balises ne sont pas précises, on ne le trouvera jamais.

— C'est un homme ? On le sait ?"

Hannah se remémora rapidement sa conversation avec Benny Svensén. Il avait juste dit "une personne", rien sur son sexe.

"Non, pardon, ils n'ont rien dit à ce sujet.

— Et on n'aurait pas la chance qu'une disparition ait été signalée ?"

Hannah secoua la tête. Gordon soupira à nouveau et, après un dernier coup d'œil à la carte, il retourna s'asseoir à son bureau.

"OK, on attend Morgan pour décider quoi faire."

La réunion était visiblement finie. Hannah se dirigea vers la porte, mais il l'arrêta sur le seuil.

"Je sais que tu sais, mais on garde ça pour nous trois en attendant de savoir à quoi on a affaire."

Les yeux sombres de Gordon avaient une gravité qu'elle leur voyait rarement. D'habitude, le rire n'était jamais loin, il était léger sans pour autant prendre son travail à la légère et perdre son autorité. Hannah se contenta de hocher la tête, quitta le bureau et parcourut le couloir en se disant que, décidément, c'était jusqu'ici une vraie journée de merde.

Dix personnes.

Gordon essaya de se souvenir s'ils avaient déjà été aussi nombreux dans la salle de réunion du deuxième étage. Ils avaient tous leur place autour de la longue table en bois clair, mais Morgan était pourtant resté debout, adossé à la cloison couverte de vieux livres sur toute sa longueur et du sol au plafond. Leurs reliures en cuir brun et noir usées par le temps donnaient au premier abord l'impression d'une ancienne bibliothèque reconvertie, plutôt que d'une salle de réunion moderne. Les livres dominaient la pièce. Les livres, et un emblème de la police géant qui trônait sur le mur du fond, serré entre des rangées de photographies jaunissantes d'anciens chefs de la police, à qui les personnes rassemblées tournaient le dos, tous les regards dirigés vers Gordon, devant l'écran déroulé à l'autre bout de la pièce. Le vidéoprojecteur ronronnait au plafond, affichant un fin trait bleu qui zigzaguait à travers le Nord de la Suède avant de s'arrêter juste devant Haparanda.

"Qu'est-ce qu'on regarde, là ?" demanda Roger Hammar, le plus grand et le plus maigre de l'équipe qui, en raison de son allure dégingandée et de sa voix de basse profonde, était surnommé "Max", une référence qui échappait totalement à la plupart des personnes de moins de quarante ans n'ayant pas connu *La Famille Adams* en série télévisée. Au lieu de répondre directement, Gordon se tourna avec un petit signe de tête vers une des quatre personnes présentes n'appartenant pas à la police.

Jens, un jeune homme énergique des services régionaux de Luleå. Quand Morgan lui avait demandé d'envoyer la carte, il avait eu une meilleure idée : venir avec, pour pouvoir la leur expliquer. Morgan lui avait calmement assuré qu'ils étaient capables de comprendre par eux-mêmes comment lire une carte, mais Jens avait insisté. Morgan se doutait bien que ce n'était pas tous les jours palpitant aux services régionaux de Luleå.

"Vous avez trouvé deux loups morts la semaine dernière, là", dit Jens en s'étirant sur son siège tout en dirigeant un pointeur laser vers la carte. Gordon entendit Hannah soupirer bruyamment, près de la fenêtre, en compagnie de P-O, dix ans de moins qu'elle, mais dont les cheveux blancs dégarnis et la peau qui semblait pendre de son visage émacié donnaient l'impression qu'il était mûr pour la retraite. En voyant Hannah lever les yeux au ciel, Gordon devina qu'elle pensait la même chose que lui, quand le petit point rouge apparut à côté de Kattilasaari. C'était donc si compliqué, de se lever pour aller l'indiquer à la main ? Et y avait-il plus ridicule qu'un pointeur laser ?

"L'un d'eux était muni d'une balise, comme vous le savez, aussi pouvons-nous connaître son itinéraire." Le point rouge commença à suivre la ligne bleue. "Il appartenait à une meute assez importante qui venait du sud. Il est passé là, à l'est de Storuman, est remonté entre Arvidsjaur et Arjeplog jusque devant Jokkmokk, où il a obliqué vers le sud-est. Il serait probablement ensuite passé en Finlande, mais il meurt là." Le point était revenu aux environs de Kattilasaari. "Il cesse de bouger à quatre heures trente-trois, et vous m'avez demandé où il se trouvait un jour et demi plus tôt." Il arrêta son petit point juste au nord de Vitvattnet. "Il était là. Il a parcouru quarante et un kilomètres au cours des dernières trente-six heures." Jens éteignit son pointeur et se laissa retomber sur son siège, visiblement satisfait de son intervention. L'assistance se tut, dans l'expectative, jusqu'à ce que Roger reprenne la parole :

"D'accord, mais *pourquoi* regardons-nous ça ? Pourquoi suivons-nous la trace d'un loup mort ?"

Une question justifiée, dans la mesure où Gordon avait choisi de ne pas divulguer le motif de cette réunion avant d'avoir rassemblé tout le monde, persuadé qu'il valait mieux limiter le nombre des personnes au courant de la situation.

Mais le moment était venu.

Six policiers et quatre civils.

Il avait téléphoné à Kalix pour obtenir des renforts, mais comme ce n'était pas possible, il avait fait venir Adrian, son frère, qu'il savait capable de se taire, et Morgan avait demandé à ses voisins de les aider, un couple d'une soixantaine d'années qu'il connaissait bien et dont il se portait garant. Et donc Jens, des services régionaux. Dès que Morgan lui avait dit qu'il insistait pour venir en personne, Gordon avait senti que c'était le genre à chercher à faire son intéressant. Son utilisation de ce stupide pointeur laser n'avait pas franchement changé cette première impression. Il avait certainement un compte Twitter sur lequel tout ceci ne devait surtout pas atterrir, aussi Gordon fixa-t-il les yeux sur lui :

“Jusqu'à ce que nous ayons précisément établi ce qui s'est passé, rien, absolument *rien* ne doit filtrer hors d'ici”, commença-t-il, recevant des hochements de tête en réponse tout autour de la pièce. Difficile de ne pas entendre la gravité de sa voix. “Les loups que nous avons trouvés avaient mangé des parties d'une personne.

— Quelles parties ?” demanda Jens.

Gordon le fusilla du regard. Qu'est-ce que c'était que cette putain de question ?

“Cela a-t-il une importance ? demanda-t-il pour la forme, avant de se tourner vers les autres. Nous devons trouver le reste du corps.”

DIX MINUTES depuis la dernière voiture croisée. Le régulateur de vitesse calé sur quatre-vingts kilomètres-heure. La route se déroulait, déserte et rectiligne à travers l'étendue verte. Une fois la neige disparue, le printemps avait comme d'habitude explosé. Les fossés étaient couverts de fleurs. Pour Hannah, ce n'étaient que d'anonymes petites taches blanches, violettes et bleues. Thomas connaissait sûrement tous leurs noms, Gordon peut-être aussi. Elle ne le lui avait jamais demandé. Sans fixer son regard, elle voyait défiler la forêt éparse par la vitre. Les sapins sombres et sinistres sur fond de feuillus nettement plus nombreux, avec leurs frondaisons nouvelles, plus légères. Ici et là, une coupe, un champ qui ondulait ou un pré à l'horizon duquel elle apercevait les montagnes. Aucune ne montait au-dessus de la limite de végétation, si bien qu'elles donnaient plus l'impression d'une douce vague verte roulant à travers le paysage que de quelque chose de dur et massif qui en surgissait.

Une houle de forêt. Que de la forêt, partout.

La vue par la vitre donnait une impression calme et paisible. Il était facile d'imaginer de lointains chants d'oiseaux mêlés au bruissement de la brise dans les frondaisons. De l'imaginer et d'y aspirer.

Dès qu'ils eurent quitté Haparanda, Jens avait commencé à parler de son travail, comment il avait atterri là, combien cela pouvait paraître ennuyeux alors qu'en fait c'était passionnant. Bien sûr pas aussi passionnant qu'aujourd'hui, mais quand même. À quel point les décisions futures sur la chasse et la gestion de la faune nuisible s'en trouveraient affectées s'il s'avérait qu'un loup avait effectivement tué un homme. En ce qui le concernait, il n'avait jamais vu de cadavre, et supposait que c'était le cas pour la plupart des personnes de son âge.

Hannah avait quatorze ans quand elle avait vu un mort pour la première fois, mais elle ne dit rien.

Ni elle ni Gordon ne disaient plus rien.

Leurs questions polies et leurs réponses monosyllabiques avaient cessé depuis longtemps : le dernier quart d'heure se résumait à un monologue sur la banquette arrière. Ce dont Jens prit apparemment conscience quelques minutes avant d'arriver à destination.

"Ma copine trouve que je parle trop, s'excusa-t-il presque.

— Votre copine a raison", constata Hannah.

Jens hocha la tête à cette pique pas spécialement subtile et se tut. Hannah vit Gordon la regarder à la dérobée avec un sourire amusé. C'était un peu une épreuve d'avoir Jens dans la voiture, mais il leur avait été plus utile qu'ils ne l'auraient cru. Il avait veillé à ce que la carte soit chargée dans les téléphones de ceux qui en avaient besoin, avait fait en sorte qu'ils soient connectés au satellite qui était utilisé pour localiser les loups et qui apparemment allait désormais repérer s'ils déviaient de plus de quelques mètres du trajet enregistré. Ni Hannah ni Gordon ne comprenaient exactement comment, mais le principal était que cela fonctionne.

Morgan avait emmené son couple de voisins sur le lieu de la découverte des loups près de Kattilasaari, d'où ils devaient suivre le trajet des bêtes vers le nord-ouest. Max, P-O et leur collègue Ludwig étaient remontés avec le frère de Gordon jusqu'au point où le trajet des loups croisait la route 398 entre Rutajärvi et Lappträsket. Deux d'entre eux allaient partir vers le sud-est, en espérant rejoindre Morgan et ses voisins au bout d'environ dix kilomètres. Les deux autres suivraient la trace vers le nord-ouest pour retrouver Gordon, Hannah et Jens après un trajet à peu près aussi long. L'idée était que les quatre groupes couvrent environ dix kilomètres chacun : si tout se passait comme prévu, ils devraient retrouver le corps dans les deux ou trois heures.

Ils entrèrent dans Vitvattnet par le sud et se garèrent devant le bâtiment rouge de la gare. Comme beaucoup d'autres endroits en Suède, la petite localité avait prospéré avec l'arrivée du chemin de fer et, comme beaucoup d'autres elle s'était dépeuplée, rétractée et avait perdu sa pertinence avec la disparition du train. Jadis, il y avait un bureau de poste, une mission évangélique, des cafés, des magasins, une station-service et une école. Aujourd'hui ne restaient qu'une petite boutique et deux pompes à essence.

Hannah descendit de voiture. Ce n'était pas sa première visite à Vitvattnet mais, comme toutes les autres fois, elle ne voyait pas âme qui vive. Travail, formation, courses, loisirs, tout se faisait ailleurs. Gordon la rejoignit et lui tendit un spray antimoustiques. Sur la place devant la gare, il n'y en avait pas, mais parmi les arbres et les buissons ombragés, ce serait autre chose.

Jens sortit son iPad, ils traversèrent la voie ferrée et pénétrèrent dans la forêt de l'autre côté.

"Nous sommes à présent sur leur trajet", dit Jens en s'arrêtant après quelques centaines de mètres. Un point sur son écran en plein milieu du trait bleu. "Nous partons par là", continua-t-il en pointant vers le sud-est parmi les arbres.

Ils commencèrent leur marche.

Jens la tête courbée sur son écran. De part et d'autre, Hannah et Gordon scrutaient le sol qui, sur les racines et sous les branches tombées, était pour sa plus grande part recouvert de mousse et de buissons d'airelles et de myrtilles. Hannah songea à Thomas. Pourquoi ne l'avait-elle pas appelé quand ils avaient besoin de renforts ? Il aimait ça, chasser, pêcher, être dehors, dans la nature. De temps en temps, quand les enfants étaient petits, elle l'avait accompagné, en simulant un certain enthousiasme. Elle ne voulait pas que sa réticence pour les activités de plein air ne déteigne sur les gamins. Elle avait fait semblant d'aimer être assise au milieu des moustiques – qui toujours la piquaient elle, jamais Thomas – à l'abri d'un coupe-vent ou sur un lac gelé, à boire du café à moitié tiède dans un mug plastique tout en mâchonnant un sandwich.

Cela faisait longtemps.

Ils continuaient à marcher le regard rivé au sol, sans dire grand-chose. De temps à autre, Jens corrigeait l'itinéraire.

Les cimes des arbres filtraient presque entièrement la lumière directe du soleil, mais il faisait quand même chaud dans cette forêt sans un brin de vent. Hannah défit les deux boutons supérieurs de sa chemise d'uniforme tout en balayant attentivement le sol du regard. Ils traversèrent la route de Bodträsk, replongèrent sous les arbres de l'autre côté. Hannah chassa quelques mouches obstinées qui lui tournaient autour. La fraîcheur qu'elle avait éprouvée après sa douche à l'hôtel de police était envolée. En sueur, essoufflée, elle regarda les deux autres à la dérobée. Jens concentré sur son écran. Gordon parfaitement à l'aise.

Au bout d'une heure à peine, alors que, selon Jens, ils avaient parcouru environ quatre kilomètres, quelques gros corbeaux noirs s'envolèrent à leur approche, et Hannah sut qu'ils avaient trouvé ce qu'ils cherchaient sans même l'avoir vu.

"Restez ici", dit-elle à Jens, tandis que Gordon et elle continuaient d'avancer.

Enterré n'était pas le mot juste : le corps était partiellement dissimulé sous des branches de sapin, de la mousse et des branches. Quelques petites pierres avaient été posées par-dessus pour maintenir le tout en place. La personne était étendue sur le dos, avec un bras qui dépassait de sous les buissons. La main n'avait pas d'autres doigts que le pouce, et de gros bouts du membre visible avaient été arrachés. À première vue, des blessures attribuables aux loups. Plus haut, en remontant sur l'épaule, le cou et le côté du crâne, qui n'étaient pas bien couverts, on trouvait les entailles plus petites des becs d'oiseaux. De grosses mouches volaient autour du corps. Une odeur lourde et douceâtre leur emplit les narines quand ils s'approchèrent. Sans doute auraient-ils dû s'abstenir de toucher quoi que ce soit, il n'y avait aucun doute que la personne qu'ils avaient trouvée était morte et les techniciens voulaient une scène aussi peu contaminée que possible. Pourtant, Gordon s'approcha pour ôter délicatement les buissons et branches qui couvraient le visage.

"C'est un homme, constata-t-il quand il en eut assez enlevé.

— À moins qu'il s'agisse de loups aux compétences très particulières, ils ne l'ont pas tué, dit Hannah en opinant du chef devant la tombe de fortune. J'ai bien l'impression que nous voilà avec un meurtre sur les bras.

— Oui, mais Dieu sait si ça ne vaut pas mieux malgré tout, dit Gordon en reculant de quelques pas. Il faut définir un périmètre, faire venir du monde. Vous savez précisément où nous sommes, n'est-ce pas ?"

Gordon s'était tourné vers Jens, resté là où on le lui avait dit. Il hocha la tête, pâle et silencieux.

"Donnez-moi les coordonnées", lui demanda Gordon en sortant son téléphone.

Hannah regarda alentour. Ils avaient croisé une route secondaire quelques centaines de mètres plus tôt. Elle ne devait pas passer très loin sur la droite. Elle s'éloigna du lieu de la découverte et s'enfonça dans les bois.

Au bout d'environ une minute, elle parvint au petit chemin forestier. En réalité pas beaucoup plus que deux traces de roues qui serpentaient, longées par un fossé qui permettait par endroits de se croiser. Hannah essuya la sueur de son visage et se retourna vers la forêt d'où elle arrivait. Si l'homme n'avait pas été tué là où ils l'avaient trouvé, si on avait transporté un corps jusqu'ici pour l'enterrer, on avait dû se garer à peu près là où elle se tenait, à quelques mètres près. Sans savoir exactement ce qu'elle cherchait, elle se mit à avancer lentement le long du chemin.

Des traces de sang ? Un objet perdu ? Des traces de pneus peut-être.

Pour ça, pas grand espoir : le chemin était sec et dur, après des semaines sans pluie. Elle continua quelques pas le long du fossé et s'arrêta soudain, se pencha.

Des éclats de verre. De différentes couleurs.

Clair, rouge et jaune.

Elle résista à l'impulsion de les ramasser, mais était assez certaine qu'ils provenaient d'une voiture. Phare, lumière des freins et clignotant. Ce qui indiquait des dégâts devant et derrière.

Deux voitures, donc.

Hannah descendit dans le fossé. Ses genoux protestèrent un peu quand elle s'accroupit sur une grosse pierre qui dépassait côté forêt. De la couleur bleu sombre sur une face. Une éraflure. Impossible de dire depuis combien de temps elle était là, bien sûr, mais la proximité immédiate avec le verre brisé lui faisait supposer une origine commune.

Elle se releva, regarda alentour pour voir si le chemin désert pouvait lui en dire davantage. De la forêt, la brise lui apportait des bribes de la conversation téléphonique de Gordon avec le commandement de Luleå. Parfois, elle tirait des conclusions trop hâtives, elle en avait conscience, mais là, elle était assez sûre de son fait.

Personne n'était venu ici pour se débarrasser d'un corps.

Deux voitures étaient entrées en collision, quelqu'un était mort dans le crash et la personne dans l'autre voiture avait décidé de se débarrasser rapidement du corps. Elle l'avait traîné en forêt, sommairement recouvert hors de vue du chemin, avant de poursuivre sa route.

Hannah s'arrêta. Les deux véhicules avaient disparu.

Ils devaient donc au moins être deux dans l'autre voiture. Ou peut-être pas. Une personne pouvait avoir d'abord évacué sa voiture, avant de revenir déplacer celle de la victime. Tiré par les cheveux, mais pas impossible, on pouvait agir sans être vu pendant des heures sur les routes désertes des environs.

Hannah dut admettre que tout ce qu'elle savait était qu'un homme était mort et qu'un ou plusieurs autres avaient fait ce qu'ils avaient pu pour que personne ne retrouve le corps. Ce qui aurait peut-être été le cas si une autre personne n'avait eu l'idée d'empoisonner deux loups à quelques dizaines de kilomètres de là.

Katya attendait.

Elle était douée pour attendre.

Elle avait consacré une grande partie de son enfance à cela, justement. On lui avait inculqué que la patience était la clé du succès. Pour faire passer le temps plus vite, elle savait que d'autres s'efforçaient à ne penser à rien. Se vider complètement la tête, rentrer en eux-mêmes.

Pas elle. Elle s'ennuyait trop vite.

Elle inspectait donc l'appartement inconnu. Un deux-pièces cuisine au septième étage sur onze en périphérie de Saint-Pétersbourg. Elle était déjà allée dans la petite chambre à coucher, s'était assise au bord du lit simple, avec son couvre-lit brodé au crochet et ses deux oreillers décoratifs, avait examiné avec curiosité les quelques objets contenus dans la table de nuit qui lui indiquaient que l'appartement était habité par une femme croyante ayant besoin de lunettes et apparemment dépourvue de toute vie sexuelle.

Sur la commode devant la fenêtre, la photo d'un homme qu'elle reconnaissait.

Stanislav Kuznetsov.

Il y avait aussi quelques simples accessoires de maquillage devant la coiffeuse. Sans y penser, elle les déplaça pour ranger les pots par taille – les ronds d'un côté, les carrés de l'autre, les trois tubes de rouge à lèvres par teinte, du plus clair au plus foncé – tout en regardant par la fenêtre les autres immeubles de onze étages qui entouraient une cour intérieure avec trop peu d'arbres et de verdure pour qu'on ait envie d'y aller, à moins de se sentir obligé d'emmener ses enfants en bas âge dans l'aire de jeux décrépite et sans âme qui en occupait le centre.

Sous-vêtements, chaussettes, nuisettes, mouchoirs, châles et voilettes dans les deux tiroirs de la commode. Katya consacra plusieurs minutes à les plier soigneusement et à les disposer en piles régulières avant d'aller ouvrir le placard.

Robes, corsages et jupes.

Pas spécialement en grandes quantités. Elle déplaça rapidement les cintres pour que les vêtements soient rangés par catégories, de gauche à droite : chemisiers, jupes, robes. Avec un dernier regard aux tableaux insignifiants qui ornaient les murs vert sombre, elle quitta la chambre et passa au séjour.

Un canapé trois places, assurément fabriqué dans les années 1990, avec, devant, une table basse tachée. Sous la table, un tapis verdâtre. Un fauteuil défoncé. Le tout orienté vers un téléviseur mural, encadré d'une bibliothèque sombre garnie d'à peu près autant d'albums photos que de livres, plus des photos encadrées qu'elle supposa être de proches et de parents.

Katya prit un des albums au hasard et s'assit dans le fauteuil. Le contenu devait remonter à la fin des années 1970, estima-t-elle, puisque le garçon, qui devait être Stanislas, avait dans les six-sept ans. Lui et sa sœur aînée étaient présents sur la plupart des photos, parfois en compagnie d'un homme que Katya supposa être leur père, dont elle savait qu'il était mort dans un accident de la route. Sur une des photos, il se tenait sur le seuil d'un petit chalet, à la campagne, et plissait les yeux dans le soleil tout en se protégeant de la main, avec un grand sourire.

Sans crier gare, l'image d'un homme qu'elle avait plusieurs années durant appelé son père lui traversa l'esprit. Lui aussi sur le seuil d'une porte, mais pas de sourire, et certainement pas de soleil.

Elle refoula immédiatement cette pensée, referma l'album, se leva et le rangea sur son rayonnage avant de gagner la fenêtre. La circulation dense d'Afonskaya Ulitsa n'était qu'un lointain murmure. Elle mit le doigt dans un des pots de fleurs sur le rebord de la fenêtre et constata qu'il avait besoin d'eau avant de quitter le séjour pour passer à la salle de bains. Des papiers peints gris et un lino d'une nuance un peu plus claire. Six carreaux de faïence formant un rectangle au-dessus du lavabo. Une baignoire en fonte profonde mais courte, sur des pattes en fer décoré et une espèce de rideau de douche bordé de ce qui ressemblait à des anges.

Un instant, elle était revenue dans la Grande Salle.

Les douze baignoires alignées, avec leur eau à quatre degrés.

Elle se tourna vers le placard au-dessus du lavabo. Avant de l'ouvrir, elle se regarda dans le miroir de la porte. Les cheveux noirs, la courte coupe au bol, les sourcils marqués au-dessus des yeux bruns, les pommettes saillantes, le nez droit, les lèvres pulpeuses. Pas de maquillage, comme toujours, sauf si le travail l'exigeait. Elle savait qu'on la trouvait belle, ce qui facilitait les choses, lui permettait d'approcher plus simplement. Les hommes en particulier, mais l'expérience lui avait appris que tout le monde, quel que soit le sexe, était plus ouvert et accueillant vis-à-vis de quelqu'un de beau.

Le contenu du placard de la salle de bains était en vrac. Elle baissa le couvercle des toilettes et entreprit de tout y poser : pansements, dentifrice, fil dentaire, spray nasal, déodorant, crème pour la peau, ciseaux à ongles, râpe à cors, épingles à cheveux, quelques boucles d'oreilles à clips, sels de bain, mouchoirs en papier, médicaments, certains sur ordonnance, d'autres non. Toujours rien qui indique que la femme dont elle était en train de vider le placard ait une quelconque activité sexuelle. En revanche elle avait ou avait eu une mycose vaginale, à en juger par les tubes à présent alignés sur le siège des toilettes.

Une fois le placard vide, Katya l'essuya avec quelques morceaux de papier toilette mouillé, puis y remit tous les objets selon un système de classement en quatre catégories principales : médicaments, soins du corps, soin des cheveux, autres.

Satisfaite de la façon dont elle avait occupé ces vingt dernières minutes, elle gagna la petite cuisine. Elle se dit qu'elle aurait bien mangé un morceau : elle ouvrit le réfrigérateur et en sortit du beurre, du fromage, des œufs et une bière. Pendant que les œufs cuisaient, elle ouvrit les portes vert clair des placards à la recherche de pain, de vaisselle et de couverts. Elle trouva ce qu'elle cherchait et s'installa sur la petite table près de la fenêtre. Le journal dans lequel écrivait Kuznetsov était dans une corbeille en osier posée à terre. Elle le ramassa et le posa à côté de la petite assiette qu'elle s'était sortie. L'œuf prêt, elle le passa sous l'eau froide et posa la casserole sur un dessous-de-plat.

Elle s'assit alors et commença à manger tout en lisant. Elle se dit qu'un peu de musique serait agréable et chercha autour d'elle un transistor ou quelque chose d'approchant. N'en trouva pas, et c'était peut-être aussi bien : s'ils entendaient de la musique dans l'appartement en arrivant, ils soupçonneraient peut-être quelque chose. Mais elle ne pensait pas les voir avant plusieurs heures.

Alors elle attendit.

Elle était douée pour attendre.

LE RESTE de l'après-midi fila.

Hannah revint sur le lieu de la découverte du corps au moment où Gordon raccrochait.

"C'était Luleå ?

— La criminelle prend l'affaire."

Rien de très surprenant. Un corps enterré était considéré comme un meurtre jusqu'à preuve du contraire, et les meurtres atterrissaient à Luleå.

"C'était qui ?

— Erixon."

Erixon avec un "X". Prénom Alexander, surnommé par tous "X". Hannah le connaissait. Le connaissait et l'appréciait. Il avait dirigé un certain nombre de leurs enquêtes ces dernières années. La dernière fois, quand ils avaient repêché un corps dans les rapides de Kukkolaforsen le printemps précédent.

Elle lui dit ce qu'elle avait trouvé sur le chemin, qu'il y avait eu très vraisemblablement deux véhicules impliqués, dont un bleu. Gordon écouta, hocha la tête, puis lui demanda d'aller récupérer leur voiture à Vitvattnet.

"Prends-le avec toi, dit-il en montrant de la tête Jens, assis un peu plus loin sur une souche, désœuvré et superflu.

— Je suis obligée ?

— Oui.

— Allez, venez", le héla-t-elle. Ils repartirent par là où ils étaient arrivés, tandis que Gordon appelait les autres pour leur dire d'interrompre leurs recherches et de rentrer.

Trois quarts d'heure plus tard, Hannah se gara plus près mais toujours à une certaine distance du lieu de la découverte du corps. Jens dut rester dans la voiture pendant qu'elle aidait Gordon à barrer la route et à établir un périmètre autour de la sépulture. Les techniciens de la police scientifique étaient sûrement encore à une heure de route, probablement plus – le problème d'être une petite localité, et d'avoir la plupart des ressources à cent cinquante kilomètres de distance. Gordon lui demanda de ramener Jens et de revenir avec quelque chose à manger pour eux.

En regagnant la voiture, elle sentit soudain son visage et son cou chauffer, la chaleur se répandre dans tout son corps, tandis que le moindre de ses pores s'ouvrait et se mettait à suer. Sans avoir à se regarder dans le rétroviseur, elle se savait écarlate et luisante de sueur quand elle s'assit au volant à côté de Jens. Elle démarra, régla le chauffage au minimum et résista à une envie de baisser sa vitre.

La deuxième fois aujourd'hui.

C'était déjà assez pénible d'avoir une bouffée de chaleur par semaine, mais est-ce que ce serait comme ça désormais ? C'était comme si elle sortait deux fois par jour d'une séance de gym, sans le côté positif du sport. Juste être trempée de sueur et avoir le visage rouge tomate.

“Je peux monter le chauffage ? demanda Jens après quelques kilomètres.

— Non, vous ne pouvez pas.

— C'est qu'il fait un peu froid…

— Quand votre corps vous fera tous les jours tourner en bourrique, vous pourrez décider de la température dans la voiture, d'accord ?”

Jens hocha la tête sans rien comprendre, fit une tentative pour bavarder un peu et aborder les événements des dernières heures, mais comme les grognements monosyllabiques d'Hannah n'encourageaient pas plus la conversation qu'à l'aller, il se tut. Il ne rouvrit pas la bouche avant de descendre de voiture sur le parking devant l'hôtel de police.

“Vous me direz comment ça se passe.

— Pourquoi ?

— Simple curiosité, et puis je me sens partie prenante.

— Bien sûr, mentit sans vergogne Hannah, pour en finir rapidement. Morgan a vos coordonnées, on vous tiendra au courant. Conduisez prudemment." Elle le salua de la main, contente d'en être débarrassé, et roula jusqu'au Coop. Elle préférait faire ses courses à Ica Maxi, mais Coop était plus près. Elle se dirigea vers le rayon des plats cuisinés pour choisir le dîner. Gordon voulait quelque chose de bon pour la santé. Ce serait une salade de crevettes. Tout ce qui lui faisait envie nécessitant un micro-ondes, elle se rabattit sur un wrap au poulet. Une mini-baguette complète pour Gordon, deux bouteilles de coca et un paquet de chips pour compléter le tout.

À son retour, elle trouva d'autres voitures garées devant la rubalise. La police scientifique était sur place, Gordon les avait informés de ce qu'ils savaient, le médecin qui les accompagnait avait confirmé le décès et ils faisaient à présent leur travail. Assez superflus pour le moment, Gordon et Hannah s'installèrent pour manger sur un rocher hors du périmètre et regardèrent leurs collègues travailler, sans dire grand-chose. Leurs corps sentaient le calme de la forêt. Le soleil était encore haut dans le ciel, les insectes bourdonnaient dans la chaleur et des bribes des conversations laconiques des hommes au travail dans le périmètre parvenaient jusqu'à eux.

Le repas terminé, Hannah se proposa de rentrer s'occuper de la paperasse, qu'il reste seul suffisait bien. Gordon pourrait rentrer avec un des techniciens.

Deux heures et demie plus tard, il frappa à la porte de son bureau au moment où elle fermait le document sur lequel elle avait travaillé.

"Tu es encore là, constata-t-il en s'affalant sur son unique fauteuil visiteur.

— J'allais partir. Tu viens d'arriver ?

— Oui, ils ont retourné la moitié de la forêt.

— Est-ce qu'on sait qui c'est ?"

Gordon secoua la tête en étouffant un bâillement de la main. "Aucune identification, rien.

— Comment fait-on, alors ? On publie une photo ?

— On verra ça demain, X et moi."

Gordon se releva, comme si être assis lui faisait sentir combien il était fatigué. Hannah ferma sa session, se leva elle aussi et l'accompagna dans le couloir.

"En tout cas, à première vue, la cause de la mort est une fracture de la nuque.

— Depuis combien de temps était-il là ?

— Difficile à dire. Il a servi de repas aux loups il y a une semaine, donc il était déjà là à ce moment-là."

Ils étaient arrivés au bout du couloir. Le bureau de Gordon était juste à côté de la porte de l'escalier.

"À demain", dit-il en signifiant de la tête qu'il comptait rester encore un moment. À son grand étonnement, Hannah découvrit qu'elle s'attendait à ce qu'il lui propose de l'attendre, de lui tenir un peu compagnie pour rentrer. Et même qu'elle l'espérait.

C'était énervant, ça ne lui ressemblait pas.

"Très bien", répondit-elle en poussant la porte avant de disparaître dans l'escalier.

Une minute plus tard, elle franchit la porte vitrée de l'entrée et inspira à fond pendant qu'elle se refermait derrière elle.

Lumière comme en plein jour, calme comme en pleine nuit.

Quelques voitures passaient sur l'E4, mais pas assez souvent pour l'empêcher d'entendre couler le fleuve et chanter les oiseaux derrière les bâtiments, tandis qu'elle se mettait en marche vers chez elle. Elle réalisa qu'elle n'avait pas parlé à Thomas de la journée, ne lui avait pas raconté ce qui s'était passé, pourquoi elle rentrait si tard. D'un autre côté, il n'avait pas non plus appelé pour prendre de ses nouvelles. Maintenant, il était trop tard. Il était sûrement allé se coucher.

Elle continua sur Strandgatan, remonta Packhusgatan en passant devant la bibliothèque municipale. Thomas y était souvent quand les enfants étaient petits. Cela faisait maintenant longtemps qu'elle n'avait pas emprunté de livre. Ni lu, d'ailleurs. Elle prit Storgatan sur la gauche, pas la rue la plus passante du monde en temps normal mais, à minuit un lundi de juin, elle y était seule. Elle passa devant la maison de bois jaune qui abritait Odd Fellow, et arriva aux boutiques. Elle s'aperçut qu'elle avait faim en passant devant le salon de thé fermé. Beaucoup d'heures s'étaient écoulées depuis le wrap au poulet et les chips. Au carrefour suivant, elle s'arrêta. Là, elle prenait d'habitude sur la droite et remontait Köpmansgatan jusqu'à la place, l'hôtel de ville, le château d'eau, et enfin chez elle. Mais quelque chose la tarabustait.

Une collision. Deux voitures impliquées.

Non qu'elle ait grand espoir de le trouver, mais ça ne pouvait pas faire de mal de passer. Jeter un coup d'œil. Un grand nombre de voitures étaient toujours stationnées dans la cour devant le garage.

Elle continua donc tout droit, passa devant les deux banques et le comptoir H. M. Hermanson, une bâtisse à plusieurs ailes datant de 1832 qui, avec les douze boutiques qu'elle abritait, occupait tout un pâté de maisons. Les boutiques suivantes se succédaient au pied d'impersonnels immeubles en brique de trois étages, qui auraient pu se trouver dans n'importe quelle ville, qui la rendaient anonyme, même si, ici ou là, une maison en bois plus ancienne faisait de son mieux pour rappeler l'heure de gloire de Storgatan. Hannah tourna à droite dans Fabriksgatan et jeta un coup d'œil dans l'arrière-cour de la première maison rouge.

Apparemment, cela valait la peine de tenter sa chance : il y avait de la lumière dans le garage. Elle examina soigneusement les voitures garées dans la cour avant d'ouvrir la petite porte métallique à côté du large portail crasseux, où une pancarte indiquait la fermeture tous les jours à dix-neuf heures en semaine.

Ça sentait la voiture, l'huile et les gaz d'échappement. Les premières notes de *La Lettre à Élise* retentirent pour signaler que quelqu'un était entré, couvrant un instant la radio qui passait des tubes des années 1980. Il y avait quatre voitures dans l'atelier. Aucune bleu foncé.

"Qu'est-ce que tu fais là ?"

PV sortit de la fosse à vidange, s'essuya les mains sur un chiffon, sans faire mine de venir saluer en serrant la main. Pas seulement parce que ses mains étaient sales. Ils s'étaient déjà rencontrés. De nombreuses fois. Voilà encore quelques années, rares étaient les délits auxquels PV n'était pas mêlé.

Vols, cambriolages, recel, contrebande.

La rumeur courait qu'on l'appelait PV – ou qu'il veillait à ce qu'on l'appelle PV – comme Parrain des Voyous à Haparanda. Si c'était vrai, c'était ridicule à mourir de rire, trouvait Hannah.

Cinq ans plus tôt, il avait plongé lors d'une intervention conjointe avec les Finlandais. Il avait pris trois ans pour trafic aggravé de stupéfiants. Mille cinq cents cachets de Subutex importés de France.

À l'époque, le marché était beaucoup plus important en Finlande, mais la situation avait changé. La clientèle s'était élargie à Haparanda, dans tout le Norrbotten. Surtout des jeunes hommes comme celui qu'Hannah avait rencontré dans la matinée. Il y en avait beaucoup, trop, sans orientation, sans projets, sans emploi. Haparanda avait le plus haut taux de chômage de la région. De loin. C'était une partie du cercle vicieux. Les statistiques nationales sur les résultats scolaires en troisième étaient sans appel. Même chose pour les acquis dans toutes les matières : les garçons étaient loin en dessous de la moyenne nationale, et plus loin encore sous celle des filles. Ils semblaient tout simplement ne pas voir l'intérêt de travailler à l'école. Ils décrochaient. Restaient là, quand les jeunes femmes partaient poursuivre leur formation ailleurs. Haparanda était loin d'être la seule petite ville dans cette situation, mais le problème n'en était pas moindre pour autant.

À sa sortie de prison, après deux ans, devenu père, PV avait complètement tourné le dos au monde criminel, repris un garage, où il travaillait encore ce soir à minuit passé.

"Tu travailles tard", constata Hannah en avançant de quelques pas dans le local. PV s'adossa à une voiture, croisa les bras sur sa poitrine en la suivant du regard.

"Qu'est-ce que tu veux ? demanda-t-il d'un ton las.

— Est-ce que tu aurais eu ici une voiture accidentée dans une collision la semaine dernière ?" demanda Hannah en se tournant pour observer sa réaction. Autant aller droit au but.

"Non."

Hannah fut prise de court. Les haut-parleurs diffusaient les premières mesures très reconnaissables de la musique du film *Fame*. La batterie et le synthé en ébullition. Elle se tut, inspira à fond.

"Tu pourrais couper la radio ?

— Pourquoi ?

— Est-ce que tu pourrais juste la couper, s'il te plaît ?"

Son ton n'invitait ni aux objections ni à d'autres questions. PV haussa les épaules et obtempéra. Hannah ferma brièvement les yeux, irritée de ne pas pouvoir contrôler ça, qu'il soit si facile d'abattre les murs qu'elle avait si soigneusement élevés. Autour de tout ce qui concernait sa mère, et surtout Elin…

"Là, contente ? fit PV en l'arrachant à ses pensées.

— Oui. Merci."

Elle se ressaisit rapidement. Refoula comme d'habitude avec succès les pensées indésirables et revint à son affaire.

"Donc, pas de voiture accidentée ?

— Non.

— Bleu foncé.

— Non, répéta PV en secouant la tête pour appuyer sa réponse. Ni bleu foncé, ni d'aucune autre couleur. Pas de voiture accidentée.

— Sûr ?

— Absolument sûr."

Elle resta là à regarder autour d'elle, se demanda s'il y avait des raisons de contrôler ses dires, n'en trouva pas, pas pour le moment en tout cas.

"S'il t'en arrive une, merci de me prévenir." Elle le rejoignit en lui tendant une carte de visite. Il ne fit pas mine de vouloir la prendre.

"Je sais où vous trouver."

Elle soutint son regard en rangeant sa carte, puis tourna les talons et se dirigea vers la porte.

"Bien le bonjour à Tompa", entendit-elle, la main sur la poignée. Elle s'arrêta. Personne n'appelait son mari Tompa. Connaissait-il PV si bien que ça ? Était-elle censée interpréter cette courte phrase ? Au-delà du fait qu'il montrait par là qu'il savait qui elle était et qui était son mari ? Elle décida que non et ouvrit la porte. *La Lettre à Élise* l'accompagna tandis qu'elle quittait le garage et se dirigeait vers chez elle.

PV attendit que la porte se referme et d'être sûr qu'elle n'allait pas revenir avant de laisser libre cours à son irritation et à son inquiétude. Ils l'avaient toujours laissé tranquille depuis qu'il était sorti de taule. Il était important que ça continue, que tout le monde sache qu'il vivait désormais une honnête vie de Suédois moyen. Il ne voulait pas avoir de flics qui lui tournent autour. Ne pouvait pas se le permettre.

Allaient-ils réagir au fait qu'il travaillait si tard ?

Se mettre à le surveiller ? Le soupçonner à nouveau ?

Il n'aurait pas été à l'atelier à une heure pareille sans y être obligé, si la caisse d'Assurance maladie n'avait pas "réévalué la situation".

Rien n'avait changé.

Lovis ne pouvait pas tenir sa tête droite, pas parler, pas rire, elle était à peu près aveugle, était nourrie par sonde et faisait des crises d'épilepsie, parfois plusieurs fois par jour. À quatre ans, elle était à bien des égards moins développée qu'un nouveau-né, et malgré ça, on leur diminuait leurs heures d'assistance à domicile. Stina et lui avaient fait appel, protesté auprès de la commune, partout, mais la décision avait été maintenue, et ils étaient forcés de faire avec pour que ça marche. Se relayer à la maison auprès de Lovis, vingt-quatre heures sur vingt-quatre.

Ça n'avait pas marché.

Stina était tombée malade, avait dû encore réduire son mi-temps, avant de se mettre complètement en congé maladie. Il essayait de travailler autant qu'il pouvait, mais il était sur les rotules et donc, pour survivre, il devait payer de l'aide quand ils en avaient besoin.

C'était souvent. C'était cher.

Le garage marchait bien, mais il fallait davantage que ce qu'il gagnait avec l'entretien, les pneus et les vidanges. Et donc, alors qu'ils étaient au fond du trou, il s'était manifesté auprès de ses anciens contacts en Finlande, pour reprendre du service.

À moindre échelle. Surtout pas de drogue.

Désormais, la majeure part de ses extras provenait de voitures comme la Mercedes classe S qu'il était en train de réparer quand la flic avait débarqué. Accidentée aux USA pendant l'hiver, récupérée par l'assurance, revendue et transportée en Europe. Tout à fait légalement jusque-là. PV la réparait, souvent avec des pièces volées, puis la mettait sur le marché suédois ou finlandais. Vendue d'occasion, avec usure normale. Aucun historique permettant de savoir qu'elle était une épave en Floride quelques mois plus tôt. Il n'y gagnait pas des mille et des cents, mais ça l'aidait.

Et voilà que cette flic se pointait. Avec ses questions sur des voitures accidentées.

Il décida d'attendre quelques jours, de voir le tour que prenaient les choses. Il savait ce qu'il savait, mais pas ce qu'il devait faire de cette information pour le moment. Tout ce dont il était sûr, c'était qu'il ne pouvait pas retourner en taule. Stina et Lovis ne s'en sortiraient pas sans lui.

ELLE SORTIT NUE DU LIT et se dirigea vers la salle de bains. Elle savait qu'il la regardait. Ils avaient fait l'amour. Elle était douée pour ça, elle avait appris à fond, comme tout le reste. Il avait été meilleur qu'espéré.

Katya l'avait choisi au bar d'un hôtel. Homme d'affaires, étranger. Dans les quarante-cinq ans, physique ordinaire, correct, avec ses yeux bruns, ses cheveux sombres bien coupés, quelques jours de barbe, un veston dépareillé sur une chemise bleu clair déboutonnée dans le cou, il semblait prendre passablement soin de lui. Seul avec son ordinateur. Avant d'aller plus loin, elle avait vérifié qu'il n'y avait pas d'alliance. Elle se fichait bien qu'il trompe sa femme, mais c'était plus facile quand ils n'avaient pas à prendre cette décision. Au pire, il risquait de se dégonfler au cours de la soirée et elle ne voulait pas perdre son temps s'il s'avérait qu'il n'avait pas l'intention de coucher avec elle. Elle s'était approchée en demandant en anglais si la place en face de lui était libre et en se présentant sous le prénom Nadja.

Lui s'appelait Simon. Simon Nuhr.

De Munich, apparemment.

"Je parle un peu allemand", avait-elle dit avec un accent russe à couper au couteau, totalement superflu. Elle parlait couramment l'allemand, sans accent. L'allemand et cinq autres langues, se faisait comprendre dans six ou sept encore. En simulant la joie d'avoir l'occasion de pratiquer, elle avait continué en allemand, en commettant des erreurs simples qui l'avaient fait rire et qu'il avait corrigées. Elle lui avait proposé de lui offrir un verre, mais c'était lui qui l'avait invitée.

"Un verre de vin, merci."

Il avait pris une bière. Ils avaient trinqué au-dessus de son ordinateur portable replié. Elle avait souri pour l'encourager et avait continué une conversation insouciante. Il était évident que, pour lui, côté physique, elle jouait dans une tout autre catégorie, d'où sa joie sincère d'être en sa compagnie : il n'arrivait pas à s'expliquer sa chance. Pourtant, ou peut-être justement pour cette raison, il avait hésité quand, quelques heures plus tard, elle lui avait proposé d'aller quelque part où ils seraient seuls.

"Je ne suis pas une prostituée", avait-elle dit. Il avait rougi et assuré en balbutiant que non, l'idée ne l'avait même pas traversé. Il mentait. Quand des jeunes femmes attirantes faisaient la cour à des hommes d'affaires apparemment prospères dans un hôtel de Saint-Pétersbourg, il était habituel à l'Ouest de considérer qu'il s'agissait de prostitution. Éventuellement combinée avec du chantage. Certains employeurs mettaient en garde leurs salariés à ce sujet, elle le savait. Donc, il hésitait. Se dégonflait. Ils venaient de se rencontrer, donc prétendre qu'elle l'aimait ou nourrissait quelques sentiments pour lui aurait paru bizarre et suspect, mais si elle voulait obtenir ce qu'elle cherchait, il était nécessaire qu'il surmonte son inquiétude de se faire droguer, voler, ou pire.

Elle avait donc opté pour la vérité. Ou une variante de la vérité.

S'était penchée, avait baissé la voix en passant à l'anglais :

"Je viens de terminer un gros travail aujourd'hui, dit-elle en le regardant dans les yeux. Je ne suis pas d'ici, je rentre chez moi demain, je voudrais me détendre ce soir et j'aime le sexe." Elle avait continué de le regarder avec un air ouvert qui le mettait vraiment au défi de ne pas la croire.

Était-ce trop ? Trop direct ?

Visiblement non. Simon Nuhr s'était contenté de hocher la tête et n'avait pu retenir un petit sourire en lui disant qu'il avait une chambre au quatrième étage.

Katya ressortit de la salle de bains. Simon était toujours couché dans le lit double, il continuait à la regarder avec des yeux qui – même s'il n'en avait pas conscience – disaient qu'il n'avait toujours pas compris d'où lui tombait cette chance de se retrouver dans une chambre d'hôtel avec elle. Elle le laissa regarder.

"Je peux allumer la télé ? demanda-t-elle dans son mauvais allemand en prenant la télécommande sur la petite table de nuit.

— Tu veux allumer la télé maintenant ? répondit-il en regardant l'heure.

— Tu veux dormir ? demanda-t-elle en utilisant volontairement une mauvaise flexion du verbe, avec une mine qui l'assurait que, dans ce cas, elle ne le dérangerait pas.

— Non, non, on peut regarder la télé."

Elle retourna s'étendre à côté de lui. Remonta l'oreiller derrière son dos. La télécommande dans une main, elle laissa l'autre reposer sur son ventre. Elle sentit ses muscles se contracter à ce contact. Elle posa une de ses jambes sur la sienne, l'extérieur de sa cuisse contre son sexe, et commença à zapper jusqu'à trouver une chaîne d'actualités.

Une importante opération de secours devant un immeuble partiellement détruit. Tout un côté s'était effondré, comme si un géant l'avait écrasé, aplati au niveau du sol, en laissant intacte l'autre moitié du bâtiment. Les secours tentaient de retrouver des survivants dans les décombres.

Le commentaire et le bandeau qui défilait en bas de l'écran disaient la même chose : il était à présent confirmé que le journaliste Stanislav Kuznetsov et sa collègue Galina Sokolova avaient péri dans une explosion de gaz qui avait détruit une grande partie d'un immeuble d'habitation sur Afonskaya Ulitsa.

"Qu'est-ce qui s'est passé ? demanda Simon en montrant de la tête la télévision, où tout était en russe.

— Une explosion de gaz, un journaliste marié très connu pour ses positions critiques envers le Kremlin et sa maîtresse sont morts alors qu'ils baisaient dans l'appartement de sa mère.

— Ils disent ça ? demanda Simon d'une voix étonnée. Qu'il trompait sa femme ?

— Non, je le sais, c'est tout."

Sur la table de nuit, son portable bipa. Elle le prit, regarda l'écran. Le paiement avait été versé. Elle s'accorda un petit sourire de satisfaction.

"Bonnes nouvelles ?

— Oui."

Elle reposa le téléphone, ramassa la télécommande, coupa le son et laissa glisser la main qu'elle avait sur son ventre vers le bas.

Lentement, elle prend vie.

Haparanda.

En se levant dans le ciel sans nuages, le soleil dévoile impitoyablement qu'elle est une prima donna vieillissante. Elle a besoin d'un peu d'aide, d'attention, d'engagement et par endroits de choses aussi simples et concrètes que de la peinture, des planches et des tuiles neuves pour cacher les traces d'usure, signes indiscutables que certaines de ses parties ne respirent plus la même force vitale et la même foi en l'avenir que jadis.

Regrette-t-elle sa grandeur passée ? Bien évidemment.

Il y eut des époques où non seulement elle se sentait le centre du monde, mais où elle l'était. Une vraie métropole loin au nord. Espions, contrebandiers, révolutionnaires, prostituées, aventuriers et artistes venaient de près et de loin. Grande politique, affaires, destin des hommes : tout cela se discutait, se négociait et s'influençait dans les salons du Stadshotellet.

En avril 1917, Lénine s'était arrêté chez elle de retour de son exil en Suisse. Des chevaux et des traîneaux l'avaient fait traverser la glace jusqu'à Torneå, puis vers Petrograd, octobre et un rôle dans l'histoire du monde. Ce qu'on en pense dépend de qui on est, elle n'émet aucun jugement, se contente de constater : à une époque, tous semblaient savoir qui elle était, où elle se trouvait, et désiraient venir auprès d'elle.

Le soleil monte encore, chasse les ombres, anciennes et nouvelles.

Réchauffe le sol du cimetière où Valborg Karlsson, dans la lumière du matin, dépose de nouvelles fleurs sur le lieu du dernier repos de son mari. Il lui manque. Tout le temps. Elle se réveille tôt, surtout en été, va tous les ans sur sa tombe. Elle l'a fait ces neuf dernières années, sans se douter que c'est une infirmière de la maison de retraite où vivait son mari qui l'a tué d'une injection d'insuline.

Il fait déjà chaud dans le petit appartement qui sent le renfermé et la poubelle et où Jonathan "Jonte" Lundin dort tout habillé sur le lit, en sueur mais avec une ébauche de sourire aux lèvres. Il va encore s'écouler plusieurs heures avant qu'il se réveille et que recommence sa quête désespérée de drogue. Alors, il aura oublié avoir rêvé, ne se souviendra pas de ce sentiment abstrait de liberté et de bonheur qu'il n'a pas éprouvé en état de veille depuis plusieurs années.

Dans leur maison de Klövervägen, Jennie et Tobias Wallgren font tendrement et voluptueusement l'amour de bon matin. Ils se sont mariés à l'église d'Haparanda seulement deux semaines plus tôt. Tobias s'est juré d'être fidèle après le mariage, ce qu'il n'a pas été ni depuis les quatre ans qu'ils sont ensemble, ni depuis les deux qu'ils sont fiancés. Jusqu'à présent, il tient sa promesse. Ils font l'amour sans protection, et Tobias jouit en poussant un long gémissement dans l'oreiller. Un de ses spermatozoïdes rencontre un ovule de Jennie, qui tombe enceinte d'un enfant que tout le monde connaîtra dans vingt-trois ans, pas seulement à Haparanda, mais dans toute la Suède.

Stina Laurin se tient sur le seuil de la chambre de sa fille. Lovis dort tranquillement à présent, mais a eu une attaque cette nuit. C'était son tour de garde, mais Dennis s'est réveillé et l'a aidée. Alors qu'il avait travaillé tard. Il avait l'air si fatigué en retournant à l'atelier ce matin, mais ils ont plus besoin d'argent que lui de sommeil. Comme si souvent ces dernières semaines, elle se demande combien de temps ils vont tenir, et quand ces pensées lui viennent, la peur de le perdre, elle ne peut pas refouler les plus interdites : qu'elle n'aime pas sa fille, qu'ils se porteraient mieux sans elle. Et elle se hait.

Dans un des petits pavillons vert clair de Kornvägen, Krista Raivio se demande comment expliquer ses bleus et son œil enflé à ses collègues, tandis qu'elle coupe du pain pour le petit-déjeuner de son fils. Comme si souvent, elle joue avec l'idée d'enfoncer le couteau tranchant dans la poitrine de son mari violent, en se demandant ce que ça lui ferait. Elle va encore attendre trois ans avant de le savoir.

Sandra Fransson quitte la maison et Kenneth qui dort au premier étage pour aller travailler. Elle attend déjà avec impatience la pause déjeuner, dont elle va profiter pour se rendre au centre commercial Rajalla à Torneå, à quelques centaines de mètres de l'autre côté du fleuve, de l'autre côté de la frontière, et s'acheter ce vase dont elle a si envie. Elle a déjà préparé soixante euros, pliés dans la poche avant de son pantalon. Elle sait qu'elle ne devrait pas, mais elle a l'intention de se l'offrir. Elle a besoin de se l'offrir, elle le mérite. Comme tous les autres habitants d'Haparanda, elle lève les yeux vers le ciel bleu clair et constate qu'une belle journée s'annonce encore.

Elle ne sait pas, personne ne sait que des nuages sombres commencent à s'amonceler à l'est.

Avant même de se retourner, Hannah savait que l'autre lit serait vide. Il en allait toujours ainsi désormais. Même les week-ends. Thomas se levait et se couchait tôt, parfois dès neuf heures. Il dormait profondément sur le côté en lui tournant le dos quand elle se couchait des heures plus tard. Parfois, elle entendait son réveil sonner à cinq heures, le plus souvent non. En cette saison, elle n'était même pas sûre qu'il le mette. De toute façon, il se réveillait.

Un autre rythme.

Il avait toujours été du matin et, avant de partir travailler, il avait fait son sport, pris sa douche, veillé à ce que les enfants arrivent à l'heure à l'école avec tout ce dont ils avaient besoin. Elle avait toujours apprécié les heures solitaires où la soirée virait à la nuit, quand les enfants dormaient et que tout était calme à la maison. C'était son moment à elle.

Mais à l'époque ils se voyaient, se parlaient.

Aujourd'hui, il ne donnait pas de nouvelles de toute la journée.

Hannah se leva, enfila un jean et un pull, gagna la cuisine, jeta machinalement un coup d'œil à la table où elle savait qu'il n'y aurait pas de mot, avant de prendre le café dans le placard et de charger la cafetière. En attendant qu'il soit prêt, elle parcourut la première page du journal que Thomas tenait encore à recevoir chaque matin dans sa boîte aux lettres. Rien sur l'homme trouvé hier dans la forêt. Pas besoin de feuilleter pour en être certaine : s'ils en avaient eu vent, cela aurait été le plus gros et sans doute l'unique titre. Elle sortit son portable, composa un numéro et cala le téléphone contre son épaule tout en ouvrant le réfrigérateur. Thomas répondit à la deuxième sonnerie.

"Salut, tu fais quoi ?

— Je bosse, enfin, je suis au boulot en tout cas, c'est assez calme."

Hannah l'imaginait, calé au fond de son fauteuil, les pieds posés sur le bloc tiroirs de son bureau bien organisé. Il travaillait tout au bout de Stationsgatan, avec vue sur la gare, bâtiment aux airs de palais édifié pendant la Première Guerre mondiale dans un élan d'assurance et de confiance en l'avenir. Ou plutôt vue sur la Maison des jeunes, comme on l'appelait depuis des années, puisque le trafic passagers était démantelé depuis 1992 et que la ville n'avait plus aucun usage d'une gare. On parlait aujourd'hui de remettre les trains en circulation, mais la plupart attendaient d'en voir rouler pour y croire.

"Nous avons trouvé un corps hier, dit Hannah en sortant beurre, fromage et jus de fruits du réfrigérateur.

— Ah bon ?

— Oui, c'est pour ça que je suis rentrée tard.

— OK."

Ce n'était pas la réaction à laquelle elle s'attendait. Elle l'avait imaginé se redressant sur son siège, se penchant en avant, désirant en savoir plus, de tout savoir. Pas juste un simple "OK".

Il s'était toujours sincèrement intéressé. Quand ils étaient à Stockholm, bien sûr, mais aussi depuis qu'ils avaient déménagé au nord. Elle avait beau n'avoir jamais pourchassé de tueur en série ni eu d'enquêtes particulièrement spectaculaires, il s'était toujours montré concerné par son travail. Beaucoup plus qu'elle par le sien. Il n'y avait pas grand-chose à dire au sujet d'expertises comptables, lui semblait-il.

"Quelqu'un a visiblement tué un type en le renversant en voiture, puis l'a enterré en forêt, continua-t-elle malgré l'absence de répondant, tout en entreprenant de se beurrer deux biscottes.

— Vous avez un suspect ?

— Non, nous ne savons même pas qui est la victime.

— Qui a trouvé le type ?

— Nous. Des loups en avaient mangé des morceaux et… c'est une longue histoire.

— Tu me raconteras ça ce soir. Tu seras là ?

— Ça dépend un peu de ce qui se passe aujourd'hui, mais oui, je crois.

— OK, à ce soir alors."

Un signal clair : il voulait raccrocher. Ses pensées du réveil lui revinrent. Ils ne s'étaient pas parlé de toute la journée hier, et quand avaient-ils fait quelque chose ensemble pour la dernière fois ? Elle n'arrivait pas bien à s'en souvenir. Se voir, oui, être ensemble à la maison, mais vraiment *fait* quelque chose, rien qu'eux deux ?

Ils ne profitaient pas très souvent ni régulièrement de l'offre culturelle, sportive ou de loisirs de la région, mais il arrivait de temps en temps que Thomas lise quelque chose dans le journal et propose d'y aller. Mais il avait complètement cessé, réalisa-t-elle. Depuis quand ?

"Comment tu connais PV ? demanda-t-elle en commençant à se couper du fromage, pour ne pas raccrocher encore.

— Qui ça ?

— PV. Dennis Niemi.

— Le garagiste ?

— Oui.

— Il répare les voitures de la boîte, la nôtre et le scooter quand il y a besoin. Pourquoi ?

— Rien, je lui ai parlé hier, et il m'a demandé de te passer le bonjour, c'est tout."

Ce n'était pas toute la vérité, mais c'était plus simple ainsi. Le nom de Thomas prononcé dans l'atelier de PV lui avait rappelé qu'elle ne savait plus exactement ce qu'il faisait de ses journées.

Où il le faisait, quand, et avec qui.

Ils ne vivaient pas seulement à des rythmes différents. Ils vivaient des vies presque séparées.

Depuis un an, il avait été moins présent. Il passait plus de temps au boulot, à la chasse, à la pêche, dans le chalet, chez son neveu. D'autres choses l'attiraient.

Peut-être aussi quelqu'un d'autre.

Elle n'y croyait pas trop, mais ne pouvait pas en être complètement certaine. Ils avaient moins de rapports sexuels, la chose était sûre. Hannah avait cru que ce serait le contraire après le départ d'Alicia, l'année passée. Leur dernier enfant resté à la maison. Elle attendait ce moment. Pendant des années, ils avaient été forcés de faire attention, d'attendre les rares occasions où ils étaient seuls à la maison pour ne pas gêner des ados sensibles. Désormais, il n'y avait plus qu'eux. Champ libre. Mais il ne se passait pas grand-chose dans la chambre à coucher. Au Nouvel An, elle avait résolu de noter dans son téléphone chaque fois qu'ils couchaient ensemble. Un simple *s* à la date en question. Jusqu'ici, il n'y avait que deux *s* dans son calendrier. Le dernier remontait au 8 avril. Et juin était bien entamé.

"Qu'est-ce que tu as fait, hier soir ?" demanda-t-elle en refoulant rapidement et efficacement l'idée qu'il se serait éventuellement lassé d'elle. D'eux comme couple.

"Rien de spécial.

— Tu n'as pas appelé.

— J'ai supposé que tu travaillais, je ne voulais pas déranger."

Elle revint à son beurre et à son fromage. Se rappela l'époque lointaine où, jeunes mariés, ils venaient de s'installer à Stockholm. Elle n'avait pas de portable à l'époque, presque personne n'en avait. Mais elle avait un biper, et dès qu'il vibrait elle essayait de trouver au plus vite un téléphone. Thomas était à la maison avec Elin, quelque chose pouvait être arrivé, mais non. Il voulait juste prendre des nouvelles, savoir comment ça allait.

Parfois, il voulait juste entendre sa voix.

Il se fichait bien qu'elle travaille. De déranger.

"OK, lâcha-t-elle.

— Oui.

— À ce soir, alors.

— Oui, je rentre à l'heure habituelle."

Elle raccrocha, posa le téléphone sur le plan de travail et commença son petit-déjeuner. Feuilleta distraitement le journal. Sans même qu'elle ait à y réfléchir ou à se forcer, cette conversation matinale s'évacua d'elle-même. Ressasser n'avançait à rien.

Après tout juste vingt minutes de marche, Hannah poussa la porte d'entrée, salua Carin à l'accueil, glissa son passe dans le lecteur, entra son code et alla se mettre en uniforme.

En rejoignant la réunion du matin, elle entendit des pas derrière elle dans l'escalier. Elle s'arrêta pour attendre Gordon qui la rejoignit un sourire aux lèvres et un fin dossier dans une main.

"Salut, tu n'as pas X avec toi ?" demanda-t-elle, en supposant qu'ils enquêtaient toujours sur un meurtre, même si la qualification serait peut-être transformée en homicide involontaire, sauf s'il s'avérait que le chauffeur était sous l'emprise d'alcool ou de stupéfiants, autant de circonstances aggravantes. Encore fallait-il qu'ils lui mettent la main dessus.

"Il attend pour monter nous rejoindre que le légiste et la police scientifique aient fini, répondit Gordon. En attendant, on continue notre enquête et on le tient informé.

— Je suis passée voir PV hier, dit-elle en l'accompagnant jusqu'à la kitchenette.

— Quand ?

— En rentrant. Des voitures accidentées, j'ai tout de suite pensé à lui.

— Il a raccroché, non ?

— C'est ce qu'il dit, mais il était à l'atelier à minuit passé.

— Il doit avoir beaucoup à faire.

— Ça doit être chouette de penser tout le temps du bien des gens, comme ça."

Elle lui sourit et poussa la porte de la vaste antichambre de leur salle de réunion. P-O était assis comme un bouledogue triste dans le grand canapé d'angle bleu, profondément plongé dans son portable, mais se leva en les voyant arriver. Max était devant le plan de travail qui longeait le mur, en train d'attendre que la machine à café le serve.

"Bonjour à tous, les salua Hannah.

— Salut", répondit Max tout en récupérant son gobelet.

Gordon fila droit dans la salle de réunion, suivi de Robert et P-O. Hannah appuya sur la touche café allongé, bien tassé, sans lait.

Dans la salle de réunion, elle s'assit à côté de Morgan, qui la salua de la tête. En face étaient installés Max, P-O et Ludwig Simonsson, le nouveau. Dans l'équipe depuis moins d'un an. Smålandais, formé à Växjö, il avait fait son stage d'aspirant à Kalix, où il s'était mis avec une Finlandaise habitant Haparanda. Mère célibataire. Sa fille et elle ne parlaient pas suédois, Ludwig pas un mot de finnois. Mais il apprenait vite, comprenait de mieux en mieux. Ce qui lui facilitait la vie, et pas seulement sur le plan personnel. Un tiers des habitants d'Haparanda étaient nés en Finlande. Quatre sur cinq avaient des origines finlandaises. "La plus finnoise des villes suédoises", comme on l'appelait parfois, non sans controverse au sein de la fraction de sa population, en constante diminution, ne parlant encore que le suédois. On pouvait dire ce qu'on voulait, mais dans la pratique la ville était bilingue, et il devenait de plus en plus difficile de se débrouiller sans le finnois.

"Le légiste et la police scientifique n'ont pas encore terminé, attaqua Gordon, faisant immédiatement cesser le brouhaha. Mais ils ont établi un grand nombre de points en peu de temps. Commençons par le légiste…" Il ouvrit le mince dossier qu'il avait apporté et y parcourut un document. "Encore une fois, c'est un rapport préliminaire, mais la cause du décès : nuque brisée. Les lésions aux jambes indiquent qu'il a été renversé par une voiture.

— Donc il était hors de sa voiture, glissa Hannah, plus une affirmation qu'une question.

— Il semble bien. Il avait aussi une blessure par balle. Au-dessus de la fesse droite. La balle y était encore logée." Gordon feuilleta les quelques documents de son dossier, changea de rapport. "Le labo nous indique qu'il s'agit d'un calibre 7,62.

— Les fusils automatiques finlandais utilisent encore ce calibre, informa Morgan.

— Pas de carte d'identité, rien dans les poches à part une boîte d'allumettes russe, des cigarettes russes et des vêtements au moins en partie achetés en Russie, continua Gordon. Donc vraisemblablement un Russe, il n'est pas dans nos fichiers, conclut-il en refermant le dossier.

— Qu'est-ce qu'il foutait dans le coin ? lâcha P-O à la cantonade.

— De la contrebande ?" proposa Max. Les autres opinèrent du chef.

Dès qu'il y avait une frontière, il y avait de la contrebande. Haparanda ne faisait pas exception.

Bien sûr, il y avait les stupéfiants, mais la responsable de la majeure partie de la contrebande était l'UE, avec sa législation interdisant la vente de tabac à priser dans tous les pays membres sauf la Suède. Une marchandise interdite à la vente, impossible à acheter légalement, qu'on trouvait quelques centaines de mètres plus loin en abondance et en toute légalité : bien sûr qu'il y avait de la contrebande. Le tabac à priser n'attirait pas que des jeunes aventureux cherchant à gagner un petit extra en traversant la frontière avec une ou deux cartouches de plus que le maximum autorisé. En misant sur d'importants volumes, il y avait beaucoup d'argent à se faire. La présence d'un contrebandier russe sur des petites routes forestières était donc tout à fait plausible.

"La peinture sur le rocher, savons-nous de quelle voiture elle vient ? demanda Hannah.

— Pas encore. Dans la journée, sans doute.

— Mais nous pensons que c'est quelqu'un du coin qui l'a renversé, n'est-ce pas ?

— Pourquoi ? demanda Ludwig.

— Cette petite route merdique, il faut la connaître, aucune carte ni aucun GPS ne t'y conduira.

— Bien vu. On se concentre donc sur la zone d'Övre Bygden. Je vais voir si j'arrive à obtenir quelques renforts pour le porte-à-porte."

Hannah hocha la tête pour elle-même. Il fallait bien commencer quelque part, et cela réduisait la zone de recherche, même s'il s'agissait encore d'une vingtaine de villages avec plus de trois cent cinquante habitants dispersés dans un rayon de plusieurs dizaines de kilomètres.

"Il n'y avait pas des Russes impliqués dans cette fusillade près de Rovaniemi, il y a une semaine ?" demanda Morgan, qui continuait visiblement à réfléchir au fusil automatique finlandais et aux Russes. Tous savaient à quoi il faisait allusion. Une sorte de règlement de comptes qui avait mal tourné. La police finlandaise n'avait pas demandé d'aide, ils n'en savaient donc pas davantage.

"Pensons-nous qu'il y a un rapport ? demanda Ludwig en roulant comme d'habitude les *r* de son accent smålandais à couper au couteau.

— Ça ne mange pas de pain de vérifier.

— Je peux m'en charger, se proposa Hannah, sans susciter aucune objection.

— Rovaniemi, est-ce que ça veut dire qu'on va aussi faire venir ici les Finlandais ?

— On verra, répondit Gordon, avant de s'adresser à nouveau à tous : Nous avons retrouvé ce qui restait de la viande qui a empoisonné les loups.

— Ah ? s'étonna Hannah. Quand ?

— Mes voisins et moi avons continué à chercher, hier, quand vous avez trouvé le corps, dit Morgan en se fourrant un biscuit dans la bouche.

— Et donc ?"

Elle attendit que Morgan finisse de mâcher et fasse descendre le biscuit d'une gorgée de café avant de répondre en haussant les épaules.

"Rien de particulier. C'était sur un rocher plat. Ça avait réussi à tuer aussi quelques oiseaux et un renard.

— Avons-nous une idée de qui pourrait avoir déposé cette viande ? demanda P-O.

— Non, mais la parcelle voisine appartient à Hellgren."

Tous sauf Ludwig hochèrent la tête en même temps. Morgan n'avait pas besoin d'en dire davantage.

Anton Hellgren.

Soupçonné de braconnage aggravé, de recel de braconnage aggravé, d'empoisonnement.

Dénoncé pour chasse illégale de lynx, d'aigle royal, de glouton et d'ours.

Plusieurs fois objet d'investigations, mais jamais condamné, ni même mis en examen.

"De quel genre de poison s'agissait-il, le savons-nous ? demanda Ludwig. Est-ce traçable ?

— Le SVC a dit que les loups étaient morts d'un empoisonnement à l'alphachloralose, répondit Hannah. De la mort-aux-rats, tout ce qu'il y a de plus ordinaire, alors non, ce n'est pas traçable.

— Que faisons-nous ? demanda P-O en se tournant vers Gordon.

— Rien en ce qui concerne Hellgren, en tout cas pas pour le moment, répondit Gordon en commençant à rassembler les papiers étalés devant lui. Hannah voit avec la Finlande, nous continuons de notre côté. Nous allons donner une courte conférence de presse après cette réunion, ça nous permettra peut-être de recevoir d'éventuels tuyaux.

— On parie, pour le gros titre ? lança Morgan en souriant derrière son énorme barbe.

— Je préfère m'abstenir.

— GANGSTER RUSSE DÉVORÉ PAR DES LOUPS, dit Morgan en accentuant chaque mot d'un geste de la main.

— Nous n'avons pas l'intention de parler d'une éventuelle nationalité de la victime, ni de loups. Pour le gros titre, il faudra attendre", dit Gordon en se levant. La réunion était terminée.

"Dommage, c'était un titre de rêve. Des Russes et des loups, ça fait quand même plus peur que les marronniers du genre « ton mal de tête est peut-être une tumeur au cerveau » qu'ils ont l'habitude de ressortir en été.

— Gangster russe dévoré par des loups, qu'est-ce que ça

donne en finnois, Ludwig ?" demanda Max. Son collègue réfléchit un instant en bougeant un peu les lèvres.

"*Venäläisen gangsterin... syönyt sudet.*

— Tu y es presque ! Avec ta copine, vous allez incessamment pouvoir aussi vous parler", sourit Morgan en lui posant la main sur l'épaule.

Il aurait dû pleuvoir, pensa Sami Ritola, qui fumait adossé au tronc d'un bouleau.

Une pluie battante, des parapluies noirs, les barbus aux visages fermés dans leurs blousons de cuir, les policiers essayant de se faire discrets à l'arrière-plan, avec leurs appareils photos, la veuve et les enfants devant la tombe ouverte. Ça aurait pu être tiré d'un film. S'il avait plu.

Mais ce n'était pas le cas.

La cérémonie était terminée. L'un après l'autre, les hommes grossièrement taillés défilaient devant la veuve et ses deux enfants, disaient quelque chose à voix basse, hochaient la tête, une main réconfortante sur son épaule ou son bras, certains embrassaient ou étaient embrassés. Sami écrasa son mégot, vida la fumée de ses poumons et se prépara. Six des sept morts de la clairière près de Rovaniemi avaient été identifiés. Quatre d'entre eux étaient membres ou proches de Susia MC, un des plus anciens gangs de motards, présent bien avant les Outlaws, les Bandidos, les Shark Riders et autres Satudarah : ces dix dernières années, le nombre des gangs criminels avait plus que doublé en Finlande, mais Susia MC avait résisté à la concurrence, et s'était même développé. Une des raisons en était une réputation d'absence de scrupules peu commune, l'autre d'avoir de bons contacts avec les Russes.

Avec Valery Zagorny, notamment.

Très puissant. Très, très dangereux.

Matti Husu, barbe rousse et chef du gang depuis huit ans, se dirigeait dans l'allée du cimetière vers le parking où les motos étaient appuyées sur leurs béquilles, rangées avec une régularité impressionnante. Les talons de ses bottes claquaient sur l'asphalte. Sami quitta son bouleau et se glissa sans bruit à sa hauteur sur son passage. Sans ralentir le pas, Matti lui lança un coup d'œil qui exprimait exactement ce qu'il pensait de la présence de Sami.

"Belle cérémonie."

Pas de réaction, ils continuaient à avancer. Sami jeta un coup d'œil par-dessus son épaule. Le reste du gang derrière lui, tous le dévisageaient d'un air désapprobateur. Sami fit un signe de tête vers la tombe, au loin.

"Pentti, quel type. Il aimait ces trucs tribaux autour de l'œil, super cool." Il se tourna à nouveau vers Matti. "Est-ce qu'il l'a fait avant ou après Mike Tyson ? Tu sais ça ?

— Parle pas de lui.

— De quoi on parle, alors ?

— De rien, on n'a rien à se dire.

— Moi oui, et tu sais ce que j'ai l'habitude de dire : c'est ici, ou au poste."

Il sortit de sa poche un paquet de cigarettes et le tendit à Matti qui, après quelques secondes d'hésitation et un soupir, en prit une. Il s'arrêta, fit signe aux autres de continuer, tandis que Sami sortait un briquet et allumait les cigarettes.

"Nous voulons la même chose, dit-il en soufflant de la fumée. Quelqu'un a fumé le cou de Pentti. Est-ce qu'on peut dire ça ? Fumer le cou… On s'en fout, c'est en tout cas ce que quelqu'un a fait. Et il a tué tes autres gars. Je veux le retrouver."

Matti ne répondit pas, tira sur sa cigarette, se tourna vers le reste du gang qui attendait déjà sur les motos.

"Il y avait une jeep russe sur les lieux, continua Sami. Nous avons identifié deux autres morts. Russes tous les deux. Qu'est-ce qui s'est passé ?

— Tu ne sais pas ? Tu as l'air de tout savoir.

— Allez, quoi, un petit coup de main.

— Tu ne le retrouveras jamais."

Sami tiqua. Cette affirmation catégorique soulevait vraiment des questions. Des questions auxquelles il n'était pas le seul à vouloir répondre.

“Tu sais qui c’est ? Où est-il ?”

Matti croisa son regard en silence, l’air d’en avoir déjà trop dit. Sami secoua la tête et regarda avec préoccupation le chef de gang barbu.

“Matti, voilà le tableau : les flics d’Uleå ont déjà repris l’enquête. Si les journaux continuent sur leur lancée, Helsingfors ne va pas tarder à entrer dans la danse, il y a des points politiques à marquer, tu sais bien, resserrer la vis contre les gangs, la criminalité organisée, et blablabla. On nous enverra plus d’effectifs, plus de ressources, on vous surveillera jour et nuit, ce qui compliquera vos affaires.”

Il se tut, tira sur sa cigarette sans quitter Matti des yeux, pour observer l’effet de son petit discours. Ça avait au moins l’air de le faire réfléchir.

“Tu as un moustique sur le front.

— Hein ?

— Un moustique, répéta Sami en lui montrant. Sur le front. Je pourrais te l’écraser, mais tes gars m’abattraient.”

Matti passa avec irritation la main sur son front, regarda ses doigts et recommença dans la direction opposée.

“Dis-moi ce que tu sais. Nous, on arrête le type, et vous, vous continuez votre business comme d’habitude, *win-win*.

— Laisse tomber, Sami. Il est mort.”

Sami croisa le regard calme du chef de gang. Sentit son pouls accélérer. Quoi ? Était-il en train d’avouer ? La théorie qu’il avait entendue et avait à peu près tout de suite rejetée pouvait-elle vraiment être la bonne ? Il fallait en savoir plus. Quand il était mort, et peut-être plus important…

“Où est-il ?… Et où est… enfin, tu sais quoi ?

— Il est mort. C’est juste qu’il ne le sait pas encore.” Matti lui donna une tape sur l’épaule, jeta par terre ce qui restait de sa cigarette et se dirigea vers sa moto. Sami regarda s’éloigner son dos couvert d’une tête de loup tenant une chaîne noire dans sa gueule ouverte. Les autres démarrèrent leurs machines en le voyant approcher, mais aucun ne bougea avant que Matti ne roule en tête. Les moteurs déchirèrent le silence autour du cimetière en s’alignant en cortège.

Sami retourna vers le cimetière. Pas vraiment de quoi se réjouir, il avait espéré en apprendre davantage. Il s'arrêta, regarda la veuve et ses deux petits enfants, guidée vers une voiture d'une main attentionnée par ce qui devait être ses parents. C'était triste pour elle, bien sûr, et pour les gamins, mais Pentti avait passé quatorze de ses trente-huit ans derrière les barreaux, avait été poignardé deux fois, s'était fait tirer dessus : qu'il n'atteigne pas l'âge de la retraite ne pouvait pas être une surprise totale, supposait-il. Fallait-il aller la voir ? Pouvait-elle être au courant de quelque chose ? Son téléphone vibra dans sa poche, il le sortit et regarda l'écran. La Suède appelait.

“Une fois, deux fois, trois fois, adjugé pour soixante-cinq couronnes.”

Le commissaire-priseur légèrement en surpoids abattit son marteau sur le morceau de bois qu'il portait à la main et s'essuya le front avec un mouchoir avant d'annoncer l'objet suivant. René était assis sur le côté droit, aussi loin que possible des fenêtres où des rideaux fleuris tentaient sans succès de lutter contre le grand soleil. Il flottait dans la pièce une chaleur oppressante, le grand ventilateur dont les pales tournaient lentement au plafond répartissait la chaleur plus qu'il ne rafraîchissait. René s'éventait avec le catalogue de la vente aux enchères plié en deux, réticent à tomber son blazer bleu marine à double rangée de boutons et à rester en bras de chemise.

Il était un habitué des ventes d'Åskogen. Il n'était pas le seul. La salle de réunion badigeonnée de jaune était pleine à craquer. La plupart étaient là pour s'amuser, c'était une sortie, la possibilité d'acheter pas cher quelque chose d'utile ou qui leur plaisait. Il y avait aussi quelques connaisseurs. René en avait repéré au moins deux. Des messieurs d'une cinquantaine d'années qu'on voyait se pointer aux ventes aux enchères dans la région. Ils s'efforçaient de cacher leur expertise pour ne pas attiser l'intérêt, mais René les avait depuis longtemps percés à jour. Ils savaient exactement quoi enchérir et à quel prix.

Tout comme René, mais pour de tout autres raisons.

Aujourd'hui, deux successions étaient mises en vente. Partout dans la salle et sur le petit podium s'accumulaient meubles, vaisselle, appareils électroménagers, luminaires, bibelots, tableaux, tapis, outils, miroirs ainsi que les "trouvailles", comme on les appelait, et qui étaient justement en train d'être mises en vente. Des lots de petits objets divers, de trop peu de valeur pour être vendus séparément.

"Voici la trouvaille numéro quatre", annonça l'homme en sueur pendant que son collègue montrait la chose. Un dauphin en verre, trois tasses avec leurs soucoupes, une boule à neige, un sous-plat en métal et un petit nain de jardin avec sa brouette, entre autres. Plein de jolies choses. Est-ce que j'ai vingt couronnes ?"

René attendit, regarda autour de lui, il avait son idée sur les enchérisseurs potentiels. Une femme au deuxième rang leva la main. Une de celles que René avait déjà sur sa liste, elle avait déjà remporté une lampe en lave, une Mona Lisa brodée au point de croix et un des précédents lots "trouvailles".

"J'ai vingt couronnes ici, confirma le commissaire-priseur.

— Trente", dit René.

L'homme au marteau répéta l'offre en se tournant vers la femme, qui renchérit de dix couronnes.

"Quarante", dit-il, en se tournant à nouveau vers René, qui leva la main en hochant la tête. "Cinquante."

La femme se retourna pour voir qui enchérissait contre elle. René laissa ses lèvres former un sourire. Le commissaire-priseur répéta l'enchère de René. La femme secoua la tête.

"Qui dit mieux ? Une fois, deux fois, trois fois... adjugé pour cinquante couronnes."

Pendant que la vente continuait avec le lot "trouvaille" numéro cinq, René alla payer. Comptant. C'était le troisième lot qu'il achetait aujourd'hui, ça suffisait. Son carton sous le bras, il quitta la salle, traversa le café bien achalandé et rejoignit sa Toyota Yaris bordeaux de cinq ans d'âge. Il posa le carton dans le coffre où étaient déjà ses autres achats, démarra et prit la direction d'Haparanda.

Une fois sur la grand-route, il régla son limitateur de vitesse à quatre-vingt-dix kilomètres-heure et suivit le flux des voitures. Une voiture ordinaire parmi des voitures ordinaires.

L'anonymat. Y avait-il mieux ?

Il faisait des affaires à Haparanda depuis maintenant deux bonnes années. Habitait un deux-pièces en centre-ville. Travaillait à mi-temps au fast-food Max. Il avait raconté à ses collègues qu'il faisait des études par correspondance le reste du temps. Archives et bases de données à l'université du Centre. Il avait soigneusement choisi le cours dont il estimait qu'il intéresserait le moins de personnes. Il ne participait jamais à aucune activité organisée, ne sortait jamais prendre une bière avec les autres, n'allait jamais au cinéma ni chez personne. N'avait pas de petite amie ni de petit ami. Savait que ses collègues le trouvaient un peu original, avec ses tenues correctes et son profil bas, et avaient depuis longtemps renoncé à lui proposer de participer à quoi que ce soit. Ce qui lui convenait parfaitement.

Une dizaine de personnes à Haparanda étaient au courant de son existence.

Quatre connaissaient la vraie nature de ses activités.

D'autres, dans sa position, voulaient que le plus grand nombre – pour autant qu'il s'agisse des "bonnes" personnes, bien sûr – sache qui ils étaient et ce qu'ils faisaient. Ils trouvaient une motivation dans le fait d'être craints et admirés. Du point de vue de René, il n'y avait pas d'autre raison d'agir ainsi que de flatter son propre ego. Il n'en avait pas besoin et ne le recherchait pas.

Il savait qui il était et pourquoi.

Il avait réussi parce qu'il était ambitieux et intelligent.

Quand il avait eu quinze ans, ses parents avaient mené l'enquête. Pendant toute son enfance, il avait été différent, bizarre, un loup solitaire qui avait du mal à socialiser et à se faire des amis, mais, après quelques incidents à l'école – qu'il détestait –, ils avaient commencé à s'interroger sur ses capacités d'empathie. C'était forcément lui qui avait un problème, pas elles, ces personnes dépourvues d'ambition, peu intelligentes et privées d'imagination, chez lesquelles il était né et avec qui il était contraint de cohabiter.

Après une période de tests, d'analyses et de coûteuses séances chez des psychologues, ils avaient eu ce qu'ils voulaient. Non pas un fils reconnaissant ayant pris conscience de son échec et résolu à tout faire désormais pour ne pas haïr la moindre seconde de leur existence de classe moyenne en état de mort cérébrale. Non, ils avaient obtenu mieux. Un diagnostic. Une confirmation de ce qu'ils savaient depuis toujours.

Qu'il était malade.

Un sociopathe à haut potentiel intellectuel. Ou un psychopathe, les avis divergeaient quelque peu sur ce point. Ce n'était pourtant pas cette partie du diagnostic qui était la plus importante. Pas pour lui. C'était le côté "haut potentiel".

Ou en d'autres termes : intelligent.

Par la suite, il avait passé plusieurs tests de QI et obtenu un maximum de 139 sur l'échelle de Wechsler. Largement de quoi le qualifier pour faire partie de l'association Mensa ou de toute autre du même genre, sauf qu'il n'avait aucune envie de participer à ce genre de réunions. Ni d'ailleurs d'afficher son intelligence supérieure.

L'autoradio allumé en bruit de fond passait Whitney Houston. René monta le volume. Whitney Houston était la perfection même. Elle avait tout : la voix, le physique, la vulnérabilité, la force, l'intimité. Une artiste complète. Là-dessus, il était d'accord avec Patrick Bateman, le personnage principal du roman *American Psycho* de Bret Easton Ellis. En revanche il n'aimait pas les autres artistes que Bateman portait aux nues, Genesis, Phil Collins, Huey Lewis et The News, et ne trouvait pas ce livre particulièrement réussi non plus, il l'avait surtout lu à cause du titre, et n'avait pas vu le film.

Mais Whitney…

Il tenait son premier album comme le meilleur début de tous les temps, même si son favori était *My Love Is Your Love*, de 1998.

Son histoire aussi était parfaite, du début à la fin tragique. L'enfance, le gospel, le soutien d'une famille beaucoup trop exigeante, le viol, la découverte, la percée, le succès absolu, le monde à ses pieds, la pression, l'obligation de dissimuler sa sexualité, la trahison de sa famille, la chute, les tentatives de come-back, l'humiliation publique et pour finir : la mort. Un scénariste expérimenté d'Hollywood n'aurait pas fait mieux, avec pour couronner le tout une morale à retenir :

Don't do drugs, kids.

René sourit tout seul, monta encore le volume et continua à rouler en respectant la limite de vitesse vers Haparanda.

Kenneth était assis sur le perron, une canette de bière à la main, quand Thomas s'engagea dans l'allée devant la grande maison de deux étages avec sa façade en Eternit et son toit mansardé qui, avec une poignée d'autres, constituait le petit hameau de Norra Storträsk. En principe sans entretien, avait assuré l'agent immobilier quand Kenneth et Sandra l'avaient achetée deux ans auparavant.

En principe… Quelques plaques d'Eternit avaient fendu et devaient être changées. La maison tout entière aurait eu bien besoin d'un grand nettoyage, plusieurs des plaques viraient au vert : Sandra espérait qu'il s'agisse d'algues, mais Thomas craignait des moisissures. La peinture blanche s'était depuis longtemps écaillée aux cadres des fenêtres, qui à plusieurs endroits avaient commencé à pourrir. Une vitre était cassée, remplacée par du contreplaqué, et l'escalier d'où Kenneth se levait avec une visible réticence pour en descendre quelques marches avait éclaté par endroits autour de la rampe rouillée. Si on passait devant sur la route, ce que peu de gens faisaient, il était facile de croire que cette maison était une des nombreuses laissées à l'abandon dans la région.

Thomas salua en levant la main et descendit de voiture. Son neveu n'avait jamais respiré la santé et la forme, mais aujourd'hui il semblait plus pâle et maigre que d'habitude en s'avançant d'un pas traînant vers la voiture. Ses cheveux ternes descendant jusqu'aux épaules, des cernes sombres aux yeux, un tee-shirt avec une créature aux airs de zombie dont Thomas savait qu'il s'appelait Eddie, son short vert sombre qui flottait autour de jambes maigres et pâles, les pieds enfoncés dans une paire de sabots.

“Qu’est-ce qui t’amène ? demanda Kenneth en serrant rapidement Thomas dans ses bras.

— Pas grand-chose à faire au boulot, alors je me suis dit que je pouvais passer réparer le chauffe-eau.

— Sympa.

— Et toi, comment ça va ? demanda Thomas par-dessus son épaule tout en sortant de son coffre sa boîte à outils et les pièces de rechange qu’il avait achetées.

— Ça va, ça va.

— Qu’est-ce que tu fais ?”

Kenneth haussa ses maigres épaules en écartant les mains.

“Rien de spécial, je traîne, quoi…”

Il tripota d’une main sa barbe maigre en évitant de croiser le regard de Thomas, puis retourna vers la maison. Thomas le suivit des yeux avant de lui emboîter le pas. Se faisait-il des idées ou Kenneth avait l’air un brin… nerveux ? Comme s’il se forçait à paraître comme d’habitude. Thomas ne pouvait pas imaginer qu’il ait replongé dans la drogue, Sandra ne l’aurait jamais accepté, elle l’aurait tout de suite mis à la porte à coups de pied. Il aimait Sandra, il n’aurait jamais risqué de la perdre.

Mais il y avait quelque chose.

Il avait appris à bien connaître son neveu ces dernières années : il était le seul de la famille à être allé le voir quand il était en taule. Quand Kenneth, à sa libération, avait décidé de rester à Haparanda, Rita avait demandé à Thomas s’il pouvait garder un œil sur lui, lui donner un coup de pouce, veiller sur lui.

Au début, il avait essayé d’encourager sa sœur à venir les voir, Kenneth, Hannah et lui. Mais l’occasion ne s’était jamais présentée, il y avait toujours eu un contretemps pour l’en empêcher. Elle ne l’avait jamais franchement dit, mais Thomas savait que c’était Stefan qui ne voulait pas qu’elle vienne. S’il connaissait bien son beau-frère, il ne l’en avait pas expressément empêchée, mais avait juste fait comprendre à Rita à quel point il serait déçu qu’elle y aille. Elle n’était donc jamais venue. Elle n'appelait presque jamais non plus, et ne prenait jamais contact sur les réseaux sociaux. Selon Kenneth, c'était parce que son père, pour le moins maniaque du contrôle, vérifiait régulièrement le téléphone de sa femme.

L'ordre devait régner par la discipline et l'obéissance.

Thomas savait que Stefan avait interdit à son fils de revenir à la maison. Il pouvait revenir s'installer à Stockholm si ça lui chantait, mais ne serait jamais le bienvenu dans leur villa de banlieue. Il lui avait très clairement fait comprendre qu'il n'avait plus que deux enfants désormais, et non trois.

"J'arrive au mauvais moment ? demanda-t-il en montant vers la maison, pour donner à Kenneth l'occasion de lui dire si quelque chose lui pesait.

— Mais non, c'est super que ça soit réparé."

Sandra se douchait au travail. Quant à Kenneth, Thomas ignorait où. Le faisait-il seulement ? Il l'espérait, au moins pour Sandra. Leur chauffe-eau était en panne depuis plus d'une semaine.

Ils entrèrent dans le petit vestibule où Thomas les avait aidés à refaire les papiers peints après un dégât des eaux. Aussitôt sur la gauche, il ouvrit la porte du sous-sol qui raclait encore un peu, tourna l'interrupteur noir et s'engagea dans l'escalier. Kenneth le suivit. Il faisait humide et frais. Comme d'habitude, Thomas trouva que ça sentait vaguement le moisi en bas. Il s'approcha de la vieille bonbonne arrondie qui, la semaine précédente, avait fait sauter le disjoncteur à prise de terre qu'il avait installé quand ils avaient emménagé. Sans doute une des résistances qui avait grillé : il en avait apporté deux de rechange. Le chauffe-eau était encastré derrière des rayonnages : pour y accéder, Thomas dut déplacer quelques caisses en plastique pleines de vis et de clous, quelques pots de fleurs, un sac de billes d'argile, un paquet de mort-aux-rats et quelques pots de peinture.

"Et le boulot, comment ça va ? demanda-t-il en coupant l'alimentation du chauffe-eau avant de tourner le robinet de vidange.

— Mollement.

— Tu cherches ?

— Oui, mais pas en ce moment, ça fait un bail que je ne l'ai plus fait."

Thomas posa sa clé à molette et se redressa en le regardant sérieusement.

"Tout va bien ?

— Oui, bien sûr.

— Tu as l'air un peu… off."

Kenneth demeura silencieux, les bras croisés sur la poitrine. D'habitude, il partageait des sujets personnels, même sans être toujours prolixe, mais en tout cas il répondait aux questions directes. Aujourd'hui, Thomas était à peu près sûr qu'il cherchait quel mensonge lui servir.

"Non, non, je suis juste un peu fatigué, finit-il par répondre avec un haussement d'épaules. Je dors mal.

— Pourquoi ?

— Je ne sais pas. La chaleur, peut-être."

Kenneth papillonna du regard en se tirant sur la barbe d'un air absent. Thomas eut la même impression que quand son neveu était venu à sa rencontre dehors, mais à présent, il arrivait à mettre des mots dessus.

Aux abois. Kenneth avait l'air aux abois.

"Et comment va Hannah ? demanda Kenneth en brisant le silence qui s'installait.

— Bien, elle travaille beaucoup… Dis, tu vidangerais le circuit ? Passe par le robinet de la cuisine.

— OK."

Kenneth disparut par l'escalier, presque soulagé de pouvoir un moment quitter le sous-sol. À son retour, Thomas pourrait orienter la conversation vers des sujets plus neutres, loin de la santé de Kenneth ou d'Hannah.

Il avait pensé à elle dès la veille, quand elle lui avait parlé du corps dans la forêt. Il avait bien senti qu'elle s'attendait à davantage d'intérêt de sa part, plus d'implication. Comme autrefois.

Mais il n'avait pas osé. Il avait peur de se démasquer.

Quelque chose pesait sur les épaules de Kenneth, mais de quel droit s'en mêlerait-il ? Dieu savait qu'il avait déjà fort à faire avec ses propres secrets.

HANNAH ÉTAIT À SON BUREAU, avec son troisième café de la matinée. Après la réunion et sa conversation téléphonique avec les Finlandais, elle avait lu les rapports qu'on leur avait envoyés et relu ses propres notes pour voir s'il y avait là une piste à creuser, mais il n'y avait pas grand-chose à faire, à part espérer que Sami Ritola lui donne l'identité du Russe retrouvé en forêt. Gordon avait envoyé une demande à Interpol, ainsi qu'un échantillon d'ADN à la base de données de Prüm, sans retour positif pour le moment, mais les Finlandais retrouvés morts près de Rovaniemi appartenaient à une bande de motards locale, et si leur victime avait des liens avec elle, il était possible que Ritola le connaisse, avait-il assuré. Hannah lui avait envoyé une photo par mail et à présent croisait les doigts. Il fallait pourtant bien qu'elle s'occupe. Elle termina son mug et sortit de son bureau, direction celui de Gordon.

"Je vais faire un tour chez Hellgren, dit-elle tout en enfilant son haut d'uniforme.

— Pourquoi ?

— Nous avons toujours cette enquête pour braconnage, mais c'est surtout pour l'emmerder." D'ailleurs, elle était à peu près sûre qu'elle n'arriverait à rien d'autre. Hellgren s'était déjà tiré d'affaire avec des preuves nettement plus solides contre lui : ce qu'ils avaient cette fois pouvait à peine être qualifié d'indices.

"Tu veux de la compagnie ?

— Volontiers."

Ils sortirent ensemble de l'hôtel de police. Hannah s'attendait à trouver au moins un journaliste dehors, mais il n'y avait personne. La conférence de presse qu'ils avaient tenue à Luleå avec Gordon en visioconférence avait certes été assez fade : ils avaient indiqué avoir retrouvé une personne victime d'un accident de la route avec délit de fuite, précisé le lieu en lançant un appel à témoins pour savoir si quelqu'un avait vu quelque chose dans le secteur au début de la semaine précédente, par exemple une voiture bleu foncé. Rien sur la blessure par balle, rien sur d'éventuels liens avec la fusillade de Rovaniemi. Mais dans une ville où une collision avec un élan fournissait de quoi faire la une, elle aurait pensé qu'une mort violente aurait fait davantage de vagues. Apparemment non.

Ils prirent la voiture de Gordon, remontèrent l'E4, passèrent devant Ikea et quittèrent la ville par l'ouest. Ils ne roulaient pas depuis bien longtemps quand Hannah sentit la chaleur désormais familière mais toujours gênante remonter de sa poitrine.

"Putain, c'est pas vrai !" Elle baissa la vitre pour se rafraîchir. Elle sentait déjà la sueur lui couler dans le cou et entre les seins.

"Qu'est-ce qu'il y a ? demanda Gordon en lui jetant un rapide coup d'œil avec le réflexe de ralentir.

— Vous avez de la chance, vous, tu sais ?" Plus de colère dans sa voix qu'elle ne l'aurait cru, mais ça dissimulait au moins qu'elle était au bord des larmes. Plutôt être fâchée que triste. "Vous les hommes, vous avez une putain de chance.

— OK…

— J'ai eu mes règles chaque putain de mois pendant quarante ans sauf quand j'étais enceinte, et là j'étais grosse avec en permanence la nausée et le besoin de pisser."

Gordon se tut, sentant très à propos qu'on n'attendait pas de commentaire de sa part, pendant que Hannah essuyait avec irritation la sueur de son visage avant de s'essuyer les mains sur son pantalon.

"Maintenant c'est fini, ces conneries. Mais est-ce qu'on pouvait juste en être débarrassé, comme ça ? Non, c'est remplacé par ce merdier.

— Tu veux que je m'arrête ?"

Hannah se cala contre l'appuie-tête, ferma les yeux et inspira plusieurs fois à fond. Le vent la rafraîchissait, la bouffée de chaleur diminua et elle retrouva le contrôle.

"Non, ça va… pardon.

— T'inquiète, les sautes d'humeur sont fréquentes quand la production d'œstrogènes se dérègle."

Elle tourna la tête et l'interrogea du regard. Se moquait-il d'elle ? Il quitta quelques secondes la route des yeux et croisa son regard avec sincérité.

"Je me suis documenté.

— Tu t'es documenté sur la ménopause ?

— Je me soucie de mon personnel", constata-t-il avec un haussement d'épaules. Hannah savait que ce n'était pas juste des mots : qu'un problème quel qu'il soit survienne parmi ses collègues, d'ordre privé ou professionnel, il chercherait à tout faire pour que le lieu de travail soit un soutien et une aide.

C'était un bon chef, Gordon Backman Niska. Quelqu'un de bien.

Mais elle voulait croire qu'il avait fait un effort spécial pour elle. Le regard tourné vers l'avant, elle lui posa la main sur la cuisse. Rien de sexuel, juste une manière physique de lui montrer qu'elle appréciait, de communiquer un sentiment, ce dont elle n'avait jamais été douée avec des mots. Elle le vit du coin de l'œil la regarder à la dérobée. Puis il posa sa main sur la sienne et la serra légèrement.

Ils continuèrent à rouler en silence, quittèrent l'E4 et prirent vers le nord. Hannah remonta la vitre. Dix minutes plus tard, ils s'engagèrent sur un chemin si étroit qu'il fallait en connaître l'existence pour le trouver. Ils s'y frayèrent un passage jusqu'à ce que la forêt s'ouvre sur une clairière carrée où cinq bâtiments semblaient jetés au hasard. L'habitation, un petit chalet bas peint en jaune. Derrière, une bâtisse rouge plus importante avec une double porte verte au milieu de sa longueur qui lui donnait un air d'étable, alors qu'elle n'avait jamais abrité d'animaux. D'animaux vivants, en tout cas. À côté de cette bâtisse, une petite remise à bois et un chenil où deux chiens de chasse annoncèrent l'arrivée de Hannah et Gordon en aboyant de façon ininterrompue. Derrière la maison du terrain, un chalet à toit coupé qui semblait avoir été récupéré dans quelque camping ou motel à bungalows. Son utilisation était peu claire, pour autant qu'il en ait une.

Gordon se gara et ils descendirent. Hannah jeta un rapide coup d'œil en arrière vers leur voiture tandis qu'ils se dirigeaient vers Hellgren qui les attendait devant sa porte, hostile, bras croisés sur sa chemise de flanelle. Il faisait plus jeune que ses soixante ans bien tassés, plus jeune que P-O, vint à songer Hannah, mince et musclé, avec un visage qui témoignait d'une vie au grand air. De courtes pousses de barbe blanche et des yeux bleu glace qui les observaient avec désapprobation sous la visière d'une casquette portant une publicité pour une huile à moteur.

"Qu'est-ce que vous voulez ? demanda-t-il sans s'embarrasser de formules de politesse ou de bienvenue.

— Tu as de la mort-aux-rats, chez toi ? demanda Gordon, en allant droit au but.

— Non, les rats, je les tire quand j'en vois."

Il réussit à accentuer le mot *rat* d'une façon qui donna l'impression à Hannah que, pour lui, Gordon et elle, ainsi sans doute que tous les policiers, étaient des animaux nuisibles.

"Et les souris, alors ? Elles sont plus difficiles à atteindre.

— Des pièges. J'ai pas de poison ici, j'ai des chiens.

— Tu es un vrai ami des bêtes, toi, glissa Hannah.

— Tu sais pourquoi on te pose la question ?

— J'imagine que vous avez trouvé des animaux empoisonnés quelque part, dit Hellgren, réussissant l'exploit de paraître à la fois las et furieux.

— Sur tes terres", dit Hannah. Ce n'était pas tout à fait exact, mais il y avait une toute petite chance que, poussé par la colère de les voir chez lui, il s'emporte et la corrige, dévoilant ainsi qu'il savait que les loups avaient été empoisonnés juste *devant* sa propriété.

"J'ai pas mal de terrain, et pas de clôtures, répondit calmement Hellgren en haussant légèrement les épaules.

— On peut jeter un petit coup d'œil ? Dans la maison ?

— Non."

Hannah regarda Gordon, qui secoua presque imperceptiblement la tête. Ils pouvaient décider d'une vraie perquisition si le délit sur lequel ils enquêtaient était passible d'une peine de prison et s'ils avaient une raison de croire que quelque chose dans le bâtiment pourrait avoir une importance décisive pour l'enquête. Le premier critère était rempli, mais même s'ils trouvaient une palette entière de mort-aux-rats, ils ne pourraient pas établir à cent pour cent un lien avec la viande empoisonnée qu'avaient mangée les loups.

"Autre chose ?"

Gordon regarda autour de lui, sembla réfléchir, puis se décida.

"Non, pas maintenant, mais on repassera peut-être jeter un coup d'œil, de temps en temps.

— Pourquoi ?

— Pourquoi pas ?

— Je suis soupçonné de quelque chose ?

— Non, pas pour le moment, mais encore une fois, on jette un coup d'œil en passant."

Ils rebroussèrent chemin. Hannah sentait le regard furieux de Hellgren dans son dos. En arrivant à leur voiture, ils entendirent un bruit de moteur et, quelques secondes plus tard, une autre voiture vint se garer dans la cour. Un élégant jeune homme de vingt-cinq ans en descendit et se dirigea vers la maison d'un pas décidé qui indiquait que ce n'était pas la première fois qu'il venait. Il adressa à Hannah et Gordon un regard indifférent et un petit salut de la tête en passant devant eux.

"Qui c'est ? demanda Hannah en se retournant pour voir le jeune homme aller serrer la main de Hellgren et disparaître avec lui à l'intérieur.

— Sais pas, pas reconnu."

Gordon continua jusqu'à leur voiture. Hannah hésita, sortit son téléphone et, après un dernier regard vers la maison, s'avança de quelques pas pour avoir une photo claire de la plaque d'immatriculation de la Toyota Yaris bordeaux à bord de laquelle le jeune homme était arrivé.

La fille, sur l'aire de jeux, semblait avoir environ huit ans. Elle guidait d'une main sur l'épaule un petit frère moitié moins âgé vers le jeu suivant tout en lui expliquant combien ça allait être drôle. Katya observait avec un sourire amusé le manège de la fillette pour que le jeu se déroule entièrement selon ses règles, tandis qu'elle prenait une fraise dans la barquette posée à côté d'elle sur le banc du parc. Elle adorait les fraises. Elle avait l'âge de cette petite fille la première fois qu'elle en avait goûté. Chez elle, comme elle avait jusqu'alors l'habitude de dire, ils n'avaient jamais eu de fraises, et d'ailleurs jamais de fruits frais, autant qu'elle s'en souvienne, à part les pommes aigres qui poussaient dans le jardin.

Ils étaient venus la chercher à l'école, où tous pensaient qu'elle habitait chez sa tante parce que sa mère ne pouvait pas s'occuper d'elle. Katya – ou Tatyana comme elle s'appelait alors – ne savait pas pourquoi ce mensonge était tellement important, elle avait posé un jour la question à la maison, mais on lui avait douloureusement rappelé de se contenter de faire comme on lui avait dit.

Un matin, la maîtresse avait été appelée hors de la salle de classe. Revenue quelques minutes plus tard, l'air nerveuse, elle avait dit à Tatyana de la suivre dans le couloir, où deux hommes attendaient. L'un d'eux s'était approché, un sourire chaleureux aux lèvres, s'était accroupi devant elle en se présentant comme Dyadya. L'autre était resté en retrait, sans rien dire.

Dyadya lui avait demandé si elle voudrait bien venir avec lui dans la cour parler un peu. Tatyana avait levé les yeux vers la maîtresse, qui avait acquiescé d'un hochement de tête, et elle l'avait suivi.

Dehors, ils s'étaient assis sur un des bancs derrière le gymnase. La cour de récréation déserte devant elle, tout le monde était en cours. C'était l'automne, avec de l'hiver dans l'air, et elle avait frissonné dans son blouson trop fin. Dyadya avait fait signe à l'autre homme, qui était venu lui déposer son grand manteau de cuir sur les épaules.

"Tu as encore froid ?" avait demandé Dyadya avec de la sollicitude dans la voix. Elle avait secoué la tête, le regard baissé. Il avait sorti une boîte métallique, pris une pastille, lui en avait proposé. Nouveau non de la tête.

"Je veux que tu partes avec moi", avait-il dit alors en remettant la boîte dans sa poche. Elle n'avait rien dit. "Je veux t'enlever d'ici, pour aller dans une autre sorte d'école où tu te feras de nouveaux amis."

Elle n'avait pas d'amis dans cette école-ci, mais elle n'avait pas l'intention de le lui dire. Elle restait tête baissée, à regarder ses bottes qui se balançaient à un bon décimètre au-dessus du sol.

"Qu'en dis-tu, Tatyana ? avait-il demandé après un moment de silence. Veux-tu me suivre ?"

Elle avait à nouveau secoué la tête.

"Pourquoi ?

— Maman et papa, avait-elle lâché tout bas, comme dans un souffle.

— Ce ne sont pas ta maman et ton papa. Ce sont de méchantes personnes."

Une constatation laconique dont, en l'entendant, elle avait d'une étrange façon senti que c'était la vérité. Une impression inexplicable qu'elle avait eue parfois, qu'il y avait eu jadis d'autres personnes, autre chose. Pour la première fois, elle avait précautionneusement tourné la tête pour le regarder.

"Tu te plais chez eux ? Tu es bien ?" avait-il demandé.

Papa lui avait dit ce qui lui arriverait si elle racontait ce qui se passait vraiment à la maison, au cas où quelqu'un se doute que quelque chose ne tournait pas rond. Elle ne connaissait pas cet homme, ne savait pas du tout qui c'était. Il avait l'air gentil, mais il allait peut-être répéter à papa tout ce qu'elle dirait. Peut-être n'était-il là que pour voir si elle obéissait, en bonne fille ? Elle hocha donc la tête avec insistance.

"Je ne te crois pas, avait dit Dyadya, mais sans paraître fâché comme maman ou papa quand ils croyaient qu'elle mentait. Et sais-tu pourquoi je ne te crois pas ?"

Elle s'était contentée de secouer la tête, elle sentait qu'il valait mieux en dire le moins possible. Il avait alors commencé à raconter.

Ce qui se passait à la maison, ce qu'ils faisaient, ce qu'ils lui faisaient subir.

Il savait tout. Comme s'il avait été là, comme s'il avait habité avec eux, avec de l'émotion et du dégoût dans la voix, comme s'il l'avait vécu en même temps qu'elle. Quand il s'était tu, elle pleurait, pleurait tellement qu'elle tremblait. Les épaules remontées vers les oreilles, les mains serrées si fort sur ses genoux que ses doigts étaient tout rouges. Elle avait honte, peur, mais en même temps se sentait étrangement soulagée.

"Veux-tu y retourner ?" Il lui avait tendu un mouchoir. Elle avait secoué la tête en essuyant la morve qui lui coulait en deux filaments collants sous le nez. "Si tu viens avec moi, jamais plus personne ne te fera du mal."

Elle avait levé les yeux vers lui : quelque chose dans son regard avait fait qu'elle l'avait immédiatement cru.

Le petit garçon se fit bousculer, tomba et se mit à pleurer. Sa grande sœur l'aida à se relever, le brossa. Un homme que Katya supposa être leur père se précipita, s'accroupit devant le petit garçon, puis se tourna vers la grande sœur. Katya se redressa. Les châtiments corporels étaient interdits, mais beaucoup de parents ne se privaient pas d'y avoir recours. Une des règles les plus importantes était de ne jamais se servir de ses compétences hors de la mission, mais cela ne l'empêcherait pas d'aller en douceur faire la leçon à cet homme s'il s'avisait de punir physiquement la petite fille. Heureusement, il semblait se contenter de raisonner avec la fillette, qui montra très clairement qu'elle savait avoir tort, avant de finalement demander pardon à son petit frère en le serrant dans ses bras. Le portable de Katya bipa. Elle se mit une fraise dans la bouche et le sortit. Un message de Dyadya.

Une nouvelle mission. À Haparanda.

Au commissariat, tout le monde était rassemblé dans la salle de conférences.

Gordon laissa sa place en bout de table à Alexander "X" Erixon qui écarta le siège, retroussa les manches de sa chemise bleu clair et s'assit. Après avoir entendu parler du possible lien avec les meurtres de Rovaniemi, il avait décidé de venir diriger l'enquête sur place. Son renfort était le bienvenu. Les collègues l'appréciaient et c'était réciproque, pensait Gordon. X avait déjà eu l'occasion de travailler à diverses reprises avec chacun d'entre eux, à part Ludwig.

L'homme assis tout à l'autre bout sous l'emblème de la police avec sa chemise à carreaux et sa veste en cuir, occupé à mâchonner un cure-dents, était un inconnu, même pour Gordon. Sami Ritola. De la police de Rovaniemi. Il était descendu les voir avec le dossier assez mince de la police finlandaise sur leur victime retrouvée dans la forêt.

Vadim Tarasov, vingt-six ans, né dans un petit village de Carélie russe, mais installé depuis des années à Saint-Pétersbourg.

P-O avait calmement demandé quel était le problème avec le mail ou le téléphone, puisque maintenant tout le monde semblait insister pour venir en personne leur transmettre des renseignements. En comprenant que Ritola avait l'intention de rester aussi à la réunion, il lui demanda ouvertement pourquoi il avait roulé une heure et demie plutôt que de simplement leur envoyer ce dont ils avaient besoin.

“Je veux voir comment avance mon enquête”, répondit en finnois Sami avec décontraction, comme une évidence. Morgan, assis à côté de lui, se chargea de la traduction simultanée. Le suédois de Sami était médiocre, le finnois d’Alexander inexistant.

“D’un point de vue purement formel, c’est notre enquête. *Mon* enquête, précisa Alexander, incisif, même si on entendait qu’il s’efforçait de ne pas trop donner l’impression de marquer son territoire. Il s’agit de l’assassinat ou du meurtre de ce Tarasov.

— Qui était impliqué dans mon affaire avant qu’elle ne devienne la vôtre”, opina Sami. Le raisonnement n’était pas faux, le lien entre les affaires rendait tout à fait légitime la présence de Sami et ça ne pouvait pas faire de mal d’entretenir de bonnes relations avec la police finlandaise, se dit Gordon. Alexander semblait sur la même longueur d’onde :

“C’est vrai, n’en parlons plus, dit-il avec un sourire désarmant. L’affaire est à nous, mais tu es plus que bienvenu parmi nous.”

Sami fit une révérence depuis son siège, avec des moulinets sarcastiques de la main, comme s’il venait d’obtenir une audience auprès d’un monarque du XVIIIe siècle.

“Avec mes plus humbles remerciements.”

Morgan décida de s’abstenir de traduire, certain que le sens général de la phrase était passé de toute façon. Alexander se tourna vers les autres tout en projetant une image sur l’écran blanc dans son dos.

“Notre mort est Vadim Tarasov, affirma-t-il avant de s’adresser à nouveau à Sami. Vous le reliez donc à la fusillade de Rovaniemi de la semaine dernière.

— Un putain de massacre, confirma Sami. Sept morts, c’était l’enterrement de l’un d’eux ce matin.

— Sept Finlandais ? demanda Ludwig.

— Quatre. Plus trois Russes.

— Tout le monde ici n’est pas au courant, glissa Alexander. Tu peux bien nous résumer ce qui s’est passé à Rovaniemi ?

— Comme je disais, trois Russes, quatre Finlandais. Les corps laissés sur place. Les armes aussi. Nous avons donc une idée assez précise du déroulement des faits.”

Pendant que Morgan traduisait, Sami ouvrit le dossier qu'il avait devant lui, et étala sur la table la plupart des photos qu'il contenait. Des morts. Beaucoup de morts.

"Nous sommes certains qu'ils se réunissaient pour affaires. Les Russes vendeurs, les Finlandais acheteurs.

— Drogue ? demanda Max, alors qu'en fait personne ne pouvait imaginer qu'il puisse s'agir d'autre chose.

— Oui.

— Tu connaissais les Finlandais ? demanda Gordon, qui se leva en même temps qu'Alexander pour avoir une meilleure vue d'ensemble des documents dispersés sur la table.

— Tous sont liés à Susia, un gang de motards de chez nous qui donne dans la dope. Entre autres.

— Que s'est-il passé ? demanda Alexander.

— Ils se sont mis à s'entretuer. Ce type…" Sami indiqua une photo où un homme, tout juste vingt ans, gisait devant une Volvo XC90 noire. "… un des Finlandais, n'a pas fait usage de son arme, contrairement à tous les autres : nous pensons donc qu'il est mort en premier."

Sami posa le doigt sur une autre photo. Un homme, nettement plus âgé que le précédent, grand tatouage tribal autour d'un œil, dont le cou n'était qu'une large plaie béante.

"Ce type-là, Pentti, qu'on a enterré aujourd'hui, a tué ce Russe-là et blessé cet autre avec son fusil automatique avant d'avoir le cou emporté par une balle."

Il approcha deux autres photos, deux hommes, à peine trente ans, étendus morts.

"Le troisième Finlandais a eu le temps de s'abriter dans un fossé. Il a tué le Russe blessé par Pentti avant d'être lui aussi abattu.

— Et la fille, et lui, là ?" demanda Hannah en pointant les deux dernières photos. Un homme malingre qui semblait le plus jeune de la bande et une femme de vingt-cinq ans environ avec une grosse plaie béante à la tempe.

"Il est finlandais, elle russe. Ils se sont mutuellement tiré dessus, mais ce n'est pas lui qui l'a tuée. C'est le tireur qui a descendu les trois autres Finlandais.

— Tu ne viens pas de dire qu'elle était russe ?

— Si.

— Je ne comprends pas. C'est Vadim qui l'a tuée ? demanda Max, exprimant ce que tous pensaient.

— D'une façon ou d'une autre, oui." Sami se tut et balaya l'assistance du regard. "Tous les quatre présentaient des blessures dues à des armes qui n'ont pas été retrouvées sur place, reprit Sami en marquant une pause, apparemment pour laisser à Morgan le temps de traduire, mais tout autant pour produire un petit effet. Elle provenait d'un fusil d'assaut. Un VSS Vintorez.

— Un sniper, constata P-O, qui s'intéressait à l'histoire militaire et savait à peu près tout sur les armes et la guerre du XVIIe siècle à nos jours.

— Oui, et Vadim a fait son service militaire comme tireur d'élite, où il est devenu un ami proche de ce type."

Il sortit une dernière photo de son dossier. À la différence des autres, l'homme qu'on y voyait était vivant au moment où la photo avait été prise. Il avait à peu près le même âge que Vadim.

"Ievgueni Antipin. Nous pensons que Vadim lui a parlé du deal, qu'il était là, caché dans la forêt, et qu'il a abattu les Finlandais et la Russe.

— Mais Vadim, qu'a-t-il fait quand tout ça s'est produit ?

— Il a dû se planquer quelque part, répondit Sami en haussant les épaules. Visiblement ça s'est moyennement bien passé, vous avez bien dit qu'il avait pris une balle dans le cul ?

— Oui.

— Donc il s'est arrangé pour que tout le monde meure, Finlandais comme Russes, puis… il a pris la drogue et l'argent, résuma Gordon.

— C'est sur cette hypothèse que nous travaillons, oui.

— Donc il vous en manque deux ? demanda Alexander en saisissant la photo d'Antipin pour l'observer.

— Et comment savez-vous que cet Antipin était mêlé à ça ?" continua Hannah sans laisser à Sami le temps de répondre.

Il leur sourit un peu, comme s'il s'attendait aux deux questions et pouvait à présent ménager son coup de théâtre.

"Nous l'avons retrouvé avec une balle dans la tête dans une Merco russe carbonisée près de Muurola le lendemain du massacre. Le Vintorez était dans la voiture.

— Et vous pouvez relier cette Mercedes à la fusillade ? demanda Gordon.

— Les balles qu'on y a retrouvées correspondaient aux armes des Finlandais, donc c'est une certitude, la voiture était sur les lieux.

— Attends un peu, fit Hannah en levant la main. Est-ce que j'ai bien compris ? Tarasov emmène avec lui un tireur d'élite à cette vente, veille à ce que tout le monde meure, s'empare de la dope et de l'argent, tue son copain sniper, se rend en Suède, où il se fait écraser.

— On dirait bien, opina Sami. J'ai cuisiné les types du gang Susia pour essayer de comprendre qui on recherchait, mais vous avez apparemment résolu le problème."

Gordon regarda Alexander, qui hocha la tête pour lui-même. Sami avait raison : dès lors qu'ils avaient retrouvé Vadim Tarasov, la fusillade de Rovaniemi était élucidée d'un point de vue policier. Il ne restait plus personne à poursuivre ni à traîner en justice dans l'affaire de la fusillade en Finlande. Toutes les personnes impliquées étaient décédées et, même s'il s'était montré utile, sa présence dans la suite de la réunion semblait d'un coup beaucoup moins pertinente.

"Donc maintenant, il ne vous reste plus qu'à retrouver la dope et l'argent, conclut Sami en se fourrant à nouveau le cure-dents dans la bouche et en se calant au fond de son fauteuil.

— De combien parle-t-on ? demanda Ludwig en interrogeant Sami de la tête.

— D'après nos informations, le gang Susia MC comptait acheter pour trois cent mille euros."

Ludwig ne put retenir un petit sifflement. Ils savaient tous ce que cela voulait dire. Une ou plusieurs personnes étaient assises sur un stock de drogue d'une valeur de près de trente millions de couronnes suédoises à la revente.

"Mais revenons un peu en arrière, dit Hannah en se tournant à nouveau vers Sami. Tarasov a dû changer de voiture là-bas, à… là où il a brûlé la Merco…

— Muurola, l'aida Sami.

— Muurola, c'est ça. Savez-vous quel modèle il a pris à la place ?

— Nous avons une liste de voitures volées dans les environs à la période concernée, dit Sami en attrapant le dossier posé devant lui sur la table.

— Est-ce que l'une d'elles serait une Honda ? Luleå nous affirme que les restes de peinture que nous avons relevés sur le lieu de la découverte du corps proviennent d'une Honda."

Sami parcourut la liste en silence. Elle tenait sur une seule page : à moins qu'il ait des difficultés de lecture, cette longue pause n'était que du cinéma, pensa Gordon en se raclant la gorge d'un air entendu.

"Une Honda CR-V bleu foncé modèle 2015 a été déclarée volée la veille de la fusillade", finit par lâcher Ritola.

L'atmosphère de la pièce changea : là, ça pouvait donner quelque chose. Après la conférence de presse de la matinée, il y avait eu extrêmement peu d'appels, et aucun qui puisse être exploité. Ils avaient révélé trop peu de détails, été trop vagues. Désormais, ils pourraient lancer un appel à témoins en précisant la marque, la couleur et le modèle de la voiture. Elle était forcément passée quelque part après l'accident, et il ne fallait pas sous-estimer la capacité des gens à surveiller les allées et venues dans les petites localités.

"Savons-nous de quel type de drogue il s'agit ? demanda Gordon.

— Pas exactement, un truc de synthèse. Des amphétamines, très vraisemblablement.

— Ce n'est pas notre plus gros problème, mais c'est bien sûr une réalité", précisa inutilement Gordon : Alexander avait bien en tête les statistiques de la plupart des antennes locales de la police dans la région, Haparanda ne faisait pas exception.

"Si on tombe sur des amphétamines pour trente millions, par ici, reprit Sami, qu'est-ce qu'on fait ? Qui contacte-t-on ? Où finit la drogue ?"

Ses questions furent accueillies par un grand silence, personne ne se portant volontaire pour avouer la triste et un peu humiliante vérité.

"Nous ne savons pas vraiment, finit par lâcher Gordon. Nous sommes mal informés sur le ou les personnes qui dirigent tout ça aujourd'hui, malheureusement.

— Mais peu importe, objecta Hannah, comme si elle voulait venir à sa rescousse. Si c'est un Suédois lambda paniqué qui a récupéré ça, il ne sait absolument pas quoi en faire.

— Mais il essaierait quand même d'en tirer de l'argent, constata P-O.

— Comment ? M. Tout-le-Monde ne peut pas vendre de la drogue.

— Quand tu comprends ce que ça vaut, tu essaies quand même, insista P-O.

— Moi, je me contenterais de l'argent, affirma Hannah en haussant les épaules.

— Bon, voyez en ville avec ceux qui pourraient savoir quelque chose, et sinon on ouvre l'œil et les oreilles au cas où l'offre augmenterait sensiblement", coupa Alexander en jetant un coup d'œil à sa montre. La réunion touchait visiblement à sa fin. "Voyons les tuyaux qui nous parviennent au sujet de la Honda, et demain on commence le porte-à-porte, en élargissant la zone à partir de Vitvattnet. Je m'occupe de faire venir des renforts. Merci."

Tous se levèrent, mais furent arrêtés par Sami, penché audessus de la table.

"Vadim Tarasov travaillait pour Valery Zagorny à Saint-Pétersbourg. Vous savez qui c'est ?"

On répondit en secouant la tête tout autour de la table, sauf Morgan :

"Un oligarque, pas le plus riche, peut-être dans le top cinquante, selon la rumeur liée à la mafia.

— C'est plus qu'une rumeur, il est assurément mafieux, et plus que ça. Très puissant, et très, très dangereux.

— Et ça nous concerne parce que… ?" interrogea Gordon.

Sami se tourna vers lui, semblant totalement sérieux pour la première fois depuis le début de cette réunion.

"La drogue était à lui. Il va forcément essayer de retrouver cette Honda."

Elle avait eu une des plus grandes chambres au dernier étage du bâtiment aux airs de château, cependant un peu décrépit, situé en plein centre-ville. Cloisons dans un sobre gris-vert sombre, lit double, bureau, deux fauteuils assortis à la moquette, lourds rideaux à fleurs rouges aux trois fenêtres donnant sur la place qui ne ressemblait pas du tout à une place. Elle était apparemment unique en son genre, avec ses quatre rues arrivant des quatre points cardinaux qui se rejoignaient en un rond-point central : la place était donc divisée en quatre parties d'égale surface et non constituée, comme c'est l'usage, d'une surface continue entourée par la circulation.

Katya sortit de la salle de bains après y avoir disposé le contenu de sa trousse de toilette dans l'ordre spécifique qui la tranquillisait. Ses vêtements étaient déjà rangés dans la penderie et pliés dans un tiroir de la commode placée à côté du miroir en pied en face de la porte. La chambre était équipée. Ne restaient plus dans la valise que les armes. Un Walther Creed avec silencieux et viseur laser et un couteau de chasse Winchester Bowie dans son fourreau en os. Elle plaça le pistolet dans le coffre et attacha le couteau à sa cheville : elle ne s'attendait pas à des problèmes dans l'immédiat, mais on ne savait jamais.

Elle s'appelait Louise Andersson, en voyage en Norrland pour chercher l'inspiration. Elle avait besoin de changer d'air, de nouvelles impressions, de faire des rencontres, de recharger ses batteries. C'était en tout cas ce qu'elle avait raconté avec enthousiasme à la réceptionniste accueillante et bavarde qui l'avait enregistrée.

C'était si bon d'être de retour en Suède, de parler et penser à nouveau en suédois. Si naturel. De toutes les langues qu'elle avait apprises, le suédois était de loin celle où elle était le plus à l'aise. S'en servir lui avait manqué, remarqua-t-elle tandis qu'elle chantait avec lyrisme les louanges de la lumière du Nord et demandait à la réceptionniste s'il y avait un studio de yoga en ville. Les occasions n'allaient pas manquer. Elle avait réservé pour une semaine, pour commencer. Ça devait suffire pour ce qu'elle avait à faire.

Katya remplit la bouilloire à la salle de bains et se prépara une tasse de café soluble pendant qu'elle étalait sur le bureau la documentation qu'on lui avait fournie. Ce qui concernait Rovaniemi provenait de l'enquête de la police finlandaise – qu'apparemment quelqu'un avait allègrement fait fuiter – et de la presse suédoise et finlandaise.

Elle parcourut deux fois tous les documents puis ouvrit son ordinateur portable, le connecta à son routeur mobile – évitant le wifi libre et sans protection de l'hôtel – et chercha s'il y avait du nouveau. C'était le cas. La police demandait des informations sur une Honda CR-V bleu foncé qui aurait circulé dans le secteur au moment des faits. Bon à savoir. Pour le reste, il n'y avait pas grand-chose sur le corps retrouvé en forêt. Ce qu'on en disait soulevait cependant immédiatement une question.

Que faisait Vadim là-bas ?

Il venait de dévaliser un homme très dangereux qui ferait tout pour le retrouver. Pourquoi ne pas se précipiter sur les grands axes pour essayer de mettre le plus de distance possible entre lui et Zagorny ? Heureusement pour elle qu'il n'avait pas fait ce choix. Après avoir consulté la carte, elle comprit que la route en question n'était pas fréquentée par n'importe qui. La personne qui l'avait renversé devait bien connaître la zone. Très probablement quelqu'un du coin.

Quelqu'un le tue accidentellement et le traîne dans la forêt.

Cette personne devait bien évidemment être en état de choc, ne pas avoir les idées claires. D'après les bribes d'informations dont elle disposait, Vadim n'était même pas enterré, juste recouvert. Cela lui donnait un certain espoir. Elle cherchait quelqu'un des environs qui agissait instinctivement.

Un amateur en ce qui concernait la mort, incapable de penser aux conséquences.

Ce qui signifiait qu'il ferait d'autres erreurs.

Utiliser l'argent. Probablement essayer de vendre la drogue. Il fallait se mettre au travail. La mission confiée par Valery Zagorny était claire :

Retrouver la drogue et l'argent.

Tuer celui qui les avait pris.

La lettre à Élise sortit d'un haut-parleur caché quelque part quand elle poussa la porte. De Ludwig van Beethoven et probablement composée vers 1810. Un des innombrables faits plus ou moins triviaux qu'on s'attendait à ce qu'elle apprenne. Un homme musclé au crâne rasé sortit en bleu de travail d'une des pièces intérieures et se dirigea vers elle.

"Salut, PV, le salua-t-elle en s'avançant la main tendue.

— Salut ?"

L'hésitation dans sa voix et son regard révélaient qu'il cherchait fébrilement à se souvenir s'il l'avait déjà vue ou non, et si oui où.

"Tu crois que tu aurais le temps de me donner un coup de main ? demanda Katya en montrant de la tête la porte donnant sur la cour.

— On ferme, répondit-il avec un coup d'œil à sa montre.

— Il y en a pour cinq minutes. Max." Un sourire plein d'espoir qui marquait aussi une certaine soumission. Pour souligner combien c'était important pour elle, elle posa légèrement la main sur son avant-bras. "S'il te plaît ?

— On se connaît ? demanda-t-il visiblement toujours occupé à tenter de la remettre.

— Nous avons des amis communs.

— OK, c'est bon."

PV la suivit dans la cour où une dizaine de voitures prêtes à être livrées ou non encore réparées se serraient les unes contre les autres. Katya remit ses lunettes de soleil. PV alluma une cigarette, lui proposa le paquet, qu'elle déclina en secouant la tête.

"Où est la voiture ?" demanda PV.

Katya lui indiqua l'Audi Q5 qui l'attendait au pied du jet privé et qu'elle avait à présent garée au plus près de la sortie du garage.

"Qu'est-ce qu'elle a ?

— Rien, je crois, c'est une voiture de location toute neuve."

Elle rejoignit la voiture et s'appuya au capot. PV s'arrêta à quelques pas, la regardant avec un mélange de méfiance et de colère.

"Qu'est-ce que tu veux, putain ?

— Вы работали с людьми, которых язнаю", dit Katya, afin qu'il comprenne d'où elle venait. Le sérieux de la situation. Peut-être le comprit-il, mais très clairement pas le sens de sa phrase. "Tu as travaillé avec des gens que je connais, traduisit-elle.

— Ça n'explique pas ce que tu me veux, répondit-il, apparemment indifférent. J'ai arrêté toutes ces conneries."

PV tira une bouffée sur sa cigarette sans faire mine de rentrer, il la regardait comme pour décider si ça valait la peine de rester écouter la suite. Katya devinait qu'il espérait malgré tout qu'elle soit venue lui proposer une affaire. D'après ce qu'elle avait compris, il avait un constant besoin d'argent.

"Je sais, mais parfois, on entend quand même dire des choses.

— Est-ce que tu ne pourrais pas juste dire ce que tu veux et te barrer ?

— Est-ce que quelqu'un a essayé d'écouler un gros stock d'amphétamines ? Ou y a-t-il un nouveau, vraiment tout nouveau, qui en deale dans la rue ?

— Aucune idée. J'ai raccroché, comme je te l'ai dit.

— Mais tu continues avec tes voitures accidentées, un peu de recel, protection de criminels…" Elle quitta sa voiture, remonta ses lunettes noires sur son front et s'avança vers lui. "Tu as toujours une petite idée de ce qui se passe.

— *Sorry*, je ne peux pas t'aider." Il écrasa sa cigarette à moitié fumée et, cette fois, s'apprêta à tourner les talons.

“Tu as entendu parler de ce type qu’ils ont retrouvé dans la forêt ?”

Katya vit qu’il essayait de faire le lien entre les deux, mais il était trop malin pour demander, savait qu’il n’obtiendrait pas de réponse.

“Les flics recherchent une voiture bleu foncé, c’est tout ce que je sais.

— Une Honda.

— Sais pas, fit-il en haussant les épaules. Ils sont passés hier pour me demander si je l’avais réparée.

— Mais ce n’était pas le cas ?

— Non.

— Parce que dans ce cas tu me l’aurais dit, à moi.” Elle réussit à faire beaucoup ressembler cette courte constatation à une menace. “Tu m’aurais dit qui te l’aurait déposée.

— Oui.”

Elle le croyait. Il n’était pas bête. Même s’il ne savait pas exactement pour qui, il avait compris qu’elle travaillait pour des personnes qui n’apprécieraient pas d’apprendre après coup qu’il aurait pu les aider mais avait choisi de s’en abstenir.

“Donc si ce n’est plus à toi qu’on fourgue la dope, à qui ?

— Je ne sais pas, je te dis.

— Qui peut savoir ça ?

— Nos « amis communs », peut-être ?

— Non, visiblement pas”, répondit-elle sincèrement. Quand il lui avait confié cette mission, Dyadya avait tenté de s’informer sur qui à Haparanda pouvait transformer la drogue en argent, mais personne ne semblait savoir. L’offre était importante, ce qui faisait baisser les prix, mais celui qui chapeautait le trafic utilisait ses canaux personnels pour faire entrer les marchandises, un réseau de vente qui ne faisait pas de vagues et, jusqu’à présent, personne d’autre n’avait réussi à s’implanter en ville pour de bon.

“Je ne sais pas non plus, dit PV.

— Tu l’as déjà dit, et je te crois, mais je t’ai demandé qui pourrait savoir.”

Il hésita. Katya était certaine qu’elle allait obtenir un nom. L’homme qu’elle avait en face d’elle était obligé de réfléchir à la loyauté, sa réputation, peut-être sa sécurité. Il y avait beaucoup de choses à prendre en compte. Elle rabaissa ses lunettes noires, tourna le visage vers le soleil et attendit.

"Jonte sait peut-être, finit-il par lâcher, à contrecœur.

— Jonte comment ?

— Jonathan Lundin. Il baigne là-dedans jusqu'au cou.

— Et habite ?"

Un profond soupir, cette fois de pur malaise, tout ça ne lui plaisait pas. Mais elle obtint son adresse.

C'EST LA MOITIÉ DE LA PAUSE dans le réfectoire lumineux et moderne. Sandra a mangé tout ce qu'elle avait apporté. Elle ne laissait presque jamais rien dans son assiette, jetait en général rarement la moindre nourriture. Plus de quinze ans après, elle se rappelait distinctement les paroles de sa mère, cigarette du matin aux lèvres, tandis qu'elle avalait du porridge pour le petit-déjeuner. Parfois avec du lait, le plus souvent sans.

Pense à bien manger à l'école aujourd'hui, parce qu'il n'y aura rien ce soir quand tu rentreras.

À présent, elle n'avait plus faim, et entamait sa deuxième tasse de café. Pour le moment, la journée ressemblait à la plupart des autres. Elle appréciait ça. Les routines, les habitudes la détendaient. Cela aidait à se persuader que tout était normal. Qu'elle avait son boulot, son petit copain. Qu'elle avait passé son week-end à jardiner, était allée voir sa mère. Qu'elle attendait avec impatience le concert de Felix Sandman qu'elle et ses copines devaient aller écouter à Luleå début juillet. Qu'elle n'avait pas aidé à enterrer un jeune homme inconnu à quelques kilomètres de chez elle.

Comme d'habitude, Kenneth dormait encore à l'étage quand elle était partie travailler ce matin. Elle avait pris la voiture garée dans la cour, en essayant de ne pas se souvenir pourquoi elle n'était pas dans le double garage. À peine une heure plus tard, elle était arrivée à la maison d'arrêt. Le temps de se changer et d'une rapide tasse de café, c'était l'heure d'ouvrir les cellules des détenus et, après un petit-déjeuner en commun, de passer trois heures à la menuiserie, une des trente-neuf unités de production de l'administration pénitentiaire au niveau national. Ils avaient reçu une importante commande de rehausses de palettes, et treize des dix-neuf détenus travaillaient à l'atelier cinq jours par semaine. Puis c'était l'heure du déjeuner, qu'ils préparaient eux-mêmes. Remplacée à midi, Sandra était montée dans le réfectoire du personnel où elle avait expédié son casse-croûte avant de faire un saut à Torneå pour acheter le vase dont elle avait si envie. Il attendait dans la voiture : elle comptait cueillir des fleurs dans le jardin pour le garnir dès son retour à la maison. Ils n'avaient pas beaucoup de belles choses chez eux, Kenneth et elle.

L'après-midi s'était écoulé comme d'habitude, et elle faisait à présent défiler son Instagram. Amis, connaissances, personnes avec qui elle avait perdu le contact et quelques célébrités dans le tas. Beaucoup de sourires, de lunettes de soleil, d'enfants joyeux, rosé et cava, un avant-goût d'été et de vacances, tout parfait. De son côté, elle postait rarement quoi que ce soit. Qu'avait-elle à montrer ? Des barbelés, des grilles, la cour de promenade au boulot, ou leur maison de Norra Storträsk que menaçait la ruine. Le jardin était joli, bien sûr, la nature alentour, le soleil de minuit – il lui valait toujours des commentaires, des pouces en l'air et des cœurs de la part de ceux qui la suivaient plus au sud – mais elle n'était pas à l'aise avec ça, elle se sentait sans intérêt, larguée, comme si elle continuait à porter des vêtements d'occasion, démodés, et jamais ce qu'il aurait fallu.

Ennuyeuse. Pauvre. Insignifiante.

En bruit de fond, la radio indiqua que c'était l'heure des informations régionales. La police d'Haparanda avait annoncé dans la matinée avoir découvert le corps d'un homme dans la forêt à quelques dizaines de kilomètres au nord de la ville. Sandra se raidit et se tourna vers les haut-parleurs pour mieux entendre. On lançait à présent un appel à témoins : une Honda CR-V bleu foncé avait-elle été vue dans ce secteur à la date en question ?

Quand ils passèrent au sujet suivant, Sandra se leva lentement, mal assurée sur ses jambes. Elle ne mentit pas complètement en prévenant qu'elle ne se sentait pas bien, qu'il fallait qu'elle rentre. Ses collègues comprenaient, elle avait même l'air un peu pâle.

Quand elle entra dans la cour, coupa le moteur et descendit de voiture, Kenneth sortit de la maison et vint à sa rencontre, l'air inquiet.

"Qu'est-ce que tu fais là ? Tu n'avais pas une garde de douze heures ?"

Sandra jeta un coup d'œil en direction du voisin le plus proche, puis le rejoignit d'un pas vif en baissant la voix :

"Ils l'ont retrouvé.

— Comment tu sais ça ?

— Ils l'ont dit à la radio."

Ils regagnèrent ensemble la maison et entrèrent dans la cuisine qui, usée dans les moindres détails, était parfaitement assortie à l'extérieur décrépit. Elle alla se changer. Elle remplaça son uniforme par un jean et un tee-shirt, détacha sa stricte queue de cheval professionnelle pour laisser ses cheveux librement encadrer son visage large saupoudré de taches de rousseur. Elle croisa dans le miroir le regard de ses yeux verts. La situation avait changé. Elle qui était déjà allée si loin, il fallait qu'elle aille plus loin encore. Avant de quitter la chambre, elle ouvrit le placard et ils étaient là, au milieu des chaussures, entre la corbeille à linge et les BD de Kenneth.

Elle se rappelait bien la première fois qu'elle les avait vus.

Elle s'était endormie dans la voiture en rentrant de la fête, sympathique mais qui s'était éternisée. Réveillée brusquement, par un choc de tôles froissées et de verre brisé, et par les jurons de Kenneth.

"Merde ! Merde ! Merde !

— C'était quoi ?" Malgré le bruit, elle pensait au plus vraisemblable : "Un renne ? C'était un animal ?"

Kenneth était resté quelques secondes le regard fixé droit devant lui avant de se tourner vers elle, la voix étonnamment calme :

"Non, ce n'était pas un animal."

Ils étaient descendus de voiture, avaient vu l'homme à terre. Elle avait étouffé un cri dans sa main. Kenneth s'était accroupi pour poser un doigt sur le cou de l'homme. Elle avait fouillé les poches de son blouson et de son pantalon. Savait ce qu'ils devaient faire. Mais ne trouvait pas ce qu'elle cherchait.

"Où est mon téléphone ?

— Pour quoi faire ?" avait demandé Kenneth en se relevant. Elle se souvenait avoir trouvé cette question particulièrement débile. Qu'est-ce qu'il croyait ? Il y avait un homme mort devant leur voiture.

"On doit appeler la police."

Elle était retournée vers la voiture. Kenneth l'avait rattrapée et arrêtée par le bras.

"Attends. Attends un peu, il faut qu'on réfléchisse. J'ai bu et je conduisais sans permis."

Excès de vitesse. Un pari débile, une fin d'après-midi l'hiver dernier. Deux cents balles s'il arrivait au Systembolaget avant la fermeture. Cent quarante-cinq sur une route limitée à quatre-vingts. Son permis avait sauté sur-le-champ. Une chance qu'il n'ait pas fini en prison. Encore.

Une mauvaise décision de plus dans une longue série. Elle avait été tellement furieuse contre lui.

"Peu importe, on doit appeler." Elle luttait pour ne pas pleurer, à présent que le choc initial commençait à s'estomper.

"Oui, oui, avait-il dit d'une voix calme en lui essuyant ses larmes avec son pouce. Mais attends, attends juste un peu…"

Il s'était écarté de quelques pas derrière la voiture et mis à tourner en rond en se passant la main dans les cheveux. Elle s'était affalée sur la route, adossée au pare-chocs, les bras autour des genoux où elle appuyait le front. Pensées et émotions tourbillonnaient en vrac derrière ses paupières closes, mais c'était la colère qui commençait à prendre le dessus. C'était tellement typique de Kenneth. Se mettre dans la merde. En l'y entraînant avec lui, cette fois. Elle ne savait pas depuis combien de temps elle était comme ça quand il était revenu s'asseoir près d'elle.

"On va l'enterrer."

Sa voix posée. Déterminée. Sandra l'avait regardé, interloquée, comme s'il venait de dire quelque chose dans une langue inconnue.

"On l'enterre, et on embarque la voiture.

— Non.

— Personne ne sait que c'était nous. Personne n'a même à savoir que ça s'est passé.

— Non, on doit appeler la police.

— Je retournerais au trou. Je ne peux pas retourner au trou. S'il te plaît..."

Elle n'avait pas répondu. Les yeux fermés, elle avait replongé la tête dans ses genoux. Ses larmes coulaient en silence. Maudit Kenneth qui la mettait dans une situation impossible.

"Écoute..."

Il avait doucement posé une main sur les deux siennes jointes. Elle s'était dégagée et lui avait violemment frappé la poitrine. Ses yeux rougis de larmes lui lançaient un regard accusateur.

"Mais putain, comment tu as pu lui rouler dessus ?

— Il était là, au milieu de la route.

— Il fait clair, comment tu as pu ne pas le voir ?" Elle l'avait à nouveau frappé et il s'était recroquevillé avec ce regard qu'elle ne lui connaissait que trop bien. Celui qu'il avait quand il n'avait pas bien réfléchi, qu'il était forcé d'admettre qu'il avait fait une connerie.

"Je... j'avais pris ton téléphone, je voulais changer la musique, et puis je l'ai laissé tomber..."

Elle n'avait pas besoin d'en savoir plus, peu importait. Son regard s'était porté sur la Honda derrière Kenneth, à moitié dans le fossé. Soudain, une inquiétude affreuse l'avait saisie, comme un coup de poing dans le ventre.

Et si... ?

Sandra s'était relevée et s'était lentement approchée de la voiture, comme somnambule. Priant Dieu, auquel elle ne croyait pas, qu'il n'y ait personne d'autre. Pas d'autre blessé ou mort. Et surtout, mon Dieu, pas d'enfant.

Elle avait jeté un œil par les vitres latérales. À son grand soulagement, la voiture était vide. Personne. Mais sur la banquette arrière, trois sacs de sport. Sans bien savoir pourquoi, elle avait ouvert la portière pour se pencher à l'intérieur. Ouvert la fermeture de l'un d'eux. Des billets. Plus qu'elle n'en avait jamais vu. Elle avait ouvert l'autre sac. Encore de l'argent. Plein d'argent. Des euros. Le troisième sac contenait ce qui ne pouvait être que de la drogue. Beaucoup de drogue.

Arrivé derrière elle, Kenneth avait vu ce qu'elle voyait.

"C'est du fric ?"

Elle s'était redressée, avait hoché la tête, sans pouvoir détacher le regard des sacs. De l'argent.

Tant d'argent, à vous changer la vie.

"Qu'est-ce qu'on fait ?"

Elle avait fini par se tourner vers lui. Il semblait si fragile, comme sur le point de se défaire. Si petit et effrayé à l'idée de retourner en prison. Elle était plus forte que lui. Physiquement et psychologiquement. Il avait besoin d'elle, de son soutien.

Elle avait tendrement posé la main sur sa joue barbue.

Il avait été si facile de se persuader qu'elle faisait ça pour lui.

"On fait ce que tu veux, on l'enterre et on embarque la voiture."

Il eut l'air presque aussi étonné que devant la voiture quand elle posa les sacs sortis du placard sur la table de la cuisine avant d'aller tirer les rideaux.

"Qu'est-ce qu'on va en faire ?

— C'est ce dont il faut qu'on parle, dit-elle en venant s'asseoir avec lui à la table de la cuisine. Ce qu'on fait maintenant.

— Est-ce qu'ils ont dit qu'ils savaient ce qui s'est passé ? demanda Kenneth.

— Non, juste qu'ils cherchaient la Honda.

— Ils ont des suspects, des témoins ?

— Ils n'en ont pas parlé.

— Putain, on l'a déplacé." Kenneth quitta sa chaise d'un bond et fit quelques pas rapides, brusquement frappé par cette brusque révélation. "On a dû laisser des traces ADN sur lui, non ? Quand on l'a déplacé.

— Je ne sais pas.

— S'ils retrouvent mon ADN, je suis foutu, je suis dans leurs fichiers.

— S'ils ont ton ADN, ils vont venir ici, fin de l'histoire."

Sandra s'étonnait elle-même du calme de sa voix, de son calme réel. Concentrée. Ils n'avaient plus le droit à l'erreur, à présent, il s'agissait de son avenir. De leur avenir, se dépêcha-t-elle de corriger.

"Mais s'ils ne viennent pas, il nous faut un plan."

Kenneth hocha la tête, mais continua à faire les cent pas dans la cuisine.

"Assieds-toi, lui ordonna Sandra, et il obéit. On commence par les voitures.

— Oui, j'y ai réfléchi", dit-il en trébuchant presque sur les mots, content de pouvoir contribuer. Sandra doutait qu'il ait pensé comme elle, mais d'un signe de tête l'invita à poursuivre.

"Il y a beaucoup de boulot sur la Volvo. PV pourrait arranger ça, mais…

— On ne peut pas le mêler à cette histoire, le coupa aussitôt Sandra en secouant la tête avec détermination.

— Mais je ne suis pas sûr d'arriver à arranger ça moi-même, alors… je me suis dit qu'il vaudrait mieux en acheter une autre.

— Et avec quel argent ?"

Le regard complètement interloqué, il montra les sacs de la tête.

"Avec ça."

Sandra comprenait parfaitement. Il y avait de l'argent. Beaucoup d'argent. Pourquoi ne pas tout simplement acheter ce qu'ils désiraient et ce dont ils avaient besoin ? Personne ne le comprenait mieux qu'elle. Toute son enfance, elle avait désiré, souhaité pouvoir se procurer ne serait-ce qu'un peu de ce que tous les autres semblaient tenir pour acquis. Mais avec une mère célibataire avec un bas salaire et un temps partiel thérapeutique, il n'y avait jamais d'argent pour rien, à part les cigarettes et le vin, qui curieusement ne manquaient jamais.

Elle était si profondément lasse d'être pauvre.

Non qu'elle souhaitât un train de vie à la Kardashian, elle était réaliste. Elle aurait juste voulu pouvoir s'offrir quelques extras sans devoir couper ailleurs, ne pas toujours avoir à chercher les offres spéciales, pouvoir rénover la maison.

Pas d'excès, juste ce que tous les autres semblaient avoir.

Une vie agréable. Confortable sur le plan financier.

Voilà pourquoi il fallait qu'ils soient malins. Qu'ils résistent à la tentation de se procurer cette vie meilleure immédiatement. Haparanda était une petite ville. Certes, elle travaillait à plein temps à la maison d'arrêt, mais son salaire était maigre et Kenneth était au chômage. Beaucoup d'argent éveillerait les soupçons. Ils ne pouvaient pas prendre ce risque. Surtout en songeant avec qui était marié l'oncle maternel de Kenneth.

"On commence par se débarrasser de la Honda, et on cache ça quelque part où personne ne pourra le trouver", décida-t-elle en posant la main sur les trois sacs. Elle vit que Kenneth ne comprenait pas pourquoi. "Même si tu vas en taule, si on y va tous les deux, ce sera toujours là quand on sortira.

— On cache aussi la drogue ?

— Qu'est-ce que tu comptais en faire, sinon ?

— La vendre.

— Non ! Surtout pas !"

Ce serait encore plus risqué que de se mettre à dépenser l'argent. Elle avait eu la chance de sa vie. Personne n'allait l'en priver. Quitte à devoir vivre avec sur la conscience le fait d'avoir tué et enterré une personne, autant qu'il en résulte quelque chose de bon. Elle aimait Kenneth, mais ce n'était pas lui qui allait changer sa vie. Pas lui qui allait l'emmener loin de cette maison moisie en Eternit aux confins de Norra Storträsk, lui donner ces possibilités qu'elle avait tant désirées toute sa vie.

Ces sacs, sur la table, en revanche, oui.

Environ 1 580 000 résultats. Ça ressemblait à une plaisanterie.

Hannah ajouta “fines herbes” dans la fenêtre de recherche, elle se souvenait vaguement de basilic ou de thym, et le nombre de pages se réduisit d'un coup à 244 000 recettes. Elle parcourut les deux premières pages, sans en reconnaître aucune. La plupart étaient engageantes, elle aurait pu choisir n'importe laquelle, il ne s'agissait après tout que d'un dîner normal en semaine, mais elle avait décidé. C'était facile à préparer et Thomas aimait ça. Avec un juron, elle ferma le moteur de recherche.

“Qu'est-ce que tu fais ?”

Elle se retourna vers la porte, où se tenait Gordon, apparemment prêt à rentrer chez lui.

“Je cherche une recette de pâtes au poulet que j'ai cuisinée il y a quelques mois, mais je n'arrive pas à la retrouver.

— Viens plutôt avec moi manger un morceau en ville.”

C'était tentant, mais elle espérait que les plans qu'elle avait déjà pour la soirée conduiraient à du sexe eux aussi.

“J'ai promis à Thomas une soirée tranquille à la maison, ça fait un moment qu'on ne se voit plus.

— Une autre fois, alors”, dit Gordon en haussant les épaules. S'il y avait de la déception chez lui, il le cachait bien.

“Oui.”

Hannah pensait qu'il allait dire au revoir, à demain, et s'en aller, au lieu de quoi il entra et s'assit à sa place habituelle, près de la porte. Hannah jeta un œil à l'heure. Se changer, faire les courses, rentrer, préparer le dîner. Elle pouvait lui accorder cinq minutes.

“Donc, tu penses que quelqu'un va tirer la chasse sur trente millions de couronnes ?

— J'ai juste dit que les gens ordinaires ne vendent pas de dope.

— Tu as peut-être raison, mais alors que fait-on ?”

Hannah hésita, une pensée avait pris forme après la réunion, pas encore complètement, elle comptait attendre le lendemain pour en parler, mais elle pouvait toujours lancer un ballon d'essai avec Gordon.

“C'est peut-être une idée idiote, mais qu'est-ce que tu penserais de rendre public que nous savons ce qu'il y avait dans la voiture et de garantir l'amnistie. Celui qui le rapportera restant anonyme.”

Gordon y songea en silence quelques secondes. Il y avait eu une amnistie sur les armes l'année précédente dans tout le pays. Trois mois durant lesquels n'importe qui pouvait venir remettre n'importe quelle arme, sans questions ni investigations. La même chose avait été faite pour les explosifs. Ç'avait été un succès, mais la chose n'avait jamais été faite s'agissant de stupéfiants. À la connaissance d'Hannah, il n'y avait aucun projet allant dans ce sens à l'échelon national. Elle était loin d'être sûre que la police d'Haparanda se verrait autorisée à faire exception.

“Le problème reste quand même qu'en mettant la main sur la dope, ils ont écrasé ce type, finit par objecter Gordon.

— On amnistie juste la détention de drogue, on continue d'enquêter sur le chauffard.

— Tout en disant que c'est OK de garder l'argent ?

— Je ne sais pas, soupira Hannah en commençant à regretter de n'avoir pas attendu le lendemain, pris le temps de découvrir par elle-même les défauts de sa proposition. Je n'y ai pas réfléchi à fond, c'était juste une idée pour empêcher cette merde de finir vendue dans la rue.

— Pas complètement débile, concéda Gordon.

— Merci beaucoup.

— J'en parle à X demain si tu ne veux pas t'en charger. La hiérarchie nous autorisera peut-être à en tenter une variante.”

Hannah hocha la tête, éteignit son ordinateur et se leva. Gordon resta assis, sans faire mine de bouger. Elle le soupçonna d'être prêt à la suivre jusque dans le vestiaire. Il n'avait pas l'air pressé de rentrer.

"Qu'est-ce que ça te fait, qu'il soit là ? demanda-t-elle en commençant à ramasser ses affaires sur son bureau.

— Rien, ça va, pourquoi ?

— Il est venu reprendre en main ton enquête.

— Il est venu la reprendre en main à partir du moment où nous avons découvert le corps.

— Ça change de l'avoir ici."

Ce n'était en effet que la troisième fois, depuis que Gordon était chef de poste, que Luleå venait directement enquêter sur place. Chaque fois, il avait été très clair pour tous qu'il n'était plus le chef, qu'il était redescendu d'un cran. Hannah ne pensait pas que l'arrivée d'Alexander lui pose problème, mais ça ne pouvait pas faire de mal de lui demander, de s'intéresser un peu à lui.

"C'est comme ça, répondit Gordon avec un haussement d'épaules. Pas la première fois, sans doute pas la dernière."

Il jeta un coup d'œil au tableau d'affichage au mur derrière elle, où était apparue à côté de la carte la photo d'un jeune homme soigneusement coiffé d'une raie de côté, bien rasé, regardant fermement l'objectif. Elle l'avait trouvée dans le registre des passeports, et pour une photo d'identité, c'était bien une des plus réussies qu'elle ait jamais vue.

"Le type de chez Hellgren, dit Gordon en s'approchant de quelques pas.

— René Fouquier." Hannah entendit elle-même qu'elle prononçait son nom comme *fucker*. "C'est français, je ne sais pas comment ça se dit.

— Pas comme tu viens de faire, j'espère pour lui, sourit Gordon. Que savons-nous de lui ?

— Né à Lyon, sa famille s'est installée à Göteborg quand il avait cinq ans. Arrivé dans la région il y a tout juste trois ans, travaille à mi-temps chez Max et étudie à distance le reste du temps. Jeune, vingt-six ans.

— Et qu'est-ce qu'il avait à faire avec Hellgren ?

— Aucune idée, dit Hannah en balayant du regard son bureau une dernière fois pour ne rien oublier. Il n'est sur aucun fichier, même pas la moindre amende de stationnement.
— Un citoyen modèle.
— Qui fréquente Anton Hellgren.
— Est-ce qu'il a un permis de chasse ?
— Non, je ne l'ai trouvé nulle part sur Facebook ou ailleurs, alors je ne sais pas ce qu'il pense de la chasse ou des animaux sauvages.
— Ni des hommes mûrs en chemise de flanelle."
Elle l'interrogea du regard après avoir éteint et être sortie avec lui de son bureau. Elle n'avait pas une seconde envisagé que la visite du jeune homme chez Hellgren puisse être de nature sexuelle ou romantique.
"Tu crois qu'Hellgren est gay ?
— Il n'a jamais été marié.
— Toi non plus.
— Mais je ne reçois pas non plus la visite d'élégants jeunes gens bien peignés en blazer à double boutonnière.
— Je pense que tu coches toutes les cases dans la catégorie préjugés", sourit Hannah.
Ils passèrent devant le bureau de Gordon, et s'engagèrent dans l'escalier. S'arrêtèrent devant la porte menant à l'accueil. Elle devait aller à droite, vers les cellules, pour descendre au vestiaire.
"À demain, alors, dit-il, la main sur la poignée.
— Qu'est-ce que tu vas faire ce soir, alors ?
— Puisque je suis privé de dîner avec toi ?
— Oui.
— Rien. Je pensais appeler mon frangin, lui proposer de passer jouer un peu à *FIFA*."
C'était quand il disait ce genre de choses qu'elle se sentait beaucoup plus vieille qu'elle n'était en réalité. Non qu'elle ne sache pas de quoi il parlait. Elle savait très bien ce qu'était *FIFA*, son fils y jouait avec ses copains quand il habitait encore à la maison. Comme Gordon avec son frère. Trois ans de moins que lui. Séparé, avec deux enfants une semaine sur deux. Une maison à Nikkala. Hannah avait rencontré Adrian une

poignée de fois, sans avoir la moindre idée s'il savait ou non qu'elle couchait avec son grand frère. Se raconte-t-on ce genre de choses entre frères ?

Elle n'avait pas l'intention de demander, ne voulait pas savoir.

"Amuse-toi bien.

— Toi aussi."

Et il s'en alla. Hannah resta là quelques secondes avant de se dépêcher de gagner le bout du couloir. Ses pensées revinrent au travail. Restait une chose qu'elle voulait avoir le temps de faire avant de rentrer. Ils dîneraient tard.

Lovis dormait. Comme d'habitude à cette heure-ci.

Un rythme journalier, des routines stables le soir étaient nécessaires. Ce qui était prévisible était rassurant. Assis sur le lit qu'ils avaient installé dans sa chambre, PV écoutait de la musique à bas volume sur son téléphone. Il bipa à l'arrivée d'un Snap. De Stina. La moitié de son visage et le séjour de la villa de Kalix à l'arrière-plan. *Comment ça va ?* Il appuya sur répondre, prit une photo du lit de Lovis avec la lampe de chevet allumée et le mobile au-dessus. *Bien. Elle dort. Pas de problème.* Envoyer.

Il se souvenait à peine quand Stina et lui avaient dormi dans le même lit pour la dernière fois. Ce devait être à l'époque où ils bénéficiaient aussi d'une assistance la nuit. Désormais, l'un d'eux passait toujours la nuit dans la chambre de Lovis, l'autre le plus souvent seul dans le lit double, ou parfois, s'il avait vraiment besoin de dormir, chez des amis ou, comme Stina ce soir, chez ses parents. Pour lui, ce n'était pas une alternative. Les parents de Stina ne l'avaient jamais beaucoup apprécié et, quand il avait pris trois ans pour trafic de stupéfiants, leur relation était passée de tendue à irréparable. Ils n'étaient pas non plus d'une grande aide concernant Lovis. Ils n'avaient jamais su comment se comporter avec elle et, comme ils n'avaient jamais osé prendre la responsabilité de rester seuls avec elle, il n'était pas question de compter sur eux pour les relayer.

Stina était tombée enceinte pendant son séjour en prison. À la seconde même où elle avait posé le test de grossesse sur la table dans l'unité familiale de la maison d'arrêt, il avait décidé de raccrocher. Une certitude. Ne jamais plus risquer la prison. C'était déjà assez dur de ne pouvoir être là dans les premiers temps après la naissance, il avait bien l'intention par la suite d'être présent, partie prenante, tout ce qu'il aurait aimé de son propre père pendant son enfance.

Il n'avait pas eu de permission de sortie pour l'accouchement, mais le lendemain, deux matons l'avaient accompagné à l'hôpital de Luleå. Là, on l'avait convoqué dans une pièce où un médecin l'avait informé à voix basse qu'il y avait eu des complications, un manque d'oxygène au moment de l'accouchement, mais très probablement aussi une anomalie chromosomique. On ne connaissait pas encore l'étendue des lésions, mais c'était grave. Sa fille était en réanimation néonatale.

Il se souvenait encore du chagrin qui l'avait submergé quand il avait vu Lovis pour la première fois. Il avait désiré cet instant depuis qu'il avait vu le bleu du test de grossesse dans l'unité familiale, quand Stina et lui avaient fait un enfant. Étaient devenus une famille. Mais au lieu d'un don, il avait l'impression qu'on le privait de quelque chose.

Devant la couveuse, il portait le deuil de cet enfant vivant.

Tous ses projets d'avenir, tous les rêves autour de ce petit bout de chou qui l'avaient déjà tant influencé, transformé, peut-être même sauvé, tout avait disparu.

Stina était juste en colère.

Contre tout, la vie, que ça n'ait pas été comme elle l'imaginait.

Elle détestait les autres mamans et leurs enfants en bonne santé, refusait de quitter sa chambre. Au bout d'une semaine, elle avait malgré tout dû rentrer chez elle, sans Lovis, gardée encore quatre mois avant de pouvoir sortir. PV, qui avait alors purgé les deux tiers de sa peine, avait bénéficié d'une libération conditionnelle.

Il était sorti et, rentré chez lui, avait été plongé dans le chaos.

Stina était concentrée sur Lovis vingt-quatre heures sur vingt-quatre, mais restait empêtrée dans l'inquiétude lancinante de ne pas être à la hauteur. Tant bien que mal, ils avaient réussi à faire face, entre les visites à l'hôpital, les examens, les opérations, les traitements, les médicaments, et toutes les démarches et rendez-vous avec les administrations et la commune. Des assistants leur avaient apporté une aide qui n'avait pas de prix. Les mêmes personnes venaient, jour après jour, pour veiller à ce qu'il leur reste le temps de vivre comme le faisaient les autres, les parents ordinaires.

La vie avait suivi son cours.

Puis était tombée cette décision de diminution de l'assistance, et tout s'était à nouveau effondré.

Il fut arraché à ses réflexions par la sonnette. Il consulta sa montre. Qui venait donc à cette heure-ci ? Ils n'avaient jamais fréquenté beaucoup de monde, et avec le temps les visites s'étaient faites de plus en plus rares. Après un coup d'œil à sa fille, il quitta la chambre, traversa d'un pas rapide l'appartement et alla ouvrir.

Les flics, évidemment. La femme de Tompa. Hannah. Un peu essoufflée par l'escalier, un sac de courses à la main.

"Désolée de te déranger si tard, dit-elle d'un ton qui semblait sincère.

— Qu'est-ce que tu veux ?

— Poser quelques questions, si tu veux bien ? Ce ne sera pas long, c'est promis."

Quand la femme qu'il supposait russe ou du moins ayant des connexions en Russie s'était pointée pour lui causer d'amphétamines, il avait su que les flics viendraient eux aussi. Même s'il avait purgé sa peine et vécu, du moins à leur connaissance, dans la légalité depuis trois ans maintenant. Ça le mettait hors de lui, mais l'alternative était simple.

Soit l'éconduire, avec le risque qu'elle le soupçonne de cacher quelque chose et se mette à fouiner plus près autour de son garage, soit la persuader qu'il n'avait rien fait et n'était au courant de rien, et ainsi s'en débarrasser. Et peut-être grappiller quelques informations utiles par-dessus le marché. Il hocha la tête et lui céda le passage.

"Pas besoin d'ôter tes chaussures."

Il n'aimait pas laisser Lovis seule ne serait-ce que quelques minutes, aussi il rebroussa chemin à travers l'appartement en désordre. Le ménage n'était pas une priorité, et ce depuis un bon moment.

"On va devoir s'installer là", lui dit-il en indiquant la chambre de Lovis. Hannah le suivit et s'arrêta à un pas du seuil. Le lit articulé à barrières métalliques – même si Lovis ne pouvait pas bouger dans son sommeil –, le fauteuil roulant, le treuil sur pied, l'aspire-glaires, le respirateur, les accessoires, les médicaments, les crèmes, les ceintures, les selles. Aucun tableau aux couleurs vives, mobile ou peluche ne faisait le poids : cela ressemblait davantage à une salle d'hôpital qu'à la chambre d'un enfant.

"On ne va pas la réveiller ? chuchota presque Hannah.

— Non, répondit PV en allant s'asseoir sur son lit. Qu'est-ce que tu veux ?

— Cette voiture bleue dont je t'ai parlé…", commença Hannah, un peu hésitante. Se faisait-il des idées ou le regardait-elle différemment à présent ? Comme si elle avait pitié de lui ? Il ne voulait pas de sa compassion. Lovis n'était pas le problème.

"Oui ?

— C'était une Honda, une CR-V de 2015, je ne sais pas si tu as entendu ça ?

— Je ne l'ai toujours pas vue.

— Il y avait de la drogue dedans. Des amphétamines.

— OK… Autre chose ?

— Comment ça, autre chose ?

— Dans la voiture."

Elle ne s'attendait pas à cette question, il la vit réfléchir, hésiter, ce qui lui disait qu'il y avait eu autre chose dans la voiture, mais qu'elle n'avait pas l'intention d'en parler.

"Pourquoi ?

— Tu ne voulais pas que j'ouvre l'œil ? Peut-être que je demande un peu autour de moi ? Ce n'est pas pour ça que tu es venue ?

— Si, concéda Hannah. Tu as entendu parler de quelque chose ?"

PV évalua rapidement s'il pouvait espérer tirer davantage de cette conversation, quelque chose qui puisse l'aider à choisir comment avancer au mieux, mais parvint à la conclusion qu'il en avait assez appris.

"J'ai raccroché, comme tu le sais peut-être.

— Personne ne saura que tu nous as aidés."

Il allait lui dire qu'il ne pouvait rien pour elle et lui demander de s'en aller quand il se ravisa. La femme en Audi s'était contentée d'un nom. Qu'il l'adresse ailleurs. Peut-être n'en faudrait-il pas davantage pour que les flics lui fichent la paix.

Il fit semblant de réfléchir un moment, alors qu'il avait déjà pris sa décision, puis leva les yeux vers Hannah avec un air dont il espérait qu'il lui ferait comprendre qu'il lui donnait cette information à contrecœur, qu'il lui rendait un service.

"Tu connais Jonte Lundin ?"

Le petit studio sentait le renfermé, la fumée de cigarette, le mégot, la crasse et la vieille cuite. Dans un coin, le lit défait dont les draps souillés sautaient aux yeux. Sur la table, devant le canapé défoncé et taché, une plante morte dans un pot qui servait de cendrier, quelques canettes de bière et une assiette où les restes de ce qui ressemblait à de la sauce tomate avaient séché. Katya avait testé si elle pouvait la soulever rien qu'en attrapant la fourchette qui y traînait.

Ça avait marché.

La cuisine était pire encore. La cuisinière couverte de restes de nourriture carbonisés, deux casseroles dont le contenu avait séché au fond depuis plusieurs jours, des boîtes de conserve, des bouteilles, des restes de fast-food, des emballages, tout abandonné et jeté là où ça avait été pour la dernière fois utilisé ou ouvert.

Attendre là ne lui plaisait pas.

Elle avait entrepris d'aligner les bouteilles de bière le long du bord de la table basse, mais constata qu'il y en avait d'autres dans la cuisine, près du lit, et même dans la salle de bains. Réussir à organiser une fraction de ce chaos était plus énervant que de tout laisser en l'état.

Elle s'installa donc au milieu de la pièce. Sans rien faire. Et attendit.

On sonna à la porte. Katya gagna le minuscule vestibule et regarda sans bruit par le judas. Une femme se tenait dehors. La cinquantaine, allure, coiffure et tenue quelconques. Un sac de courses Ica à la main. Peut-être la mère de Lundin, pensa

Katya. Venue remplir le garde-manger et le réfrigérateur pour qu'au moins son fils ne meure pas de faim. Allait-elle entrer avec ses propres clés s'il ne venait pas lui ouvrir ? Katya allait reculer d'un pas quand elle entendit des voix dans l'escalier. Elle regarda à nouveau dehors. Un homme qu'elle reconnut être Jonathan Lundin arrivait dans l'escalier et la femme était allée à sa rencontre. Elle n'entendait pas leur conversation, mais Lundin secoua la tête à plusieurs reprises en essayant de passer. La femme tendit un bras pour l'arrêter, parla à nouveau, demanda apparemment quelque chose. Menton pressé contre la poitrine, Lundin continua à secouer la tête. La femme sembla comprendre qu'elle n'en tirerait rien et ôta son bras. Il fit quelques pas rapides mais mal assurés vers la porte. Katya se dépêcha de reculer dans la pièce. Elle entendit la clé tourner, la porte s'ouvrir et se refermer et Lundin marmonner tout seul quelque chose d'inaudible avant d'entrer dans la pièce et de s'affaler lourdement sur le canapé. Katya avait beau se tenir immobile, elle était parfaitement visible au milieu de la pièce, mais il semblait ne pas l'avoir remarquée. Vu ses yeux, sa posture et les mouvements de paresseux avec lesquels il s'efforçait de dénouer ses chaussures, Katya paria pour un cocktail de drogue et d'alcool.

"Salut, Jonte, dit-elle calmement.

— Salut ?" répondit-il en souriant, comme s'il était content de la voir, mais n'arrivait pas à la remettre. Lentement, il réalisa qu'il ne l'avait jamais vue :

"Attends, t'es flic, toi aussi ?

— Qui d'autre est flic ?

— Elle, là, dehors.

— Je ne suis pas de la police", le rassura Katya en allant s'asseoir tout au bord de l'accoudoir du canapé. Jonte hocha la tête, sembla s'en satisfaire et ne pas s'interroger outre mesure sur ce qu'il y avait d'étrange à ce qu'une inconnue l'attende chez lui.

"Je veux te parler, continua Katya en essayant de croiser son regard instable et embué. De drogue.

— Elle aussi.

— La policière ? Qu'est-ce qu'elle a dit ? Tu t'en souviens ?

— Elle voulait savoir si… si quelqu'un vendait. Ou qui achetait en ce moment…"

S'ils cherchaient la même personne qu'elle, dans les mêmes cercles, c'était qu'ils avaient identifié Vadim, fait le lien avec Rovaniemi. Bon à savoir.

"Et qu'est-ce que tu lui as dit ?

— Rien.

— Parce que tu ne sais pas, ou parce que tu ne veux pas rencarder les flics ?

— Hein ?"

Il la regarda comme si sa phrase avait au moins quelques mots de trop pour qu'il puisse la comprendre. Katya l'observa. Qui savait par quoi il était passé, pourquoi il avait choisi de se ramollir le bulbe. Si son enfance avait été ne serait-ce que moitié aussi affreuse que ses huit premières années, elle comprenait très bien qu'il saute sur la moindre occasion de l'oublier et de la refouler. Bien sûr, il était possible qu'il ait eu une enfance normalement heureuse, mais qu'il ait voulu jouer les durs, trouvé cool de se droguer et soit resté pris au piège. Peut-être avait-il hérité d'une tendance à l'addiction ?

Dans tous les cas, il était faible. Les personnes faibles pouvaient être exploitées.

Elle sortit une liasse de billets de la poche avant de son jean et entreprit de les compter. Jonte suivait ses gestes avec un regard de labrador affamé. Cinq billets de cent posés sur la table. Comme il se penchait pour les prendre, elle couvrit les billets de sa paume.

"Tu dois d'abord répondre à quelques questions."

Jonte hocha la tête, quitta les billets des yeux au prix d'un certain effort, luttant visiblement pour rester concentré.

"Est-ce que quelqu'un s'est pointé avec de la dope à vendre ? Quelqu'un de nouveau ? La semaine dernière ?

— Pas que je sache…

— Tu as entendu parler d'un gros lot d'amphétamines ?"

Il secoua violemment la tête comme un enfant de trois ans à qui on a présenté une assiette de brocolis.

"Sûr ?" demanda-t-elle en posant un autre billet sur la table. Il inspira à fond, bien décidé à y arriver.

“Non, je n’ai entendu parler de rien, dit-il avec une netteté inhabituelle.
— Qui pourrait savoir ? À qui achètes-tu ?
— Je ne sais pas.”
Pour la première fois, elle s’impatienta, se pencha en avant pour d’une main lui attraper sans ménagement une joue.
“Oh si, tu le sais.
— Non, c’est vrai, dit-il en trébuchant plus que d’habitude sur les mots, parce qu’elle maintenait ses lèvres en *o*. Depuis l’époque de PV, enfin maintenant, en tout cas… Je dépose le fric, j’envoie un SMS et on me répond… où je peux prendre la livraison.”
Katya lâcha Lundin, qui se recala contre le dossier du canapé. Cela pouvait expliquer pourquoi personne ne semblait savoir qui était à la tête des affaires. Si tout se traitait dans l’anonymat, sans contact personnel.
“Écris un message comme d’habitude, sans l’envoyer.
— Hein ? Mais quoi ?
— Prends ton téléphone, écris un SMS comme tu fais d’habitude quand tu veux acheter, mais ne l’envoie pas.”
Jonte hésita. Visiblement, quelque part dans les brumes qui lui tenaient lieu de conscience, il comprenait que c’était une mauvaise idée, mais son regard s’arrêta alors sur les billets sur la table. Trois mille couronnes. Avec un soupir, il sortit son téléphone et y saisit non sans peine un court message qu’il montra à Katya.
“Très bien, où déposes-tu l’argent ? demanda-t-elle en lui prenant son téléphone sans qu’il proteste.
— La poubelle de l’arrêt de bus. Derrière l’hôtel.
— L’Hôtel Central ?”
Jonte hocha la tête et se cala à nouveau contre le dossier. Un arrêt de bus derrière l’hôtel, elle pouvait trouver ça.
“Qui t’a dit de faire comme ça ? demanda-t-elle en se redressant, prête à partir.
— Me souviens plus. Il y a longtemps.
— Dommage”, dit Katya en haussant les épaules avant de rafler les billets sur la table. Lundin tendit la main dans une tentative lasse de l’en empêcher.

“Mais… mais j’ai entendu…”, monta tout bas du canapé, avant qu’il ne perde le fil et cligne plusieurs fois des yeux. Katya se pencha et lui distribua deux gifles légères.

“Allez !

— Parfois, une fois… j’ai entendu… parler de quelqu’un de français.

— Français ? Comme quelqu’un qui vient de France ?

— Je ne sais pas… Le Français.”

Pour le coup, c’était un bon point de départ. S’il s’agissait vraiment d’un Français, combien pouvait-il y en avoir à Haparanda et dans les environs ? Et même si ce n’était qu’un alias, un surnom, c’était quelqu’un qu’on pouvait rechercher, ça donnait une direction. Elle reposa deux des billets de cinq cents sur la table, et Lundin réussit à redresser suffisamment le dos pour les saisir.

“Ne dis pas que c’était moi”, lâcha-t-il avant de retomber en arrière. Katya ne répondit pas. Elle regagna la porte et le laissa à moitié endormi sur le canapé, serrant les billets comme un doudou.

Une demi-heure plus tard, au volant de son Audi, elle surveillait l’arrêt de bus derrière l’hôtel dans son rétroviseur. Elle y avait déposé une enveloppe de mille cinq cents couronnes dans la poubelle verte et, une fois revenue dans sa voiture, avait envoyé un SMS avec le téléphone de Jonte.

Et à présent, elle attendait.

La radio à bas volume. Une chanson en suédois : un type faisait tout un plat du fait de se balader avec le pull que son ex-petite copine détestait. C’était entraînant, elle tambourinait à deux doigts sur le volant, le regard fixé sur le rétroviseur.

Un jeune homme aux cheveux sombres rasés des deux côtés, les deux mains plongées dans les poches de son coupe-vent fermé jusqu’en haut, arriva d’un pas nonchalant à l’arrêt de bus. Jeta un rapide coup d’œil alentour dans la rue déserte et s’approcha de la poubelle. Katya tendit le cou. L’homme y plongea la main, récupéra l’enveloppe, l’escamota rapidement dans sa poche intérieure et rebroussa chemin.

Katya le laissa tourner au coin de la maison en bois jaune délabrée, dont toutes les boutiques du rez-de-chaussée béaient tristement vides, puis descendit de voiture et le prit en filature. Devant le château d'eau, puis en descendant Köpmansgatan. L'homme tourna à droite dans Västra Esplanaden, comme les panneaux l'indiquèrent à Katya, puis continua sans se presser sur le côté droit. Pas une seule fois il ne s'était retourné, ne s'attendant visiblement pas à être suivi, mais Katya gardait cependant ses distances, continua tout droit vers le complexe sportif tout en le gardant à l'œil de l'autre côté de la rue. Le vit s'approcher de plusieurs immeubles résidentiels. Dépassa le premier, mais tourna avant le second. Katya pressa le pas, regarda vite autour d'elle avant de traverser la rue, se pressant de rattraper l'homme qu'elle avait pour l'instant perdu de vue.

Elle parvint derrière le bâtiment juste à temps pour voir la plus éloignée de deux portes se refermer lentement. Elle ne pouvait pas faire beaucoup plus pour le moment. Juste à côté s'étendait une pelouse qui n'offrait aucune possibilité de se cacher, mais un peu plus loin elle trouva un petit terrain de foot derrière quelques arbres, d'où elle pouvait surveiller la porte sans risquer d'être vue. Les moustiques l'accueillirent aussitôt quand elle s'installa immobile derrière un des bouleaux, mais elle les ignora. Les piqûres de moustiques lui importaient peu, et les mouvements pouvaient attirer l'attention sur elle.

Elle n'eut pas à attendre longtemps. Quelques minutes plus tard seulement, le jeune homme ressortit et repartit par là d'où il était venu. Probablement pour lui livrer sa commande, et l'endroit où cela se passait n'était pas intéressant pour le moment. L'endroit où il était allé chercher la marchandise, en revanche…

Pour être bien certaine qu'il n'allait pas revenir, elle attendit encore quelques minutes avant de se diriger vers l'immeuble. La porte vitrée laissait pénétrer la lumière du jour, mais elle appuya malgré tout en entrant sur le voyant orange de l'interrupteur. La cage d'escalier était absolument silencieuse. Aucun bruit ne s'échappait d'aucun des six appartements. Deux par étage, d'après le tableau des locataires accroché au mur. Katya l'examina et ne put retenir un petit sourire de satisfaction en voyant qui habitait apparemment au deuxième étage.

René Fouquier. Ça sonnait français.

"DÉSOLÉE, dit Hannah en commençant à débarrasser. J'avais pensé me surpasser."

Après avoir quitté PV et avoir perdu son temps à rendre visite à Jonte Lundin, elle n'avait plus envie de cuisiner : elle était passée prendre à emporter chez Leilani. Au moins, ils n'avaient pas mangé directement dans les cartons, se dit-elle en rinçant les assiettes avant de les mettre au lave-vaisselle. C'était toujours ça.

"Ça ne fait rien, c'était bon", l'assura Thomas, ce qui était difficile à croire, puisqu'il avait laissé la plus grande partie de son filet mignon aux brocolis et sauce barbecue dans sa barquette.

"Tu veux un café ?"

Il hocha la tête et elle commença à préparer la cafetière tandis qu'il finissait de débarrasser. Pendant le dîner, elle lui avait parlé de leur enquête. De la venue de X et de cette aide finlandaise que personne n'avait demandée. Thomas avait écouté, hoché la tête, posé quelques questions complémentaires.

Quand ils eurent à peu près épuisé les sujets – comme d'habitude, le chapitre de son travail à lui avait été vite expédié – la conversation avait comme toujours glissé vers leurs enfants.

Gabriel, parti de la maison voilà trois ans, qui faisait à Uppsala des études d'orthophoniste, restait là-bas pour travailler cet été, il monterait peut-être une semaine ou deux fin août. Thomas gardait une semaine de vacances dans cette éventualité, lui dit-il.

Alicia qui voyageait autour du monde depuis septembre dernier, qui comptait être rentrée à Noël mais avait sans arrêt remis à plus tard. Début juillet, elle saurait si elle avait été admise à l'une des formations qu'elle avait demandées, elle déciderait alors si elle rentrait ou retenterait sa chance le semestre suivant.

Gabriel et Alicia. Leurs enfants.

Jamais Elin.

Dont l'anniversaire approchait, le 3 juillet. Elle aurait eu vingt-huit ans. Sans ce soudain orage cet après-midi-là à Stockholm.

Sans Hannah.

Ils ne parlaient jamais d'elle. Plus.

Hannah ne voulait pas, ne pouvait pas. Thomas le savait et l'acceptait.

Trente-sept ans ensemble. Elle venait d'avoir dix-sept ans quand elle l'avait abordé pour la première fois au coin fumeurs. Trois ans après le jour où, rentrée de l'école, elle avait mis la BO de *Fame* dans la radiocassette de la cuisine, poussé en dansant la porte donnant dans le séjour et trouvé sa mère pendue au plafond, au crochet de la lampe.

Elle était encore tellement perdue.

Elle avait repéré Thomas dans les couloirs, difficile de le rater : plus d'un mètre quatre-vingt-dix et au moins vingt kilos de surpoids à l'époque. Mais ce n'était pas pour ça qu'elle l'avait remarqué. C'était son attitude. Sa présence : grand, taciturne, il parvenait sans se forcer à se fondre dans le décor, se fichait bien de ce qu'on pensait de lui. Il était une classe au-dessus d'elle, mais avait deux ans de plus. Il avait commencé le CP un an plus tard que les autres. Pas assez mûr pour l'école. Il suivait à présent le cursus économique, avait le permis de conduire et une voiture, appréciait plein de choses qu'elle n'aimait pas, comme aller dans la nature, pêcher et rester en silence près d'un feu dans un coin perdu, mais comme elle se plaisait avec lui, elle l'accompagnait.

Difficile de dire quand ils étaient devenus un couple, ils s'étaient juste mis à passer plus de temps ensemble et moins avec les autres. Mais elle se souvenait quand elle avait compris qu'ils allaient le devenir.

Ils étaient sur son lit dans sa chambre au sous-sol chez ses parents à Kalix, *Nebraska* sortait à bas volume des enceintes et, pour la première fois, il lui avait demandé de lui parler de sa mère. Elle avait aussitôt été sur la défensive.

"Et pourquoi ?

— Parce que ça doit être la pire chose qui te soit arrivée, mais tu n'en parles jamais.

— Parce que je ne veux pas. Elle a bousillé ma vie, merde.

— OK.

— Ça ne tournait pas rond dans sa tête et elle s'est pendue. Putain, qu'est-ce que tu veux que je dise ?"

Il n'avait pas insisté, avait proposé de descendre à Luleå voir *Le Retour du Jedi*. Encore quelque chose qu'il aimait et elle non, la science-fiction. Mais elle l'avait accompagné. Après, il l'avait raccompagnée chez elle, s'était garé devant et l'avait arrêtée au moment où elle allait descendre.

"Ce n'était pas ta faute.

— Quoi ?

— Ta mère.

— Je n'ai jamais pensé ça, avait-elle menti.

— Bien. Parce que ce n'était pas le cas."

Ils n'en avaient plus reparlé. Pas avant longtemps après. À cette époque, ça en était resté là. Elle n'avait pas compris à quel point elle avait besoin d'entendre ça avant qu'il ne le dise. Son père s'était borné à constater que maman n'en pouvait plus, sans jamais aborder le pourquoi. Après l'enterrement, ils avaient cessé de parler d'elle. Ressasser n'avance à rien, avait-il l'habitude de dire. Il n'avait jamais cherché à comprendre, n'avait jamais ne serait-ce qu'effleuré l'idée que l'attitude agressive et parfois même purement destructrice d'Hannah pouvait venir de l'écrasant sentiment de culpabilité qu'elle traînait partout.

Et pourtant, les dernières années avaient été pleines de reproches et de crises.

Tu m'épuises !

Tu veux ma mort ?

Hannah, tu vas finir par me tuer.

Comment aurait-elle pu penser que ce n'était pas sa faute ? Quand personne ne lui disait le contraire. Jusqu'à ce que Thomas le fasse. Un "Ce n'était pas ta faute" bref et évident qui non seulement soulageait le poids de sa culpabilité, mais montrait aussi combien il la connaissait et la comprenait.

Depuis, ils étaient restés ensemble. Leur relation n'avait jamais été particulièrement passionnée, plutôt une prolongation de leur amitié, aucun des deux n'étant enclin au romantisme. C'était rassurant. Se sentir rassurée lui allait bien, c'était ce dont elle avait besoin. À l'époque, puis par la suite.

En particulier après ce qui était arrivé à Elin.

“Il est bien pour toi, avait dit son père alors que Thomas fréquentait la maison depuis environ un an. Accroche-toi à lui.”

Ce qu'elle avait fait. Ils s'étaient accrochés l'un à l'autre, avaient peut-être considéré leur couple comme allant de soi et, quand les enfants n'avaient plus habité à la maison, quand ils s'étaient retrouvés en pleine possession de leur temps, Thomas avait choisi d'en passer une grande partie loin d'elle. Elle ne s'était jamais confrontée à lui à ce sujet, ressasser n'avançait à rien. Elle avait plutôt atterri avec Gordon.

Elle s'approcha derrière son mari, occupé à l'évier, et se serra contre lui.

“On va se coucher ? proposa-t-elle en lui embrassant le cou tout en laissant descendre sa main de son torse vers son bas-ventre.

— J'ai promis à Kenneth d'aller réparer son chauffe-eau.”

Hannah s'arrêta, remonta lentement sa main, conservant pourtant son étreinte, heureuse d'être dans son dos et qu'il ne puisse pas voir l'expression de son visage.

“Là, ce soir ?

— Autant s'en occuper au plus vite, ils n'ont pas d'eau chaude.

— Demain, ça ne suffirait pas ?

— Ça fait un moment que j'ai promis de m'en occuper, alors…”

Hannah avait encore envie de lui, mais il y avait des limites, elle n'avait pas l'intention de s'abaisser à quémander du sexe, aussi le lâcha-t-elle pour aller servir le café. Thomas but plus ou moins d'un trait sa tasse dans le silence légèrement tendu qui s'était installé, puis se leva et alla la mettre au lave-vaisselle.

“À plus tard, j'en ai bien pour quelques heures.

— Oui, sans doute. Tu les salues de ma part.”

Il hocha la tête, et alla dans l’entrée enfiler son coupe-vent et des chaussures.

“Salut !” lança-t-il sans se retourner ni obtenir de réponse.

Restée seule à la cuisine, Hannah songea à appeler Gordon, mais y renonça. Elle se persuada que c’était pour ne pas déranger la soirée jeux vidéo des deux frères mais, surtout, elle ne voulait pas risquer que lui aussi la rejette.

Aucun d'eux ne savait à quoi servait jadis le petit cabanon, dont il ne restait plus que quatre murs en bois prêts à s'effondrer, sans fenêtres ni porte, une cheminée en ruine et une toiture par endroits affaissée, à quelques centaines de mètres dans les bois sur le terrain de Thomas et Hannah. Thomas le leur avait montré une des premières fois qu'ils étaient venus le voir au chalet. À moitié sur le ton de la plaisanterie, il avait dit songer à en faire quelque chose, peut-être une maison d'amis. Il était certes bricoleur mais, déjà à l'époque, la petite bâtisse n'était plus récupérable. Aujourd'hui, ce n'était plus qu'une ruine en voie d'être absorbée par la nature environnante et, à la connaissance de Kenneth, ils la laissaient péricliter à son rythme.

Parfait pour eux.

Surtout que dans un de ses coins, il y avait une trappe menant à une cavité qui avait jadis dû être une remise ou un garde-manger, à l'époque où le cabanon était utilisé. À présent, les trois sacs de sport y étaient rangés, chacun emballé dans un sac poubelle noir. Au moment de refermer la trappe, Kenneth se ravisa.

"Et s'il venait des rats, ou autre chose ? Et qu'ils bouffaient le fric.

— Il n'y en a pas sous terre, non ?

— Mais si, on en trouve bien dans les tuyaux, les égouts, tout ça."

Il la vit hésiter. Son plan était de laisser l'argent sans y toucher pendant au moins trois ans, s'ils ne se faisaient pas arrêter, bien sûr, car sinon il resterait là bien plus longtemps. Au bout de trois ans, ils commenceraient doucement à l'utiliser, ils pourraient prétendre qu'il s'agissait d'économies, ou qu'ils en avaient gagné une partie dans un de ces casinos en ligne pour lesquels on voyait partout de la publicité. On pouvait aussi espérer que d'ici là Kenneth aurait trouvé du travail, ce qui rendrait encore plus vraisemblable qu'ils aient pu mettre un peu d'argent de côté.

Trois ans. Sandra avait été très ferme.

Il ne fallait pas laisser la négligence et l'imprudence menacer leur avenir. Mais elle ne supporterait pas non plus de découvrir que trois cent mille euros avaient servi de garde-manger et de nid à une bande de rongeurs.

"On a de la mort-aux-rats à la maison, on reviendra en mettre tout autour, dit-elle en hochant la tête pour se donner elle-même raison. On peut aussi acheter quelques boîtes en métal ou en plastique dur."

Kenneth ferma la trappe, ils ressortirent du cabanon en ruine et se dirigèrent vers le chalet de Thomas et Hannah. À vrai dire, c'était plutôt le chalet de Thomas, il appartenait à ses parents, les grands-parents maternels de Kenneth, qu'il n'avait presque jamais vus de leur vivant, car Stefan trouvait qu'ils avaient une mauvaise influence sur ses enfants. À leur mort, Thomas avait racheté la part de sa sœur. Le chalet était petit, très simple. Sans électricité ni eau chaude, ce n'était pas l'endroit où l'on venait passer des semaines de vacances : Thomas ne l'utilisait que pour la chasse et la pêche, choses pour lesquelles Kenneth savait qu'Hannah ne nourrissait pas le moindre intérêt.

Ils sortirent de la forêt derrière la petite maison rouge. Comme ils la contournaient, ils virent Thomas arriver dans la petite cour et venir se garer juste à côté de la voiture de Sandra. Ils échangèrent un rapide coup d'œil inquiet avant de le saluer tous les deux de la main et de venir à sa rencontre avec ce qu'ils espéraient être des sourires détendus. Thomas coupa le moteur et descendit de voiture, visiblement surpris de les trouver là.

"Salut, qu'est-ce que vous faites là ?

— On… on passait juste”, répondit Kenneth en jetant un regard mal assuré à Sandra. Ils ne s’attendaient pas à devoir expliquer leur présence, n’avaient pas préparé de mensonge vraisemblable.

“On a une amie qui vient d’accoucher à Övertorneå, nous sommes allés la voir”, développa Sandra, qui avait tout de suite saisi que Thomas comprendrait qu’ils n’avaient aucune raison de “passer” au chalet, qui certes n’était qu’à une petite heure de route d’Haparanda, mais littéralement au milieu de nulle part.

“Oui, alors on a fait un petit détour en rentrant, précisa Kenneth.

— Pour voir si l’un de vous deux y était, puisqu’on passait dans le coin”, compléta Sandra. Thomas ne dit rien, se contentant de les regarder finir mutuellement leurs phrases, en haussant légèrement les sourcils.

“Et toi, qu’est-ce qui t’amène ? demanda Kenneth pour tenter de détourner la conversation.

— Je dois juste… récupérer quelques trucs. Que j’ai oubliés”, répondit Thomas avec un signe de tête vers le chalet. Kenneth eut l’impression qu’il mentait lui aussi. Mais pourquoi leur mentir au sujet de sa présence ici ? Peut-être s’était-il disputé avec Hannah ?

“Bon, il faut qu’on rentre, dit Sandra avec un coup d’œil appuyé à Kenneth. C’est que je commence tôt demain matin, alors…

— D’accord. Soyez prudents. Ça m’a fait plaisir de vous voir.”

Pas d’invitation à entrer un moment, puisqu’ils étaient là. Prendre un café. Ils auraient certes décliné, mais quand même. L’impression que Thomas voulait se débarrasser d’eux.

“Au fait, merci d’avoir réparé le chauffe-eau, dit Sandra une fois à la voiture.

— De rien.”

Il sembla s’apprêter à ajouter quelque chose à ce sujet, avant de ravaler la suite. Kenneth ouvrit la portière côté passager, s’arrêta et se retourna vers Thomas.

“Il paraît qu’on a retrouvé quelqu’un mort en forêt. Hannah travaille là-dessus ?

— Oui.

— Ils savent qui c'était ?
— Un Russe, apparemment.
— Ils ont des suspects ?
— Non, ils recherchent une voiture. La voiture du Russe. Une Honda bleue."
Kenneth hocha la tête pour lui-même, vit que Sandra lui signifiait d'un regard par-dessus le toit de la voiture que ça suffisait, mais il fallait qu'il en sache davantage.
"Mais ils ne savent rien de la voiture qui l'a renversé ?
— Pas à ma connaissance.
— Ils ont trouvé de l'ADN, ou quelque chose ?
— Je ne sais pas non plus, pourquoi ?"
Thomas avança d'un pas, les sourcils à nouveau haussés, interrogatifs. Sandra se racla discrètement la gorge.
"Non, rien, ça s'est juste passé tout près de chez nous, tu sais, ça rend curieux.
— Vous en reparlerez une autre fois, allez, monte, qu'on y aille, le coupa Sandra avec un sourire un peu trop large. Salut, Thomas, bonjour à Hannah.
— Je n'y manquerai pas. Au revoir."
Une fois sur l'étroite route forestière, Sandra accéléra, conduisant en silence, le regard fixé devant elle. Elle n'avait pas besoin d'expliquer combien elle était énervée, ni pourquoi.
"J'ai posé trop de questions, constata Kenneth.
— Beaucoup trop.
— Pardon, je voulais juste savoir ce qu'ils savaient."
Sandra ne répondit rien. Il estimait avoir le droit de poser ces questions, c'était quand même lui qui se réveillait chaque matin avec une boule d'angoisse dans la gorge qui le paralysait toute la journée, lui qui irait en taule s'ils trouvaient son ADN, lui qui avait tué un homme, mais il n'aimait pas quand ils se fâchaient.
"Pardon", dit-il à nouveau.
Ils s'étaient déjà disputés une fois ce soir. Quand ils avaient décidé comment faire avec l'argent et qu'elle était juste après sortie chercher dans la voiture un vase qu'elle venait d'acheter.
"Ah, d'accord, donc toi, tu peux dépenser l'argent, et moi non, s'était-il plaint, conscient du ton puéril de sa voix.

— J'ai pris soixante euros, et tu veux acheter une nouvelle voiture.
— Mais d'occasion.
— Si tu en trouves une pour soixante euros, achète-la.
— À ce tarif, je ne peux même pas faire réparer la Volvo.
— Alors, je pense qu'on devrait l'envoyer à la casse."

Kenneth s'était figé. Elle ne pouvait quand même pas être sérieuse ? Il n'avait pas le droit d'en acheter une nouvelle, ni de réparer l'ancienne. Sans voiture, il serait coincé à la maison toute la journée.

"Quoi ? Alors je n'aurai plus de voiture ? Et comment je ferai, moi, pour bouger d'ici ?
— Tout ça, ça coûte de l'argent, et comme il faut qu'on fasse semblant d'économiser… dit-elle, ce qui ne répondait pas à sa question.
— Mais on a de l'argent, avait-il crié, avant d'aller à la cuisine prendre une poignée de billets dans une des valises. On a un pognon de dingues !
— Ne me fous pas tout en l'air, Kenneth, avait-elle lâché tout bas, avec dans le regard une noirceur qu'il ne lui avait encore jamais vue.
— Mais qu'est-ce que ça fait, qu'on utilise quelques milliers de balles ?
— On ne touche pas à l'argent, c'est si difficile que ça à piger ?
— Sauf si on veut avoir un putain de vase inutile, apparemment !"

Il avait jeté les billets et quitté la pièce en trombe, ce qu'il avait aussitôt regretté. Tellement inutile. Surtout qu'il savait combien ça comptait pour elle. Pouvoir acheter quelque chose de neuf, de beau. Elle y avait mis des fleurs du jardin, fait une photo sur fond de ciel clair qu'elle avait postée sur Instagram. Son premier post depuis plusieurs semaines. Il savait qu'elle trouvait qu'elle n'avait rien à montrer, savait aussi que c'était en partie à cause de lui, au chômage, qui n'apportait pas d'argent à la maison.

Quand il broyait du noir, il se demandait combien de temps encore elle supporterait cette situation.

ENVIRON UNE HEURE AVANT LA FERMETURE, il ne restait qu'une poignée de clients dispersés dans le restaurant. Katya passa devant les bornes de commande et gagna la caisse, où le jeune homme attendait en tablier de cuisine blanc marqué sur la poitrine du logo jaune orangé de la chaîne de fast-food. En dessous, un badge qui lui confirma qu'elle avait trouvé celui qu'elle cherchait.

"Bonjour, René.

— Bonjour, bienvenue, que puis-je faire pour vous ?

— *Vous préférez parler français ?*

— Non... répondit-il, étonné. Sauf si vous le voulez.

— Je croyais que tu étais *Le Français*", continua-t-elle avec un petit sourire entendu, sans le quitter des yeux pour voir s'il réagissait à ce nom. Rien. Peut-être l'appelait-on comme ça en parlant de lui, mais pas en sa présence ?

"Mon père est français, dit-il, apparemment sans comprendre pourquoi ils parlaient de ça.

— Tu as le temps de parler un peu ?

— Ça dépend, je travaille.

— Il y en a bien pour un petit moment. Tu as une pause, bientôt ? Ou bien j'attends la fermeture ?"

René choisit de ne pas répondre. Il inspira un peu plus profondément puis s'efforça de ramener la conversation à la raison de sa présence à cette caisse, toujours avec le même sourire professionnel.

"Voulez-vous manger quelque chose ?

— Choisis pour moi, ton favori.

— Vous mangez de la viande ?
— Oui."

Il se tourna vers la caisse et saisit rapidement une commande sur l'écran tactile.

"Soixante-dix-neuf couronnes."

Katya déposa quelques billets, et rejeta d'un geste la couronne qu'il voulait lui rendre. Il la glissa dans le pot à pourboires à côté de la caisse.

"Tu as une pause, bientôt ? demanda-t-elle à nouveau.
— Non, pourquoi ?"

Sans attendre de réponse, il alla prendre un sachet de frites qui attendait sur un présentoir à côté des friteuses. Il commençait clairement à en avoir assez d'elle. À son retour, il se figea. Quelques morceaux d'un nain de jardin écrasé jonchaient le plateau.

"Je pensais qu'on pourrait parler de ça", dit Katya en baissant la voix et en tripotant délicatement les morceaux. René les balaya de la main et les escamota sous son tablier tandis qu'il guettait alentour. Aucun de ses rares collègues en cuisine ne semblait se soucier de ce qui se passait à la caisse avec cette cliente venue seule.

"Alors, cette pause ? demanda à nouveau Katya, se doutant qu'elle recevrait une réponse cette fois.
— Dans dix minutes, OK ?
— Pas de problème."

Elle chantonna sur la musique qui sortait des haut-parleurs invisibles pendant qu'elle attendait qu'il remplisse son plateau. Elle alla remplir de coca light le gobelet vide qu'on lui avait donné, se servit en ketchup, sel, poivre et prit encore trois serviettes en papier. En route pour une table, elle se ravisa. Elle retourna le trouver à la caisse.

"Encore une chose, dit-elle en se penchant au-dessus du comptoir. Je ne suis pas de la police, alors n'essaie pas de disparaître, car je te retrouverai où que tu ailles."

Avec un petit signe de tête comme pour confirmer qu'ils étaient d'accord, elle alla s'asseoir avec son plateau dos au mur à une table d'où elle avait une vue d'ensemble sur tout le local.

Elle avait mangé son burger et trempait une à une ses frites dans le ketchup quand deux jeunes hommes entrèrent. Jeans et gros muscles sous tee-shirts moulants. Katya les suivit des yeux tandis qu'ils commandaient chacun un café et un sundae à la fille qui avait remplacé René à la caisse. Ils vinrent s'asseoir à la table voisine de Katya en s'efforçant de faire semblant de ne pas l'avoir vue. Un instant, elle envisagea de leur dire qu'elle avait compris qu'on les avait appelés et de leur proposer de s'installer à sa table, mais n'eut le temps de rien faire avant l'arrivée de René, qui s'assit en la fixant des yeux.

"Donc, tu es venue chez moi, constata-t-il calmement.

— Oui, bel appartement. J'apprécie vraiment ton sens de l'ordre."

René la dévisagea soigneusement, comme pour tenter d'estimer si elle était juste cinglée ou s'il y avait quelque chose à savoir, ou même dont il fallait s'inquiéter avant d'agir. Elle était convaincue qu'il allait d'une façon ou d'une autre la menacer, éventuellement lancer ses gorilles sur elle, ou même qu'il caressait l'idée de la tuer. Elle ne le connaissait pas, ne savait pas jusqu'où il était prêt à aller, ni ce dont il était capable.

"C'était stupide de ta part de venir ici, dit-il, confirmant sa première hypothèse.

— Ah bon ?

— Le mieux serait que tu partes maintenant et que je ne te revoie plus.

— Malheureusement, c'est impossible, dit Katya avec un air désolé exagéré. J'ai un boulot à terminer.

— Quel genre de boulot ?" demanda René en esquissant un sourire révélant sa décision de jouer le jeu, un jeu qu'il était certain de gagner. Katya, elle, décida de prendre le contrôle de la conversation, se pencha en avant et baissa encore la voix.

"Je ne m'intéresse pas à toi ni à tes affaires, je ne cherche pas à t'évincer ou à t'éliminer." Elle soutint son regard avec calme, l'air disponible. "Je veux juste une information. Si je l'obtiens, je disparais.

— Une information à quel sujet ?

— Quelqu'un t'a-t-il proposé un gros stock d'amphétamines la semaine dernière ? Ou en as-tu entendu parler ? Un gros stock.

— Comment tu m'as trouvé ?" Son sourire soudain comme balayé, comme si la mention de cette drogue lui avait rappelé qu'il avait jusqu'ici réussi à rester sous les radars, mais qu'il y avait visiblement un maillon faible dans la chaîne.

"Réponds d'abord à ma question.

— Pourquoi veux-tu savoir ça ?

— Tu veux que je te laisse tranquille, oui ou non ?"

René inclina un peu la tête de côté, la toisa quelques instants en silence avant de hausser les épaules.

"Non, je n'ai pas entendu parler d'amphétamines.

— Si tu apprends quelque chose à ce sujet, contacte-moi", dit Katya. Elle sortit un post-it orange où était noté son numéro de portable suédois et le poussa vers lui.

"Bien sûr." Il ramassa le papier, le plia soigneusement en son milieu et le fourra dans sa poche. "Comment m'as-tu trouvé ?

— Ce n'était pas difficile", sourit Katya en prenant son sac et en s'apprêtant à se lever. René se pencha vite pour lui saisir le poignet. Elle aurait pu se libérer en une seconde, détacher le couteau de sa cheville avant qu'il ait le temps de comprendre ce qui se passait, mais elle resta tranquillement assise en l'interrogeant du regard.

"Dis-le-moi. Pour ton bien."

Elle regarda la main qui entourait son poignet, puis leva les yeux vers René et soutint son regard sans ciller.

"Ne me touche jamais sans ma permission."

Ils se toisèrent encore quelques secondes, puis René la lâcha, se cala au fond de son siège et écarta les mains avec un sourire désarmant.

"Ramasse mon plateau, tu seras gentil." Katya se leva et pendit son sac à une épaule. "Ou demande à un de tes amis de le faire", ajouta-t-elle en posant la main sur l'épaule d'un des hommes à la table voisine. Elle sentit les muscles se bander sous le tee-shirt. "Occupe-les un petit moment, qu'ils n'aillent pas prendre une initiative."

Et elle sortit. Dehors, il faisait clair et relativement chaud. L'hôtel n'était qu'à quelques minutes à pied, mais elle n'était pas pressée de rentrer. Avec un dernier coup d'œil au restaurant, où les trois hommes avaient rapproché leurs têtes, elle se mit en marche vers le fleuve.

"C'EST L'HEURE."

Sandra tourna les talons et disparut à nouveau dehors. Kenneth posa sa tablette et se leva. Il s'était maintenu à demi éveillé en regardant Netflix, déjà fatigué à leur retour du chalet de Thomas, mais ils n'en étaient encore qu'à la moitié. En allant dans l'entrée prendre les clés de la voiture dans le tiroir de la commode, il songea combien tout aurait été plus simple s'ils avaient pu faire ça en décembre, quand il faisait nuit toute la journée. Mais ils n'avaient pas le choix. La police recherchait la Honda, il ne fallait pas qu'ils la trouvent ici, elle devait disparaître. En sortant, il trouva Sandra à côté de sa voiture, prête à partir. Leurs nouvelles perspectives économiques semblaient pour elle une source d'énergie inépuisable.

"Rideaux tirés dans toutes les chambres, dit-elle en indiquant de la tête le voisin le plus proche tandis qu'il descendait le perron. Plus de lumière dans la maison. On y va."

Kenneth ouvrit la porte du garage et sortit sur la rue. Il savait que ce n'était que le fruit de son imagination, mais il lui semblait que la petite voiture faisait beaucoup plus de bruit que celle de Sandra, et qu'il allait réveiller tout le village. Il jeta un coup d'œil dans le rétroviseur, Sandra n'était pas en vue, c'était le plan. Ne pas rouler juste derrière. Au cas où quelqu'un verrait la Honda en ayant entendu que la police la recherchait, il ne pourrait en tout cas pas faire de lien avec la voiture de Sandra.

En longeant le lac qui avait donné son nom au village, il songea à toutes les mauvaises décisions qu'il avait prises.

Tant. Pendant si longtemps.

Il mettait ça sur le dos de son père, qui était un trou du cul de première. Un succès immense, un homme respecté et admiré.

Mais c'était faux. Il n'avait jamais été un père aimant.

C'était l'entrepreneur à succès qui se trouvait avoir une femme et quelques enfants.

Toute son identité était liée à son travail. Pour réussir, il fallait une concentration totale, le contrôle, aucune distraction. Un ordre parfait devait régner dans la grande maison située dans une des banlieues les plus chics de Stockholm. Le mot qui avait modelé toute l'enfance de Kenneth. L'ordre était le fruit de la discipline et de l'obéissance. L'erreur était signe de faiblesse, et on était davantage motivé à combattre la faiblesse quand on savait qu'elle faisait mal.

Tellement de souffrance, toutes ces années. Tellement de mauvaises décisions.

La façon pour Kenneth de se révolter avait été de choisir systématiquement ce qu'il savait que son père détesterait. Créer le chaos. Il ratait, perdait, s'en foutait, discutait, oubliait, séchait l'école, se droguait, volait…

C'était comme ça que, cinq ans plus tôt, il avait atterri au Norrland.

La maison d'arrêt d'Haparanda. Sécurité de classe deux.

Trois ans et huit mois pour un braquage. Sandra y travaillait. Quatre ans et une demi-tête de plus que lui, elle s'était montrée très professionnelle, mais à mesure que les mois passaient, elle avait commencé à parler davantage et plus souvent avec lui, de choses plus personnelles. Bientôt, ils étaient tombés amoureux. Naturellement, les relations entre détenus et gardiens étaient interdites, aussi ne faisaient-ils rien qui puisse leur faire courir le risque d'un transfert ou d'une mise à pied. Ils se languissaient, proches chaque jour, mais jamais trop proches, jamais intimes, et comptaient les jours. À sa sortie, au bout de deux ans, libéré de la drogue, il était resté à Haparanda. Rien ni personne auprès de qui retourner. Il s'était installé dans l'appartement de Sandra, qu'ils avaient quitté un an plus tard pour acheter la maison de Norra Storträsk.

Loin de la ville, loin des tentations innombrables.

Tout était bien. Mieux que bien. Parfait.

Mais plus maintenant.

Il tourna avant Grubbnäsudden, en choisissant les plus petites routes possibles pour descendre vers Bodträsk. Là, la route redevenait large, mais il n'allait plus très loin. Au bout d'un kilomètre environ, il ralentit pour tourner à gauche et lâcha un juron. Une voiture arrivait en face. Vite, il s'efforça de décider ce qui attirerait le moins l'attention : tourner alors qu'une voiture approchait, ou attendre, même s'il avait le temps de tourner. Attendre, ou tourner ?

Sa décision prise, il s'était écoulé trop de temps pour faire autre chose qu'attendre. Kenneth baissa la tête en regardant de côté en croisant l'autre voiture, puis vite un coup d'œil nerveux dans le rétroviseur. Les feux de position rouges disparurent au loin, la voiture ne freinait pas, ne faisait pas mine de faire demi-tour. Soulagé, il tourna, s'engagea sur le petit chemin de gravier et continua, la forêt d'un côté, une tourbière jaune de l'autre. Il tourna à nouveau là où, avec un peu de bonne volonté, on distinguait deux traces de pneus laissées par quelque engin forestier, même si elles étaient entièrement envahies par la végétation. Branchages et buissons raclaient le châssis tandis qu'il approchait du but au pas. Quelques minutes plus tard, il était arrivé. Il s'arrêta et descendit. Devant lui, une pente caillouteuse et aride clairsemée de fougères et de myrtilles. La pente s'achevait par une paroi rocheuse verticale de cinq ou six mètres qui surgissait de l'eau sombre en contrebas.

Le plan devrait fonctionner. Pas d'obstacle, le lac suffisamment profond.

Kenneth se pencha vers l'intérieur de la voiture, débraya au point mort, se plaça dans la portière ouverte et commença à pousser. À peine à moitié dans la pente, la voiture se mit à rouler toute seule et il s'écarta. La Honda disparut par-dessus bord et Kenneth crut entendre une explosion déchirer le silence de la nuit d'été quand une seconde plus tard elle percuta la surface de l'eau. Il s'approcha prudemment de quelques pas et regarda dans le précipice. L'eau couvrait déjà le capot, s'engouffra par la portière ouverte, noya l'habitacle, et la voiture coula rapidement. Bientôt, on ne vit plus dépasser que l'arrière cabossé, avant qu'il disparaisse lui aussi. Quelques bulles d'air continuèrent à remonter à la surface, mais cela cessa au bout d'un moment, et aussitôt, la surface du lac redevint immobile et lisse.

Kenneth remonta la pente et partit à pied vers le lieu de rendez-vous convenu où Sandra devait l'attendre en voiture pour le récupérer. Pour la première fois depuis l'accident, il éprouvait un brin d'espoir. Oui, l'homme était mort, il ne pouvait rien y faire, mais la police n'était pas venue, apparemment il avait eu une putain de chance de ne laisser aucune trace ADN sur le corps, l'argent était planqué et la voiture avait disparu.

Peut-être que tout ça allait bien s'arranger malgré tout.

Dans les maisons et les appartements, des tasses de caféine préparent les habitants à affronter une nouvelle journée.

Parmi tant d'autres. À Haparanda.

On se transporte, on prend son service, on l'arrête parfois, on appelle la sécu pour prendre une journée à cause d'un enfant malade, on sort un passe, on enfile un uniforme, on se presse vers la maternelle ou le centre de loisirs. Les boutiques doivent ouvrir, les affaires se conclure. Malgré tout.

Beaucoup travaillent. Beaucoup non.

Elle se souvient de la sensation quand Ikea a ouvert ses portes chez elle. Le magasin le plus septentrional au monde. Le PDG Kamprad en personne venu pour l'inauguration. Les gens faisant des heures de queue dans la bouillasse de neige pour entrer. Les hôtels complets, la presse suédoise et internationale sur place, les caméras tournaient, on la photographiait, on la filmait, on la voyait. Désormais, tout allait changer. Avec Ikea, il y aurait d'autres entreprises, des clients, des opportunités d'emplois, une ville en expansion, une embellie pour le bâtiment. On parlait fièrement de croissance.

Les clients sont venus – pour Ikea – mais elle n'a pas retrouvé son éclat d'antan. Elle en est loin.

La réponse réside peut-être dans l'expression qu'elle n'entend que trop souvent.

Ei se kannatte.

"Ça n'en vaut pas la peine" en meänkieli. Le finnois de Tornedalen. La langue la moins importante parmi les trois qu'on parle chez elle. Même si c'est le plus souvent dit avec un sourire, plus ou moins pour plaisanter, elle sent pourtant que ça l'imprègne. Pour beaucoup, c'est la réaction évidente quand on parle de nouvel investissement, qu'il s'agisse de sport, d'affaires, de tourisme ou de politique.

Elle a le plus bas taux de participation électorale de Suède. *Ei se kannatte.*

Difficile de connaître les tenants et les aboutissants, mais beaucoup d'investissements ne se sont pas révélés viables chez elle. Prophéties autoréalisatrices ou climat plus dur que d'habitude pour réussir. Un peu des deux, suppose-t-elle. De toute façon, elle n'y peut rien.

Le soleil chauffe déjà quand Gordon Backman Niska jette un œil à son poignet sur le tensiomètre qui mesure son pouls. Cent quarante-deux. Bien, après treize kilomètres en cinquante-quatre minutes. Il s'entraîne six jours par semaine. Sans exception. D'habitude, le rythme des foulées et la respiration régulière produisent chez lui un effet presque méditatif. Aujourd'hui, il se surprend à penser à Hannah. Encore. Il ne se l'avoue pas vraiment, mais elle lui a manqué hier, il l'a désirée en allant se coucher. Il la désire souvent. Il accélère, se concentre sur sa respiration, chasse ces pensées.

En traversant la frontière vers la Finlande, Ludwig regarde la fillette de sept ans silencieuse sur la banquette arrière. Sa fille bonus. Vacances scolaires. Il la conduit chez sa grand-mère à Kiemi le matin, Eveliina va la chercher le soir. Ce moment passé seul avec la fillette n'est pas une partie de plaisir. Elle ne comprend pas son finnois – ou refuse de le comprendre. Ludwig est convaincu qu'elle invente des mots quand elle parle avec lui pour qu'il ait l'air bête. Il est persuadé qu'elle ne l'aime pas. Il a raison, mais il va avoir de plus gros problèmes d'ici quelques mois, quand Eveliina va entrer dans une secte en emmenant sa fille avec elle.

Viggo, son bleu russe de trois ans, miaule ses reproches quand Morgan Berg rentre à la maison. Il n'y a plus à manger et il aurait aimé passer la douce nuit d'été dehors, pas enfermé dans l'appartement. Morgan verse maladroitement quelques croquettes et donne de l'eau fraîche à son chat avant de filer sous la douche, énervé. Hier soir, il a dîné chez ses voisins et ils ont fini tous les trois au lit, comme ils le font parfois, quand l'envie leur prend. Après, ils se sont endormis. Ça l'irrite, il veut se réveiller chez lui, il a ses routines, et là, il a à peine le temps de se débarbouiller avant qu'il soit l'heure de partir pour le commissariat.

L'enquête sur la disparition occupe tout son bureau au sous-sol de la maison. P-O Korpela y a déjà passé deux heures ce matin. C'est devenu une sorte d'obsession. Elle l'obsède. Lena Rask. Il a perdu son pucelage avec elle quand il avait dix-sept ans. Quatre ans plus tard, elle et une amie ont disparu sans laisser de traces. Jamais revues, jamais eu de nouvelles. Depuis bien des années maintenant, leur disparition est une affaire classée. P-O ne sait pas qu'il croise régulièrement l'homme qui les a assassinées toutes les deux.

Il commence à faire chaud, alors Roger entrouvre la fenêtre et regarde Nora qui dort encore dans le lit double. Si heureux quand il l'a rencontrée, si peur de la perdre à présent. Depuis quelques années, elle parle de faire un enfant. Roger fait semblant de partager ce désir. Hier, elle a parlé pour la première fois de FIV et le voilà terrorisé à l'idée d'être démasqué, qu'une enquête montre que la raison pour laquelle ils ne peuvent pas avoir d'enfant est qu'il s'est fait secrètement stériliser un an après leur rencontre.

Il tire les rideaux contre le soleil. Quitte la chambre et son domicile. Comme tous ses collègues, comme tous ceux qui vont se rassembler au commissariat dans tout juste une heure, il s'attend à une journée de travail comme toutes les autres.

Ce ne sera pas le cas.

Hannah n'avait pas entendu Thomas rentrer hier soir, ni se lever ce matin. Elle savait qu'il avait passé la nuit à la maison, car il était de son côté du lit quand elle s'était réveillée en ébullition vers trois heures du matin. Elle s'était levée, avait ôté la fine couette d'été de sa housse et ouvert en grand la fenêtre, et en avait profité pour faire pipi et se rincer le visage à l'eau froide, tant qu'elle était debout. Elle s'était ensuite recouchée en écoutant la respiration calme et régulière de Thomas. Elle avait songé à se blottir contre lui pour s'endormir près de lui, mais l'idée de sa chaleur sous la couette l'avait arrêtée.

Ce matin, quand son réveil avait sonné, il était parti.

Elle sortit de la douche et ouvrit la porte de la salle de bains pour aérer pendant qu'elle se séchait devant le miroir. Sa taille n'était plus la partie la plus fine de son corps, et la gravitation confirmait son emprise sur sa poitrine et ses fesses, rien à faire. Sa peau n'était plus aussi tendue qu'avant, surtout autour du cou et dans le décolleté. Elle avait cinquante-quatre ans et cela se voyait, mais elle était contente de son corps. De son apparence, pas de son comportement présent. Elle aurait juste aimé que Thomas l'apprécie davantage.

Tant qu'à se regarder dans la glace, autant en profiter pour se maquiller : un léger fard autour de ses yeux bruns chaleureux, un peu de couleur sur les cils et un rouge à lèvres discret. Puis elle passa la brosse dans ses cheveux dont elle colorait tous les trois mois les mèches grises qui commençaient à pointer. Culotte et soutien-gorge propres, sinon les mêmes vêtements qu'hier, petit-déjeuner rapide en parcourant le journal, puis dehors.

Le soleil chauffait déjà quand elle sortit du pavillon en briques rouges de plain-pied sur Björnholmsgatan et prit la direction du centre-ville. Quelques numéros plus bas dans la rue, elle salua de la main l'homme qui sortait de chez lui, sans s'arrêter pour parler. Elle n'avait jamais cherché à cultiver de contacts plus proches avec les habitants du quartier.

Elle voulait conserver le plus longtemps possible la sensation de fraîcheur laissée par sa douche, aussi ralentit-elle en remontant la pente de l'église, avant de prendre Köpmansgatan vers le centre, en passant devant le lycée Tornedal où Gabriel et Alicia avaient fait leur scolarité, mais dans des cursus différents. Elle arriva bientôt à destination. Il lui fallait tout juste un quart d'heure pour aller travailler, elle y allait à pied tous les jours, été comme hiver, tellement habituée au trajet qu'elle ne faisait plus attention à ce devant quoi elle passait, à moins qu'une nouvelle boutique ait ouvert ou, ce qui hélas était plus probable, que l'une d'elles ait fermé.

À sa grande surprise, Gordon et Morgan l'attendaient ensemble devant le commissariat.

"Ah, te voilà, j'allais t'appeler, dit Gordon en l'apercevant.

— Du nouveau sur Tarasov ?

— Non, mais tu es en retard.

— À quoi ?

— Le test de compétences."

Hannah soupira bruyamment. Elle ne l'avait pas tant oublié que refoulé. Tous les dix-huit mois, l'ensemble des policiers armés étaient obligés de passer un test de tir pour pouvoir conserver leur arme. L'hiver précédent, elle l'avait réussi de justesse, et ne s'était pas une seule fois entraînée depuis. N'en avait jamais éprouvé le besoin. Pendant toute sa carrière dans la police, elle avait sorti son arme trois fois, sans jamais avoir à faire feu.

"Ça ne peut pas attendre un peu ? tenta-t-elle.

— Non, tu as déjà reporté deux fois. Fais-le maintenant, et tu auras une semaine pour le repasser si tu te plantes."

Hannah soupira à nouveau, mais les suivit en traînant des pieds vers le bâtiment bas à l'arrière du commissariat, en descendant vers le fleuve. Morgan quelques pas devant eux, les yeux à terre.

“Alors, comment c’était, hier ? demanda Gordon, pour converser.

— Hier ?

— Oui, le dîner, la soirée à la maison ?

— Bien, répondit Hannah avec un haussement d’épaules qu’elle espérait signifier qu’il n’y avait pas grand-chose de plus à en dire.

— Pâtes au poulet au menu ?

— Non, plat cuisiné.”

Elle envisagea de lui dire pourquoi elle était rentrée trop tard pour cuisiner, de lui parler de ses visites chez PV et Jonte, mais comme dans les deux cas elle avait fait chou blanc, elle décida d’éluder.

“Et toi, ta partie ? Tu as gagné ?

— Ça ne s’est pas fait, mon frangin ne pouvait pas.

— Dommage”, dit-elle, traversée un instant par l’idée qu’elle aurait pu passer toute la nuit avec lui.

Ils franchirent la porte métallique, Morgan alluma les néons du plafond qui éclairaient le stand de tir simple mais fonctionnel. Cinq tableaux représentant un buste avec, sur la poitrine, un cercle marquant la cible.

Gordon apporta les pistolets, les chargeurs et les balles. Hannah en introduisit quelques-unes, plaça les protections antibruit sur ses oreilles, saisit l’arme, actionna la glissière et se mit en position. Tir de précision à vingt mètres. Quatre coups sur cinq dans le cercle, toutes les balles dans le tableau pour être validées. Dans le couloir voisin, Morgan fit feu en tir groupé rapide, tous au centre du cercle. Pas de pression. Hannah inspira à fond, souffla tout en pressant la détente. Quatre balles dans le cercle, quand bien même pas aussi centrées que Morgan.

Ils s’avancèrent de treize mètres pour les deux épreuves suivantes : niveau supérieur et tir en urgence. Morgan obtint cinq sur cinq dans les deux cas. Hannah réussit la première épreuve grâce à Gordon, qui valida deux balles qui ne faisaient qu’effleurer le cercle, alors qu’elles étaient principalement dehors. Le tir en urgence – sortir son arme, actionner la glissière et tirer en trois secondes – fut un échec. Une balle loin du cercle, une hors du tableau.

"On fera une autre tentative la semaine prochaine, ça va aller, la consola Gordon en lui reprenant l'arme.

— Bien sûr", fit-elle en haussant les épaules avant de quitter le stand de tir. Elle n'avait pas besoin d'être consolée, n'était ni déçue, ni inquiète. Que pouvait-il lui arriver, au pire ? Travail de bureau jusqu'à ce qu'elle réussisse le test ? Être privée de son arme de service. Encore une fois, elle ne s'en servait pas tous les jours.

Après s'être mise en uniforme, elle gagna son bureau et tomba sur la femme de ménage qui s'en allait. Une qu'elle ne se souvenait pas avoir déjà vue. Elles s'excusèrent toutes les deux en même temps, Hannah l'invita à continuer.

"No, no, I'm done", dit la jeune femme blonde, avec un fort accent de l'Est. Le turn-over de ces femmes de l'Est qui faisaient le ménage chez eux aurait probablement dû l'inciter à s'intéresser de plus près aux conditions de travail au sein de la société qui avait remporté le marché, songea Hannah en regardant la jeune femme se diriger dans le couloir vers le bureau suivant. Hannah entra dans le sien, et ranimait l'ordinateur quand son téléphone sonna. Thomas. Appelait-il pour s'excuser pour la veille, de l'avoir laissée en plan alors qu'elle lui avait clairement fait comprendre qu'elle aurait aimé qu'il reste ? Elle l'espérait.

"Oui ? répondit-elle en se laissant tomber sur son fauteuil, avant de saisir son mot de passe.

— C'est moi, dit Thomas.

— Je sais.

— Cette Honda que vous cherchez. Je sais peut-être où vous pourriez la trouver."

Dix minutes plus tard, il arriva devant le commissariat.

"Pourquoi cette personne t'a-t-elle appelé, toi ? demanda Hannah à peine la portière refermée derrière elle.

— Il sait que je suis marié avec toi, dit Thomas en roulant vers l'E4.

— Pourquoi ne pas nous appeler directement ?

— Tout le monde ne veut pas avoir affaire à la police.

— Mais d'où ils sortent, vos clients, à la fin ?"

Un léger haussement d'épaules pour toute réponse. Hannah comprenait. La personne qui avait appelé ne trempait pas forcément dans des activités criminelles ou illégales, il pouvait s'agir de n'importe qui. On voulait s'occuper de ses oignons, ne pas se mouiller, ne pas être impliqué. La méfiance envers les institutions était assez développée dans la région, la police ne faisait pas exception. Méfiance et pure réticence.

"Comment ça s'est passé, avec le chauffe-eau ? demanda Hannah pour diriger la conversation vers la journée de la veille.

— Bien, c'est réparé.

— Ah ? Très bien."

Rien d'autre. Aucune excuse. Fallait-il lui dire ? Qu'il lui avait manqué. Qu'elle s'était sentie rejetée quand il était parti, triste. Qu'elle avait remarqué qu'ils s'étaient éloignés l'un de l'autre, ou plutôt qu'il s'était éloigné d'elle. Avait pris ses distances.

Où cela les mènerait-il ?

Expliquerait-il pourquoi cette situation, dirait-il ce qu'il gardait peut-être pour lui, qu'il ne voulait pas continuer, qu'il pensait que leur couple avait probablement fait son temps ?

Qu'y gagnerait-elle ?

Mieux valait ne pas le mettre au pied du mur. Tant que rien n'était dit, tout restait possible, même se persuader que tout était comme d'habitude, ou allait le redevenir. Alors elle lui raconta plutôt qu'elle venait de rater son test de tir. Il demanda quelles en seraient les conséquences, et elle répondit aucune, ça prouvait juste ce qu'ils savaient déjà : elle était une piètre tireuse. Puis ils continuèrent en silence.

"C'est là qu'il a tourné, dit Thomas au bout d'un moment en s'arrêtant sur le bas-côté pour lui montrer une route secondaire sur la droite.

— Et il est sûr que c'est la voiture qu'on cherche ? demanda Hannah en regardant vers la forêt.

— Sûr, c'est pas tous les jours qu'on croise une Honda bleue, cabossée et sans feux arrière.

— C'était quand ?
— Vers deux heures et demie du matin.
— Que faisait ton pote dans le coin, à une heure pareille ?
— D'abord, ce n'est pas mon pote, et ensuite, c'est justement à cause de ce genre de questions qu'il m'appelle moi, et pas toi."

Avec un petit sourire qui lui fit chaud au cœur, Thomas redémarra et s'engagea sur la petite route. Il la suivit lentement pendant à peine un kilomètre, jusqu'à ce qu'elle se termine tout simplement par une aire de retournement provisoire. Hannah poussa un soupir de déception. L'appel de Thomas avait éveillé un certain espoir. Une ou des personnes avaient déplacé la Honda du lieu de l'accident mortel, l'avaient cachée un certain temps, puis l'avaient ressortie hier, ou plutôt ce matin, se corrigea-t-elle. Difficile de réussir ça sans laisser de trace. La voiture leur fournirait très vraisemblablement de l'ADN et autres preuves techniques. Mais elle n'était pas là. Peut-être que son conducteur s'était trompé de route, avait découvert qu'il s'agissait d'une impasse et fait demi-tour, ou alors l'informateur s'était tout simplement trompé.

En tout cas, elle n'était pas là.

"On rentre", constata Hannah en se calant au fond de son siège, déçue. Thomas manœuvra en plusieurs fois pour retourner la voiture, puis rebroussa chemin en direction de la grand-route. Au bout d'une minute, il s'arrêta. Hannah se redressa.

"Pourquoi on s'arrête ?
— Regarde."

Il lui indiqua par la vitre de sa portière. Elle le vit aussitôt : la végétation n'avait pas eu le temps de se redresser complètement pour cacher les deux traces de pneus, aisées à repérer quand on savait quoi chercher. Quelques maigres broussailles brisées, aux cassures blanches, confirmaient que quelqu'un s'était récemment frayé un chemin par là à travers la forêt clairsemée.

Ils quittèrent la voiture et suivirent la végétation écrasée. Rien qu'eux deux. Ensemble. Hannah prit sa main. Un instant, elle eut l'impression qu'il aurait voulu la lui retirer, au lieu de quoi il entrelaça leurs doigts et ils continuèrent ainsi, main dans la main. Jusqu'à arriver à la pente sablonneuse au-dessus du lac. Les traces s'interrompaient un peu plus bas, aucun doute sur l'endroit où avait fini la voiture.

"Tu sais ce que c'est que ce lac ? demanda-t-elle avant de descendre précautionneusement la pente pour jeter un coup d'œil par-dessus le rebord qui plongeait dans l'eau sombre.

— Aucune idée."

Impossible d'estimer la profondeur de cette eau presque noire, mais elle suffisait à empêcher de voir s'il y avait ou non une voiture à la verticale de la falaise.

"Trouve-moi le nom. Il faut faire venir un plongeur", lâcha Hannah.

Il avait beau ne pas avoir fermé l'œil de la nuit, il n'était pas fatigué. Une énergie inquiète le poussait. Les questions tournaient en boucle dans sa tête. Beaucoup plus nombreuses que les réponses pour le moment, et René n'aimait pas ça.

N'aimait pas ça du tout.

Le plus important était de savoir comment cette femme qui était venue le trouver sur son lieu de travail hier soir l'avait repéré. En effet, si elle l'avait pu, d'autres le pourraient. Pourtant ce n'était pas pour l'instant la question qui le taraudait le plus.

Elle était entrée chez lui.

Avait trouvé le nain de jardin démoli, sans toucher aux drogues, à ce qu'il pouvait voir, mais quand même : allait-il être obligé de changer sa méthode géniale pour acheminer les produits ?

Le fournisseur se présentait à la vente aux enchères convenue le jour de l'ouverture de l'exposition, où il glissait incognito un nain de jardin, une figurine ou un bibelot en porcelaine dans un des cartons d'objets disparates vendus par lot, qu'on trouvait dans toutes les ventes aux enchères de campagne dans la région. Un message à René pour lui préciser le numéro du carton où se trouvait la marchandise, et il allait enchérir.

Ça fonctionnait impeccablement, personne ne se doutait de rien.

Avant aujourd'hui. Avant elle.

I Learned from the Best, le cinquième single de son album préféré toutes catégories confondues, inondait l'appartement grâce à un système audio perfectionné et coûteux. Un succès modeste pour Houston : certains critiques avaient eu beau comparer ce titre à des classiques comme *Saving All My Love for You*, il n'avait jamais atteint que la vingt-septième place aux USA. La vingt-troisième en Suède. Naturellement, cette chanson méritait mieux. Les remix d'Hex Hector et Junior Vasquez étaient bien sûr restés en tête du top dance pendant trois semaines, mais le petit chef-d'œuvre semblait malgré tout tristement oublié. Il avait passé le CD en boucle toute la matinée, mais même Whitney n'était pas parvenue à dissiper ses pensées, à apaiser ses questions.

Que faisait cette femme à Haparanda ?

D'après ses dires, elle ne cherchait pas à le défier, à le remplacer ou à le faire plonger, alors que voulait-elle ? À la recherche d'un stock d'amphétamines. Pour le compte de qui et pourquoi ? Qu'envisageait-elle de faire, si elle le retrouvait ? Disparaître, tout simplement ? Prendre une part du marché ? Tant de questions qui toutes ramenaient au fond à la même conclusion : il en savait trop peu, elle beaucoup trop, et représentait donc une menace.

Pour la première fois il comprenait les autres dans sa situation, leur besoin d'être craints et admirés. S'il s'était fait un nom, avait joui de la réputation d'être dangereux, cultivé son mythe, il en serait allé autrement. Elle aurait été contrainte de quémander une audience, de ramper un peu pour ne serait-ce que l'approcher. Alors qu'elle s'était juste pointée, l'avait surpris.

Il détestait les surprises.

Seuls les idiots trouvaient drôle et excitant de remettre le contrôle des événements futurs entre les mains d'autrui, sans possibilité d'agir dessus. Mais il pouvait peut-être retourner les choses à son avantage. Ce qu'il y avait de bien avec le fait qu'elle l'avait trouvé avec apparemment autant de facilité et qu'il ne soit pas protégé était qu'elle le sous-estimait probablement.

Lui et ce qu'il pouvait faire. Ce qu'il comptait faire.

Dès qu'elle l'avait quitté hier, il avait mis ses quatre hommes sur sa piste. La plupart des visiteurs descendaient à l'Hôtel

Central. Si elle n'était pas là, il faudrait qu'ils demandent autour d'eux. La ville n'était pas si grande, et elle ne passait pas spécialement inaperçue. Ils allaient la trouver. Pour leur prochaine rencontre, il fixerait les conditions. Fini les surprises. Ses questions trouveraient des réponses. Puis il essaierait de mettre la main sur ce lot d'amphétamines, et faire en sorte qu'elle disparaisse.

Pour de bon, au besoin.

Il n'avait encore jamais tué personne. Blessé un certain nombre, quelques-uns à un âge remarquablement précoce, mais n'était jamais allé jusqu'au bout. Il y avait à cela deux raisons.

Un cadavre générait toujours d'importantes interventions policières. On pouvait bien sûr faire en sorte qu'il ne soit jamais retrouvé mais apparemment, ils finissaient la plupart du temps par remonter à la surface. Les disparitions faisaient elles aussi l'objet d'enquêtes minutieuses. Et suscitaient beaucoup d'intérêt médiatique.

L'autre raison était qu'il était à peu près certain, et inquiet, d'y prendre goût. Il aimait le contrôle, jouissait du pouvoir. Décider de la vie et de la mort n'était-il pas le pouvoir absolu ? Il avait toujours été complètement indifférent face à la peine et à la souffrance d'autrui. Il n'avait jamais pris plaisir à blesser, ça ne l'avait jamais excité, mais il n'avait jamais non plus senti que c'était mal, ni éprouvé de remords.

Rien senti du tout.

Un œuf était cassé dans une poêle chaude et commençait à figer, une clé tournée dans une voiture la faisait démarrer, un poing atterrissait sur le visage d'un enfant de huit ans, une lèvre était fendue et se mettait à saigner.

La causalité. Cause et effet.

Un certain événement produisait un résultat attendu. Sans qu'intervienne aucun sentiment. Avec le temps, il en était venu à considérer comme une force le fait d'être vraiment indifférent.

À tout, à tous. À part lui-même.

La section des cuivres reprit après le bref solo de guitare acoustique, on approchait le crescendo à trois minutes vingt-six secondes, la batterie puis la voix de Whitney qui donnait la chair de poule avec son parfait mélange de force indomptable alliée à une dose précise de regret et de vulnérabilité quand elle fait comprendre à l'homme qui l'a quittée qu'elle n'a pas l'intention de le reprendre. Qu'elle a appris comment briser un cœur, appris auprès du meilleur maître…

Le portable de René vibra dans sa poche, il le sortit, le garda un moment dans sa main, attendit que Whitney entonne le refrain pour répondre.

Ils l'avaient trouvée.

La ville ne semblait pas pressée de se mettre en branle. Les voitures étaient clairsemées, les boutiques qu'elle voyait n'avaient pas de clients, seules quelques personnes se déplaçaient autour de la place, se dirigeant vers le centre-ville. Ce début de journée avait été productif. Une bonne matinée. Après ses menaces contre sa fille, Stepan Horvat lui avait fourni ce dont elle avait besoin, tout s'était déroulé comme prévu. Katya était aussi à jour qu'elle pouvait l'être quand elle poussa les belles portes anciennes de l'hôtel aux vitres gravées et aperçut l'homme assis dans un des fauteuils en cuir près de l'ascenseur. Il faisait de son mieux pour ne pas attirer l'attention, mais elle le reconnut immédiatement. D'hier soir.

Étaient-ils amateurs à ce point ?

Quelle était l'idée ? Qu'elle se sente menacée ? Que ce jeune homme qui passait visiblement plusieurs heures par semaine en salle de sport l'effraie ? C'en était presque mignon. En gravissant le large escalier de marbre, elle se demanda si le fait qu'ils aient deviné où elle logerait pouvait constituer un problème, mais elle rejeta l'idée. Elle avait donné son numéro à René, ils savaient qu'elle était en ville, son lieu de résidence n'avait pour le moment aucune importance.

Au dernier étage, elle prit sur la droite et aperçut un autre visage connu. L'autre homme d'hier était assis sur un des deux fauteuils rococo placés autour d'une petite table au milieu du couloir. Il feuilletait une brochure touristique, mais leva les yeux vers elle en l'entendant approcher. Katya ralentit, l'homme se leva, fit quelques pas, bloqua le passage. Grand, musclé comme son copain dans l'entrée, campé jambes écartées pour un meilleur équilibre, mais pas armé, en tout cas pas à première vue. Katya ralentit encore, garda les yeux fixés sur lui en entendant des pas calmes et lourds s'approcher derrière elle dans l'escalier. L'homme qui attendait à la réception déboucha au coin du couloir.

"Vous voulez vraiment faire ça ?" demanda Katya en reculant dos au mur de façon à les avoir tous les deux à l'œil sans avoir besoin de tourner la tête. Aucun des deux ne répondit, ni ne bougea. Ils se contentèrent de rester à la regarder, immobiles.

Il fallait qu'elle en finisse, et vite.

Il y avait beaucoup de clients à l'hôtel, et même si elle en croisait rarement dans les couloirs, quelqu'un pouvait se pointer d'une seconde à l'autre. Au moins des membres du personnel. Allait-elle appeler à l'aide ? Les faire fuir de cette façon ? C'était ce qu'aurait fait Louise Andersson, mais cela attirerait inutilement l'attention sur elle. Quelqu'un pourrait même insister pour appeler la police, ce qu'elle ne voulait pas. Les tuer était exclu. Si elle les blessait, il fallait qu'ils soient encore capables de quitter les lieux par leurs propres moyens. De préférence sans se faire remarquer.

"C'est quoi, le plan ?" demanda-t-elle en se baissant précautionneusement pour remonter le bas de son pantalon et dégainer son couteau, dont elle laissa la large lame légèrement courbée reposer le long de sa cuisse. Toujours pas de réponse. "Retournez voir René et dites-lui que ça n'a pas marché."

Les deux hommes se regardèrent, échangèrent un bref signe de tête avant d'avancer vers elle. Katya choisit le plus proche, s'écarta du mur, fut sur lui en un seul mouvement, changea de direction, passa derrière lui et plaça le pied à l'arrière de son genou. Quand il mit genou à terre, elle immobilisa un de ses bras en pressant son couteau Bowie contre sa gorge. L'autre s'arrêta aussitôt.

"Réfléchissez, dit-elle tout bas. Je joue dans une tout autre catégorie."

C'était la pire situation dans laquelle Louise Andersson pouvait imaginer être surprise, aussi Katya lâcha aussitôt prise, recula de deux pas, la lame du couteau à nouveau reposée contre sa cuisse. En face d'elle, l'homme se remit debout, jeta un regard effrayé par-dessus son épaule et rejoignit son camarade. Il l'entraîna d'un coup de coude en passant et tous deux disparurent d'un pas rapide dans l'escalier. Katya se pencha, rajusta le couteau dans son fourreau.

Elle allait devoir dire deux mots à René Fouquier.

Elle se dirigea vers sa chambre, tourna au bout du couloir et eut juste le temps d'apercevoir du coin de l'œil le troisième homme qui l'attendait, plaqué contre le mur, avant qu'une douleur brûlante se diffuse de sa poitrine à tout son corps. Elle se mit à trembler malgré elle, lutta de toute sa volonté pour reprendre le contrôle, rester debout, mais y échoua. La moquette à motifs monta vers elle tandis qu'elle s'effondrait. À terre, son cerveau bien entraîné parvint à refouler la douleur, reconnecter ses muscles, et elle tendit la main vers le couteau à sa cheville. Avant qu'elle puisse l'atteindre, elle sentit qu'on lui saisissait fermement le poignet. Les deux hommes étaient revenus prêter main-forte au troisième qui lui avait tiré dessus au taser.

Elle fit une dernière tentative pour se libérer, mais l'homme qu'elle venait de relâcher arriva sur elle. Il mit à nouveau genou à terre, mais cette fois leva le bras et lui envoya de toutes ses forces son poing en pleine figure. Elle perdit connaissance.

Il se sentait un peu mieux.

Sortant de la douche une serviette autour des hanches, Kenneth gagna la cuisine, alluma la cafetière, ouvrit le réfrigérateur et hocha tout seul la tête, ce n'était pas seulement une idée qu'il se faisait.

Il se sentait mieux.

Il avait faim, c'était la première fois depuis que c'était arrivé, et il avait dormi jusqu'à neuf heures et quart. Dès qu'il avait ouvert les yeux, il avait bien sûr repensé à ce moment, mais d'une façon différente. Il ne s'agissait plus tant de l'homme qui gisait sur la route, ses yeux fixes et sa pomme d'Adam dure sous la peau. L'angoisse d'avoir tué quelqu'un et la peur de retourner en prison s'étaient estompées. Il était plus aisé de se persuader que tout était comme d'habitude. L'impression qu'il avait eue en voyant la Honda couler au fond du lac s'était ancrée : ils allaient décidément s'en tirer.

Et du coup il se sentait très bien.

À présent, il songeait plutôt à Sandra. À eux deux, ensemble. Dès qu'ils étaient revenus, tôt ce matin, elle était allée se coucher, encore fâchée. Elle partait à huit heures, n'avait que quelques heures de sommeil. Il avait proposé qu'elle mette le réveil à l'heure habituelle, qu'elle appelle pour dire qu'elle était malade, et reste à la maison avec lui. Elle s'était à nouveau fâchée, tout devait être comme d'habitude, il n'arrivait pas à piger ça ?

“Mais hier, tu es rentrée parce que tu n'étais pas bien, avait-il tenté. Ce ne serait donc pas bizarre que tu sois encore malade aujourd'hui, non ?

— Je vais aller travailler, un point c'est tout", avait-elle asséné en lui tournant le dos. Fin de la discussion. Il avait envisagé de se serrer contre elle, mais non, il était resté sur le dos, les yeux au plafond. Fatigué, mais encore frémissant d'adrénaline.

Elle l'avait sauvé.

Cela semblait grandiloquent, mais c'était vrai. Qu'aurait-il fait de sa vie après la prison si elle n'avait pas été là ? Où serait-il allé ? Il n'était pas le bienvenu chez lui, Thomas et Hannah n'étaient pas une alternative. Il aurait fini seul quelque part, malheureux, manipulable. Pris de mauvaises décisions. Sandra avait été sa planche de salut, son point fixe. Il aurait voulu lui offrir tout ce qu'elle désirait, car c'était une personne merveilleuse et qu'elle le méritait, mais il n'avait pu lui donner que si peu.

Il pensait qu'elle voulait se marier. Pas juste passer à l'hôtel de ville puis dîner à deux en tête à tête avant de rentrer se coucher à Norra Storträsk. Elle voulait une vraie fête. Beaucoup de monde, un buffet, un bar et de la musique. Nuit de noces à l'hôtel. Une lune de miel. Le faire en vrai, comme les autres. C'était la raison pour laquelle il ne lui avait jamais fait sa demande. Les grandes noces coûtaient cher. Les enfants aussi. Elle voulait être maman un jour, il en était sûr, mais ils n'en avaient tout simplement pas les moyens.

Dans trois ans, une partie des millions servirait sûrement au mariage et à la famille. Et d'ici là, il aurait sans doute trouvé du travail, comme elle le souhaitait. Ils pourraient alors vivre la vie qu'elle méritait. Il sourit tout seul à cette pensée.

L'avenir semblait plus lumineux. Il se sentait bien.

Le silence de la maison fut brisé par la sonnette. Kenneth se figea, un instant convaincu que c'était les flics. Il avait malgré tout laissé des traces. Ils étaient venus l'arrêter. Il allait à nouveau aller en taule. C'était fini.

"Qui c'est ? demanda-t-il une fois à la porte, d'une voix ténue qui ne portait pas bien.

— C'est moi, PV."

Kenneth se détendit et ouvrit avec un sourire soulagé.

Ils s'étaient rencontrés en prison, PV déjà là à l'arrivée de Kenneth. Ils avaient commencé à parler, s'étaient bien entendus, tous les deux peu à peu bien décidés à changer de vie. Ils avaient gardé contact une fois dehors, s'étaient pas mal vus, mais PV était très pris par sa famille et Kenneth avait déménagé, aussi se voyaient-ils plus rarement. La dernière fois, c'était cette nuit fatale. Ils étaient à la même fête, PV était parti en même temps que Sandra et lui.

"Tu vas vraiment conduire ? avait-il demandé en voyant Kenneth ouvrir sa voiture garée devant.

— Oui, pourquoi ?"

PV n'avait pas répondu, se contentant de hausser un peu les épaules dans un geste qui voulait tout dire.

"Je n'ai bu que quelques bières.

— OK, à plus, avait opiné PV en le saluant de la main avant de s'éloigner.

— On peut te ramener", avait lancé Kenneth dans son dos, mais PV s'était contenté de lever la main d'un geste qui voulait dire merci, mais j'y vais, tout en continuant à s'éloigner. S'il avait accepté sa proposition de le ramener, tout aurait été différent. Sandra et lui ne seraient pas passés sur ce chemin forestier au moment où le Russe se dégourdissait les jambes. Sandra se serait peut-être endormie plus tôt, ou pas du tout, il n'aurait pas tenté de changer la playlist à ce moment précis, n'aurait pas laissé tomber le portable, n'aurait pas quitté la route des yeux.

Tant d'absurdes *si* et *peut-être*.

"Salut", lâcha sans joie PV quand la porte s'ouvrit. Kenneth fut frappé de le trouver aussi usé. Cernes noirs sous les yeux, pousses de barbe plus longues que d'ordinaire, une méchante plaie à la lèvre inférieure.

"Ah, ça fait plaisir de te voir. Entre, entre."

Kenneth réalisa qu'il n'avait qu'une serviette autour des hanches quand il passa devant PV qui s'était arrêté dans l'entrée pour se débarrasser de ses chaussures.

"Je vais juste enfiler quelque chose. Il y a du café à la cuisine.

— OK."

Il disparut d'un pas vif à l'étage, enfila caleçon, jean et tee-shirt. Sa relative bonne humeur du matin rendue encore meilleure par cette visite. Il n'avait pas beaucoup d'amis à

Haparanda, presque aucun, mais PV en était un. Le meilleur. Il dénicha un élastique et attacha ses cheveux en queue de cheval avant de redescendre à la cuisine. PV était assis à table, le regard perdu au loin par la fenêtre. Pas de tasse de café.

"Tu ne voulais pas de café ? demanda Kenneth en se dirigeant vers le plan de travail.

— Non, ça va.

— Un casse-croûte ?

— Non, j'ai bouffé à la maison.

— Comment ça va, le boulot, et tout ça ? demanda Kenneth par-dessus son épaule, tout en continuant à tartiner son petit-déjeuner.

— Bien, ça roule.

— Tu as un peu des vacances ? Tu as l'air crevé."

PV ne répondit pas tout de suite, on n'entendit qu'un soupir. Kenneth le vit pencher le visage dans ses mains et se frotter les yeux. Quelque chose lui pesait.

"La caisse d'Assurance maladie nous a diminué nos heures d'aide à domicile, je te l'avais dit ?

— Non, je ne crois pas.

— On a droit à quarante heures par semaine. Tout le reste est pour notre poche.

— Combien vous en aviez, avant ?

— Cent vingt.

— Putain, ça fait moins de la moitié. Comment vous y arrivez ?

— On n'y arrive pas. Stina est à nouveau en congé maladie.

— Dis-moi s'il y a quelque chose que je peux faire."

Il le dit plus comme quelque chose qu'on attendait qu'il dise, sans réelle conviction. Il s'était toujours senti mal à l'aise en présence de Lovis, ne savait pas comment se comporter, pas seulement avec elle, mais aussi avec Stina et PV quand elle était là elle aussi.

"Il y a quelque chose…"

Kenneth prit son petit-déjeuner et s'assit en face de lui. PV regarda ses mains jointes, puis leva les yeux vers lui. Kenneth avait déjà vu ce regard. Quand sa mère était obligée de le punir alors qu'elle n'en avait pas envie, qu'elle ne trouvait pas qu'il ait fait de bêtise. Le regard qui disait : "Pardon pour ce que je vais faire."

"Oui, quoi ?" demanda Kenneth, envahi par le pressentiment que la réponse n'allait pas lui plaire. PV hésita à nouveau. Quoi qu'il s'apprête à dire, on voyait que cela lui coûtait.

Ça n'allait *décidément* pas lui plaire.

"Je suis passé ici il y a quelques jours, histoire de récupérer ces clés à cliquet que tu m'avais empruntées.

— Ah oui, merde, j'avais complètement oublié. *Sorry*, dit Kenneth en s'efforçant de ne pas avoir l'air préoccupé.

— Vous n'étiez pas là.

— Ah non… ?

— Alors je suis allé au garage voir si je pouvais les récupérer."

Leurs regards se croisèrent au-dessus de la table. Kenneth resta silencieux. Que dire ? Aucune excuse au monde ne servirait à rien. Le nœud d'angoisse qui ne s'était rappelé à son souvenir ce matin que comme une inquiétude sourde lui fonça dessus avec un fracas de train de marchandises, lui coupant presque le souffle. Il savait ce que PV avait vu, voyait qu'il avait compris ce qu'ils avaient fait. Mais ça n'expliquait pas son regard, pourquoi il ne contenait pas de compassion et de compréhension mais de la mélancolie, peut-être de la honte.

Que voulait-il, à la fin ? Pourquoi était-il venu ?

"Je suis désolé, Kenny, vraiment désolé, dit PV en rompant le silence qui s'était installé. Mais tu comprends. On est en train de sombrer, Stina et moi."

Il n'était pas plus avancé. Quel rapport cela avait-il avec la réduction de leurs heures d'aide à domicile ?

"Euh, je ne comprends pas, qu'est-ce que… qu'est-ce que tu veux dire ?

— Je veux soixante-quinze mille. Et j'oublierai la Volvo et la Civic."

Un instant, Kenneth fut certain qu'il plaisantait, qu'il allait se fendre d'un sourire, se caler en arrière et se mettre à rigoler, dire à Kenneth qu'il aurait dû voir sa tête. Impayable. Mais rien de tout ça. Il s'efforça alors de faire le tri parmi ses émotions, supposa qu'il aurait dû avoir peur, ou peut-être être furieux mais, à son grand étonnement, il sentit les larmes lui monter aux yeux.

“Tu me fais marcher ?” Il essayait de garder la voix ferme. “Putain, où tu veux que je trouve soixante-quinze mille ?

— Vends un peu de drogue. Pas à moi, à quelqu’un d’autre.

— Quelle drogue ?” demanda Kenneth par réflexe, sans plus se soucier de comprendre quoi que ce soit à ce qui lui arrivait. Son meilleur ami était assis dans sa cuisine en train de le menacer pour lui extorquer de l’argent.

“Celle qui était dans la Honda.

— Il n’y avait rien dans la Honda.

— Oh si.

— Comment tu le sais ?

— Quelqu’un me l’a dit.

— Qui ?”

PV hésita à nouveau, parut avoir une réponse toute prête sur le bout de la langue, qu’il ravala. Kenneth eut l’impression que, quoi qu’il dise à présent, ce ne serait pas la vérité, en tout cas pas toute la vérité. Non que cela ait une grande importance. Sa trahison pouvait difficilement être pire.

“Les flics, finit-il par lâcher. Ils ont un peu de mal à croire que j’ai décroché.

— OK…”

Il ne restait pas grand-chose à dire.

“On a vraiment besoin de ce fric”, dit PV d’un ton que Kenneth supposa devoir non seulement tout expliquer, mais aussi tout excuser. Il recula alors sa chaise et se leva. Kenneth ne dit rien, ne lui accorda même pas un regard, mais l’arrêta alors qu’il se dirigeait vers la porte.

“Qu’est-ce qui se passera, si je ne raque pas ? Tu vas aller voir les flics ? Dans ce cas, tu n’auras pas le fric.

— Est-ce que ça n’a pas un certain prix, d’éviter de retourner en taule ?”

La question était rhétorique. PV savait. Ils en avaient parlé. Plusieurs fois. Que Kenneth ne pensait pas pouvoir supporter un autre séjour à l’ombre. Perdre Sandra. Perdre tout. Sombrer.

Des confidences et une confiance qui étaient aujourd’hui utilisées contre lui.

Il se trompait. La trahison pouvait être pire encore.

“Tu aurais pu juste me demander.” Ses larmes montèrent et tant pis, il les laissa couler sur ses joues. “Sans me menacer. Je t'aurais aidé. Nous sommes amis.”

PV se contenta de détourner le regard. Que dire ? Quelques secondes plus tard, Kenneth entendit la porte d'entrée se refermer, la voiture s'éloigner, puis le silence parut absorber tout l'oxygène de la pièce. Il se laissa glisser de la chaise, par terre, respirant profondément, en larmes.

L'impression matinale d'aller mieux, d'une éclaircie, à présent loin, si loin.

Elle avait repris connaissance depuis bientôt cinq minutes.

N'avait pas bougé, continué à respirer calmement, régulièrement, la tête pendant lourdement sur la poitrine. Ses cheveux tombés devant ses joues, mais elle n'osait pas ouvrir les yeux, pour ne pas bouger le moindre muscle du visage qui puisse éventuellement révéler qu'elle était réveillée. Elle essayait de se faire au mieux une idée de la situation. L'air qu'elle respirait avait une odeur de terre, comme une cave à patates, mais c'était assurément la lumière du jour qui traversait ses paupières légèrement fermées : elle paria pour un bâtiment souffrant de l'humidité. Quatre voix, l'une qu'elle reconnut comme celle de René Fouquier, les trois autres vraisemblablement celles des trois hommes de l'hôtel. Sa mâchoire lui faisait mal. Elle s'accorda quelques instants pour se maudire.

De s'être laissé entraîner dans cette situation.

Se laisser capturer par quelques foutus amateurs.

Oui, il avait été malin en envoyant deux types qu'elle reconnaissait pour qu'elle se sente sûre de son avantage, tandis qu'un troisième l'attendait en embuscade. Mais ce n'était pas pour ça qu'elle se trouvait dans cette situation.

Elle avait été négligente. Et savait pourquoi.

Tout avait été si facile depuis son arrivée à Haparanda. PV lui avait donné Jonte, qui lui avait donné René, en apparence un simple employé de fast-food qui trafiquait de la drogue cachée dans des nains de jardin. Cette petite ville endormie elle-même l'avait bercée dans une fausse impression de sécurité, lui avait fait baisser la garde. Elle avait tout simplement sous-estimé ce type et en payait à présent le prix.

Mais assez d'autoflagellation : il était temps de se tirer de là.

Elle était assise, c'était toujours mieux que d'être couchée. Les mains attachées dans le dos, des liens fins qui cisaillaient la peau des poignets. Un collier de serrage ou quelque chose de ce genre, peut-être un mince lacet plastique ou un filin, sûrement pas une corde. Dommage, les cordes finissent toujours assez vite par céder. Les jambes attachées par-dessus le pantalon aux pieds de la chaise. Naturellement, le couteau avait disparu. Elle aurait préféré tâter du bout des doigts s'il y avait quelque chose à faire pour ses poignets, mais n'osait pas bouger. Aucune des voix qu'elle avait entendues jusqu'alors ne venait de derrière, mais il était bien sûr tout à fait possible qu'il y ait quand même quelqu'un, quelqu'un qui ne parlait pas.

"Réveille-la ! entendit-elle soudain ordonner René.

— Comment ?

— Débrouille-toi."

Katya remua doucement pour être dispensée de subir une tentative de réveil de la part d'un amateur. Elle leva la tête en poussant un petit gémissement qui n'était pas feint, la nuque endolorie d'être restée elle ne savait pas combien de temps dans la même position. Elle ouvrit lentement les yeux et les cligna péniblement, se faisant plus sonnée qu'elle n'était en réalité. Chaque fois qu'elle les clignait, elle tournait la tête pour enregistrer le plus d'informations possible sur les lieux et la résistance qu'elle avait en face d'elle.

Ils s'avéraient être cinq.

Dans ce qui avait dû jadis être une cuisine.

Les deux du restaurant étaient ensemble près d'une porte qui ne tenait dans son cadre que grâce à sa charnière inférieure, l'homme au taser était adossé au mur à sa droite, là où le papier peint avait été arraché, René se dirigeait vers elle, et enfin l'homme aux cheveux sombres qu'elle avait suivi jusqu'à l'appartement était assis sur une chaise basculée en arrière, en train de boire une bière directement à la canette à côté d'une antique cuisinière qui gisait renversée sur le flanc. Pas d'armes en vue. À part son couteau dans son étui sur un des plans de travail sous une rangée de placards tous vides et privés de portes. Le plafond s'était effondré dans un des coins, probablement suite à une fuite d'eau jamais colmatée. Partout, la peinture s'écaillait, les deux fenêtres de la pièce n'avaient pas de vitres et le lino gondolé était jonché de détritus traînés là par les hommes et la nature.

Une maison abandonnée en ruine. Sans doute isolée. Excellent choix.

“Comment tu t'appelles ?”

Katya regarda René, cligna des yeux comme pour concentrer son regard sur lui.

“Hein ? lâcha-t-elle, comme si elle n'avait pas entendu la question, ou en tout cas pas comprise.

— Comment tu t'appelles ? répéta-t-il.

— Louis… Louise Andersson.”

La gifle claqua sans prévenir. Sa tête fut projetée de côté et sa joue se mit à brûler. Une courte seconde, elle sentit la colère bouillonner, mais elle la ravala vite et reprit son air un peu brumeux, laissant même monter quelques larmes, ça ne pouvait pas faire de mal.

“Il existe une Louise Andersson avec ton numéro de sécu et tout, mais je l'ai appelée et elle n'est pas dans le coin. Elle est chez elle à Linköping.”

Donc il ne se contentait pas de lui dire qu'il savait qu'elle mentait, il fallait qu'il lui explique *comment* il le savait. Il voulait se vanter, montrer qu'il était doué. Plus doué qu'elle.

“Alors, qui es-tu ?”

Katya choisit sa stratégie. Leur donner une impression de supériorité sans se montrer trop faible, trop docile. Après son attitude au fast-food hier, il comprendrait que ce n'était qu'une mise en scène.

“Je m'appelle Galina Sokolova.

— Russe ?

— Ça y ressemble, non ? Да, русская.”

Il lui sembla percevoir une certaine hésitation. La mafia russe fournissait des malfrats impitoyables à tant de livres, films et séries qu'elle le soupçonnait de s'interroger sur ce dans quoi il mettait les pieds, si cela valait la peine de continuer. René désigna de la tête un des hommes du couloir de l'hôtel.

"Theo dit que tu n'es pas mauvaise en combat rapproché.

— Oui, je suis bonne.

— Mais te voilà ici."

Sous-entendu, je suis le plus fort. Ce qui allait très bien à Katya : minimiser ses propres capacités, booster les siennes.

"C'était malin, ce que tu as fait à l'hôtel.

— Merci.

— Je t'ai sous-estimé.

— Oui. Parle-moi des amphétamines.

— Qu'est-ce que tu veux savoir ?

— Tout ce que tu sais."

Elle lui parla alors de Rovaniemi, le deal qui avait mal tourné, de Vadim, de ce qui lui était vraisemblablement arrivé sur un chemin forestier, que des acteurs contrariés souhaitaient récupérer ce dont on les avait privés. Plus que ce qu'elle aurait voulu leur révéler, mais elle ignorait ce qu'ils savaient déjà ou avaient eux-mêmes déduit. La vérité les fit se détendre. Ils obtenaient des informations, avaient le contrôle de la situation. Peu importait qu'ils en sachent trop, elle n'avait pas l'intention d'en laisser un seul repartir vivant.

"Et ils t'ont envoyée ? Toute seule ?"

Katya se réjouit de percevoir un certain scepticisme dans sa voix. Comme s'il était impensable qu'une femme puisse y parvenir. En tout cas elle.

"Oui.

— Comment tu m'as trouvé ?

— Désolée, je ne peux pas le dire."

Le coup tomba aussitôt. Sa tête projetée de côté. Elle en profita pour se mordre l'intérieur de la bouche et veilla à ce que de la salive sanglante lui coule à la commissure de la lèvre quand elle se redressa. Non seulement ils croiraient avoir l'avantage, mais le surestimeraient.

"Ça t'a fait mal ?

— Oui."

Elle croisa son regard. Il y avait quelque chose dans le regard de tous les hommes qui prenaient plaisir à faire souffrir autrui.

Quelque chose qui semblait résider tout au fond comme un brouillard, noir et huileux. Vivant. Elle l'avait vu plus d'une fois, en particulier chez l'homme qu'elle avait appelé son père. Chez René Fouquier, elle ne voyait rien de ça. Pas de désir, aucune joie ni satisfaction, aucune pulsion susceptible d'obscurcir le jugement. Elle eut l'impression qu'il ne ressentait rien du tout. Ce qui le rendait beaucoup plus dangereux.

"Comment tu m'as trouvé ?"

Katya le regarda, lui, puis les autres. L'un était occupé avec son téléphone, celui qui s'appelait Theo semblait avoir du mal à regarder une femme attachée se faire brutaliser et préférait regarder par la porte ouverte plutôt que vers elle. Sur sa chaise, celui aux cheveux sombres buvait sa bière. Ils ne se sentaient pas menacés. En sécurité.

Il était temps d'agir.

"Tu te souviens de ce que je t'ai dit à propos du fait de me toucher sans mon autorisation ?"

Regard fixe. Défi ouvert. Elle le provoquait. Devant les autres. Si elle l'avait bien cerné, elle savait ce qui allait se passer. En effet. Plus d'élan, le poing fermé, le coup beaucoup plus fort qu'avant. Elle l'accompagna de tout son corps, déplaça son centre de gravité, le poussa aussi loin qu'elle pouvait et renversa sa chaise. Au moment précis où ses pieds de devant quittaient le sol, elle donna un coup de hanches en étendant les jambes aussi loin et aussi vite qu'elle put : elle sentit ses liens glisser des pieds de la chaise à l'instant même où elle heurtait le sol. Elle veilla à bien garder les jambes serrées à leur place, en espérant que personne n'ait vu sa petite manœuvre. René s'assit à cheval sur elle.

"Comment tu m'as trouvé ?

— Un de tes junkies m'a expliqué comment se passait le deal, j'ai envoyé un message depuis son téléphone en demandant à acheter, et je l'ai suivi, lui, jusque chez toi."

Un signe de tête vers l'homme assis. René lui lança un regard qui disait qu'il n'allait pas oublier ça, qu'il s'en occuperait plus tard.

"Quel junkie ?

— Un Jonte quelque chose.

— Jonte Lundin, dit l'homme à la bière, pressé de rejeter la faute sur un autre. Il a acheté hier. Ça doit être lui."

René se releva, fit signe aux deux hommes près de la porte. Elle espéra qu'il n'allait pas envoyer l'un d'eux punir Lundin sur-le-champ. Elle voulait qu'ils restent rassemblés au même endroit.

"Aidez-la à se relever."

Ils s'approchèrent. L'un la prit sous les bras, l'autre releva la chaise. Elle serra fort les chevilles contre les pieds de la chaise. Moment critique : un minimum d'attention et ils remarqueraient qu'elle n'était plus attachée. Ils n'y virent que du feu. Elle se retrouva assise et ils regagnèrent leurs places. René s'approcha à nouveau d'elle.

"Est-ce que tu as une idée d'où sont passées ces amphétamines ?

— Oui", dit-elle en se raclant la gorge. Elle toussa, cracha un peu de sang. "Je peux avoir un peu d'eau ?

— On n'a pas d'eau.

— Vous avez quelque chose à boire ?" demanda-t-elle d'une voix faible et rauque en regardant vers l'homme assis sur sa chaise. René lui fit un geste, il s'approcha d'elle et présenta la canette à ses lèvres.

Elle bondit de la chaise, shoota dedans, sauta aussi haut qu'elle put tout en relevant les genoux contre sa poitrine et en passant les mains sous ses talons. Les mains devant elle, elle atterrit sur le type aux cheveux sombres avant qu'il ait le temps de réagir. Elle passa ses bras autour de lui, immobilisant les siens le long de son corps. Il laissa tomber sa bière. Cela parut briser la paralysie des autres. René cria de l'attraper et deux d'entre eux se dirigèrent sur elle. Hésitants, ils avaient vu à l'hôtel de quoi elle était capable.

Katya avait besoin d'un peu de temps. Tenant son prisonnier comme un bouclier entre elle et les autres, elle lui planta les dents profondément dans le cou. L'homme hurla de douleur sous le choc. Le sang se mit à ruisseler sur son cou et se répandit rapidement sur son tee-shirt blanc. Son attaque soudaine et le cri de leur camarade eurent l'effet escompté : les deux autres s'arrêtèrent en échangeant un rapide regard.

Merde, qu'est-ce qui était en train de se passer ? Katya cracha le lambeau qu'elle avait arraché au cou de l'homme et mordit à nouveau. Cette fois, elle atteignait ce qu'elle visait depuis le début. Ses dents déchirèrent la jugulaire, et le sang se mit à jaillir en un épais jet rouge, loin sur le sol. L'homme hurla de plus belle tandis que Katya le traînait à reculons. Les bras toujours bloqués le long du corps, il n'avait aucune chance de stopper le sang dont il continuait à se vider. Katya cracha à nouveau et, montrant les dents dans un rictus ensanglanté, elle cloua du regard les autres, plongés en état de choc par les événements des secondes précédentes.

Arrivée à une des fenêtres, elle leva les bras, lâcha l'homme qui s'effondra à ses pieds. Certaine qu'il allait se vider de son sang, elle se jeta en arrière par la fenêtre. Atterrit lourdement sur le dos, dehors. Une chute d'un bon mètre qui lui coupa le souffle, mais elle continua à agir comme elle était programmée. Elle roula, se remit sur pied et courut le plus vite qu'elle put loin de l'endroit où elle était tombée. Elle tourna au coin du bâtiment, s'arrêta, força l'air à emplir ses poumons et enregistra vite où elle était et ce qu'elle pouvait faire.

Comme elle s'en était doutée, elle ne vit pas d'autres bâtiments. Une maison rouge d'un étage jetée au milieu de nulle part. Une petite cour devant, avec une voiture garée. Une prairie verte en friche d'un côté, de la forêt tout autour. Facile de fuir, de se cacher pour planifier la suite. Mais elle ne voulait pas que les quatre restants à l'intérieur aient le temps de se diviser, peut-être de fuir, à pied ou en prenant la voiture. Elle entendit à l'intérieur René crier à ses collaborateurs de sortir, il fallait qu'ils la prennent, elle ne devait pas en réchapper. Au nombre de fois qu'il dut le répéter, elle en déduisit qu'ils n'étaient pas très chauds pour courir à ses trousses, après sa démonstration dans la cuisine.

Elle racla le collier de serrage le plus fort qu'elle put contre le coin de la maison, et en quelques passages seulement il céda. Libre, elle revint sur ses pas. Supposa que René ou un de ses hommes avait regardé par là où elle s'était jetée dehors, et vu qu'elle n'y était plus. Ce devait donc être l'endroit où ils s'attendaient le moins à la voir se pointer. Elle prit son élan contre le mur et se hissa, un coup d'œil par la fenêtre lui indiqua que la cuisine était vide. Avec souplesse, sans un bruit, elle se glissa à l'intérieur. Du sang partout. L'homme à qui elle avait arraché le cou gisait mort quelques mètres plus loin, il devait avoir rampé dans une vaine tentative de trouver de l'aide. Elle l'enjamba et gagna le plan de travail où elle fut soulagée de trouver encore son couteau Bowie. Elle le tira de son étui et continua.

La pièce voisine, sans doute jadis salle à manger, était en aussi mauvais état que la cuisine. Katya la traversa aussi silencieusement que le permettait le parquet vermoulu. Elle s'arrêta, tendit l'oreille. Eut le sentiment qu'il n'y avait plus personne dans la maison. Elle continua d'avancer, parvint dans un petit hall où le papier peint pendait sur des demi-lambris couverts de moisissures. Les restes d'un placard mural démoli, une étagère à chapeaux arrachée et un vieux moteur de voiture démonté jonchaient le sol avec des aiguilles de sapin, des feuilles et de la crasse. Elle gagna la porte sans porte, glissa prudemment un œil dehors. Quelques pas sur la gauche, l'homme qui l'avait attendue dans le foyer de l'hôtel plus tôt dans la matinée lui tournait le dos. Ils ne s'attendaient en effet pas à la voir arriver de l'intérieur de la maison.

"Tu la vois ?" lança-t-il. Katya vit alors Theo à une dizaine de mètres de là, se dirigeant prudemment vers quelques buissons denses, armé d'un bout de tuyau d'un demi-mètre de long. Katya retourna le couteau dans sa main, le tint par la pointe, se glissa sans bruit pour saisir le jeune homme par l'arrière. Elle lui laissa pousser un petit cri d'étonnement, ce qui fit se retourner Theo. Katya leva le bras et lança le couteau. Ce n'était pas un tir parfait, mais il se planta dans le ventre juste en dessous du sternum, il devait avoir touché le foie, crevé la vésicule biliaire. Theo tomba à la renverse avec un cri, tandis que Katya fauchait les pieds de l'homme qu'elle tenait, le faisant lourdement s'affaler à terre. Elle piétina de toutes ses forces son cou, lui écrasa la pomme d'Adam et le larynx, tourna le pied et écouta un instant ses vaines tentatives d'inspirer de l'air avant de rejoindre à petites foulées Theo étendu dans les hautes herbes, ses deux mains sanglantes autour du manche du couteau. Il geignait tout bas sans paroles et l'implora du regard quand elle se pencha sur lui et retira la lame. Puis elle la replongea dans la cage thoracique, en plein cœur.

Trois à terre, il en restait deux.

Elle se redressa, revint sur la pointe des pieds vers la maison et se glissa à l'intérieur. Elle traversa le bâtiment jusqu'aux fenêtres qui donnaient de l'autre côté. L'homme qui l'avait attendue avec son taser dans le couloir de l'hôtel venait de claquer le coffre de la voiture. Il tenait un fusil de chasse qu'il chargea de deux cartouches avant de faire le tour de la maison, l'arme devant lui, prête à tirer. Katya se glissa dans le hall et monta à l'étage.

Elle avait un couteau. Lui un fusil.

Il fallait qu'elle s'approche tout près. Il le savait.

À l'étage, il y avait trois petites pièces et des toilettes où toute la faïence était démolie et jonchait le sol. Elle se repéra rapidement et entra dans une des pièces qui avait dû être jadis une chambre. Vide, à l'exception d'un lit moisi couvert de taches brunâtres dans un coin. Le matelas éventré et rongé à plusieurs endroits. Elle s'approcha de la fenêtre, regarda prudemment dehors et en contrebas. En effet : l'homme au fusil se tenait au coin où le perron couvert dépassait de la façade. Difficile à repérer, mais avec une bonne vue sur la plus grande partie de la cour. Si elle avait tenté de s'emparer de la voiture, elle n'aurait pas eu une seule chance.

Elle rentra la tête et réfléchit. Le premier étage. Trois mètres et demi ou quatre. Peut-être un peu plus. Mais un saut contrôlé et quelque chose, ou quelqu'un pour amortir la chute. Elle prit sa décision, retourna à la fenêtre et leva précautionneusement un pied. Elle bascula tout son poids dessus, le cadre de la fenêtre résista sans faire de bruit, aussi se hissa-t-elle souplement pour se retrouver accroupie sur le rebord. Elle était certaine de ne pas avoir fait de bruit ni rien laissé tomber, mais l'homme en contrebas avait dû sentir quelque chose, car il se retourna en levant la tête au moment précis où elle lâchait prise. Il était rapide, une chute plus longue lui aurait laissé le temps de lever son fusil. Mais là, il n'arriva qu'à le redresser à moitié avec un hurlement de rage avant qu'elle ne lui atterrisse dessus et enfonce son couteau à deux mains dans un de ses yeux exorbités. Un instant, elle resta à cheval sur lui, respirant calmement tout en scannant mentalement son corps à la recherche d'une blessure. N'en trouvant aucune, elle se remit debout. Elle se pencha pour ramasser le fusil. Elle recula contre le mur tout en l'inspectant d'un œil expert.

"René ! Il n'y a plus que toi !"

Elle resta là, tendit l'oreille. Rien. Que la nature et, de temps en temps, un bruit de moteur apporté par le vent, des voitures qui passaient à vive allure quelque part au loin. Katya s'autorisa un instant de détente. À peu près certaine que René n'avait pas d'arme à feu et qu'il était trop malin pour l'attaquer sans. Et décidément trop malin pour espérer pouvoir négocier avec elle et s'en sortir en discutant.

Il savait qu'il allait mourir.

Sa seule chance était de fuir. Vite et loin.

Il existait une petite possibilité qu'il l'ait déjà fait. Elle ne l'avait plus vu ni entendu depuis les ordres qu'il avait criés après qu'elle était passée par la fenêtre. Depuis que le contrôle lui avait échappé, qu'il avait perdu l'initiative. Dans ce cas, il ne pouvait pas être bien loin. Sans doute en chemin pour Haparanda. Elle avait une voiture, elle devait pouvoir rentrer plus vite que lui. Elle regarda sa montre et leva les yeux vers le soleil. Elle ne savait pas où elle était, mais parvint du moins à s'orienter.

Tôt ou tard, elle allait le trouver. Peu importait que ce soit long.

Elle était douée pour l'attente.

ÇA FAISAIT LONGTEMPS qu'elle n'y était pas venue.

L'appartement de Rågatan. Elle l'aime bien.

Un grand et spacieux trois-pièces. Les nuages sombres dehors. Mais elle ne peut pas les voir, pas depuis l'entrée où elle lutte pour enfiler à Elin sa combinaison.

Elle ne sait pas qu'ils sont là.

Springsteen dans le séjour.

Elle n'était pas sûre d'arriver à vivre en appartement. Et dans une grande ville, qui plus est. La capitale. Mais elle aime bien. Leur vie à Stockholm. Elin ne veut pas partir sans papa. Accro à son père. Pas étonnant, elle est beaucoup plus avec lui, tout le temps. Aujourd'hui, il va à un entretien d'embauche. Veste et cravate. Élégant. Donc Elin, qui vient d'avoir deux ans, va aller avec maman. Une journée agréable, la mère et la fille ensemble. Thomas a beau aimer rester à la maison, une autre vie commence à lui manquer, une vie adulte. Et puis, un peu plus d'argent serait bienvenu.

Si seulement elle arrivait à l'habiller.

Elle l'achète. D'accord pour les souliers vernis rouges, même s'ils ne sont pas faits pour aller dehors. Et elle aura une glace quand elles feront les courses, c'est bien, non ? Enfin, les bras et les jambes en place. Elles vont s'amuser toutes les deux. Dis au revoir à papa. Pour la dernière fois.

Elle ne le sait pas non plus.

Il chante dans le séjour.

Young lives over before they got started. This is a prayer for the souls of the departed.

Une fois Elin attachée dans le siège auto, en faisant le tour vers la place du conducteur, elle lève les yeux vers le ciel. Là, elle les voit. Les nuages sombres.

Va-t-il se mettre à pleuvoir ?

Va-t-elle remonter chercher un parapluie ?

Elle n'a pas le courage de détacher Elin. Elle croise les doigts, que ça se maintienne. Monte dans la voiture et démarre.

"Hé, on est arrivés."

Hannah ouvrit puis cligna des yeux, regarda autour d'elle, mal réveillée. Ils étaient garés devant l'hôtel de police. Le moteur coupé.

"Tu t'es endormie, lui expliqua inutilement Thomas.

— J'ai mal dormi cette nuit", répondit Hannah en s'essuyant le menton où elle sentit qu'un peu de salive avait coulé, tout en s'étirant sur le siège.

Ils étaient restés près du lac jusqu'à ce que X et Gordon arrivent et décrètent ce qu'Hannah savait et leur avait déjà dit : qu'il fallait faire venir un plongeur. Ça prendrait du temps, inutile que tout le monde reste. Hannah s'était empressée de se proposer pour rentrer. Cela n'arrivait pas très souvent, mais elle était toujours un peu tendue quand Thomas et Gordon se rencontraient. Ils étaient rentrés par la même route qu'à l'allée, dans le même silence familier, et au bout de dix minutes Hannah s'était calée en arrière et visiblement endormie.

Elle jeta un œil à sa montre et se tourna vers son mari.

"Ça te dirait de déjeuner ?

— Oui."

Avait-il un peu hésité, ou n'était-ce que son imagination ? Il redémarra, roula lentement à travers le centre-ville peu fréquenté par les passants comme par les voitures, monta jusque chez Leilani et se gara devant.

Sami Ritola était attablé tout au fond du restaurant en compagnie d'un homme qu'Hannah ne reconnaissait pas. Son collègue lui tournait le dos et elle ne fit rien pour se faire connaître. Elle était un peu surprise de le voir, le croyait retourné à Rovaniemi hier après la réunion. X avait très clairement prévenu que ses services ne seraient plus requis à l'avenir, et quand bien même, un coup de fil ferait l'affaire.

Ils se dirigèrent à gauche du comptoir, passèrent devant l'énorme bouddha rouge et s'installèrent. Après avoir commandé, Hannah sortit son téléphone, fit s'afficher une carte et posa l'appareil entre eux deux. "Connaître ce lac, trouver ce chemin recouvert par la végétation et être au courant de l'existence de cette pente. Nous avions raison, c'est quelqu'un qui connaît la région.

— Peut-être, répondit Thomas en se servant un verre d'eau.

— Il a été renversé ici, et le lac se trouve là." Avec deux doigts, elle agrandit la carte. "Donc, en nous concentrant sur cette zone – Vitvattnet, un peu plus loin, en remontant vers Nora Storträsk, Grubbnäsudden, Bodträsk – peut-être que quelqu'un aura vu quelque chose."

Thomas but quelques gorgées d'eau, les yeux fixés sur l'écran, l'air pensif.

"Ton « non-pote » qui t'a appelé, est-ce qu'il a vu quelque chose de la personne qui conduisait ? demanda Hannah.

— Il n'en a pas parlé.

— Tu pourras lui demander ?

— Bien sûr.

— Merci."

Elle remit son téléphone dans sa poche, tendit la main par-dessus la table et la posa sur la sienne en lui caressant les phalanges avec son pouce.

"C'était sympa, cette sortie avec toi aujourd'hui, faire quelque chose ensemble.

— Oui…

— Même si ce n'était que le boulot.

— Oui.

— Tu m'as manqué, hier soir, quand tu es allé chez Kenneth.

— Ah oui ?

— Oui, je me suis sentie un peu… rejetée, pour être franche."

Là. Elle l'avait dit. Se surprenait elle-même. N'avait pas prévu d'aborder le sujet. En tout cas pas ici et maintenant. Peut-être était-ce parce qu'ils étaient en terrain neutre ? Sortis déjeuner. Comme un couple. Ça dédramatisait tout. Pas besoin d'en faire tout un plat, juste quelque chose à aborder en attendant d'être servis. Un sujet de conversation parmi d'autres.

La balle était à présent dans son camp.

Il ne répondit pas tout de suite, la regarda avec une gravité qu'elle ne se souvenait lui avoir vue qu'une seule fois auparavant.

Vingt-quatre ans plus tôt. À Stockholm.

Quand il lui avait dit qu'ils avaient deux choix : sombrer, ou aller de l'avant.

Ça l'effrayait. Lui donnait l'impression que, quoi qu'elle ait pensé l'entendre dire, ce serait pire. Pire qu'elle n'aurait pu l'imaginer. Il prit une profonde inspiration, de mauvais augure, mais sembla se raviser, secoua légèrement la tête – Hannah était certaine que c'était involontaire –, puis laissa l'air s'échapper en un long soupir. Quand il la regarda à nouveau, toute gravité avait disparu de son visage.

"Je n'ai pas fait exprès, je ne savais pas que… je ne savais pas."

Elle se pencha au-dessus de la table en baissant la voix. Au point où elle en était, elle pouvait bien continuer.

"Techniquement, j'avais les deux mains dans ton pantalon, ça aurait dû te mettre la puce à l'oreille sur mes intentions.

— Pardon.

— Ça fait un moment que j'ai cette impression, que… que tu m'évites.

— Pardon, je n'ai pas fait exprès."

Il avait l'air si sincèrement désolé et contrit qu'elle voulut aussitôt le croire, il n'avait pas compris qu'il la blessait quand, comme elle le ressentait, il prenait clairement ses distances. Était-ce aussi simple que ça ? Ils n'avaient pas compris ces situations de la même façon, n'en avaient pas parlé, ils avaient laissé courir, sans avoir conscience de ce que pensait et éprouvait l'autre.

"Tu as le droit de te racheter, maintenant, dit-elle avec un petit sourire de soulagement.

— Maintenant, là ?

— Pas ici, mais mes deux chefs vont bien rester quelques heures près du lac, on pourrait rentrer à la maison.

— Il faut que j'aille bosser, dit-il en retirant un tout petit peu sa main de la sienne, désireux de ne pas la décevoir encore une fois, mais assez pour marquer une distance.

— Je croyais que c'était tranquille, en ce moment, au boulot", dit Hannah en lui lâchant complètement la main pour lui faciliter la tâche. Là s'arrêtaient les mensonges auxquels elle était prête à croire.

"C'est assez tranquille, mais il y a du taf. Et puis Perka prend ses vacances la semaine prochaine, alors…

— Bien sûr. D'accord.

— Mais ce soir, peut-être.

— Bien sûr. Peut-être bien."

On les servit et ils mangèrent en silence. Ils refusèrent tous les deux le café, payèrent et sortirent ensemble. S'arrêtèrent sur le trottoir. Thomas boutonna sa veste mince et montra la voiture de la tête.

"Je te dépose ?

— Non, je vais marcher.

— À ce soir, alors.

— Oui."

Elle le regarda traverser la rue, sauter dans sa voiture et s'éloigner. Il lui fit un salut, elle leva la main avant de retourner vers le centre-ville et son travail. Au bout de quelques pas, elle sortit son téléphone de sa poche, le tint à la main, hésita. Ce n'était pas comme ça d'habitude, ce n'était pas ce qu'elle souhaitait, mais tant pis. Elle en avait besoin. Le voulait. Composa un numéro, attendit une réponse, qui vint.

"Tu dois encore y rester longtemps, au lac ?"

"René ! Il n'y a plus que toi !"

Sa voix déchira le silence. Lui parvint là où il s'était caché, coincé sous une souche, quelques mètres dans le sous-bois. Il ne la voyait pas à travers les broussailles, ni la voiture, ni la maison. Il n'osait pas sortir la tête, au risque qu'elle le voie. Le visage plongé dans les racines et la mousse, il faisait de son mieux pour respirer aussi calmement et silencieusement que possible. De peur que sa respiration ne le trahisse dans le silence total qui régnait depuis que le cri de Marcus avait été interrompu d'une façon si brusque, effrayante, voilà une trentaine de secondes. Puis elle, si sûre d'elle :

René ! Il n'y a plus que toi !

Il n'en douta pas une seconde. Mais que voulait-elle ? Était-ce juste une façon de manifester sa supériorité, de l'effrayer, ou plutôt une injonction à se montrer maintenant qu'elle s'était débarrassée de la piétaille et qu'elle voulait continuer de parler affaires. Peu de chances. S'il avait eu les amphétamines, ou su où les trouver, alors peut-être aurait-il eu matière à marchander, mais sans ça, aucune chance d'arriver à un quelconque accord. Il n'avait rien à gagner à se manifester. Si elle le voyait, il était mort.

Sa seule chance était de fuir. Vite et loin.

Quand elle lui avait dit s'appeler Galina, il avait hésité un instant, ne voulait pas être mêlé aux affaires des Russes, il avait déjà par le passé refusé des offres et évité à tout prix d'y toucher, mais il n'avait pas écouté les sonnettes d'alarme, pas gardé l'avantage, le contrôle. Parce qu'elle lui avait fait croire qu'il l'avait. Dans d'autres circonstances, il aurait été à la fois jaloux et impressionné. Elle était tellement supérieure. À juste titre, il nourrissait une haute idée de lui-même, se savait plus malin et meilleur que tous les autres, mais comparé à elle, il n'était qu'un singe savant. Quand elle avait arraché le cou de Norman – la chose la plus dingue qu'il ait vue de toute sa vie – et s'était jetée à la renverse par la fenêtre, il avait pourtant cru qu'ils pourraient gagner, qu'ils avaient une chance. Toujours quatre contre une. Pas armés, mais quand même. Quatre contre une. Tous sur leurs gardes, pour ne pas se laisser surprendre comme Theo dans le couloir de l'hôtel ou Norman dans la cuisine. Croyait-il. Puis il avait entendu les cris, senti la panique, il avait été frappé par le silence qui s'étalait, et à présent il restait seul.

Sa seule chance était de fuir. Vite et loin.

Il attendait donc sous sa souche. Une demi-heure, bientôt quarante-cinq minutes, une heure, une heure et demie. Le froid et l'humidité pénétraient ses vêtements et il faisait de son mieux pour se détendre et ne pas se mettre à claquer des dents, mais sans changer de position, sans le moindre mouvement. Des moustiques et des taons vrillaient autour de sa tête, il les sentait se poser sur son front et son cou, mais les laissait faire. Pas un bruit, pas un mouvement. Il allait survivre à ça. Certes, il allait être obligé de déménager, fuir, plus précisément, mais ce n'était pas la fin du monde. À part les affaires, rien ne le retenait à Haparanda. Cette ville n'était qu'un trou qui lui avait permis de briller et de gagner de l'argent. Même pas besoin de passer par son appartement. Il y stockait de la drogue pour quelques milliers de couronnes, mais ses gros sous étaient accessibles de n'importe où. Il pouvait partir loin, à l'étranger, faire profil bas le temps qu'il faudrait, des années, même. Ce n'était pas pour lui que cette machine à tuer était venue à Haparanda. Sa mission était de retrouver la drogue et l'argent. Elle ne gaspillerait pas de ressources à le traquer, il en était certain. S'il survivait aujourd'hui, il s'en tirerait.

Il s'agissait juste d'être malin, et il était malin.

Aucun autre bruit que ceux de la nature ne s'étant fait entendre depuis trois bonnes heures, René rampa lentement hors de sa cachette et se lova jusqu'à l'orée du bois. En espérant que les buissons et les hautes herbes le cacheraient. Il continua jusqu'à voir la maison et la cour. Jari gisait dehors, à droite de là où était autrefois la porte d'entrée. Il ne voyait pas les autres. Mais plus important encore, il ne la voyait pas, elle. Il tourna la tête dans les deux directions, chercha à tâtons sous la mousse et trouva une pierre grosse comme le poing. Souleva le haut du corps juste assez pour pouvoir la lancer en lui faisant décrire une vaste parabole. Elle atterrit avec un choc sourd distinct sur les graviers tassés de la cour. René s'aplatit de son mieux et glissa un œil. Rien ni personne. Elle devait avoir cru qu'il était parti, en fuite, paniqué, et décidé de s'occuper de lui plus tard. Probablement l'attendait-elle en ce moment même dans son appartement ? Par acquit de conscience, il lança une autre pierre, attendit encore dix minutes avant de lentement se relever, raide, la respiration profonde. Il resta immobile, les yeux fermés, s'attendant à ce qu'un couteau ou autre chose s'abatte sur lui. Certain qu'elle était capable de transformer n'importe quoi en arme. Mais rien ne se produisit.

Il fit prudemment un premier pas hors de la forêt. Complètement exposé, à découvert. Son corps protestait encore quand, lentement, tous les sens en alerte, il se dirigea vers la maison. Il s'arrêta devant la façade, regarda alentour. Toujours calme et silencieux. Tourna au coin du bâtiment. La voiture était toujours là. Semblait intacte. Il plongea la main dans sa poche pour s'assurer qu'il n'allait pas s'y asseoir et se rendre compte qu'il ne pas pourrait pas partir parce qu'il aurait perdu la clé quelque part. Mais elle était bien là. Il s'écarta d'un pas de la façade, sentit sa respiration plus lourde à mesure qu'il marchait vers la voiture. Si proche à présent.

En sentant le métal sous sa main, il lâcha un sanglot de soulagement. Il allait réussir. S'échapper. Partir pour ne s'arrêter que loin, loin d'ici. Il se dirigea vers la place du conducteur et allait monter à bord quand il sentit quelque chose de dur appuyé contre sa jambe. Il baissa les yeux, sans parvenir à associer le sentiment de soulagement inondant tout son corps avec ce canon de fusil contre sa cheville avant que le coup parte et que le nuage de plomb lui arrache plus ou moins le pied droit. Il trébucha involontairement quelques pas en arrière et tomba à terre en hurlant de douleur. Vit Louise ou bien Galina, ou quel que soit son foutu nom, sortir en rampant de sous la voiture. Comme un fantôme d'un de ces films japonais qu'il avait vus. Ses cheveux noirs en désordre collés aux joues, sueur ruisselant dans la crasse, sang sur tout le visage et jusqu'au cou, et ses yeux qui le regardaient fixement. Elle semblait folle à lier. René eut le temps de réaliser combien il avait peur d'elle, qu'il ne voulait pas mourir et la douleur terrible dans sa jambe avant qu'elle ne s'assoie à cheval sur lui.

"Pitié…" fut tout ce qu'il parvint à lâcher.

"Pitié…"

Katya sortit son couteau et l'enfonça à deux mains dans le cou sous la pomme d'Adam. René gargouilla, impuissant, écarquilla les yeux, des larmes lui coulant sur les tempes. Ses mains griffèrent un peu l'air mais cessèrent bientôt. Au bout d'une minute, il était mort.

Katya se releva, s'étira, engourdie après ces heures passées sous la voiture. Il fallait qu'elle se débarrasse des corps. Les traces de sang et le reste n'avaient pas d'importance. Si quelqu'un découvrait que quelque chose de violent avait eu lieu ici, ce n'était pas grave, on n'arriverait de toute façon jamais à deviner exactement quoi ni à retrouver les victimes. Le plus simple était de les charger tous dans la voiture, de partir et de se débarrasser du tout. Puis de trouver un moyen de rentrer en ville et de se remettre à travailler sur ce pour quoi elle était venue ici.

Elle allait y passer la journée.

Sans avoir avancé d'un iota sur la drogue et l'argent.

Rien qu'y penser la rendait furieuse. Alors autant s'y mettre tout de suite.

Elle retourna vers la maison pour traîner les autres corps jusqu'à la voiture quand elle s'arrêta. Bruit de moteur. Proche, et qui approchait. Katya se plaqua à la façade et jeta un œil. Une Range Rover noire entra lentement dans la cour. Elle ne voyait pas bien combien de passagers, mais au moins deux. Les tuer eux aussi ?

Encore plus de corps, une autre voiture à faire disparaître.

Elle allait s'avancer pour se montrer dans la cour quand une autre voiture arriva derrière la première. C'était trop. Sans vraiment avoir une vue d'ensemble des conséquences, Katya recula lentement, fit demi-tour, se glissa sans être vue derrière la maison et disparut sans bruit dans la forêt.

Ils étaient couchés dans le grand lit de Gordon. Largeur cent quatre-vingts, même s'il vivait seul. Trop grand en fait pour sa chambre qui, à cause de ses papiers peints démodés et sinistres et de ses portes de placards en bois sombre, paraissait déjà plus petite qu'elle n'était. Couchée sur le dos, Hannah regardait le plafond, Gordon sur le flanc près d'elle, un bras sur son ventre nu, le visage enfoui dans son cou. Sa respiration calme et régulière, elle savait qu'il ne dormait pas.

Il avait été très facile de le convaincre de laisser X près du lac pour revenir coucher avec elle. Il n'avait pas posé de questions, ni semblé trouver étrange qu'elle l'appelle au milieu d'une journée de travail, l'avait juste fait entrer dans son appartement, où elle l'avait embrassé aussitôt la porte refermée.

Serrée contre lui, elle l'avait senti immédiatement durcir.

Il la trouvait attirante, avait envie d'elle.

Il faisait trop chaud dans la chambre. D'un coup de pied, elle se débarrassa de la couette qu'elle avait remontée jusqu'au nombril, sentant l'intérieur de sa cuisse poissé par le lubrifiant et le sperme de Gordon. Ils ne se protégeaient pas, le train de la grossesse avait quitté la gare pour ne plus jamais repasser et le lubrifiant était devenu une nécessité absolue. Les muqueuses étaient sèches, fines et fragiles. Hannah lâcha un petit rire en songeant à une comique de stand-up qu'elle avait entendue avec Thomas, à Luleå, quelques années plus tôt : pour elle, une grande partie des feux de forêt de cet été-là avaient été provoqués par les étincelles produites par des femmes d'âge mûr tentant d'avoir des rapports sexuels en plein air sans lubrifiant.

Funny cause it's true.

"Qu'est-ce qu'il y a ? demanda Gordon en levant un peu la tête.

— Je pensais juste à un truc.

— Quoi ?

— Rien, ce n'est plus drôle si on le répète.

— OK." Il se redressa sur un coude et ôta une mèche de son front. "On devrait peut-être retourner travailler."

Avant qu'elle ait le temps de répondre, son téléphone se mit à sonner. En tendant le bras au-dessus d'elle pour le récupérer sur la table de nuit, il entendit le téléphone d'Hannah se mettre lui aussi à vibrer dans la poche de son pantalon. Elle eut le temps de voir un grand X sur l'écran de Gordon avant qu'il se racle la gorge et réponde.

"Allô, ici Gordon ?"

Elle n'entendait pas ce que disait la personne à l'autre bout du fil, ce n'était pas non plus nécessaire, elle comprit à l'expression de Gordon que, quoi que ce soit, c'était grave.

Plusieurs voitures étaient déjà garées sur la route gravillonnée mal entretenue. Gordon se rabattit pour se garer derrière la dernière, ils descendirent et, tandis qu'Hannah jetait un coup d'œil en arrière vers la voiture, ils se dirigèrent vers le bâtiment que leur indiquait le GPS. Un peu plus loin, la route était barrée par une rubalise bleu et blanc. De l'autre côté, Morgan la souleva à leur approche.

"Qu'est-ce qui s'est passé, ici ? demanda Gordon en se pliant pour passer dessous.

— Ça…

— X a parlé de cinq morts.

— Pour le moment, oui."

Gordon se redressa, inspira à fond et rejeta l'air dans un long soupir sonore.

"Putain.

— Oui.

— Il est là ?"

Morgan leur indiqua l'autre côté de la cour. À l'orée du bois, Alexander faisait les cent pas, téléphone vissé à l'oreille. Gordon se dirigea vers lui. Hannah se tourna vers la maison rouge à un étage, jadis belle, mais qui menaçait aujourd'hui de s'effondrer d'une seconde à l'autre. Le toit était arraché par endroits, la cheminée tombée, toutes les vitres brisées, des gouttières détachées pendaient à la verticale le long de la façade dont la peinture s'écaillait. Une famille y avait jadis élu domicile, elle y avait vécu, avait aimé cette maison, en avait pris soin, en avait été fière. Les parents y étaient probablement restés une fois les enfants partis et, venu le moment de l'héritage, elle n'intéressait plus personne. Ils avaient tous leur vie ailleurs, en ville, probablement plus au sud. Impossible à vendre, ou n'en valant pas la peine, elle avait été laissée à l'abandon. Haparanda n'avait là rien d'unique : dès qu'on quittait les grandes villes, on trouvait des maisons comme celle-ci dans tout le Norrland.

Hannah se tourna vers la voiture garée dans la cour, un corps couvert d'une couverture gisait à quelques mètres.

"Qu'est-ce qui se passe, maintenant ? demanda-t-elle à Morgan.

— X fait venir les techniciens, le légiste et des chiens. Ludwig et Max font un tour dans les bois pour vérifier qu'il n'y en a pas d'autres, quelques-uns de ceux qui font du porte-à-porte dans la zone d'Övre Bygden arrivent en renfort.

— C'est toujours l'enquête d'X ?

— Je ne sais pas."

Hannah hocha toute seule la tête. Pas sûre du tout qu'une affaire pareille reste chez eux.

Cinq morts. Assassinés. Un massacre.

À sa connaissance, cela ne s'était encore jamais produit à Haparanda : il y avait un grand risque que les gros bonnets d'Umeå entrent dans la danse, ou même que l'affaire ne tombe dans l'escarcelle de l'Agence opérationnelle nationale, à Stockholm.

"Où sont les autres ? demanda-t-elle en désignant de la tête le corps sous la couverture près de la voiture.

— Un à l'intérieur, les autres ici et là autour de la maison.

— Tous des hommes ?"

Morgan confirma d'un hochement de tête.

“Abattus ?

— Non, des coups de couteau pour la plupart, à ce qu'il semble.

— Cinq personnes, au couteau ?” Son scepticisme s'entendait clairement. Morgan haussa légèrement les épaules.

“Trois en tout cas, pour deux c'est difficile à dire, je n'ai pas bien regardé.”

Hannah se tut, le temps de digérer l'information. Cinq hommes. Tués au couteau. Une arme de combat rapproché. Ils devaient être dispersés quand le meurtrier les avait approchés pour les tuer l'un après l'autre. En silence, efficacement. Sans ça, les autres auraient bien réussi à maîtriser l'agresseur, ou à s'enfuir ? Difficile à dire bien sûr sans connaître précisément la position des corps et l'ordre des décès, mais cinq hommes tués au couteau, ça semblait invraisemblable. À moins que…

“Plusieurs auteurs ? demanda-t-elle à Morgan, non qu'elle s'attende à ce qu'il sache répondre, c'était plutôt une façon de penser tout haut.

— Ça…” répondit en effet Morgan. Hannah comprit qu'elle ne pourrait en savoir davantage pour le moment. Elle n'avait pas très envie d'aller voir les victimes, il y aurait bien assez de photos et de rapports d'autopsie détaillés. Elle se tourna donc du côté des voitures noires garées plus loin vers l'intérieur de la cour et des quatre personnes, assises dedans ou adossées contre, avec lesquelles parlait P-O.

“Ce sont eux qui les ont trouvés ?

— Oui.

— Qu'est-ce qu'ils faisaient par ici ?

— Elle, là…” Morgan indiqua la seule femme du groupe, jeune, tout juste la vingtaine, assise à l'avant d'un des SUV, portière ouverte. “… c'est une de ces influenceuses, tu sais ? Ils devaient tourner un truc ici, à ce qu'ils ont dit.

— Mais pourquoi ? s'étonna sincèrement Hannah.

— La commune l'avait apparemment payée pour réaliser dix publications.

— Vraiment ?

— Pour « faire connaître ce trou paumé », comme elle l'a si diplomatiquement exprimé.”

Hannah ne partagea pas ce qu'elle pensait des influenceurs. Pendant une courte période, au lycée, Alicia avait à tout prix voulu en devenir une. Cela avait duré quelques mois, mais elle avait abandonné le projet en l'absence de followers, de percée et d'argent. Non qu'Hannah ait quelque chose contre eux personnellement, ils étaient jeunes, intelligents et assez entreprenants pour tirer profit de la fascination de l'époque pour le narcissisme superficiel et son besoin de remplir ses écrans d'étrangers qui vous disaient ce qu'il fallait faire, penser, aimer et surtout acheter. Mais le seul fait de leur existence, que ce soit considéré comme un métier pour lequel on pouvait se former était le symptôme qu'ils vivaient dans le meilleur des mondes à la pire des époques.

Le soleil grillait impitoyablement à découvert tandis qu'Hannah traversait la cour vers les deux grosses voitures noires. Elle réalisa alors qu'elle n'avait pas demandé depuis quand les corps étaient là, juste supposé que les meurtres étaient récents. S'ils étaient restés là quelques jours par ce temps, elle était d'autant plus contente d'avoir décidé de ne pas aller les voir de plus près. Elle se glissa auprès de P-O, qui jeta un coup d'œil rapide de son côté avant de revenir à son carnet.

"Mais vous n'avez vu personne sur les lieux ou sur la route, en arrivant ?"

Des regards furent échangés entre les trois hommes bien coiffés, aux barbes bien taillées, dans leurs vêtements d'été légers et leurs sneakers certainement fort coûteux, suivis de secouements de têtes.

"Non", répondit la femme dans la voiture, dont Hannah vit alors que la peau du visage était totalement lisse. Pas un pore, pas une ombre, légèrement luisante, mais absolument pas de sueur. Ses faux cils et ses lèvres dépassaient presque autant que son petit nez. Les courts cheveux noirs qui encadraient son petit visage et son corps fluet renforçaient l'apparence de poupée qu'elle avait visiblement consacré un temps et un argent considérables à atteindre.

"Vous êtes qui, vous ? demanda-t-elle en se tournant vers Hannah.

— Hannah Wester, répondit Hannah en réprimant une

envie de tendre la main, estimant que cette femme ne voudrait pas risquer un de ses longs faux ongles pour serrer la main à une représentante locale des forces de l'ordre, légèrement rougeaude et en sueur. Et vous ?

— Nancy Q", répondit-elle sur le ton de l'évidence, comme si son nom au moins aurait dû faire tilt chez Hannah, à qui son apparence physique n'avait visiblement rien dit.

Hannah entendit une voiture s'approcher, se retourna et vit deux hommes sauter d'une Renault vert sombre et se précipiter vers les rubalises. L'un d'eux muni d'un appareil photo avec lequel il mitraillait sans arrêt.

"Hé là ! entendirent-ils crier Morgan, qui levait les mains vers eux, comme si ce geste allait les empêcher de prendre des photos.

— On a fini ? demanda Nancy en faisant signe aux deux journalistes qui venaient d'arriver. Ils sont venus m'interviewer.

— Vous avez appelé la presse ? demanda Hannah d'un ton glacial que même Nancy devait avoir perçu, mais à quoi elle répondit d'un air complètement interloqué.

— Évidemment, je les ai appelés."

Hannah regarda en direction des deux hommes en vive discussion avec Morgan. Ils n'étaient pas de l'*Haparandabladet*. Nancy en avait donc appelé d'autres, à un plus haut niveau, national sans doute, qui à leur tour avaient battu le rappel de leurs troupes plus ou moins locales. Tout ça avait pris du temps.

"Vous les avez appelés avant de nous appeler, constata-t-elle.

— Je ne vous ai pas appelés, c'est Tom qui l'a fait." Nancy désigna un des barbus, sans qu'on sache bien lequel, avant de descendre de son siège. "On a fini ?

— Vous ne pouvez pas leur parler de ce que vous avez vu ici, tenta P-O.

— Oh si", répondit Nancy.

Elle fit mine de partir en direction des rubalises quand Hannah l'arrêta de la main :

"Vous avez pris des photos et filmé avant notre arrivée ?

— Peut-être bien, pourquoi ?

— Donnez vos téléphones.

— Non, vous n'avez pas le droit de les prendre."

Nancy la défia du regard comme quelqu'un qui n'a pas l'habitude d'être contredit. Comme elle tentait de partir, Hannah la retint en attrapant la laine souple de son léger polo.

"Si vous avez des photos et des films, ils constituent des preuves, et si vous faites disparaître des preuves de ma scène de crime, je vous garantis que vous allez rester avec nous beaucoup plus longtemps que vous n'en auriez envie, et que vous ne pourrez parler à personne. Vous comprenez ce que je dis ?

— Oui.

— Alors donnez-moi vos foutus téléphones, ou je vous arrête sur-le-champ."

Pour la première fois, Nancy parut un peu hésiter. Elle se tourna vers ses trois compagnons qui avaient tous déjà les mains dans leurs poches pour sortir leurs portables. Avec une grimace contrariée leur signifiant qu'elle prenait ça pour une trahison, elle fourra la main dans sa poche arrière et en extirpa avec un soupir son téléphone.

"Je peux y aller, maintenant ?

— Oui, s'il vous plaît, ça me dispensera de vous voir."

Hannah la regarda se diriger d'un pas vif vers les rubalises, se glisser dessous et disparaître avec les deux hommes. Elle se tourna vers P-O, qui tenait toujours son carnet ouvert.

"Désolée, tu avais fini, avec elle ?

— Je crois. Sinon, elle finira bien par revenir.

— Quelle conne", grommela Hannah, sentant grandir son irritation. Il fallait qu'elle bouge. Elle regagna la cour, joignit les mains sur sa nuque et inspira plusieurs fois à fond.

"Ça va ?"

Elle se retourna. Gordon venait vers elle.

"Je suis furieuse.

— Contre ?

— Le monde en général, Nancy Q en particulier."

Visiblement, il ne la suivait pas tout à fait, mais n'approfondit pas la question, il avait des préoccupations plus importantes. Il s'approcha.

"Je suis allé jeter un coup d'œil aux corps… Le type près de la voiture, c'est René Fouquier."

Un instant, Hannah eut l'impression qu'ils s'étaient trompés, que le deux-pièces était une sorte d'appartement témoin où personne n'habitait. Une veste soigneusement pendue à un cintre sous l'étagère à chapeaux de l'entrée, rien aux autres portemanteaux. Une paire de chaussures bien cirées sur la banquette en dessous. Le paillasson aligné bord à bord avec la porte d'entrée. Une chaise en sapin contre une des cloisons, à côté d'une petite crédence. Dessus, dans un coin, un rouleau attrape-poussière, rien d'autre.

Pendant que le serrurier travaillait à les faire entrer, ils avaient enfilé par-dessus leurs vêtements de simples combinaisons de protection blanches, mis des surchaussures, des gants et enfermé leurs cheveux dans une espèce de charlotte que nul ne pouvait porter en conservant intacte une quelconque forme de dignité. Ils avaient l'air de prendre leur service dans une centrale nucléaire soviétique des années 1980, songea Hannah devant la porte du deux-pièces du 12, Västra Esplanaden, en se regardant dans le miroir du couloir, lui aussi sans la moindre tache ni empreinte digitale.

"Ordre et discipline, constata Hannah en faisant un pas vers le reste du logement stérile et jusqu'ici impersonnel.

— Qu'est-ce que tu en penses ? Je prends la chambre, toi le séjour, et on fait ensuite la cuisine ensemble ?

— D'accord."

Hannah entra dans la petite pièce directement sur la droite. Comment était-il possible de tenir un tel ordre, une telle propreté ? Même quand tout était rangé et que le ménage venait d'être fait, ils n'arrivaient à rien d'approchant à la maison. Même pas maintenant qu'ils se retrouvaient seuls, elle et Thomas. C'était comme se déplacer dans la page centrale d'un magazine de décoration. Ou plutôt dans un catalogue de meubles, car la pièce était totalement anonyme, tous les meubles semblant avoir été choisis pour leur fonction plutôt que selon un goût personnel. Sur le côté gauche de la table basse, devant le canapé gris deux places, six dessous de verre étaient soigneusement alignés, alternativement rouge et noir, mais c'était tout. Pas de journaux ou de magazines ; rien qui témoigne d'un quelconque intérêt particulier. Peut-être les appareils électroniques ? Un gigantesque écran plat pendait au mur. En dessous, une console de jeux, le joystick soigneusement posé dessus. Hannah compta jusqu'à sept haut-parleurs dans la pièce, elle supposa qu'il s'agissait d'un son 7.1. Une chaîne hi-fi à côté du canapé, avec la possibilité de lire vinyles, CD et cassettes. Le seul signe de la présence d'un habitant dans cette pièce était un coffret de disques posé sur le couvercle en plexiglas noir de la platine. Hannah ouvrit l'étui blanc. Whitney Houston, accroupie, en polo bleu marine et bottes. Elle reposa les disques et inspecta la bibliothèque qui couvrait un mur, ouvrit les rares placards, pas grand-chose dedans, et on y trouvait exclusivement des objets utilitaires, rien qu'on puisse considérer comme des bibelots ou des choses personnelles chargées d'une valeur affective, à part trois assez grands œufs, posés chacun sur une sorte de support qui les maintenait debout sur une étagère. Il s'en dégageait l'impression que ce René Fouquier était une personne très spéciale.

"Hannah ?"

Elle quitta le séjour et gagna la chambre, elle aussi dans un ordre exemplaire. Le lit bien fait et centré contre un mur, une table de nuit d'un côté avec un réveil, un chargeur de portable et une lampe de chevet. Deux posters anonymes encadrés aux murs.

Gordon était devant le placard ouvert. Trois étagères de vêtements soigneusement pliés, et en dessous autant de bacs coulissants en plastique. Dans celui du haut, des rangées bien ordonnées de petits sachets plastiques à zip. Divers cachets et pilules dans une rangée, de la poudre dans l'autre. Devant, contre la porte du placard, dans des sachets un peu plus gros, quelque chose qui ne pouvait être que du cannabis.

"L'enfoiré. Il n'a même pas cherché à planquer ça.

— Et pourquoi, puisqu'on ne connaissait pas son existence ?

— C'est vrai."

Gordon tira le bac du dessous. On y trouvait entre autres une balance de ménage et un registre à l'ancienne, avec reliure rigide et sur la couverture une étiquette imprimée laissée vierge. Hannah le saisit et ouvrit la première page. Gordon se pencha pour lire par-dessus son épaule. Elle sentit sa propre odeur sur lui. Les livraisons étaient documentées en colonnes appliquées. Entrées et sorties. Qui, quand, quoi et combien. Au moins trois écritures différentes.

"À défaut d'autre chose, on sait comme ça qui fournissait la ville depuis un certain temps", dit-elle en tournant les pages. Plusieurs transactions notées chaque jour. À longueur de pages. Des semaines, des mois.

"Ça n'explique pas pourquoi il est mort là-bas.

— Des amphétamines pour trente millions de couronnes ont disparu dans la nature il y a tout juste une semaine. Ritola a dit que ce Russe allait envoyer quelqu'un pour les retrouver.

— Tu crois que René avait mis la main dessus ?

— Aucune vente n'est notée ici, dit Hannah en montrant le registre de la tête. Mais on a cinq personnes assassinées, dont une s'adonnait sans doute possible au trafic de drogue. Qu'il n'y ait pas de rapport semble improbable." Elle se tourna vers le placard et tira le dernier bac. Des sachets vides, de fins masques de protection et une caisse à monnaie grand format. Verrouillée.

"Il faut qu'on appelle Ritola, pour savoir s'il a une idée de qui ils peuvent avoir envoyé, dit Gordon.

— Il est toujours en ville, je l'ai aperçu au déjeuner. Chez Leilani.

— Pourquoi est-il resté ? demanda Gordon, vraiment surpris.

— Je ne sais pas, je ne lui ai pas parlé."

Elle fouilla encore à la recherche d'une clé. N'en trouva pas. Souleva la caisse pour l'examiner. Sur un côté était collé un post-it orange avec un numéro de téléphone. Elle l'arracha.

“Qu’est-ce que c’est ?

— Un numéro de portable.”

Hannah extirpa non sans peine son téléphone de sous sa combinaison, se connecta aux pages blanches et entra le numéro.

“Je ne trouve que l’opérateur, pas le nom de l’abonné.

— Prends-le, on met quelqu’un là-dessus.”

Elle sortit un sachet pour pièces à conviction, y glissa le post-it et le rangea dans sa poche. Gordon repoussa les tiroirs et referma le placard. Ils laissaient le reste aux techniciens de la police scientifique.

“René avait peut-être mis la main sur les amphétamines et comptait les revendre aux Russes, proposa Gordon en quittant la chambre pour gagner la cuisine.

— Essayer de vendre quelque chose à la personne à qui la chose appartient, c’est vraiment stupide.

— Ce n’est pas pour rien qu’ils sont morts.

— Il a passé plusieurs années ici, complètement sous les radars. Regarde cet appartement. Il n’était pas négligent, il n’était pas stupide.

— Mais alors, putain, qu’est-ce qui s’est passé, là-bas ?

— Je ne sais pas, mais on pourrait commencer par tirer au clair ce qu’il fabriquait chez Hellgren.”

Dans la cour, la boîte de mort-aux-rats dans une main, la clé de la voiture dans l'autre. Avant de partir, il avait bien réfléchi, était arrivé à la conclusion qu'il n'avait pas le choix. Il hésita pourtant en ouvrant le garage. C'était un gros risque, trop gros, au pire tout serait fichu pour eux, mais que pouvait-il faire ? Même s'il avait connu les gens du coin assez bien pour se faire conduire, ce n'était pas une option. Trop risqué. Les personnes qu'il connaissait à Haparanda étaient justement des connaissances, pas des amis, et il n'avait pas assez confiance. S'il attendait le retour de Sandra pour prendre sa voiture, elle lui demanderait où il comptait aller et pour quoi faire, et il n'était pas sûr de pouvoir s'empêcher de lui dire la vérité.

Il n'était pas doué pour lui mentir.

Manque d'entraînement, probablement. Il ne l'avait jamais fait. Et ça, elle n'était pas obligée de le savoir. Donc quel choix avait-il, finalement ? Aucun. Il ne restait plus qu'à croiser les doigts.

Kenneth ouvrit la porte du garage. La Volvo était là. Les dégâts plus importants que dans son souvenir. Un instant, il fut ramené sur ce chemin forestier.

Cette nuit-là. Quand la vie avait basculé.

Plus que lors de son arrestation pour le braquage à Stockholm, lui semblait-il aujourd'hui. Plus que lorsqu'il était allé en prison, plus que lorsque sa famille l'avait rejeté. Il refoula ces pensées, il n'y avait pas de place pour le doute. Pouvait-il d'une façon ou d'une autre camoufler la carrosserie cabossée et les phares cassés ? Il regarda autour de lui dans le garage, mais comprit que, quoi qu'il fasse, il attirerait sans doute davantage l'attention, aussi jeta-t-il son petit sac à dos dans la voiture et démarra.

Il emprunta les routes les plus petites, les moins fréquentées qu'il connaissait pour monter au chalet de Thomas. Il se surprit à repenser à sa famille. Au fond, elle ne lui manquait pas. Renouer avec qui que ce soit ne l'intéressait pas. Mais dans trois ans, quand Sandra et lui seraient devenus millionnaires, il aimerait quand même bien qu'ils le sachent.

Qu'il s'en était bien tiré.

Que tout allait bien sans eux. Mieux, en fait.

Qu'ils se marient, fassent une fête fantastique sans inviter aucun d'eux, et que Rita et Stefan ne voient jamais leurs adorables enfants, ne fassent jamais partie de leur vie. Les gamins appelleraient Hannah et Thomas grand-mère et grand-père.

Mais d'abord, il fallait qu'il se sorte de la merde dans laquelle il était. Dans laquelle *PV l'avait mis*, se corrigea-t-il en se rangeant sur le bord de l'étroite route gravillonnée avant de couper le moteur. Il restait plusieurs mètres avant le chalet, mais il ne voulait pas risquer d'être vu. On ne savait jamais quand Thomas y était.

D'un pas vif, il se mit en marche et quitta la route à une cinquantaine de mètres de la maison. Les moustiques s'intéressèrent à lui dès qu'il entra dans le sous-bois sans vent, et il les chassa de son mieux. Il s'arrêta en voyant la petite maison entre les arbres. Pas de voiture dans l'allée, personne en vue sur le terrain. À moitié à couvert dans la forêt, il continua jusqu'au cabanon en ruine, où il alla ouvrir la trappe dans le sol. Il entreprit de répandre la mort-aux-rats autour des trois valises. Si pour une raison ou une autre Sandra découvrait qu'il était venu ici, il pourrait dire que c'était pour répandre ce poison, protéger leur argent. C'était vrai. Pas toute la vérité, mais vrai.

Ne pas tout dire, ce n'était pas comme mentir.

Tout le poison répandu, il ouvrit une des valises. Il savait exactement ce qui l'attendait, mais il en eut pourtant le souffle coupé.

Tant d'argent. Leur argent.

Un euro valait à peu près dix couronnes, il lui en fallait à la louche sept mille cinq cents, il en prit dix mille. Il avait un plan pour les deux mille cinq cents en sus. Il hésita, le sac ouvert, l'argent à la main. Seul à la maison toute la journée, pas de voiture, aucune possibilité d'aller nulle part. Il commençait à sérieusement s'ennuyer. Une PlayStation 4 coûtait genre quatre mille balles. Rien, en comparaison. Vite, il ramassa quatre cents euros supplémentaires. Avec une bonne cachette, Sandra n'aurait pas à être au courant. De rien de tout ça. Elle avait bien sûr compté l'argent quand ils étaient revenus à la maison ce soir-là, mais se souvenait-elle de la somme exacte ? Se rendrait-elle compte qu'il en manquait un peu ? Dans ce cas, il faudrait bien qu'il lui raconte. Il se serait écoulé trois ans, elle ne pourrait raisonnablement pas se fâcher. En plus, le gros de la somme aurait servi à résoudre un sérieux problème, à écarter une menace.

Il fourra l'argent dans son sac à dos, referma le sac où se trouvait tout l'argent, rattacha soigneusement le sac poubelle autour avant de le remettre en place et de refermer la trappe.

Dix minutes plus tard, il était de retour dans la voiture. Il s'arrêta devant et examina les dégâts de plus près. Les routes du coin étaient une chose, mais impossible d'entrer avec cette voiture dans Haparanda. Surtout si PV avait l'intention de continuer son chantage. Il avait déjà montré que leur amitié comptait pour du beurre, alors rien n'était impossible.

Une casse automobile serait le plus simple, mais si la police les avait contactées ? Leur avait demandé d'ouvrir l'œil ? Possible, vraisemblable même. L'idée de la brûler le traversa. Le feu ferait sans doute disparaître toutes les traces ADN, mais le risque était qu'elle soit tout de suite retrouvée. Même s'il enlevait les plaques, il restait le numéro de châssis et tout ce qu'on pouvait utiliser pour identifier une voiture, ou n'était-ce qu'un mythe ? En plus, il risquait de provoquer un immense feu de forêt, il n'avait pas plu depuis plusieurs semaines.

Le mieux serait qu'elle ne soit jamais retrouvée.

Le même endroit que la Honda ?

Ça avait été assez simple, il connaissait le chemin, mais c'était bête que les deux voitures soient au même endroit, s'ils les trouvaient. La faire couler quelque part semblait néanmoins la meilleure option.

Soudain, ça lui revint.

Bon sang, quel idiot de ne pas y avoir pensé plus tôt. Markku, un des types en taule, pour incendie criminel, avait raconté, ou plutôt donné un conseil, un soir, dans la salle commune.

Si tu dois te débarrasser de quelque chose par ici, quoi que ce soit… La mine de Pallakka.

Markku y avait coulé diverses bricoles pour le compte de gens qui le payaient pour les en débarrasser. Visiblement, il n'avait pas été le seul. Ou alors il avait été très demandé. Quelques années plus tôt, Kenneth avait lu un reportage sur une caméra sous-marine qui avait été descendue pour filmer dans le puits de la mine. On avait trouvé au moins dix-huit voitures, trois motos, un bateau et un certain nombre de fûts au contenu non identifié. La commune était arrivée à la conclusion que remonter le tout coûterait trop cher et que le risque que les fûts se mettent à fuir était trop élevé. On avait donc tout laissé en l'état.

Si tu dois te débarrasser de quelque chose par ici, quoi que ce soit…

La mine, ouverte en 1672, le minerai de zinc et de cuivre transporté jusqu'au fleuve, puis vers le sud, avait fermé à la fin du XIXe siècle. Isolée, inondée, elle n'était pas loin, n'était pas une attraction touristique comme la mine de cuivre de Falun ni un lieu apprécié de baignade ou d'excursion comme certaines autres anciennes mines inondées. Celle-ci se présentait juste comme une série de trous dans le sol. Pas de bâtiments, pas de monument commémoratif. Juste des trous. Peut-être de huit mètres sur dix. Certains plus grands, d'autres plus petits. Mais tous profonds. Le plus profond plongeait à deux cent soixante mètres, se souvenait-il avoir entendu dire Markku.

Satisfait de son plan, il accéléra et arriva à destination en moins d'une demi-heure. La carrosserie et le châssis raclèrent la végétation éparse en poussant des plaintes stridentes tandis qu'il se frayait un passage jusqu'à la petite mare qui semblait tout droit sortie d'une peinture d'Egerkrans, sombre et sage au milieu de la forêt d'été.

Kenneth se gara aussi près du bord qu'il l'osa, sortit et récupéra dans la voiture ce dont il avait besoin. Ce n'était pas grand-chose. Puis il s'assit au volant, démarra, passa la première et lâcha l'embrayage et le frein à main tout en sortant en douceur. La Volvo roula au pas, se mit à la verticale dès que le sol se déroba sous les roues avant, le moteur capota dès qu'il fut noyé et la voiture coula sans bruit en quelques secondes à peine.

Kenneth se releva le corps irradié d'un sentiment de bonheur. Semblable à celui qu'il avait éprouvé en coulant la Honda, ou dans sa cuisine, ce matin, avant qu'arrive PV.

Ça allait s'arranger. Ils allaient y arriver.

La Volvo disparue, il ne restait plus aucune preuve que Sandra et lui aient eu quoi que ce soit à faire avec tout ça. Il regagna à pied la grand-route. Son plan s'arrêtait là. Comment partir d'ici et regagner Haparanda ? Il sortit son téléphone de sa poche.

"J'ai le fric. Il faut que tu viennes me chercher, dit-il quand son ancien pote répondit.

— Tu ne peux pas passer ?

— Non, si tu veux le pognon, il faut venir me chercher.

— Tu es chez toi ?

— Non…"

Kenneth se livra à un rapide calcul. Il ne voulait pas mentionner la mine, ne voulait pas qu'on puisse en déduire où était la voiture. Il faudrait une bonne heure à PV pour monter jusqu'ici, il avait le temps de marcher jusqu'à Koutojärvi.

"Comment tu as atterri là ? commença par demander PV en récupérant Kenneth une heure pile plus tard à l'unique carrefour du village.

— Mon acheteur m'a déposé là."

Kenneth vit qu'il ne le croyait pas, mais ça n'avait pas d'importance. Si PV croyait que c'était ici qu'ils avaient caché le butin trouvé dans la Honda, il pouvait revenir chercher dans le coin si ça lui chantait. Il ne trouverait jamais rien. Ni la voiture. Kenneth était content de constater que ses larmes de la matinée étaient loin, remplacées par la colère et le mépris. Il ouvrit la fermeture éclair de son sac à dos et en montra le contenu.

"Des euros ? dit PV dès qu'il vit l'argent.

— J'ai vendu à un Finlandais", répondit Kenneth d'une voix ferme. Il s'attendait à la réaction de PV. Avait préparé un mensonge. Ce n'était pas tellement tiré par les cheveux. PV lui-même avait tous ses contacts dans le pays voisin à l'époque où il était actif.

"Qui ça ?

— On s'en fout, non ?"

PV se tut un moment en tambourinant des doigts sur le volant. Il semblait hésiter, mais se décida.

"Il y avait aussi de l'argent dans la voiture ?

— Non."

Trop rapide ? Trop vif ? PV n'avait pas l'air convaincu du tout, mais sembla renoncer à approfondir la question et hocha la tête.

"Il y a dix mille, dit Kenneth.

— C'est trop.

— Je veux une nouvelle voiture.

— Je n'en ai pas à vendre pour le moment.

— Trouve-m'en une."

Son ton était dur. Décidé. Tellement différent de ce matin. PV se tourna vers lui pour la première fois depuis qu'il était monté dans la voiture, il l'avait visiblement remarqué lui aussi. Difficile de le regarder dans les yeux.

"Je comprends que tu sois furieux.

— Bien.

— Je n'aurais jamais fait ça si nous ne…

— Ça ne m'intéresse pas, le coupa Kenneth en réussissant à conserver la dureté de sa voix. Tu peux me trouver une voiture ?"

PV sembla réfléchir. Kenneth vit combien il était fatigué, comprit combien tout cela l'éprouvait. Il voyait, comprenait, mais n'en avait rien à foutre.

"Oui, je peux te trouver une voiture. Juste pour quelque temps, finit-il par lâcher.

— Bien."

Kenneth jeta son sac à dos sur la banquette arrière, se cala au fond du siège et regarda dehors par la fenêtre latérale pour bien marquer que la conversation était terminée. Ils roulèrent en silence, vers Haparanda.

Il avait attendu cinq minutes. Au moins. Silence total au téléphone. Sami regarda l'écran pour vérifier que la ligne n'était pas coupée. Non.

Ils le faisaient juste attendre.

Il continua à marcher le long du fleuve en boutonnant sa veste légère. De l'autre côté de l'eau qui coulait en silence, le clocher de l'église d'Alatornio s'élevait majestueusement au-dessus de la forêt. Plus belle que l'espèce de grange noire qu'ils appelaient église dans cette ville, songea-t-il en s'asseyant sur un des bancs de la promenade au bord de l'eau. Qu'est-ce qui n'était pas plus beau et mieux en Finlande ? Rien. L'état le plus stable du monde, le pays le plus sûr, la population la plus heureuse, un air plus pur, moins de différences de revenus, plus haut niveau d'études, la liste était longue. Même les journaux suédois écrivaient des articles pour souligner que le pays voisin tirait mieux son épingle du jeu dans à peu près tous les domaines.

Sami fut arraché à ses pensées patriotiques par un grésillement dans son téléphone. Il écrasa sa cigarette et se redressa inconsciemment sur son banc.

"What do you want ?" demanda la voix sombre. Pas de salutations, pas d'excuses de l'avoir fait attendre.

C'était malgré tout Valery Zagorny.

Sami travaillait pour lui depuis quelques années. Il avait été contacté quand l'organisation du Russe avait commencé à faire des affaires avec Susia MC et avait besoin de quelqu'un pour les tuyauter sur les saisies à venir, les activités de la concurrence, si la police était sur la piste de quelque chose. Pour contrôler la situation, tout simplement. Ça payait très bien.

Après le massacre de Rovaniemi, Matti Husu, le chef de Susia, et deux de ses hommes les plus proches étaient allés voir Zagorny à Saint-Pétersbourg pour qu'on leur rende leur argent. Après tout, Vadim travaillait pour Valery, ce n'était donc que justice, trouvaient-ils.

Le lendemain, Zagorny avait contacté Sami. Il s'était mis en tête que c'étaient les Finlandais qui avaient fait le coup. Qu'ils avaient tué leurs propres hommes *et* les siens dans la forêt près de Rovaniemi, fait disparaître le corps de Vadim pour pouvoir lui faire porter le chapeau, tout en gardant pour eux la drogue et l'argent. Et à présent, ils voulaient une compensation pour gagner encore trois cent mille euros.

Il y avait beaucoup d'arguments à faire valoir contre la théorie de Zagorny. D'abord, les Finlandais n'avaient pas assez d'ambition. Personne, dans leur organisation, n'était assez entreprenant pour imaginer un plan pareil. Tuer quatre de ses hommes et risquer de déclencher une guerre qu'ils étaient incapables de gagner.

Pour ça, il fallait un cerveau, du cran, une vision.

La bande Susia MC n'était réputée pour aucune de ces qualités.

Ensuite, ils n'auraient jamais osé. Si Zagorny obtenait la moindre preuve que c'était ce qui s'était passé, ils disparaîtraient. Effacés de la surface de la terre. Ainsi que leurs familles et leurs amis.

Sami n'avait soulevé aucune de ces objections, ni le fait que le sniper qu'ils avaient retrouvé mort indiquait décidément que c'était Vadim Tarasov qui avait fait le coup.

Il avait promis de mener l'enquête. De se rapprocher de Susia. De se rencarder.

Quand Sami avait rencontré Matti à l'enterrement et que ce dernier lui avait dit qu'il ne le "trouverait jamais", avant de lui demander de "laisser tomber", il avait cru un instant que Zagorny avait vu juste, que Matti était assez avide et tordu pour avoir essayé de le rouler. Puis les Suédois avaient appelé quand ils avaient trouvé Tarasov dans la forêt du côté d'Haparanda.

Zagorny voulait que Sami participe à l'enquête des Suédois. Il allait aussi envoyer quelqu'un sur place, quelqu'un qui se concentrerait exclusivement sur la mission de retrouver les marchandises et l'argent, mais c'était bien d'avoir également quelqu'un en interne au cas où les policiers d'Haparanda se surpasseraient en retrouvant eux-mêmes ce qui lui appartenait.

Sami avait donc traversé la frontière, communiqué à ses collègues suédois toute l'enquête finlandaise, bien sûr, mais en les informant aussi que Zagorny avait envoyé quelqu'un. Une façon simple de détourner leur attention. Cela pouvait être utile par la suite, s'il était conduit à devoir agir à partir d'informations connues seulement de la police : entrouvrir la possibilité d'une fuite.

“Est-ce que tu as retrouvé ce qui a disparu ? demanda-t-il à Valery en baissant la voix tout en regardant alentour, mais il n'y avait personne à proximité.

— Non, pourquoi ?

— Je me disais, au cas où l'autre que tu as envoyé l'aurait trouvé ?

— Non.”

Rien de plus. Juste un silence compact et inconfortable qui stressait Sami : avait-il bien fait de prendre contact ?

“Des types qui visiblement trafiquaient de la drogue ont été assassinés, alors je me disais que c'était peut-être ton homme, et que tu avais du coup récupéré les trucs, reprit-il avec des explications que Valery ne lui avait pas demandées.

— Non.

— Bon, alors… alors je continue, j'imagine ?”

Silence à nouveau, mais d'une autre sorte. Valery avait raccroché. Sami rangea son téléphone, sortit une nouvelle cigarette et remarqua en l'allumant que ses mains tremblaient un peu. Resta sur le banc au soleil. Essaya de profiter du temps, de l'eau et de la chaleur, mais ne pouvait s'empêcher de se demander si Zagorny avait apprécié son appel, il l'espérait, car s'il y avait bien quelqu'un avec qui il ne voulait pas d'embrouilles, c'était bien lui.

Une fois l'équipe technique arrivée de Luleå, Hannah et Gordon avaient quitté l'appartement de René Fouquier et étaient partis chercher Anton Hellgren. Le flash info à la radio faisait ses gros titres sur les cinq corps trouvés dans les environs d'Haparanda, mais on n'en savait pas beaucoup plus pour l'instant. Quand on passa à une interview téléphonique de l'influenceuse Nancy Q qui se trouvait en ville, Hannah coupa la radio. Elle ne voulait absolument plus entendre parler de la jeune femme, mais avait par ailleurs du mal à comprendre l'intérêt informatif des observations des témoins oculaires. Elles avaient tendance à n'être que des variations sur "affreux", "c'est clair qu'on a eu peur" et "c'est terrible quand ça arrive si près de chez soi". Qu'est-ce que ça apportait de plus à l'auditeur qu'une voix inconnue qui enfonçait des portes ouvertes ?

"Ça va faire du bruit, constata Gordon quand elle eut éteint la radio.

— Oui."

Exactement comme la dernière fois, Hellgren les attendait sur le pas de sa porte quand ils s'approchèrent de la maison. Mêmes, ou en tout cas identiques, pantalon de randonnée et chemise de flanelle. Assurément le même regard hostile sous sa casquette.

"Qu'est-ce que vous voulez ?

— Te parler, répondit Gordon.

— Je suis occupé.

— Il va falloir que ça attende un peu, notre affaire est plus importante.

— C'est toi qui le dis.
— Nous voulons t'interroger dans le cadre d'une enquête pour meurtre, alors oui, je le dis.
— Qui donc s'est fait assassiner ?
— On verra ça au commissariat", dit Gordon en lui indiquant la voiture. Hellgren haussa les épaules, prit sa veste à un portemanteau à l'intérieur et les suivit.

Une dizaine de personnes étaient attroupées avec des portables et des caméras quand ils s'engagèrent dans le garage. Elles les suivirent aussi loin qu'elles le purent en criant des questions, ce qui était absurde, car de toute façon ils n'entendraient rien s'il prenait la fantaisie à quelqu'un dans la voiture de leur répondre.

Apparemment totalement indifférent à cette agitation et à la situation, Hellgren s'assit d'un côté de la table, Hannah et Gordon en face de lui. La plupart des salles d'interrogatoire étaient réputées assez ennuyeuses. Petites et sinistres, souvent sans fenêtres, dans des tons cafardeux mal éclairés. Hannah le remarquait chaque fois qu'on en voyait dans des films ou à la télévision, pour aussitôt se dire que ce n'était rien par rapport à celle de son lieu de travail. C'était comme si quelqu'un, une fois toutes les autres pièces du commissariat aménagées, s'était soudain souvenu qu'il leur fallait aussi une salle d'interrogatoire, avait débarrassé un cagibi au sous-sol, y avait collé un triste papier peint intissé, et basta. C'était exigu, mal aéré, avec un plafond bas propice à la claustrophobie même sans les tuyauteries qui le traversaient en long et en large. Une simple table de cuisine en mélaminé blanc et quatre chaises en plastique sur pieds métalliques, le tout fixé au sol pour ne pas pouvoir être utilisé comme objet contondant. Pas de miroir sans tain, pas de matériel d'enregistrement à demeure, rien que des murs gris et nus, deux portes, le simple mobilier éclairé par la lumière froide et brutale de deux néons qui sifflaient au plafond. On avait l'impression que si on nous laissait seuls assez longtemps dans cette pièce, on serait prêt à avouer n'importe quoi, rien que pour pouvoir en sortir.

Hannah détestait ça.

Gordon posa son portable sur la table, lança l'enregistrement, indiqua les personnes présentes dans la salle et l'heure qu'il était. Hannah sortit un bloc, prête à prendre des notes. En devenant chef, Gordon avait institué le fait d'enregistrer et de noter tous les interrogatoires, afin de minimiser le risque qu'une personne mise en examen puisse arguer d'un défaut de protocole lors d'un éventuel procès.

"Peux-tu nous parler de ta relation avec René Fouquier ?"

Hellgren ne répondit pas, se contenta de soutenir calmement le regard de Gordon avec ses yeux bleu glace.

"Nous savons que vous vous connaissez, reprit Gordon. Nous l'avons vu chez toi.

— Nous nous connaissons.

— Comment ?

— Comment ? Nous sommes des connaissances, c'est comme ça qu'on se connaît, non ?

— Comment vous êtes-vous rencontrés ?

— Des amis communs.

— Peux-tu nous donner leurs noms ?" demanda Hannah.

Hellgren fit mine de réfléchir, mais secoua ensuite lentement la tête.

"Désolé, je ne me rappelle pas.

— Que venait-il faire chez toi ?

— Dire bonjour.

— Dans quel but ?

— Pour dire bonjour."

Hannah aurait juré avoir aperçu un petit sourire satisfait chez Hellgren, qui s'amusait visiblement de répondre aux questions sans rien répondre.

"Nous avons des raisons de croire que vous vous êtes livrés ensemble à des actes criminels, continua Gordon sans se laisser provoquer.

— De quel type d'actes s'agirait-il ?

— Trafic de drogue, peut-être meurtre en ce qui te concerne.

— Qu'est-ce qui vous fait croire ça ? demanda Hellgren en apparence sincèrement curieux.

— Sais-tu si René prévoyait de rencontrer une ou plusieurs

personnes aujourd'hui ? demanda Gordon en ignorant sa question.

— Non.

— Entendu quelque chose au sujet des personnes avec qui il faisait des affaires ?

— Est-ce qu'il ne serait pas plus simple de le lui demander directement ?" proposa Hellgren d'un ton sec et avec un coup d'œil à sa montre qui indiquaient qu'il s'était déjà lassé de l'interrogatoire.

"René Fouquier est mort, dit froidement Gordon. Lui et quatre autres ont été assassinés ce matin. C'est la raison pour laquelle nous souhaitons t'entendre en lien avec une enquête pour meurtre."

Un instant, on n'entendit plus que le sifflement des néons et le gargouillis des tuyauteries au plafond, le temps pour Hellgren d'assimiler cette information nouvelle. Il se redressa sur son siège inconfortable.

"Je ne suis au courant de rien, dit-il alors distinctement.

— Même pas *pourquoi* ils ont été tués ?

— Pourquoi je saurais ça ?

— Peux-tu nous parler de ta relation avec René Fouquier ?" répéta Gordon. Hellgren ne répondit pas tout de suite. Hannah pensa déceler une fébrile activité cérébrale derrière ses yeux bleus.

"Nous nous connaissions, finit-il avec un petit haussement d'épaules. C'est tout.

— Tu savais ce qu'il faisait dans la vie ?

— Il bossait chez Max et faisait des études, je crois.

— Donc ce jeune homme, avec qui tu n'avais au fond rien en commun, venait de temps en temps te voir juste comme ça… pour dire bonjour ?"

Impossible de ne pas voir que Gordon n'y croyait pas une seule seconde. Il se cala en arrière, réfléchit. Hannah pensait savoir ce qu'il allait finir par décider – que le moment de vérité était venu – mais lui en laissa la primeur. Toujours pensif, Gordon se leva et se mit à aller et venir autant que le permettaient les dimensions de la salle.

"Tu as entendu parler du Russe renversé par une voiture du côté de Vitvattnet ? Dans sa voiture, il avait pour trente millions d'amphétamines, qui se sont envolées dans la nature. Nous savons que René Fouquier faisait du trafic de drogue, mais nous ne savons pas qui a renversé le Russe et pris sa dope. Alors on se disait, comme ça, est-ce que ça ne pourrait pas être toi, Anton ?

— C'était pour ça que René était chez toi ? Pour acheter ? compléta Hannah.

— Pourquoi pensez-vous que c'était moi ? demanda Hellgren.

— Je ne sais pas. Pourquoi pas ? sourit Gordon. Mais si tu nous disais ce que René faisait chez toi, nous pourrions dans le meilleur des cas te mettre totalement hors de cause."

Hellgren resta silencieux, le regard fixé au mur en face de lui. Quoi qu'il dise à présent, Hannah était certaine que ce ne serait pas la vérité.

"On faisait des affaires ensemble, dit Hellgren après un temps de réflexion. Mais pas de la drogue.

— Quel genre d'affaires, alors ?

— Il m'achetait des fourrures, de la viande, de la corne, et revendait.

— À qui ?

— Je ne sais pas, je ne lui ai pas demandé. Tout ce que je lui vendais était tout à fait légal.

— Pourquoi ne pas nous l'avoir dit spontanément ?"

Hannah pensait déjà connaître la réponse. Hellgren était décidément un de ceux qui, en ville, considéraient que la police était l'ennemi. Elle le vit hésiter, puis se décider à continuer :

"Je n'ai pas de reçus, aucun papier. Tout était au noir.

— Ah bon, donc tout n'était pas tout à fait légal, constata Hannah.

— Ce que je lui vendais était légal, c'était ce que je voulais dire."

Hannah nota. Il y avait quelque chose qui ne collait pas. Pendant toutes les années qu'elle avait eu affaire à Anton Hellgren, il n'avait jamais reconnu le moindre délit. Il n'avait qu'une seule raison de le faire aujourd'hui : cacher quelque chose de plus grave.

On frappa à l'une des deux portes et Roger glissa la tête, plus semblable que jamais au personnage de la famille Adams du fait de la faible hauteur sous plafond.

"Gordon… dit-il de sa voix de basse profonde avec un signe de tête vers le couloir.

— Nous faisons une petite pause", dit Gordon en coupant l'enregistrement avant de quitter la pièce. Hannah posa son stylo, se pencha en arrière en observant Hellgren qui se tenait droit, les avant-bras sur la table et le regard fixé sur le mur en face. S'il était inquiet des suites de son aveu, il ne le montrait pas.

"Tu n'as qu'à t'en prendre à toi-même si tu es mêlé à tout ça", dit-elle après s'être tue un moment. Hellgren lui adressa un regard las. "Si tu n'avais pas empoisonné ces loups…

— Quels loups ?

— Tu savais qu'ils étaient dans le secteur ou tu les as vus par hasard ?"

Avant qu'Hellgren ait le temps de répondre, pour autant qu'il en ait eu l'intention, Gordon revint, une petite liasse de documents à la main. Principalement des photos imprimées, à ce que vit Hannah quand il s'assit. Gordon ressortit son téléphone, relança l'enregistrement et le posa sur la table. Indiqua l'heure où l'interrogatoire reprenait, avant de se pencher en avant et d'étaler les photos sur la table devant Hellgren.

"Nous avons juste commencé à perquisitionner chez toi…"

Hellgren regarda les images, laissa échapper un profond soupir et s'affaissa sur sa chaise.

"VOILÀ OÙ ON EN EST", commença X dès qu'il eut franchi la porte, après avoir fait le point avec les renforts venus de Luleå et d'Umeå et les avoir renvoyés chez eux. Il n'y avait aucune raison que tout le monde soit au courant de tous les détails de l'enquête en cours, surtout avec l'emballement médiatique suscité par l'affaire : seul le personnel "ordinaire" de la police d'Haparanda, ainsi que Sami Ritola, étaient rassemblés dans la salle de réunion.

"Umeå nous envoie autant de renforts que nous en avons besoin, des techniciens supplémentaires travaillent dans le chalet du massacre et dans l'appartement de Fouquier, l'institut médicolégal a battu le rappel et travaille pour nous vingt-quatre heures sur vingt-quatre. L'Agence opérationnelle nationale reste en stand-by si nous avons besoin d'eux. Je conserve le commandement", compléta-t-il en s'asseyant.

Tous les participants à la réunion hochèrent la tête. Rien de vraiment étonnant. Le manque de personnel, problème récurrent dans tout le pays, était généralement compensé, du moins à court terme, lors d'événements de cet acabit. X regarda dans son carnet et se tourna vers Gordon.

"Anton Hellgren, où en est-on avec lui ?

— Nous le tenons pour braconnage, dit Gordon. On a trouvé des peaux de bêtes, des œufs et un certain nombre de pièges interdits, et il a reconnu vendre à Fouquier.

— Il avait chez lui trois œufs de rapaces, glissa Hannah. Il a probablement revendu le reste.

— Bien, mais le reste, justement ?

— Aucun lien avec Tarasov et la Honda, rien qu'on ait trouvé, en tout cas, dit Gordon avec un petit mouvement déçu de la tête. Nous avons fait venir un chien des douanes, aucun signe qu'il y ait eu des drogues chez lui."

Se trompait-il, ou avait-on entendu un léger soupir de déception venant de Ritola, assis sous le logo de la police, avec Morgan à côté de lui qui lui traduisait à voix basse ?

"Aucun dégât sur aucun de ses véhicules, et aucun de ceux qu'il a déclarés ne manque, termina Hannah.

— Il n'est pas suspect principal tant qu'on ne trouve pas éventuellement quelque chose qui pointe à nouveau vers lui, constata rapidement X avant de se tourner vers les autres. Et le numéro de téléphone trouvé par Hannah et Gordon, qu'en est-il ?"

Ludwig se racla la gorge tout en se plongeant dans les papiers qu'il avait devant lui.

"C'est celui d'une carte prépayée opérée par TELE2. Je leur ai demandé de trouver dans quel magasin ce numéro précis a été vendu, au cas où la personne qui l'a achetée aurait payé par carte bancaire.

— Ce qui est assez peu probable, marmonna P-O assez fort pour que tous puissent l'entendre.

— C'est un nouveau numéro, il n'est apparu dans aucune enquête jusqu'à présent, continua Ludwig en ignorant le commentaire. Il a été activé le jour où nous avons identifié Tarasov, ce qui plaide peut-être d'une façon ou d'une autre pour un lien entre les deux.

— Étape suivante ? demanda X en notant.

— Comme je disais, on essaie de retrouver le magasin qui a vendu cette carte téléphonique, et par ailleurs on trace le numéro, mais le portable est actuellement éteint ou détruit. Connecté à aucune antenne, en tout cas."

Un petit haussement d'épaules indiqua que c'était tout ce qu'il avait, et P-O prit le relais.

"Nancy Q, de son vrai nom Ellinor Nordgren, et sa troupe n'ont vu personne sur les lieux, n'ont croisé aucune voiture, rien.

— S'ils ont vu quelque chose, on l'apprendra dans le journal", dit Morgan, amer.

C'était probablement vrai. Nancy avait bénéficié d'une exposition médiatique maximale. On avait établi que son premier coup de téléphone avait été adressé à *Aftonbladet*, mais la presse du soir n'était pas la seule, tous les médias avaient abordé cette tragédie sous l'angle de "l'influenceuse au cœur du drame". Sans doute parce qu'il n'y avait pas grand-chose d'autre à en dire. La police n'avait pas encore fait de déclaration officielle et Nancy pouvait leur indiquer la position des corps, le type de blessures, comment ils semblaient être morts, le tout d'une voix tremblante et les yeux pleins de larmes, comme si c'était elle la principale victime, obligée de voir toutes ces horreurs. La chose n'avait cependant pas l'air d'avoir été un traumatisme aussi affreux. Le contenu de leurs téléphones saisis montrait qu'ils avaient passé un bon moment à visiter les lieux en faisant des photos et en filmant avant de se décider à appeler la police. Alexander n'avait pas encore décidé s'il y aurait des suites à donner à leur comportement, et si oui lesquelles.

Ce serait une question ultérieure.

"Je sais que la journée a été longue, continua-t-il en regardant ses collègues qui tous, sauf peut-être Sami Ritola, semblaient plus ou moins éprouvés par les événements du jour. Mais nous voilà avec cinq meurtres sur les bras, que nous supposons liés à Vadim Tarasov et à la drogue, étant donné ce que nous savons des activités de René Fouquier… Qu'en pensons-nous ? La parole est libre. Tout ce qui vous passe par la tête."

Personne ne semblait vouloir attaquer, jusqu'à ce que Morgan prenne la parole pour indiquer que les cinq victimes de la maison abandonnée avaient été identifiées, qu'on avait prévenu et brièvement interrogé leurs proches. Une des victimes avait un casier : vols de voitures et violences au premier degré. Deux n'avaient pas de permis de conduire, ce qui en soi ne voulait pas dire qu'ils ne pouvaient pas conduire de voiture. René et les deux autres possédaient chacun un véhicule, mais aucun d'eux ne présentait de dégâts.

"D'après ce que nous avons pu reconstituer jusqu'à présent à partir de leurs portables, aucun d'eux n'a renversé et tué Tarasov, dit Morgan en conclusion de son petit exposé.

— Ils peuvent avoir utilisé des burners, glissa P-O.
— Certes, mais comme on a trouvé dans leurs téléphones beaucoup de choses en rapport avec le trafic de drogue, cela ne semble pas être le cas.
— Pensons-nous qu'ils étaient là pour vendre, ou pour acheter ? lança Max.
— Pourquoi René aurait-il vendu à quelqu'un ? demanda P-O. Il avait plutôt intérêt à fourguer la dope à ses clients, pour autant que ce soit lui qui ait mis la main dessus.
— Rien ne semble l'indiquer, glissa Morgan. Qu'il ait mis la main dessus.
— Pour acheter, alors, continua Max. À qui, dans ce cas ?
— Et quelle est la probabilité pour que Tarasov ait été écrasé par quelqu'un qui connaissait en plus les activités de René ? demanda Hannah. Même nous, nous n'étions pas au courant.
— S'ils étaient acheteurs, pourquoi les assassiner ?
— Sami, tu nous as dit que Zagorny allait envoyer quelqu'un, dit Gordon en se tournant vers son collègue finlandais en bout de table. Est-ce que ça pourrait être son œuvre ?
— Absolument.
— Qui peut-il avoir envoyé ? Qui cherchons-nous ? As-tu la moindre idée ?
— Non. Je peux me renseigner, mais n'espérez pas trop."
Aucun risque, songea Alexander en regardant son collègue, qui se balançait à nouveau, nonchalamment calé au fond de son siège avec cet énervant cure-dents fiché au coin des lèvres, sans rien leur apporter de concret.
"Qu'est-ce que tu fais encore là ? lâcha-t-il en réalisant aussitôt que son irritation lui avait fait exprimer tout haut ce qu'il aurait dû garder pour lui.
— Pas pressé de rentrer. J'ai rencontré une fille, hier… répondit Sami avec un léger haussement d'épaules, en apparence complètement indifférent à l'hostilité explicite de la question.
— Donc René et ses types vont là-bas pour acheter, les Russes débarquent en plein deal, tuent tout le monde et se barrent, tenta Ludwig, comme pour recentrer le débat.
— Comment les Russes savaient-ils où ils étaient ? demanda Gordon.

— Et s'ils le savaient, où sont passés les vendeurs ? Tous ceux que nous avons trouvés peuvent être liés à Fouquier, glissa Morgan.

— Question idiote, mais sommes-nous sûrs que les trucs ne sont pas restés dans la Honda ? demanda Max.

— Nous ne l'avons pas encore renflouée, mais les plongeurs assurent qu'elle est vide", répondit Gordon.

Un bref silence se fit. X supposa que tous pensaient dans les mêmes termes : tant de variables, tant de possibilités et tant de choses qu'ils ignoraient. À vrai dire, ils ne savaient rien.

"Si c'était mon enquête, dit Sami en jetant un coup d'œil à X, de l'autre côté de la table. Ce n'est pas le cas, mais si… je recommencerais à ratisser large, en partant de l'hypothèse que la drogue et l'argent sont toujours dans le coin.

— Pourquoi ?

— Parce que nous ne savons pas ce qui s'est passé, là-bas. Ni qui, ni quoi, ni pourquoi, et nous n'avons aucune façon sérieuse d'associer les Russes à ce massacre."

La discussion se poursuivit encore quelques minutes, mais quand elle se mit à tourner en rond, Alexander demanda le silence et résuma :

"Priorité numéro un, les cinq personnes assassinées, mais nous continuons à rechercher la drogue et l'argent, en supposant qu'ils sont toujours dans le coin."

Il vit le hochement de tête satisfait de Sami, puis clôtura la réunion en invitant chacun à rentrer et à essayer de dormir.

Quant à lui, il resta encore à trier, dans tout ça, ce qu'il allait lâcher à la conférence de presse qu'il était obligé de donner. Personne n'avait fait le lien entre les événements du jour et le corps qu'ils avaient retrouvé en forêt, ni avec les sept morts de Rovaniemi. Pas encore. Mais ce n'était sans doute qu'une question de temps.

Ce n'est qu'une fois revenue à son bureau qu'Hannah sentit combien elle était fatiguée. Rien d'étonnant, un coup d'œil à sa montre lui indiqua qu'elle était sur le pont depuis bientôt seize heures. Tout en étouffant un bâillement, elle prit un des feutres soigneusement alignés au bord du bureau et s'approcha du tableau d'affichage sur le mur où la photo de René Fouquier était encore accrochée. Elle entoura sur la carte la même zone qu'au moment du déjeuner avec Thomas et recula d'un pas.

"Qu'est-ce que c'est, ça ?"

Hannah se retourna. Gordon était sur le pas de la porte, avec son léger blouson d'été, prêt à partir.

"Maintenant que nous avons plus de monde, et que nous supposons que tout est peut-être encore dans le secteur, je pense que c'est là que nous devrions chercher, répondit-elle en indiquant la carte.

— Parce que ?

— L'accident, la Honda dans le lac, la connaissance des petites routes et des lieux pouvant servir de décharge. Commençons par là, avant d'élargir."

Gordon approuva de la tête. Elle retourna à son bureau, prit son blouson, allait l'enfiler pour l'accompagner vers la sortie quand la chaleur l'envahit sans crier gare.

"Merde !"

Une journée entière sans avoir rien senti. Elle avait eu chaud après le sexe avec Gordon, mais c'était à cause du sexe avec Gordon, pas de la ménopause. Un moment, elle s'était laissée aller à espérer le luxe d'un jour ou deux sans bouffées de chaleur, mais non bien sûr. Elle sentit qu'elle devenait écarlate, la sueur se mit à perler dans son dos, sur son visage et entre les seins. Elle sortit une boîte de mouchoirs en papier du premier tiroir de son bureau.

"Bouffée de chaleur ?

— De quoi j'ai l'air ?

— D'avoir couru un semi-marathon."

Elle n'avait même pas le courage de sourire. Elle s'essuya le visage et le cou, jeta le mouchoir à la poubelle, en sortit un neuf.

"Tu es en voiture ? demanda Gordon.

— Non, pourquoi ?

— Il y a des journalistes partout, ils risquent de te suivre un moment si tu rentres à pied."

Hannah se contenta de soupirer. Regarda sa montre. Allait-elle téléphoner à Thomas pour lui demander de venir la chercher ? Il était tard, mais elle ne pensait pas qu'il dorme déjà. Elle espérait qu'il ne dorme pas, elle aurait voulu continuer la conversation commencée à l'heure du déjeuner.

"Je peux te raccompagner, si tu veux.

— Super. Merci."

Tout en éteignant la lumière, elle attrapa le col de son chemisier qu'elle agita pour y ventiler un peu d'air frais, et ils descendirent ensemble jusqu'à la sortie.

Dès qu'ils franchirent la porte, ils furent encerclés. Gordon répondit poliment qu'ils n'avaient rien à déclarer et qu'Alexander Erixon convoquerait une conférence de presse plus tard dans la soirée ou tôt demain matin, tout en se dirigeant vers sa voiture. Hannah resta silencieuse, se contentant de fusiller du regard ceux qui la collaient de trop près à son goût. Ils parvinrent à la voiture, montèrent à bord, réussirent à sortir en marche arrière et à partir sans écraser personne.

Une fois sur Köpmansgatan, ils virent un attroupement sur la partie de la grande place la plus proche de l'Hôtel Central et de la Maison communale. Hannah l'estima à une cinquantaine de personnes par groupes plus ou moins importants, plusieurs se serraient dans les bras, quelques-unes pleuraient. Un certain nombre de lumignons avaient été allumés, sans grand effet dans la nuit claire. Des fleurs jonchaient le sol ou étaient appuyées contre le muret, mêlées à quelques peluches, à des cartes manuscrites ou décorées et des photos plastifiées.

"Est-ce qu'on a publié les noms des victimes ? demanda Hannah en voyant qu'il s'agissait de photos de jeunes hommes.

— X est en train de le faire, mais c'est visiblement déjà sur les réseaux sociaux."

Quelques minutes plus tard, Gordon se gara devant le pavillon de Björnholmsgatan. Hannah jeta un coup d'œil vers la maison. Pas de lumière. Une seule de leurs deux voitures dans l'allée. Thomas n'était pas à la maison. Gordon n'avait pas besoin de le savoir.

"Merci de m'avoir ramenée.

— Ce n'était pas grand-chose."

Elle défit sa ceinture et eut un instant envie de le serrer rapidement dans ses bras ou de l'embrasser sur la joue, mais s'abstint.

"Salut, à demain", dit-elle avant de claquer la portière. Elle le regarda repartir, traversa la rue et alla regarder dans la boîte aux lettres. Vide. Soit ils n'avaient reçu aucun courrier, soit Thomas était rentré dans l'après-midi et l'avait récupéré. Elle entra sur le terrain, remarqua que la pelouse avait besoin d'être tondue, malgré la sécheresse.

Elle avait commencé quelque chose aujourd'hui. Qui ne lui ressemblait pas, qui n'était pas dans ses habitudes. Thomas était celui qui prenait l'initiative, qui parlait, pas beaucoup, mais plus qu'elle, quand il le fallait. Mais pas maintenant, pas depuis longtemps, pas quand il s'agissait de ça.

Et "ça", de quoi s'agissait-il ?

Elle réalisa qu'il fallait qu'elle en ait le cœur net. Ce regard par-dessus la table au déjeuner. Son poids. Sa gravité. Il l'avait effrayée, lui interdisait de continuer à faire l'autruche.

Plutôt savoir que deviner, imaginer le pire.

Elle alla chercher les clés de la voiture. Ne se donna pas la peine de l'appeler ou de vérifier dans la chambre s'il était couché. Elle savait qu'il n'était pas là. Ne savait pas où, mais il y avait en tout cas un ou deux endroits où elle pouvait le chercher.

Quelques semaines après la date qu'elle avait choisie pour son dix-huitième anniversaire, Dyadya était venu la voir pour lui dire qu'il fallait qu'elle les quitte. Elle était prête. Le moment était venu de commencer à prendre des missions.

Mais d'abord, il avait une surprise pour elle.

Ils avaient pris la voiture. Dyadya conduisait. Loin, longtemps. Retour à la maison. Elle avait beau ne pas avoir consacré une seule pensée depuis dix ans à ce lieu et à ces gens, elle avait immédiatement reconnu l'endroit. Remarqué sa respiration devenue plus lourde. Son pouls plus rapide. Elle s'était concentrée pour le contrôler, refouler l'angoisse. Avec succès. Calme et mesurée, elle avait regardé par la portière quand Dyadya s'était arrêté.

"Que fait-on ici ?

— Que *veux-tu* faire ici ?"

Elle s'était tournée vers lui, interloquée. Ce qu'elle voulait, ce que quiconque d'entre eux voulait était secondaire, sans importance.

"C'est le cadeau pour ton diplôme."

Katya regarda à nouveau par la portière l'homme sur la pelouse, en contrebas, devant la maison blanche au pied de la pente. Dix ans de plus mais égal à lui-même. Tatyana n'existait plus, mais Katya se rappelait encore ce qu'il lui avait fait.

Elle était descendue de voiture et Dyadya était reparti.

L'homme sur la pelouse avait levé les yeux vers la voiture qui démarrait, puis vers elle. Rien qui montre qu'il l'ait reconnue. Elle était restée là, imaginant qu'elle descendait lentement la pente, traversait la rue, entrait sur le terrain et le rejoignait. Puis, s'assurait qu'il comprenne qui elle était avant de lui enfoncer sans trop d'efforts l'os du nez dans le cerveau.

Ou lui tranchait l'artère fémorale d'un coup rapide et le regardait, impuissant, se vider de son sang sur la pelouse.

Ou lui écrasait la pomme d'Adam et restait penchée sur lui pendant qu'il étouffait lentement.

Elle n'allait rien faire de tout ça.

C'était le milieu de la journée, elle ne savait rien des environs, des voisins, de qui se trouvait dans la maison. Les préparatifs et la patience étaient la clé du succès. Il ne fallait jamais laisser les émotions prendre le dessus.

Avec un petit sourire satisfait, elle disparut au bout de la rue.

Deux semaines plus tard, on l'avait retrouvé dans le fleuve. Sous l'emprise de l'alcool, au cours d'une partie de pêche, il s'était pris dans la chaîne de son ancre, était tombé par-dessus bord et s'était noyé.

Un malheur arrive rarement seul : un mois plus tard, sa femme était morte quand la rupture d'un câble électrique avait envoyé du courant dans sa cuisinière et son évier. Katya était mêlée à d'autres curieux quand l'ambulance était venue la chercher. En la voyant repartir sans sirène ni gyrophare, elle s'était éloignée en sortant son téléphone. Un quart d'heure plus tard, Dyadya était passé la récupérer.

Et voilà qu'il se tenait à la fenêtre de sa chambre, l'homme qui lui avait offert la vengeance, offert une vie nouvelle. Flanqué des rideaux à fleurs rouges, il regardait le petit attroupement en contrebas tout en sirotant sa boisson chaude. Katya l'observait en silence assise sur un des fauteuils, attendait qu'il prenne l'initiative.

Dyadya.

Il avait frappé à sa porte, était entré quand elle lui avait ouvert, avait demandé poliment comment elle allait, inspecté sa chambre, exprimé ses compliments et demandé si elle pouvait lui faire une tasse de thé. Katya ne lui avait pas demandé ce qu'il faisait là, certaine qu'il le lui dirait bien assez tôt. Et puis elle se doutait bien en gros de quoi il s'agissait.

"Cinq morts, alors ? dit-il en russe, le regard toujours fixé par la fenêtre.

— Oui.

— Et tu as ce pour quoi tu es venue ici ?"

Katya hésita un instant, certaine qu'il connaissait déjà la réponse, mais c'était dur de le dire tout haut, de le décevoir.

"Non, pas encore.

— Mais tu approches."

À nouveau, elle mit quelques secondes à répondre. Un mensonge rendrait le reste de la conversation plus facile, la terminerait plus vite, mais il était la seule personne au monde à qui elle n'aurait même pas pu imaginer mentir.

"Pas vraiment", avoua-t-elle à voix basse.

Dyadya but une gorgée de son earl grey et, après un dernier regard à la foule endeuillée sur la place, il se tourna vers elle pour la première fois depuis qu'elle lui avait donné son thé.

"Et donc pourquoi sont-ils morts ?

— Ils en savaient trop.

— Sur quoi ?

— Sur tout. Sur moi. Ils m'ont attaquée.

— Ils t'ont attaquée ? Dans cette maison ? Que faisais-tu là-bas ?"

Pour un observateur extérieur, cela aurait ressemblé à une marque d'intérêt polie au fil de la conversation, mais Katya savait qu'elle subissait un interrogatoire. Une fois de plus, la tentation fugace de mentir lui traversa l'esprit, et une fois de plus elle la réfréna. Ceux qui mentaient pour sauver leur peau ou apparaître sous un jour flatteur n'étaient pas dignes de confiance, et l'organisation pour laquelle elle travaillait était basée sur la confiance.

"Ils ont réussi à m'enlever", dit-elle tout bas. Elle se força à croiser son regard, le vit soulever les sourcils d'étonnement, feint ou réel, elle n'aurait pas su dire.

"Donc, ils sont morts à cause de ta négligence.

— Pardon."

Dyadya hocha tout seul la tête en silence avant de se tourner à nouveau vers la fenêtre, vers les gens sur la place.

“Ça ne va pas être plus difficile, désormais ? La police en alerte et la ville pleine de journalistes. On a l’impression que tous les regards sont tournés par ici.”

À tout autre que Dyadya, elle aurait dit que la mission était déjà assez difficile comme ça, à la limite de l’impossible, en fait. Ils l’avaient envoyée en Suède pour retrouver trois sacs que n’importe qui pouvait avoir pris et emportés n’importe où. Avec une semaine d’avance, ils pouvaient se trouver de l’autre côté de la planète à l’heure qu’il était.

“Je vais y arriver, dit-elle plutôt, contente que sa voix porte.

— J’y compte bien, c’est Valery qui s’impatiente un peu.

— Ça ne fait que quelques jours.”

Dyadya ne répondit pas, se contenta d’un petit sourire. Cela sonnait-il trop comme une excuse ? Les excuses, elle avait très tôt appris à y renoncer.

“Je sais, je sais.”

Il posa sa tasse sur le bureau, gagna le petit vestibule et décrocha son léger chapeau pork pie du portemanteau où il l’avait pendu en arrivant. Katya se leva. Il allait partir, sa courte visite était terminée. Il fallait qu’elle en ait le cœur net.

“Pourquoi es-tu venu, en fait ?

— Je voulais juste m’assurer que tu allais bien. Que tu avais la situation en main.”

Sans autres adieux, il quitta la chambre. Une fois la porte refermée, Katya alla la verrouiller et retourna dans le fauteuil. Absolument pas la réponse qu’elle aurait voulue. Jusqu’alors, cette visite avait été une discrète mais explicite démonstration de déception. Elle avait espéré qu’il l’achèverait par l’annonce d’informations nouvelles susceptibles de l’aider, que c’était là la raison de sa venue. Ou au pire qu’un de ses collègues allait venir lui prêter main-forte.

Une réprimande en douceur. Assortie d’une certaine dose d’humiliation.

Pendant toutes les années qu’elle avait travaillé pour Dyadya, il n’avait jamais trouvé nécessaire de s’assurer qu’elle avait la situation en main ni qu’elle allait bien. Cette fois-ci non plus, ce n'était pas pour ça. Cette courte visite était un rappel et un avertissement. Elle avait une mission à accomplir, et pour le moment, elle semblait en train d'échouer.

Dyadya ne permettait pas les échecs.

Il avait fini par s'endormir.

Sandra, elle, restait éveillée au lit, voyait ses précieuses heures de repos s'en aller une à une et sentait son irritation et sa colère croître à mesure que les aiguilles du réveil se rapprochaient du petit matin. Ce n'était pas du tout ce qui était prévu. À partir de maintenant, tout était censé être simple. Relativement simple, en tout cas. Ils avaient tué un homme – *Kenneth* avait tué un homme, se corrigea-t-elle –, impossible d'y échapper. Ce qu'ils avaient fait ensuite était immoral, contraire à l'éthique, mal à tous les points de vue, mais elle trouvait étonnamment facile de vivre avec. Le fait était qu'elle ne pensait presque plus à cette soirée, ni à l'homme dans la forêt. Le souvenir de ce qui s'était passé devenait chaque jour un peu plus flou, se réduisait à une sensation désagréable indéfinie qui peu à peu disparaîtrait complètement.

Tout allait s'arranger. Tout irait beaucoup mieux.

À la pause déjeuner, elle était descendue en ville faire du lèche-vitrine, s'était fait une liste de belles choses, tout excitée à l'idée qu'il ne faudrait pas longtemps pour que ses désirs se réalisent. Trois ans. Sauf qu'aujourd'hui, elle s'était mise à caresser l'idée que deux ans, deux ans et demi suffiraient peut-être. Dans Storgatan, elle s'était arrêtée devant un des salons de manucure. Elle ne s'était jamais fait faire les ongles. C'était la définition même de l'argent jeté par la fenêtre. Mais rongés et fendus qu'ils étaient, avec leurs cuticules abîmées, ils avaient bien besoin de soin et d'amour. Qu'ils auraient. Mais pas tout de suite.

En se tournant pour continuer, elle était plus ou moins entrée en collision avec Frida. Frida Aho, comme elle s'appelait depuis quelques années, depuis son mariage avec Harri Aho, propriétaire de deux des principaux magasins de tabac à chiquer en ville. Parfois, quand les journaux du soir faisaient leurs gros titres sur le thème "les plus gros revenus dans ta commune", Harri Aho était toujours sur la liste. Tout en haut. Frida avait des centaines de fois plus de followers que Sandra sur Instagram. Elle publiait presque tous les jours.

"Mais salut !" avait-elle fait, tout sourire. Ôtant ses lunettes de soleil, elle avait fait les derniers pas pour la rejoindre. Sandra avait un peu reculé, au cas où Frida se serait mis en tête de tenter une embrassade. "Ça faisait longtemps qu'on ne t'avait pas vue.

— Oui."

Sandra lui avait adressé un bref sourire forcé sans bien savoir où fixer son regard. Frida semblait si naturellement détendue. Des vêtements clairs, neufs et modernes. Des souliers coûteux, une mise en plis, maquillée avec ce qu'il fallait juste où il fallait. Sandra, elle, sans maquillage, avait enfilé un vieux coupe-vent sur son uniforme pénitentiaire. Elle se sentait comme toujours en présence de Frida.

Pauvre, moche, insignifiante.

"Comment ça va ?" avait demandé Frida. Et de continuer en demandant si Sandra travaillait toujours à la maison d'arrêt *(oui)*, comment allait sa maman *(bien)* et si elle était toujours avec, comment, déjà ? Konrad ? *(Kenneth, mais oui.)*

Comme si elles étaient amies. Comme si elle s'en souciait.

Était-ce vraiment possible qu'elle ait oublié ?

Que pendant plusieurs années elle avait saisi toutes les occasions d'être méchante et de l'enfoncer, de se mettre facilement en valeur et de faire rire aux dépens de Sandra.

Toutes les fois où Frida l'avait fait rentrer chez elle en pleurant et en jurant de ne plus jamais retourner à l'école.

Comme la fois où, en troisième, elle lui avait offert devant toute la classe les vêtements que son petit frère n'utilisait plus, puisqu'au moins ils étaient plus neufs que tous ceux qu'elle possédait et qu'ils lui iraient parfaitement, à elle qui n'avait de toute façon pas de poitrine.

Sandra avait répondu, posé à son tour quelques questions, pris quelques nouvelles de connaissances communes, avant que Frida ne disparaisse dans le salon de manucure. Au moins, elle avait eu le bon goût de ne pas mentir effrontément à Sandra en prétendant qu'il "fallait qu'elles se voient" ou qu'elles "devraient organiser quelque chose". Elle avait été de mauvaise humeur le reste de l'après-midi, et ça ne s'était pas arrangé quand elle était rentrée et s'était garée dans sa cour.

"D'où sort cette Mercedes ? avait-elle demandé à peine entrée dans la cuisine où Kenneth mettait la dernière main au dîner, qui devait consister en une platée de pâtes.

— Je l'ai empruntée à PV.

— Où est la Volvo ?

— Je m'en suis débarrassé.

— Où ?

— Un puits de mine à Pallakka."

L'endroit semblait bien choisi. Elle n'y était jamais allée, en avait juste entendu parler, et la Volvo était la dernière chose qui les reliait à la Honda, qui les reliait au Russe. Un pas de plus vers une vie meilleure. Puis elle s'était reprise. C'était malgré tout Kenneth, elle l'aimait, c'était sûr, mais tout ce qu'il faisait n'était pas toujours très réfléchi. Elle l'avait cloué du regard :

"Comment tu y es allé ?

— Je… en roulant avec.

— Tu veux qu'on se fasse pincer ? avait-elle craché, le voyant se tasser un peu sous l'effet de sa voix dure. Bordel, comment tu as pu rouler avec en plein jour ?

— Tu sais…, avait-il commencé – et elle voyait bien qu'il s'attendait à cette question et avait préparé une explication. En fait, c'était plus suspect de rouler vers trois heures du matin. Là, ce n'était qu'une Volvo pourrie de plus en circulation."

Vrai. Elle s'était d'ailleurs fait la même réflexion en attendant dans sa voiture qu'il revienne après avoir coulé la Honda : il est plus facile de se rappeler quelles voitures on a croisées si on n'en croise qu'une ou deux.

“Et puis, c’était ton idée, qu’on s’en débarrasse, avait continué Kenneth, sur la défensive. J’ai juste fait ce que tu voulais.”

Vrai à nouveau. Comme toujours. Tellement empressé à obéir, pour qu’elle soit contente et satisfaite de lui. Comme un chien. Quoi qu’il arrive, elle pouvait être certaine d’une chose : jamais Kenneth ne l’abandonnerait, ne la trahirait ni ne se retournerait contre elle. Elle devrait l’apprécier davantage. Harri Aho trompait sûrement tout le temps Frida et l’avait probablement obligée à signer un contrat de mariage.

“Tu as raison, avait-elle dit avec douceur en allant l’embrasser sur la bouche. Pardon.”

Elle n’avait pu retenir un sourire en le voyant aussi joyeux et soulagé. S’il avait eu une queue, il l’aurait agitée. Elle lui avait donné un autre baiser et s’était assise à la table de la cuisine.

“Comment es-tu rentré ? avait-elle demandé en remplissant d’eau leurs verres.

— J’ai appelé PV, il est venu me chercher à Koutojärvi.

— Puis il t’a prêté une voiture.

— Oui.

— Qu’est-ce que tu lui as dit à propos de la Volvo ?

— Qu’elle était cassée.”

Sandra l’avait regardé se concentrer pour égoutter les pâtes. Il y avait autre chose. Elle le devinait à demi-mot. Quelque chose qu’il ne lui disait pas.

“Il n’a pas voulu y jeter un coup d’œil ? C’est quand même son boulot. Et comment serais-tu arrivé jusqu’à Koutojärvi sans voiture ?”

Un profond soupir pour toute réponse, et elle voyait qu’il fermait les yeux pour empêcher qu’ils ne débordent. Il lui mentait si mal. Il savait qu’elle le savait, c’était sans doute pour ça qu’il n’avait même pas essayé.

Et à présent, elle n’arrivait pas à dormir, à se détendre. Maudit Kenneth. Maudit PV. Et tout le reste. Maudite vie. Pourquoi tout ne pouvait-il pas se passer comme elle le voulait, merde ? Pourquoi tout était-il toujours si difficile ? Il fallait qu’elle tire ça au clair.

Si le pire arrivait.
S'ils se faisaient prendre. Pour une raison quelconque.
Si la police venait.
Y avait-il une chance qu'elle s'en tire ? C'était Kenneth qui avait renversé le Russe, alors qu'avaient-ils contre elle ? Recel de malfaiteur. Vol, probablement. Violation de sépulture. Mais si elle disait que Kenneth l'avait forcée à l'aider puis à garder le silence. L'avait menacée. Avait caché le butin, sans jamais lui dire où. Elle avait eu trop peur pour demander où, pour dire quoi que ce soit. La croiraient-ils ? Douteux. Ceux qui les connaissaient savaient qui décidait et prenait les initiatives dans leur couple.
Thomas savait. Hannah. Et Hannah était dans la police.
Mais elle pourrait convaincre Kenneth de mentir en disant qu'il s'était montré violent, menaçant. Mentir pour elle. Peu importait qu'ils y croient, ils seraient dès lors obligés de démontrer sans doute raisonnable que ce n'était pas vrai. Dans le meilleur des cas, elle en ressortirait libre et lui irait en taule.
Ça ne semblait pas juste.
Dans le meilleur des cas, naturellement, ils s'en sortiraient tous les deux. Mais dans le meilleur des cas, si le pire arrivait, il plongerait pour homicide, ferait quelques années de taule pendant qu'elle partirait avec les sacs d'argent quelque part où personne ne trouverait cette fortune bizarre. Kenneth la rejoindrait à sa libération. Ce n'était pas quelque chose qu'elle souhaitait, bien sûr. Absolument pas. Plusieurs années sans pouvoir être ensemble. C'était le plan B si tout merdait.
Elle se retourna, dégagea sa couette à coups de pied, il faisait chaud dans la chambre, on étouffait, elle se demandait si elle allait seulement réussir à dormir un peu cette nuit. Il ne semblait pas. Un plan B. Elle ne serait pas obligée de veiller comme ça en échafaudant un plan B sans PV.
Le Parrain des Voyous.
Peut-être avait-il commencé à y croire lui-même ? Kenneth lui avait expliqué l'histoire de ces initiales. Quand Dennis avait dix ans, il avait téléphoné pour participer à un de ces jeux radiophoniques : il était tombé sur une question sur le nom des rayons qui permettaient de photographier les os dans le

corps, et répondu la bourde *"Paraviolet"*. Le lendemain, tout le monde s'était mis à l'appeler comme ça, PV, et c'était resté.

Le sale petit merdeux.

Elle ne lui avait rien fait d'autre que d'être sympa avec lui en taule. Kenneth le considérait comme un grand frère. Et il leur avait planté un poignard dans le dos à la première occasion. Malgré ça, Kenneth avait quand même tenté de le défendre. Parlé de la décision de l'Assurance maladie, de Lovis, leurs difficultés, en particulier économiques. Sara s'en fichait comme d'une guigne, qui n'avait pas la vie dure ? On ne poignardait pas pour autant ses frères dans le dos. Elle avait été toute la soirée furieuse contre Kenneth, mais au fond aurait-il pu faire autrement ? Il les avait protégés. De son mieux. De PV. Il lui suffisait d'aiguiller la police dans la bonne direction, ils mordraient à l'hameçon. Chercheraient jusqu'à trouver. Il fallait donc s'assurer qu'il ne les aiguille pas.

C'était assez simple, au fond, se dit-elle quand elle eut trouvé la solution.

Avec un coup d'œil à son petit ami endormi, elle quitta le lit et la chambre en refermant soigneusement la porte derrière elle. Elle ouvrit la trappe des combles, qui protesta sur ses gonds mal graissés, déplia l'échelle du grenier, grimpa et alluma la lampe. Le grenier était relativement vide, ils n'avaient pas grand-chose à mettre au débarras, aussi, quand elle fut en haut, son regard fut aussitôt attiré par une boîte bleue un peu à gauche de l'échelle.

Une PlayStation. Kenneth devait l'avoir achetée. Avec l'argent qu'il était censé ne pas toucher.

La déception la submergea et, d'un coup, elle n'éprouva plus autant de malaise à avoir échafaudé son plan B. Son imprudence mettait tout en danger. Il faudrait vraiment qu'ils en parlent, mais Kenneth était un problème mineur, elle pouvait le gérer, le faire rentrer dans le rang. C'était sur PV qu'elle devait se concentrer. Il constituait une vraie menace et, s'il y avait bien quelque chose qu'elle avait appris de ses années à la maison d'arrêt, c'était de ne jamais céder à la menace. Elle continua à s'avancer dans le grenier et trouva sans difficulté ce qu'elle cherchait. Pour son vingt-cinquième anniversaire,

Thomas avait payé à Kenneth son permis de chasse. Et avec ça un objet dont Sandra ne voulait pas en bas, mais qu'elle saisit et inspecta.

Un vieux fusil de chasse.

Elle raya un autre lieu : Thomas n'était chez aucun de ses collègues. Aucun d'eux ne l'avait vu après qu'il avait quitté le travail à l'horaire habituel cet après-midi.

Hannah ne le voyait pas être allé quelque part prendre une bière. Un tour rapide aurait permis de s'en assurer : il n'y avait pas beaucoup le choix, probablement aucun à cette heure-ci, quand elle y repensait. L'offre de bars et pubs augmentait notablement pendant les mois d'été, quand les touristes trouvaient le chemin de la ville, mais ils étaient encore très peu nombreux, et Thomas sortait rarement. En tout cas pas seul, et vu qu'elle avait parlé à chacun de ses collègues, il ne restait plus personne pour lui tenir compagnie. Il avait un petit cercle de connaissances. Plus grand qu'elle, mais quand même réduit.

L'idée qu'il puisse être avec une autre femme resurgit. Dans ce cas, elle ne le retrouverait pas. Mais rien ne l'indiquait, à part peut-être la distance qu'il lui avait manifestée ces derniers temps. Pas de traces sur ses vêtements ou dans la voiture. Pas de parfum d'une autre. Pas d'achats inexplicables sur leur compte commun. Elle ne savait pas s'il y avait des SMS ou des mails, n'avait pas contrôlé son téléphone ni ses connexions sur l'ordinateur, il ne lui viendrait jamais non plus l'idée de le faire.

Elle envisagea de lui téléphoner, mais choisit de s'abstenir. Il se tenait en retrait, voulait se tenir en retrait, si elle l'appelait il ne lui dirait pas où il était, juste qu'il allait rentrer après, plus tard, bientôt.

Peut-être était-il allé chez Kenneth et Sandra ? Il s'était vraiment engagé auprès de son neveu depuis que sa famille lui avait tourné le dos. Hannah n'avait jamais aimé Stefan ni compris Rita. Ne pas avoir la meilleure relation du monde avec ses enfants était une chose, elle pouvait se mettre à leur place, mais de là à faire plus ou moins comme s'il n'avait jamais existé ? Elle n'avait aucun mal à comprendre que Stefan puisse se comporter ainsi, mais Rita ? Pas question ici de différence homme-femme, juste que Stefan était un pervers narcissique et Rita non.

Sandra travaillait tôt et avait une bonne heure de route chaque matin, elle dormait donc certainement, mais Kenneth était chômeur et pouvait donc veiller tard. Parfois, Hannah se demandait ce qu'il allait devenir. Il n'avait pas travaillé un seul jour depuis sa sortie de prison, pas montré le moindre signe de vouloir reprendre des études ou se former, pris aucune initiative. Sandra traînait un lourd fardeau. Certes, Hannah l'avait toujours sentie pleine de ressources, mais même elle devait avoir sa limite. Combien de temps encore estimerait-elle normal de subvenir seule à leurs besoins ?

Hannah ralentit avant la maison décrépite de Norra Storträsk. Une Mercedes qu'elle ne connaissait pas était garée sur leur terrain : ils avaient peut-être de la visite, même si la maison était plongée dans le noir et qu'aucun mouvement n'y était visible. En tout cas, la voiture de Thomas n'y était pas, aussi ne prit-elle pas la peine d'aller sonner. Elle passa son chemin. Ne restait plus qu'un seul endroit possible. S'il n'y était pas, il lui faudrait abandonner. Rentrer, l'appeler, ou considérer qu'il avait probablement rencontré quelqu'un d'autre. Comment réagirait-elle, en l'apprenant ? Lutterait-elle pour le garder ? Était-ce seulement possible ? Ne l'aurait-il pas dans ce cas quittée parce qu'il s'était lassé et avait trouvé quelqu'un d'autre, quelque chose de mieux ? Quelle était la probabilité qu'ils parviennent à "se retrouver" ? Petite, lui semblait-il. Minime. Cela dépendait bien entendu de la nature de sa relation avec l'autre. Si ce n'était que le sexe, comme entre elle et Gordon, juste quelqu'un qui lui offre une intimité et un corps, alors peut-être. Mais contrairement à lui, c'était justement ce qu'Hannah lui avait proposé. De nombreuses fois. Et elle avait été rejetée. Donc si Thomas avait quelqu'un d'autre, c'était pour quelque chose de plus. Quelque chose d'autre.

À son grand soulagement, elle put refouler toutes ces pensées : la voiture de Thomas était garée près de ce chalet qu'Hannah n'avait jamais aimé. Quand Rita n'avait plus montré d'intérêt pour lui – c'est-à-dire quand Stefan n'avait plus voulu qu'elle le garde –, Hannah avait secrètement espéré qu'ils le vendraient, au lieu de quoi Thomas avait racheté la part de sa sœur. Hannah n'avait jamais rien dit à ce sujet, comprenant combien c'était important pour lui. Elle l'avait accepté, c'était son chalet, pas le leur.

Elle se gara derrière la voiture de Thomas, le vit sortir de la cabane à outils qui jouxtait le chalet avec quelque chose dans les mains. Il s'arrêta, surpris de la voir, pas franchement ravi. Hannah descendit de voiture et se dirigea vers lui, vit en s'approchant du matériel et d'autres outils étalés par terre devant la remise.

“Salut, qu'est-ce que tu fais là ? la salua-t-il quand elle le rejoignit.

— Je te cherche. Je pensais que tu serais à la maison.

— Non, je suis venu ici.

— Je vois ça. Qu'est-ce que tu fabriques ? demanda-t-elle en montrant de la tête les objets sur la pelouse.

— Je fais un peu le tri.

— Pourquoi ?

— Il était temps. J'avais plein de merdes qui ne servent à personne.”

Hannah promena son regard sur les articles de pêche, les outils et le matériel de jardinage. Elle n'était pas venue là depuis longtemps, mais elle pensait se souvenir que certains de ces objets étaient des achats assez récents. Elle ne releva pas, n'était pas venue pour ça.

“Tu n'as pas l'air spécialement content de me voir.

— Mais si.

— Mais si ?”

Hannah alla prendre une des chaises de camping qu'il avait appuyées contre un mur, la déplia et s'y assit. Thomas la suivit du regard en restant planté là, une épuisette et un crochet dans les bras. Hannah se pencha en avant, les bras appuyés sur les genoux, et leva les yeux vers lui.

"Qu'est-ce qui se passe ? Entre nous ?"

Thomas ne répondit pas, poussa juste un profond soupir en levant les yeux vers le ciel orangé. Le silence était total. Pas de voitures, pas de bruits humains, même les oiseaux et les insectes semblaient avoir quitté les lieux pour les laisser tranquilles. Quand Thomas baissa à nouveau les yeux vers elle, la gravité dans son regard la saisit presque physiquement, et l'inquiétude lui serra le ventre. Quand elle comprit qu'il ne luttait pas seulement pour trouver ses mots, mais aussi pour retenir ses larmes, ce fut un choc.

Et soudain, elle sut.

Elle n'aurait pas pu expliquer comment. Mais quand l'idée la traversa, c'était si évident, si clair. Il avait l'intention de la quitter, mais pas pour une autre. Elle regarda les objets épars tandis que son cerveau essayait de suivre et de rendre cette soudaine révélation compréhensible.

"Tout ça, ce sont des choses qui ne nous intéressent pas, ni moi ni les enfants."

Thomas ne répondit pas, il se vida de tout son air dans un long soupir qui sembla le faire se ratatiner. Les larmes commencèrent à couler en silence sur ses joues, dans sa barbe.

"Tu es malade."

Thomas hocha la tête. Épaules tombantes, bras ballants, accessoires de pêche toujours dans une main, comme si toute son énergie ne lui servait qu'à tenir debout.

"Je ne voulais pas que tu l'apprennes comme ça.

— Tu le sais depuis combien de temps ?"

Elle connaissait sans doute la réponse, à bien y réfléchir. Quand avait-elle compris pour la première fois que tout ne collait plus à la maison, quand tout avait-il commencé à ne plus être comme d'habitude entre eux ?

"Un an, environ."

Ça correspondait, c'était alors qu'il avait commencé à se retirer, à garder ses distances.

"Tu en as encore pour combien de temps ?"

Elle entendait les mots sortir de sa bouche mais avait du mal à réaliser qu'ils venaient d'elle, qu'elle était assise sur une chaise de camping, sur la pelouse, et demandait à son mari quand il allait mourir.

"Quelques mois, peut-être, si j'ai de la chance."

Hannah avait peine à respirer. Son cœur lui semblait prêt à exploser. Incapable d'avoir les idées claires, de faire face. Ne savait absolument pas quoi dire, ni quoi éprouver. Tant de sentiments mêlés. Plusieurs qu'elle ne se connaissait même pas.

Que faire ?

Crier, être en colère, pleurer, se sentir trahie, trompée, avoir peur ?

Elle entendit plus qu'elle ne sentit sa respiration devenir plus lourde, sa tête se mit à bourdonner, le silence devint plus sourd, étouffé, comme si on lui avait soudain bouché les oreilles. Une petite, très petite part d'elle-même qui semblait encore fonctionner normalement tentait de lui expliquer qu'elle était en état de choc, mais elle n'arrivait à rien faire de cette information. Il n'y avait absolument rien à quoi se raccrocher pour savoir comment réagir, comment faire face.

La solution fut de simplement se lever et partir.

"Hannah !" entendit-elle dans son dos, sans même se retourner. Elle se contenta de lever une main pour l'empêcher de la suivre, tout en continuant droit devant elle.

Il ne l'avait pas fait, constata-t-elle en s'asseyant au volant. Il était toujours devant la remise. Brisé, faible, aussi incapable qu'elle de faire face à la situation, il ne put que la regarder démarrer sa voiture, reculer et s'en aller.

Le vent qui soufflait à ses oreilles couvrait presque le tumulte de ses tempes. Mais presque seulement. Ses pensées tournoyaient encore, fuyantes, fugaces, insaisissables. Elle pensait pleurer, ses joues étaient humides, mais elle ne sentait pas plus de tristesse ou de chagrin qu'autre chose.

Après avoir failli rater une faible courbe du petit chemin dont elle ne savait même pas s'il allait dans la direction de chez elle, elle fut ramenée à une forme de réalité. Elle s'arrêta sur le bas-côté, les mains sur le volant, regardant sans les voir les deux traces de roues qui fendaient la forêt comme une plaie ouverte. Les moustiques se rassemblèrent aussitôt, attirés par la chaleur du moteur, et parvinrent à entrer dans l'habitacle. Hannah ne les remarqua pas. Malgré la vitre ouverte, elle commença à avoir du mal à respirer, détacha alors sa ceinture de sécurité, étonnée de l'avoir mise, n'en avait aucun souvenir, sortit de la voiture et se mit en marche, droit dans la forêt.

Respiration haletante, à la limite, frôlant la perte de contrôle.

Sans savoir combien de temps elle avait marché, elle s'assit sur un tronc tombé à terre et se frotta les mains sur son pantalon tout en se balançant d'avant en arrière. Elle se força à lentement reprendre le contrôle, digérer et trier.

Confuse, c'était l'impression dominante. Confuse et perdue.

Comme quand elle avait quatorze ans. Pendant tout le collège. Après le suicide de sa mère. Quand elle avait perdu pied, que le monde était devenu incompréhensible et qu'elle n'y trouvait plus sa place. Plus tard, Thomas l'avait rattrapée. Remise debout. Pas de grandes gesticulations, rien de réfléchi.

Il avait juste trouvé chez elle quelque chose qui lui plaisait et avait été là. Avec son calme, son évidence et sa patience. Il était devenu la base sur laquelle elle avait lentement commencé à construire sa vie. Il l'avait aidée à envisager un avenir, à améliorer ses notes, à entrer à l'école de police, il avait déménagé à Stockholm avec elle, l'avait encore une fois aidée à avoir la force d'aller de l'avant après ce qui était arrivé à Elin.

Qui lui donnerait la force de le faire, cette fois-ci ?

Les enfants. Elle n'avait pas un instant pensé à Gabriel et Alicia. Ils allaient perdre celui de leurs parents auquel ils tenaient le plus et qui, pour être brutalement sincère, tenait le plus à eux.

Aucune exagération. Aucun auto-apitoiement.

C'était comme ça, ça l'avait toujours été.

Thomas était plus proche des enfants qu'elle. Malgré son caractère taciturne et un peu en retrait, il s'était toujours davantage engagé auprès d'eux qu'elle. Il avait toujours été là pour eux, quel que soit le sujet, le moment, leurs besoins.

Comme il avait été là pour Hannah.

Peut-être avait-elle inconsciemment eu peur de se lier, d'aimer inconditionnellement ? Elle l'avait déjà fait. Sa mère, dans une certaine mesure, mais surtout Elin, et Elin avait disparu. C'était en train de la détruire. Elle se souvenait avoir déjà pensé cela enceinte de Gabriel. Oserait-elle à nouveau aimer totalement ? Elle ne survivrait pas une seconde fois à un tel chagrin. Elle les avait donc maintenus un peu à distance.

Mais n'avait-elle pas assez souffert ? Combien d'êtres chers pouvait-on lui arracher ? Maman, Elin, et maintenant Thomas.

C'était trop. Beaucoup trop.

Elle cria, en plein silence. Remplit ses poumons et cria encore. Et encore. N'arrêta pas avant de sentir un goût de sang dans sa gorge, remarqua qu'elle pleurait, se laissa aller et resta à sangloter sur son tronc.

Sans savoir combien de temps.

Prit le temps qu'il fallait avant de se lever et de regagner la voiture. Pour aller où ? Elle ne voulait vraiment pas rentrer à la maison. Ne pouvait pas. Thomas y serait, ou du moins s'y pointerait. Elle n'avait pas le courage de le voir pour l'instant.

Il lui fallait plus de temps. Se voir maintenant ne leur apporterait rien de bon. Probablement le savait-il lui aussi. Il n'avait pas appelé ni envoyé de message depuis qu'elle l'avait quitté au chalet.

Quarante-cinq minutes plus tard, elle entra dans Haparanda par le nord sur la route 99, s'engagea dans Västra Esplanaden, passa devant l'appartement de René Fouquier, une éternité lui semblait s'être écoulée depuis qu'elle y était avec Gordon. Les rues vides, personne malgré la lumière et la chaleur. Hannah tourna devant la grande place. Quelques lumignons épars flambaient encore parmi les fleurs et les cartes, mais c'était désert. Elle continua vers le sud, dépassa la gare, le deuxième château d'eau de la ville, le moche, qui ressemblait à trois containers embrochés sur des piliers de béton, tourna dans Movägen et se gara devant l'une des maisons identiques, au bout de la rue. Était-ce une bonne idée ? Ça n'avait pas beaucoup d'importance. Elle n'avait pas beaucoup d'autres choix. Aucune, à dire vrai.

"Je peux rester ici cette nuit ?" demanda-t-elle quand Gordon vint lui ouvrir, mal réveillé. Il s'écarta et la laissa entrer sans un mot.

La visite de Dyadya l'avait secouée.

Plus qu'elle ne l'aurait cru et décidément trop à son goût. Son but était clair : un avertissement, un rappel que la mission ne devait pas échouer. Mais pourquoi maintenant ? Elle avait eu des boulots beaucoup plus importants qui avaient pris nettement plus de temps.

Sans visite nocturne.

Les dommages collatéraux, les victimes innocentes n'étaient pas non plus une nouveauté. Il fallait les éviter si possible, mais cela arrivait. Cinq personnes d'un seul coup était un cas extrême, c'était malheureux, mais c'était déjà arrivé.

Sans rappel à l'ordre.

Qu'y avait-il donc de différent, cette fois ? Pourquoi était-ce si important, au point de justifier l'intervention directe de Dyadya ? Valery Zagorny était-il davantage qu'un riche employeur criminel ? Y avait-il une autre raison que l'argent pour veiller à ce qu'il soit satisfait ? La venue de Dyadya dans sa chambre d'hôtel à Haparanda le suggérait. Au fond, le seul fait de penser en ces termes était une perte de temps. Ils savaient tout ce qu'ils avaient à savoir : chercher de son propre chef des informations sur son commanditaire ou sur la raison du choix de ses victimes était durement puni si on se faisait prendre. Elle ne pouvait pourtant pas cesser d'y songer, tandis qu'elle roulait sur la route étroite, le lac d'un bleu étincelant derrière les bouleaux malgré l'heure tardive. L'idylle, le calme, les maisons comme jetées au hasard dans la tendre verdure qui bruissait dans la nuit, tout contrastait brutalement avec l'impatience de son corps qui ne tenait pas en place. Avec tout ce qui s'était passé et les erreurs qu'elle avait malgré tout commises, elle commençait à avoir l'impression que cet endroit lui-même était contre elle.

Elle n'avait jamais échoué. Ne s'était jamais retrouvée dans une situation critique.

Ce n'étaient pas Haparanda et Vadim Tarasov qui allaient la faire commencer.

Elle pensait être dans la bonne zone. Bien sûr, elle ne pouvait pas en être certaine, mais les informations qu'elle avait pu rassembler grâce à Stepan Horvat conduisaient ici. Au nord de Vitvattnet, autour de Storträsk.

Alors, elle l'aperçut. Il lui fallut plusieurs secondes pour compiler ce qu'elle venait de voir et stopper la voiture. Elle recula de quelques mètres et regarda dans l'allée de la maison qu'elle venait de dépasser. Plaques d'Eternit et toit endommagé. Façade et fenêtres exposées aux intempéries, sans protection. Puis ce qui avait attiré son attention. Une Mercedes dans la cour. Quelques années seulement, en très bon état semblait-il. Dans les sept cent cinquante mille couronnes neuve. Moins chère d'occasion, bien sûr, mais elle faisait tache devant le bâtiment décrépit.

Il fallait qu'elle réfléchisse à la prochaine étape, si elle en valait la peine. Elle nota l'adresse dans son téléphone et reprit le chemin de son hôtel.

Une demi-heure plus tard, elle refermait son ordinateur et se calait au fond de l'inconfortable fauteuil. Deux personnes enregistrées à cette adresse, d'après les sites de recherche les plus populaires. Un jeune couple. Lui ne travaillait pas, apparemment. Il avait une société enregistrée à son nom, mais elle semblait dormante, n'avait généré aucun revenu ces dernières années, d'après ce qu'elle avait pu trouver. La femme travaillait à temps plein à Haparanda. Fonctionnaire. Salaire stable mais assez bas. La voiture était importée. Immatriculation provisoire. Son propriétaire n'apparaissait pas clairement. Sans doute achetée récemment. Il ne semblait pas actif sur les réseaux sociaux. Elle avait un compte Instagram privé. Sur Facebook, il fallait être ami avec elle. Katya envoya à tout hasard une demande depuis un des comptes falsifiés dont elle disposait, sans résultat pendant le peu de temps qu'elle attendit. Elle dormait probablement, le matin se profilait.

Katya regarda le lit qu'elle avait fait ce matin. Elle avait très tôt appris à dormir n'importe où, même sous pression, mais elle n'en avait pas besoin. Elle tenait plus longtemps que la plupart sans sommeil ou avec seulement de courts repos.

Alors elle se décida. Y retourna.

Ralentit en passant devant la maison, regarda de plus près. Le jardin vide. À part la Mercedes dans l'allée, aucun signe extérieur de richesse. Comme indice, c'était vraiment léger. Elle pouvait avoir de nombreuses raisons d'être là. Elle n'était même pas forcément à eux.

Mais elle pouvait aussi être le petit extra qu'ils s'étaient autorisé après avoir trouvé trois cent mille euros.

Katya s'éloigna d'un kilomètre environ, tourna dans la première route secondaire venue et se gara sur le bas-côté. Elle tâta pour s'assurer que son couteau était en place, contrôla le Walther, y vissa le silencieux, le glissa dans la poche de son fin blouson et quitta la voiture. Elle revint vers la maison d'un pas rapide. Tourna avant d'arriver à l'allée, traversa une zone boisée plus dense, coupa par le jardin des voisins pour arriver par l'arrière de la maison et le jardin en friche. S'arrêta, cachée derrière quelques buissons.

C'était vraiment tiré par les cheveux. Elle fit son examen de conscience. Si Dyadya ne s'était pas pointé, si les questions et les doutes qui l'accompagnaient ne s'étaient pas présentés, aurait-elle agi sur la base d'aussi peu d'informations ? La question n'était au fond pas totalement pertinente.

Dyadya était venu. Les questions et les doutes étaient bien là.

Quels étaient les risques ? Qu'elle soit au mauvais endroit, bien sûr. Que le couple dans cette maison n'ait rien à voir avec la drogue de Zagorny ni l'argent de Susia MC. Au pire, elle laisserait derrière elle des témoins ou d'autres cadavres. Mais si elle ne faisait rien et que c'était effectivement eux qui avaient renversé Vadim ? D'un moment à l'autre, l'un de tous ces journalistes présents à Haparanda ferait le lien entre Rovaniemi et Vadim et les cinq qu'elle avait tués. Ils seraient alertés. Ils pourraient fuir le temps qu'elle approfondisse la question.

Dyadya exigeait des résultats. Des résultats rapides.

Autant continuer. En tout cas se faire une idée pour savoir s'il valait la peine de les surveiller de plus près. Ça ne pouvait pas faire de mal.

Elle quitta sa cachette derrière les buissons et se dirigea vers la maison plongée dans l'obscurité.

Quelque chose a changé quand elle se réveille aujourd'hui. Le fleuve serpente avec indolence, le soleil brille comme il l'a fait ces dernières semaines, la circulation frontalière commence à se densifier, avec des gens qui vont et viennent, mais une atmosphère en sourdine flotte sur elle. Elle connaît ça. Tout le monde en parle, à voix basse et à demi-mot. À la différence des titres et des flashes qu'on lui consacre, qui, moyennant grosses lettres et force superlatifs, proclament ce qui est arrivé. Cinq jeunes gens morts. Elle n'est pas si grande que ça : chacun connaît quelqu'un qui connaît quelqu'un qui au moins savait qui ils étaient.

Le fils d'un collègue de sa sœur.

L'ancien petit ami d'une baby-sitter.

Quelqu'un dont le père a vendu une voiture à un copain.

Vieille comme elle est, elle a connu son lot de vies fauchées. Le choléra et le typhus qui se relayaient. Plus de deux cents des prisonniers de guerre invalides qui y avaient été échangés pendant la Première Guerre mondiale étaient restés pour toujours chez elle. Les gens se noient dans le fleuve, se tuent sur la route, dans des incendies. C'est une ville. Les hommes meurent chez elle, comme partout ailleurs. Vieillesse, maladie, suicide, overdose, accident, les causes sont nombreuses.

Mais rarement la violence. Plus rarement encore le meurtre.

Du haut de son expérience, elle constate que c'est ça qu'il lui faut désormais pour qu'on s'intéresse à elle : des tragédies et des morts violentes.

Henrietta Stråhle se lève tôt. Se prépare. Veut être belle et prête quand le taxi de l'aide à domicile viendra la chercher. Aujourd'hui, ils vont signer. Après bien des années, la vieille ferme décrépite de ses parents est enfin vendue. Pour une somme rondelette. Elle ne lui manquera pas. Son enfance a été affreuse, ses parents et grands-parents paternels des personnes méchantes et violentes. Henrietta ne le sait pas en ajustant la broche sur sa poitrine, mais les nouveaux propriétaires ne vaudront pas mieux. Au contraire. Et cette fois, c'est Haparanda tout entière qui en pâtira.

Stepan Horvat regarde sa fillette de trois ans qui ne s'est pas encore réveillée. Lui a à peine dormi cette nuit. Il songe, il ne sait pour la combientième fois, à appeler la police, à tout leur dire. Mais que faire après ? Déménager ? Où serait-ce assez loin ? Il revoit les photos. Le point rouge du viseur laser sur le petit corps. Se souvient de l'avertissement, de l'ordre et, exactement comme les autres fois, il décide de ne rien faire.

Lukas déteste son studio. Les femmes, les filles, les gamines. Toutes, elles utilisent leur force d'attraction et la sexualité comme outils de pouvoir. Elles semblent d'abord intéressées, mais vous laissent en plan, préfèrent les beaux, ceux qui ont du succès. Elles lui nient le droit de coucher. Elles ont reçu le pouvoir de ce foutu féminisme devenu une sorte de religion d'État. Il les hait. Si intimement. Si profondément et fondamentalement. Il n'est pas le seul. Quand il ouvre son ordinateur pour raconter sa journée de la veille, où il a été snobé et rejeté, plusieurs autres confirment aussitôt ce qu'il sait déjà. Il a raison de haïr. Il devrait agir pour remédier à ce problème.

Stina est dans le lit de son ancienne chambre d'enfant. Reposée après plusieurs nuits de sommeil paisible. Elle pense à Dennis, qui a endossé toute la responsabilité, qui fait tout pour que ça fonctionne, qu'elle doit sans cesse défendre auprès de ses parents qui ne voient en lui que le dealer, le receleur, le taulard. Il lui manque. Lui, mais pas Lovis. Pas sa fille. D'habitude, elle a mal au ventre après se l'être avoué, mais hier, elle a pensé : Lovis est la première crêpe. Celle qui n'est jamais comme on voulait. Ratée. La prochaine sera parfaite.

Au camping de Kukkolaforsen, un homme nommé Björn Kahru ouvre la porte du camping-car et sort dans l'été. Les deux femmes qui l'accompagnent dans ce voyage dorment encore. Pieds nus et en slip, il se dirige tranquillement vers la rivière. À la dure. Espère trouver un endroit un peu plus calme où piquer un petit plongeon, nu, ce matin. Ne se presse pas. Il ne doit être à Haparanda que dans deux heures, pour rencontrer l'homme de paille qui a acheté la ferme des parents d'Henrietta Stråhle.

Thomas est assis à la cuisine, il n'a pas dormi, attend, se rappelle une question qu'on lui a posée à l'école, peut-être au service militaire, ou en tout cas qu'il a lue quelque part :

Que ferais-tu, si tu savais que tu vas bientôt mourir ?

Que veut-on avoir le temps de faire ? *Maintenant ou jamais.* Il n'a pas de liste. Il est content. Non pas de mourir, il aurait volontiers attendu des années, mais de la façon dont il a vécu. Il se lève pour se resservir un café. Toujours pas d'Hannah. Mais elle va arriver. Avec sa peur et sa colère. D'être seule, qu'il ait gardé ça secret. Il a encore un autre secret. Qu'elle n'apprendra pas avant qu'il soit mort.

Dehors, il voit que la pelouse commence à jaunir à cause de la sécheresse. La météo prévoit un maintien du beau temps. Mais elle se trompe. L'orage approche.

La voiture de Thomas était dans l'allée. Une seconde, l'idée de passer son chemin traversa Hannah, tout fuir, elle déboîta et alla se garer derrière, coupa le moteur et leva les yeux vers la maison. Leur maison. Quand Alicia était partie, ils avaient évoqué le fait qu'elle était désormais trop grande pour eux deux. Qu'en ferait-elle quand elle se retrouverait seule ? Elle la vendrait, probablement. S'installerait quelque part dans un petit appartement. Elle refoula ces pensées, ils n'en étaient pas encore là. En fait elle ne savait rien. Le moment était sans doute venu que cela change : elle inspira à fond et quitta la voiture. Supposa qu'il serait en train de l'attendre. En effet : à la seconde où elle refermait la porte, il l'appela depuis la cuisine. Il était assis à table. Mêmes vêtements qu'hier. Hannah devina qu'il était resté là toute la nuit à l'attendre. Elle s'arrêta sur le seuil, incertaine de tout, de soi, de la suite.

"Salut, assieds-toi, dit-il en désignant de la tête la chaise en face de lui.

— Je suis tellement en colère contre toi.

— Je sais. Assieds-toi quand même."

Elle ne pouvait pas indéfiniment éviter le sujet. Le monstre était sorti de sa cage, impossible de l'y faire rentrer à nouveau, autant prendre le taureau par les cornes, même si le timing était le pire qu'on puisse imaginer.

Toute la ville d'Haparanda semblait plongée dans une bulle fébrile en demi-teinte après la journée de la veille. Une transformation presque physique, avait découvert Hannah en rentrant après la nuit blanche qu'elle avait passée chez Gordon.

Un étrange silence sourd flottait sur la ville. Des gens par petits groupes, des lumières plus nombreuses sur la place et devant l'église. On semblait sortir sans raison réelle, juste pour voir d'autres personnes, échanger quelques mots.

Tout disparut quand elle entra dans la cuisine et s'assit. Elle avait ses propres problèmes dans son propre monde, où le reste n'avait pas trop d'importance.

Thomas alla lui servir du café.

"Tu as déjeuné ? demanda-t-il.

— Non, mais je n'ai pas faim."

Thomas hocha la tête, s'en contenta, ne lui demanda pas à son grand soulagement où elle avait passé la nuit. Il posa la tasse devant elle sur la table et s'assit en face. Resta silencieux, semblant réticent ou incapable de commencer.

"Donc, tu vas mourir ?" lâcha-t-elle. Inutile de prendre des gants, de quoi d'autre auraient-ils à parler ?

"Oui. Cancer.

— Quel est ton pronostic ? Que dit le docteur ?

— Elle dit que ça va me tuer.

— Que fais-tu pour guérir ? Qu'as-tu fait ? Rayons ? Chimio ? C'est opérable ?" Elle savait qu'il traînait les pieds à aller chez le médecin, persuadé que le corps se débrouillait très bien tout seul dans la plupart des cas, pourvu qu'on lui donne du temps et éventuellement un peu de paracétamol. Sans doute pas pour le cancer, mais il pouvait très bien avoir insisté pour avoir un traitement plus doux pour commencer, pour voir. "Tu as encore tous tes cheveux, tu ne vomis pas tes poumons, pas que je sache en tout cas.

— Le cytostatique n'a pas perturbé les cellules du cuir chevelu, mais j'ai souvent la nausée. Mais surtout, je suis plus fatigué, plus faible…

— Le cytostatique, c'est la chimio, c'est ça ?

— Oui.

— Quand est-ce que tu y retournes ? Je voudrais lui parler, à ton docteur.

— J'ai arrêté. Ça ne sert à rien, ça se généralise."

Il tendit la main vers la sienne par-dessus la table. Hannah voyait sa tristesse, sa souffrance. Pas pour lui-même, mais pour elle. Pour ne pas pouvoir la protéger de ça. Parce que c'était lui qui lui faisait du mal.

“Je ne voulais pas que tu t'inquiètes ou que tu aies pitié de moi.

— Je ne te pardonnerai jamais de ne m'avoir rien dit.

— C'était ma décision. Chacun a sa façon de…

— La tienne est une erreur, trancha-t-elle, en luttant contre les larmes. On fait les choses ensemble.

— Pas ça.

— Pourquoi pas ça ?”

Son regard vacilla, il inspira à fond et serra plus fort sa main.

“Je pensais que ce serait un peu plus simple, plus tard, après, si je gardais une certaine distance.

— Qu'est-ce qui serait plus simple ?

— D'être sans moi.

— Mais tu es complètement débile, ou quoi ? le coupa-t-elle en lâchant sa main, n'en croyant pas ses oreilles. Donc, si tu étais moins souvent à la maison, qu'on faisait moins de choses ensemble et qu'on n'avait pas fait l'amour depuis un an, c'était pour que tu ne me manques pas quand tu seras mort ?! Après trente ans ? C'était ça, ton plan ?! Putain, à quoi tu penses ?

— J'ai peut-être commis une erreur…

— Je confirme.

— … mais j'ai fait ça pour toi.”

Elle se ressaisit, respira à fond, refoula cette bouffée de colère. Elle comprenait ce qu'il avait tenté de faire. Maintenir la douleur hors de sa portée le plus longtemps possible. Se mettre en retrait pour éventuellement un peu, un tout petit peu moins lui manquer. Il avait pensé à elle. Comme toujours. Elle ne le méritait pas.

“Je sais, finit-elle par dire en prenant sa main.

— C'était pour que tu puisses aller de l'avant. Sans moi. Parce que tu le dois.

— Je crois que je n'y arriverai pas, répondit-elle sincèrement.

— Tu as Gordon.

— Il ne compte pas, répondit-elle comme par réflexe, submergée par la mauvaise conscience. Il ne compte vraiment pas, répéta-t-elle.

— Ce n'est pas un problème", dit-il calmement, l'air sincère. Hannah fronça les sourcils. Le sentiment de honte d'avoir été prise sur le fait se transforma en étonnement. Dans ces circonstances, c'était sans importance de savoir depuis combien de temps il le savait, mais sa façon de réagir fit que la curiosité prit le dessus.

"Tu le sais depuis combien de temps ?

— Quelques mois.

— Mais tu n'as rien dit ?

— Je t'avais repoussée, je ne pouvais m'en prendre qu'à moi-même, et j'ai pensé que c'était peut-être bien que tu aies quelqu'un. Qui puisse t'aider. Après.

— Putain, ça tourne pas rond, chez toi !"

Ne pas lui parler de sa maladie était une chose, accepter qu'elle soit infidèle était trop. Trop malsain. Il y avait des limites à ce qu'il pouvait faire pour la protéger, des limites à la bonté et au sacrifice. Là, il les franchissait toutes allègrement.

"Tu n'as pas beaucoup de proches, et tu auras besoin de quelqu'un, reprit-il d'un ton objectif. Je sais que Gordon est quelqu'un de bien.

— Arrête de parler de lui !"

Hannah avait presque la nausée en y songeant. Elle sentait la colère prête à déborder à nouveau, mais que retenait une voix qui raisonnait à l'arrière de sa tête : Thomas ne l'avait pas forcée, pas même encouragée à atterrir dans le lit de son chef. Il ne s'y était juste pas ouvertement opposé quand c'était arrivé, ne lui avait pas demandé de comptes. Ça avait été le choix d'Hannah, et il ne lui avait pas fallu grand-chose pour se jeter dans ses bras. Sa colère céda à nouveau la place à la mauvaise conscience. Il fallait qu'elle change de sujet.

"Les enfants sont au courant ?

— Bien sûr que non."

Un petit soulagement malgré tout : elle n'était pas la seule à avoir été tenue dans l'ignorance. Ils n'avaient pas partagé ce secret à trois. En l'excluant.

"Quand comptais-tu leur dire ?

— Plus tard. Gabriel a besoin de se concentrer sur ses études et Alicia se plaît en Australie.

— Donc un beau jour, tu aurais juste disparu : c'était ça, ton idée ?

— Je comptais leur en parler pour qu'il y ait le temps de… se dire adieu." Pour la première fois, sa voix se brisa. Il déglutit et se racla la gorge. Hannah sentit les larmes lui monter aussitôt aux yeux. "Mais pas ressasser ça pendant des mois.

— Ressasser n'avance à rien.

— Exactement.

— Je vais les perdre eux aussi."

Elle regretta aussitôt d'avoir dit ça. Il ne s'agissait pas d'elle. Ce n'était pas elle qui était à plaindre. Pas encore. Ça viendrait un jour, mais pas maintenant.

"Des conneries.

— Non, ils passent nous voir et nous donnent des nouvelles parce que tu es là.

— Ce n'est pas vrai.

— Si. C'est ma faute, alors… Je les ai tenus à distance.

— Tu as été une bonne mère. Tu le sais. Tu es bien."

Elle avait beau faire, elle ne put retenir ses larmes. À nouveau, c'était trop. Beaucoup trop. Il y avait tant de choses dont ils devaient parler, mais pour l'heure elle avait l'impression qu'un mot de plus serait si lourd qu'elle ne pourrait plus se relever. Elle recula sa chaise.

"Il faut que j'aille travailler.

— Tu ne peux pas rester à la maison aujourd'hui ?

— Je ne peux pas. J'ai besoin… Je t'aime, mais je ne peux pas rester là, maintenant."

En le disant, elle éprouva combien c'était vrai. Le quitter aurait dû faire affluer sa mauvaise conscience, mais elle avait besoin d'autre chose. Ce n'était sûrement pas ce qu'un psy aurait recommandé, mais il fallait qu'elle mette ses sentiments de côté pour un temps. Qu'elle les refoule. Qu'elle raccroche son existence à quelque chose de connu, d'habituel, quand tout semblait s'effondrer.

Le travail. Un choix simple. Elle n'avait que le travail.

Les journalistes étaient toujours dehors. Semblaient quelques-uns de plus que la veille. Questions, appareils photos et téléphones accompagnèrent Hannah jusqu'à l'entrée du bâtiment. Elle salua de la tête Carin, à l'accueil, qui jeta un regard appuyé à l'horloge murale. La plus importante enquête jamais vue à Haparanda, et elle faisait la grasse matinée. Hannah se contenta de glisser son passe dans le lecteur et de disparaître dans le couloir qui passait devant les cellules, vers le vestiaire des femmes. Elle voulait enfiler son uniforme au plus vite.

Quitter la civile Hannah, la femme de Thomas.

Devenir Hannah, la policière.

Changée, elle remonta pour regagner son bureau. Tous les bureaux du couloir étaient vides. La réunion du matin était probablement encore en cours, mais sur le point de finir. Autant éviter de s'y glisser en attirant l'attention.

Elle trouva dans son bureau la nouvelle femme de ménage occupée à astiquer la table basse sous le tableau d'affichage avec un chiffon à poussière.

"*Sorry, done now*, s'excusa la jeune fille en voyant Hannah.

— Prenez votre temps.

— *No, no, done now*", répéta-t-elle, et Hannah aurait juré qu'elle s'était pliée dans ce qui ressemblait à une courbette avant de quitter la pièce.

Hannah s'assit derrière son bureau, ranima son ordinateur, se connecta et resta là immobile, à regarder les dossiers et les icônes. Par où commencer ? Qu'est-ce qui pourrait l'absorber assez pour lui changer les idées ? Penser à autre chose ? Elle connaissait hélas la réponse : rien. Elle allait vraiment devoir faire des efforts pour se concentrer sur son travail aujourd'hui. En même temps, elle était forcée d'y arriver. Donc, par où commencer ? Heureusement, elle n'eut pas à choisir. Gordon frappa à sa porte tout en entrant dans son bureau.

"Ah, te voilà", lâcha-t-il en fermant la porte derrière lui. Hannah poussa un léger soupir, savait exactement pourquoi il refermait : elle ne pouvait pas débarquer en pleine nuit, repartir le matin sans dire un mot et croire qu'il n'allait pas aborder le sujet dès qu'ils se reverraient.

"Comment vas-tu ? commença-t-il en effet en s'installant à sa place habituelle.

— Bien, dit Hannah en parvenant à se fendre d'un petit sourire. Mieux, en tout cas.

— Tu as l'air fatiguée. Fatiguée et triste.

— Je suis fatiguée.

— Tu ne veux toujours pas en parler ?

— Non, et je suis désolée d'avoir débarqué comme ça cette nuit.

— Pas de problème.

— Et nous ne pouvons plus nous voir.

— Plus nous voir…

— Plus baiser, on ne va plus coucher ensemble. C'est fini."

Visiblement pas ce à quoi il s'attendait. Un instant, il parut un peu choqué. Déglutit plusieurs fois en hochant la tête. Se faisait-elle des idées, ou ses yeux étaient un peu luisants quand il la regarda à nouveau ?

"Parce que… ?

— C'est fini, c'est tout.

— Ça a un rapport avec Thomas ? Il est au courant ? C'est pour ça ?"

Il y avait une supplique dans sa voix, comme s'il fallait qu'il obtienne une raison, qu'il essaie de comprendre. Elle n'avait pas la force de lui en donner une.

"Je n'ai plus envie, peu importe pourquoi.

— D'accord, fit-il d'une voix défaite, une déception qu'il ne put cacher en se levant pour aller rouvrir la porte. On… on en reparlera plus tard, peut-être. Mais… bon, on a à faire."

Et il s'en alla. Surprise, Hannah le regarda s'éloigner, mais mit ça de côté. Quoi qu'il en soit, elle n'avait pas le courage pour le moment. Elle n'était pas dans son assiette. C'était pour ça qu'elle était venue. Se recentrer. À l'aide du travail. Elle allait travailler. Elle se leva alors, prit à gauche dans le couloir pour aller voir Morgan. Devant son ordinateur, avec ses lunettes spéciales, il écrivait. Il les ôta et se tourna vers elle quand elle vint s'appuyer au chambranle de la porte.

"Salut, tu étais à la réunion ? demanda-t-elle.

— Oui, tu étais où ?

— Des petites embrouilles à la maison."

Elle en était sûre, Morgan n'allait pas lui demander comment elle allait et si elle voulait en parler. Ni curieux, ni particulièrement intéressé.

"Tu n'as pas raté grand-chose, dit-il en effet avec un petit haussement d'épaules. Ils ont remonté la Honda, l'ont envoyée à Luleå.

— Et le numéro de portable qu'on a trouvé chez Fouquier ?

— On l'a mis sous traceur ce matin. Toujours éteint. Jusqu'à présent, aucun des téléphones ou des ordinateurs des victimes qui puisse expliquer ce qu'ils faisaient dans la maison abandonnée, et pourquoi ils ont été tués.

— Donc aucun d'entre eux n'a renversé Tarasov ?

— Il semble que non. Nous n'avons rien trouvé au sujet d'amphétamines. Personne qui veuille en acheter, personne qui propose d'en vendre."

Hannah réfléchit à ce que cela impliquait : le numéro de téléphone qu'ils avaient trouvé, activé en même temps qu'ils identifiaient le corps de Tarasov, René Fouquier, dont il était prouvé qu'il trafiquait de la drogue. C'était forcément lié d'une façon ou d'une autre.

"Mais nous pensons toujours que ces morts sont liées à Tarasov, n'est-ce pas ? demanda-t-elle.

— Nous travaillons sans a priori, dit Morgan, en souriant à ce cliché éculé de conférence de presse. Mais oui, de quoi s'agirait-il, sinon ?

— Donc que fait-on, maintenant ?

— On continue les interrogatoires, on frappe aux portes, on attend les résultats du labo, on espère des témoins.

— Est-ce que Ritola a dit quelque chose au sujet de la personne envoyée par les Russes ?

— Il n'était pas à la réunion ?

— Mais où est-il passé, alors ?

— Qui sait ?" répondit Morgan avec un nouveau haussement d'épaules.

Sentant qu'elle avait obtenu tout ce qu'elle était venue chercher, Hannah regagna son bureau, en jetant un coup d'œil vers celui de Gordon, à l'extrémité du couloir.

Porte close.

D'habitude, il ne la fermait jamais.

Elle entra dans le sien, qui lui parut, si la chose était possible, encore plus exigu que d'habitude. Elle regarda à nouveau l'ordinateur, sans savoir quoi faire. Il y avait certainement un rapport du labo ou du légiste qu'il aurait fallu lire. Elle pouvait peut-être consacrer un peu de temps à construire un organigramme. Chercher une vue d'ensemble. Il s'était passé tant de choses, mais apparemment sans lien. Il devait exister des points d'intersection. Elle s'arrêta devant le tableau d'affichage, regarda la carte, le cercle. Norra Storträsk était dedans.

Sandra faisait beaucoup de trajets pour aller et revenir du boulot.

Kenneth passait toutes ses journées à la maison.

Il fallait bien qu'elle commence quelque part, pourquoi pas là, chez eux ? En outre, c'était sans doute bon pour elle. Passer une journée de travail normal risquait d'être moins facile qu'elle ne l'espérait. L'annonce d'hier et la conversation du matin pesaient lourdement sur ses épaules. Elle réalisa alors que la mort de Thomas toucherait aussi Kenneth. Le frapperait durement. Fallait-il qu'elle lui dise ? Elle n'arriva pas plus loin dans ses réflexions, car on frappa. Elle s'attentait à revoir Gordon, mais c'était Morgan.

"Je te dérange ?

— Non, vraiment pas.

— Un des types qu'on a trouvés refroidis, Jari Persson.

— Oui ?

— Apparemment, il était à l'Hôtel Central hier. X a rendu publics les noms, et la réceptionniste a téléphoné, pour nous demander si ça nous intéressait.

— Que faisait-il là-bas ?

— On ne sait pas bien. Tu veux qu'on aille voir si on peut tirer ça au clair ?"

L'IMPRESSION N'ÉTAIT PAS SI FRÉQUENTE, désormais. Ce serait une bonne journée. Il profita de la promenade jusqu'au garage. Il se sentait reposé. Il avait eu l'aide à domicile cette nuit pour s'occuper de Lovis, qui était restée, si bien qu'il avait pu faire un bout de grasse matinée, petit-déjeuner tranquillement et même eu le temps de regarder un épisode de *Rick et Morty* sur son téléphone. Des années après tout le monde, mais d'habitude le temps, le courage et l'intérêt lui manquaient.

Stina devait rentrer de chez ses parents dans l'après-midi. Hier soir, ils avaient parlé. Longtemps. À son grand étonnement, elle lui avait dit vouloir faire un autre enfant avec lui. Elle en avait besoin, avait-elle dit. Éprouver l'amour inconditionnel pour quelqu'un. Voir son enfant s'asseoir, ramper, tendre les bras pour un câlin, parler.

Tout ce qu'elle avait désiré mais pas eu.

Si elle l'obtenait avec un autre enfant, cela ne lui manquerait plus autant avec Lovis. Il comprenait mais se demandait comment ils y arriveraient. Que se passerait-il s'ils avaient un autre enfant handicapé ? Déjà que leur existence et leur couple ne tenaient qu'à un fil. Mais Stina semblait tellement certaine qu'un autre enfant la rendrait plus heureuse et leur simplifierait la vie. Elle retrouverait la force, serait plus heureuse, une meilleure mère pour Lovis. Si c'était le cas, PV n'avait pas l'intention d'être celui qui dit non.

Il lui avait dit, sans lui révéler comment, qu'il avait réussi à se procurer une somme d'argent qui leur permettrait de se maintenir à flot quelque temps. Bien entendu, elle avait compris qu'il s'agissait de quelque chose d'illégal, mais elle était cool avec ça, tant qu'elle ne connaissait pas trop de détails. Lui-même éprouvait encore une pointe de mauvaise conscience en songeant à la journée de la veille. Il aimait vraiment bien Kenneth mais, s'il avait bien interprété les informations qu'il avait eues par la Russe et les flics, le fric qu'il avait obtenu ne pesait pas grand-chose dans la balance, il leur en restait largement assez pour une belle vie. Et Kenneth avait eu la Mercedes. Qui valait bien plus que les vingt-cinq mille couronnes supplémentaires qu'il avait empochées. Enfin, "eu la Mercedes", façon de parler : il pourrait l'utiliser un certain temps. Les frères Pelttari voudraient un jour ou l'autre la récupérer, exigeraient sa livraison, mais il espérait bien avoir d'ici là trouvé une autre voiture pour Kenneth. Ça allait s'arranger. Kenneth n'était pas rancunier, avec le temps PV et lui pourraient se rabibocher.

Plus difficile avec Sandra. Si elle l'apprenait un jour.

Mais c'était la voiture de Kenneth, son copain, et donc aussi sa faute s'ils avaient été surpris et qu'on les avait fait chanter. Une fois, Kenneth avait confié à PV qu'il avait parfois peur que Sandra se lasse de lui, de son manque d'initiative, de son ratage général, de toutes les mauvaises décisions qu'il prenait, donc il était peu probable qu'il soit allé lui raconter ce qui s'était passé.

PV s'engagea dans l'allée et vit de la lumière dans le garage. Bien. Raimo était là. À dix-huit ans, il avait décroché de la section mécanique auto du lycée au printemps dernier, mais c'était une bête avec les voitures. Quand il était là. Il y avait eu des hauts et des bas ces derniers temps, et PV avait dû le prendre à part pour lui faire comprendre qu'il ne pouvait pas se pointer comme ça quand ça lui chantait, qu'il comptait sur lui. PV poussa la porte et eut à peine le temps d'entrer que Raimo était sur lui.

"Tu es au courant ?

— De quoi ?

— Pour Theo et les autres.

— Oui, j'ai entendu ça."

Difficile de le rater. Ça faisait beaucoup de bruit partout. Au début, il avait suivi l'affaire sur les différents flux, mais bientôt les hypothèses sur ce qui s'était passé, et pourquoi, avaient cédé le pas aux purs fantasmes, quelqu'un avait entendu dire quelque chose au sujet de quelqu'un d'autre, les rumeurs devenaient des vérités, les personnes mises en cause ripostaient dur avec des menaces haineuses, et il avait fini par quitter ce manège d'informations, désinformations et spéculations qui ne faisait que tourner de plus en plus vite.

"Je connaissais Theo. Et toi ?

— Je sais qui c'est.

— Apparemment, il était mêlé à une histoire de poudre.

— Vraiment ?

— C'est écrit partout. Il y a un type qui le tenait de l'ex de sa frangine."

PV lui donna une tape sur l'épaule et se dirigea vers la petite pièce servant de vestiaire.

"Allez, au boulot.

— Une cliente t'attend dans le bureau."

PV se figea, jeta un coup d'œil vers la porte close, comme s'il pouvait deviner qui se trouvait derrière en la regardant.

"Qui ?

— La copine de Kenneth, tu sais, la matonne."

Donc Kenneth avait malgré tout parlé. Et merde. PV envisagea de s'en aller. Dire à Raimo d'attendre quelques minutes, puis d'aller lui dire qu'il ne viendrait pas aujourd'hui. Qu'il était malade. Mais dans ce cas elle irait le trouver chez lui. Peu importait ce qu'il lui dirait, où il irait, Sandra ne lâcherait pas l'affaire. Autant prendre tout de suite le taureau par les cornes.

Il ouvrit la porte. Un placard à archives malcommode se serrait contre un bureau encombré par un vieil ordinateur et une imprimante, donnant à la pièce exiguë un air de débarras. Des affiches publicitaires, des posters de voitures et un calendrier de 2012 pendaient aux murs vert sombre. Sandra était assise de l'autre côté du bureau, droite, silhouette éclairée à contre-jour par le soleil qui entrait péniblement par l'unique fenêtre qui aurait eu grand besoin d'être nettoyée.

"Salut Sandra.

— Salut Dennis.

— Qu'est-ce que je peux faire pour toi ? demanda-t-il aussi décontracté que possible, en s'asseyant sur le vieux fauteuil de bureau taché d'huile.
— À ton avis ?"
Il croisa son regard par-dessus la table. Elle demeura impassible. Il se rappela d'elle à la Centrale. Les nouveaux essayaient parfois de lui marcher sur les pieds, en croyant qu'elle serait plus facile à effrayer et à contrôler parce que c'était une femme. Tous sans exception avaient appris à leurs dépens que c'était une grossière erreur.
"L'argent, dit-il.
— L'argent, opina-t-elle.
— Tu ne peux pas le récupérer.
— Il n'est pas à toi.
— Ni à toi.
— Plus qu'à toi."
PV appuya les coudes sur le bureau, menton appuyé sur les mains, sans la quitter des yeux. Que savait-il ? De quoi pouvait-il se servir ? Il fallait qu'il trouve une solution, mais laquelle ?
"Je veux le récupérer", dit-elle en l'arrachant à ses réflexions. D'un regard impérieux, elle lui désigna ses genoux. PV se pencha sur le côté et regarda sous le bureau. Il l'avait toujours trouvée un peu spéciale, difficile à saisir, mais jamais crue complètement folle. Ce qu'elle devait être, pour avoir un fusil braqué sur lui.
"Pose ça.
— J'aurai mon argent ?
— Pose ça", répéta calmement PV. Sandra haussa un peu les épaules, recula sa chaise et appuya le fusil contre la table.
"Je n'avais pas l'intention de te tirer dessus.
— Bon à savoir.
— Pas ici, en tout cas."
PV chercha le signe qu'elle plaisantait. N'en trouva pas.
"Donc, si je ne rends pas le fric… demanda-t-il avec un coup de tête en direction de l'arme.
— Tu vas le faire, répondit-elle comme une évidence.
— Mais sinon, tu me tireras dessus ?

— Ou alors la police recevra un tuyau anonyme l'avertissant que tu planques de la drogue ici." Elle fit un geste en regardant alentour dans le local, puis revint à lui. "Et ils en trouveront peut-être une certaine quantité."

PV l'observa en silence. Que savait-il ? De quoi pouvait-il se servir ? Comment résoudre ça ? Il supposait que la Volvo avait disparu désormais, il ne lui restait donc rien avec quoi négocier. Il se maudit de ne pas l'avoir photographiée dans leur garage.

Il ne la connaissait pas. En taule, elle gardait toujours une certaine distance professionnelle et en général elle n'était pas là quand Kenneth et lui se voyaient. Les rares fois où ils s'étaient quand même vus, il n'y avait rien eu de personnel entre eux, elle était restée dans son coin.

Mais il était né à Haparanda, comme elle, il savait quelle enfance elle avait eue, il en avait entendu parler : sa scolarité, le harcèlement, sa mère alcoolisée. Il avait compris ce que d'autres lui en avaient dit, qu'elle avait depuis toujours nourri un désir d'aller plus loin, de s'élever. Il espérait que c'était vrai. Car dans ce cas, il avait ici et maintenant la possibilité de s'assurer dans un avenir proche une vie sans problèmes, du moins d'ordre économique. Ça valait la peine de tenter.

"Les flics ont dit qu'il y avait de la dope dans la voiture. Des amphétamines. Ils m'ont demandé d'ouvrir l'œil", commença-t-il, en supposant que Kenneth lui en avait déjà parlé. Sandra resta silencieuse. "Combien ?"

Elle inclina la tête de côté pour l'observer, sans doute pour essayer de deviner ce qu'il mijotait, s'il comptait l'induire en erreur d'une façon ou d'une autre.

"Je ne sais pas, finit-elle par dire. Une assez grande quantité, je crois. Un sac.

— Qu'est-ce que vous allez en faire ?

— Rien. Trop risqué."

PV inspira à fond, il fallait se lancer, les prochains instants décideraient de leur avenir. Pas seulement pour eux deux, mais aussi pour sa petite famille.

"Je peux vendre pour vous. Aller causer à mes anciens contacts."

Elle pensait sûrement afficher une impression d'indifférence froide, mais son langage corporel la trahit : elle se rajusta un peu, se pencha légèrement en avant sur son siège avec dans les yeux une lueur d'intérêt. Elle était tentée. Malgré tout, il avait vu juste à son sujet.

"Il y avait aussi de l'argent dans la voiture ?" continua-t-il. Elle semblait avoir mordu à l'hameçon, mais cela ne suffisait pas, il fallait maintenant la remonter jusqu'au bord.

"Oui.

— Combien ?

— Pourquoi tu veux savoir ?"

Sa méfiance, de retour. Tentée, mais pas convaincue. Pas encore. Il lui expliqua ce qu'il savait et pensait savoir. Qu'il s'agissait de Rovaniemi, du deal qui avait mal tourné – elle devait en avoir entendu parler dans la presse –, que le conducteur de la voiture qu'ils avaient renversé était en fuite avec l'argent et la drogue. Que la drogue valait environ dix fois plus dans la rue qu'ils n'avaient trouvé de liquide dans la voiture. Alors, combien ?

"Trois cent mille euros", dit-elle après avoir poussé un long soupir pour se donner une contenance. PV siffla, c'était plus qu'il n'espérait.

"Donc environ trois millions.

— Est-ce que ça veut dire qu'il y en a pour trente millions de couronnes ?

— À la revente dans la rue, oui. Dans le meilleur des cas, je devrais pouvoir réussir à revendre le tout pour dix millions."

Il n'était pas certain qu'elle le savait elle-même, mais Sandra souriait, un grand sourire plein de rêves heureux. Il touchait au but, autant en profiter tout de suite.

"Je veux vingt pour cent, dit-il. Deux, et tu gardes huit.

— Je sais compter."

PV se contenta de hocher la tête, la laissa réfléchir. Ne voulait pas paraître trop empressé, voulait lui donner l'impression qu'il leur rendait un service, proposait ça pour eux, pas pour lui. Ravi, il constata qu'elle avait pris sa décision, avant même qu'elle ait parlé :

"Quinze. Tu auras quinze pour cent.

— Tope là."

Le temps se traînait.

Que faire à présent pour se maintenir occupée ? L'Hôtel Central n'avait rien donné. La réceptionniste avait en effet vu Jari Persson s'asseoir dans le lobby dans la matinée, l'avait reconnu, son père jouait dans la même équipe de floorball que son mari. Mais elle était allée et venue, avait eu à faire ailleurs dans l'hôtel, avait travaillé dans le bureau derrière la réception, et elle n'avait donc pas vu quand il était parti ni s'il avait rencontré quelqu'un. Désolée. À un moment, quand elle était revenue dans le lobby, il n'était plus là, et, à l'hôtel, elle ne voyait pas qui il aurait pu connaître ou attendre.

Avant de partir, Hannah et Morgan avaient demandé une liste actuelle des clients de l'hôtel. Ils connaissaient d'avance la réponse qu'elle allait leur faire et, en effet, elle ne voulait pas se risquer à leur fournir ça sans en référer d'abord à son chef.

Ils avaient obtenu la liste des clients vers l'heure du déjeuner. Soixante-huit des quatre-vingt-douze chambres étaient occupées. Hannah avait occupé une grande partie de son après-midi à passer en revue tous les clients, sans rien trouver qui saute aux yeux. Aucun des clients présents n'était là quand Tarasov avait été écrasé et mangé par les loups. Quelques-uns étaient arrivés autour du moment où il avait été trouvé, mais la plupart étaient repartis. Parmi ceux qui étaient encore là, aucun qui exige à première vue une enquête approfondie.

Ce travail avait été monotone et assez ennuyeux, mais il avait rempli sa fonction, en l'occupant. En l'empêchant de ruminer. Elle n'en demandait pas davantage.

Quand elle eut fini, elle alla proposer ses services à P-O. Les tuyaux avaient commencé à pleuvoir. Des renforts constitués principalement d'agents de police et de quelques aspirants occupaient un centre de liaison provisoire installé au sous-sol dans le stand de tir, où ils recevaient les appels, dont ils référaient ensuite à un groupe de commandement dirigé par P-O, la personne la plus analytique – et selon beaucoup, la plus ennuyeuse – du commissariat. Son groupe parcourait les informations, les classait par degré d'urgence et envoyait d'autres policiers effectuer des vérifications.

À la connaissance d'Hannah, rien n'avait donné de résultat direct : même si quelques tuyaux devaient être retravaillés le lendemain, il ne semblait pas que le public soit en passe de résoudre cette affaire à leur place. En tout cas pas encore.

Il ne lui restait pas grand-chose à faire, mais elle ne voulait pas rentrer non plus. Pas encore. Peut-être jamais ? Elle s'étira, se leva de son fauteuil et regarda par la fenêtre. Leva les yeux vers le ciel où des nuages gris-noir se rassemblaient à l'horizon pour la première fois depuis des semaines, et étouffa un bâillement. Alla chercher une tasse de café. La porte du bureau de Gordon était ouverte. Elle avait échangé quelques mots avec lui à son retour de l'Hôtel Central, mais il l'avait invitée à en référer directement à X. C'était tout.

Elle ouvrit la porte de la cuisine. Il était assis dans le canapé bleu.

"Alors tu es encore là ?" constata-t-elle en gagnant la machine à café. Allongé, extrafort, sans lait. Elle attendit que ce soit prêt, et alla s'asseoir avec sa tasse à côté de Gordon. Elle s'attendait presque à le voir se lever et partir, mais il resta assis là.

"Tu as quelque chose à me faire faire, maintenant ?" demanda-t-elle en buvant une gorgée de café. Il regarda l'horloge pendue au mur au-dessus de la porte qui menait à la salle de réunion.

"Tu peux rentrer à la maison. C'est ce qu'ont fait les autres.

— Je ne veux pas.

— Il est en colère ?"

Hannah inspira à fond, elle savait qu'elle ne pourrait pas indéfiniment faire l'autruche, s'il avait envie de parler, il fallait qu'elle prenne sur elle. Jusqu'à une certaine limite. Elle le lui devait, sans doute. Elle posa sa tasse et se tourna vers lui.

"Non, il n'est pas en colère.

— Mais il sait.

— Oui, il sait. Depuis un moment, semble-t-il."

Gordon hocha la tête, se tut, pensait sûrement qu'elle venait de lui apprendre, ou de lui confirmer pourquoi elle ne voulait plus coucher avec lui.

Son mari savait. Une raison qui en valait bien une autre.

Elle aurait pu lui dire toute la vérité. Il aurait compris. Plus que cela, il l'aurait aidée de toutes les façons possibles, lui aurait demandé comment elle allait, si elle avait besoin de quelque chose. Se serait soucié d'elle. En soi, c'était tentant, mais elle n'avait pas encore tiré au clair comment faire face elle-même à cette situation. Y mêler une tierce personne serait trop. Il saurait bien à temps. Serait celui dont elle aurait besoin. Exactement comme l'avait dit Thomas. Mais cela appartenait à l'avenir, bien trop proche, mais à l'avenir malgré tout. Ce qu'elle ne pouvait pas se permettre, ce qu'elle voulait éviter, était que le travail devienne aussi un endroit où elle se sentait mal à l'aise, qu'elle devrait éviter, fuir. Elle avait besoin de Gordon. Comme chef, comme ami. La porte de la cuisine était fermée, le bâtiment plus ou moins désert, mais elle baissa pourtant la voix.

"Je ne veux pas que ça devienne bizarre entre nous.

— Je comprends.

— Ça a été bizarre, aujourd'hui.

— Je sais. J'ai été surpris, je ne l'ai pas très bien pris." Il écarta le bras, avec un soupçon de sourire qui ne semblait pas tout à fait naturel. "Ça ne va pas être bizarre. Promis.

— Bien.

— Donc qu'est-ce qui se passe maintenant chez toi ?

— On va tirer les choses au clair, mentit-elle sans se gêner. D'une façon ou de l'autre.

— Mais tu ne veux pas rentrer ?

— Pas encore, non. As-tu quelque chose que je puisse faire ?"

Elle regretta à mi-chemin. Ce n'était là ni ce qu'elle voulait ni ce dont elle avait besoin.

Être seule en voiture. Avoir du temps pour penser.

À Thomas, bien sûr, mais elle en revenait surtout à Gordon. Elle ne le comprenait pas vraiment. Elle n'avait jamais été tellement douée pour déchiffrer les gens, ce qu'on aurait peut-être pu penser, étant donné son métier : elle n'arrivait pas à cerner son comportement d'aujourd'hui. Il n'était pas du genre à se sentir rejeté. Pas de virilité blessée. Mais elle se souvenait quand il avait quitté son bureau.

Son regard, du chagrin, pas de colère. L'expression de son visage, la déception.

Son sourire à la cuisine, qui ne montait pas comme d'habitude jusqu'aux yeux.

Hannah savait qu'il appréciait leurs rencontres au moins autant qu'elle, mais y avait-il vu plus que du sexe ? Commençait-il à tomber amoureux ? C'était idiot. Lui, un homme de trente-six ans en pleine carrière, elle une femme mariée mère de deux enfants adultes, avec des bouffées de chaleur et à moins de dix ans de la retraite.

Pourquoi pensait-elle davantage à lui qu'à Thomas ?

Pourquoi pensait-elle tout court ?

Elle appuya sur l'accélérateur, prit de la vitesse, elle voulait arriver au plus vite. Se remettre au travail.

Vingt minutes plus tard, elle s'engagea dans une allée où était garée une Hyundai et où l'attendait un homme de son âge, peut-être quelques années de plus. Hannah regarda la maison décrépite tout en se garant. Avec ses plaques d'Eternit, son toit mansardé et ses airs de paradis du bricoleur, elle rappelait beaucoup celle de Kenneth et Sandra, de l'autre côté du lac. Elle descendit de voiture et l'homme qui l'attendait vint à sa rencontre d'un pas empressé.

"Mikael. Mikael Svärd. Bonjour.

— Hannah Wester. Bonjour.

— J'étais si content que vous appeliez. Le policier avec qui nous avons parlé cet après-midi nous a dit que vous n'enverriez personne.

— Mais me voilà." Hannah sortit son carnet, l'ouvrit à une page blanche. "Vous vouliez signaler la disparition de votre fille et de son mari, récapitula-t-elle en montant vers la maison décrépite.

— Son petit ami, ils ne sont pas mariés.

— Leurs noms ?

— Anna. Anna Svärd, donc, et Ari Haapala. Nous sommes passés cet après-midi ma femme et moi pour déposer Marielle, mais ils n'étaient pas là, nous n'arrivons pas à les joindre.

— Et Marielle est leur fille ?

— Oui.

— Quel âge a-t-elle ?

— Elle a eu deux ans en mai, nous la gardons parfois, pour qu'Anna et Ari aient du temps pour eux."

Du temps pour eux. Thomas et elle n'en avaient jamais eu. Son père à elle savait s'y prendre avec les enfants, tant que c'était amusant. Mais en prendre la responsabilité pour les délester n'était pas son truc. Le père de Thomas avait déménagé en France après son divorce, et quand ils avaient eu Gabriel, sa mère avait soixante-quinze ans et commençait déjà à être un peu sénile. On ne lui aurait pas confié un enfant. Avec Elin, cela n'avait jamais été d'actualité, ils habitaient Stockholm à l'époque.

"Pourquoi pensez-vous qu'il s'est passé quelque chose ? demanda Hannah pour dévier le cours de ses pensées en commençant à faire le tour de la maison.

— Ils savaient que nous allions passer, ils ne répondent pas au téléphone, et leur voiture a disparu.

— Quel genre de voiture ?”

Hannah s’arrêta et se pencha. Un des soupiraux du sous-sol était cassé. Des éclats de verre jonchaient le sol. Quelque chose qu’il aurait fallu ramasser avec un enfant de deux ans qui galope dans le jardin.

“Une Mercedes. Ils venaient de l’acheter. L’ancienne est allée à la casse. Ils ont gagné de l’argent à une loterie.

— Sa plaque d’immatriculation ?

— Je ne sais pas, c’était tout nouveau.”

Hannah se redressa et reprit son tour de la maison, tout semblait en ordre. À part donc la vitre.

“Avez-vous une clé ?” demanda-t-elle en indiquant la porte d’entrée. Mikael Svärd hocha la tête et extirpa un trousseau de sa poche.

“Nous sommes entrés cet après-midi, ma femme et moi, mais il n’y avait personne, dit-il tandis qu’ils gravissaient ensemble le perron.

— Est-ce qu’ils ne seraient pas simplement partis ensemble quelque part ? En coupant leurs téléphones ? Plus de temps pour eux ?

— Ils savaient que nous devions venir déposer Marielle aujourd’hui. Ils ne seraient jamais partis sans elle.”

Non, en effet, quels parents abandonneraient leur enfant ? songea Hannah en entrant dans la maison.

Des manteaux pendus sur des cintres le long du mur du vestibule. Des chaussures sur leur étagère et par terre. Côte à côte, soigneusement classées par pointures.

“Anna ! Ari !” appela Mikael vers l’intérieur de la maison. Hannah le laissa faire, elle avait perçu son énergie nerveuse dès leur rencontre dans le jardin. Il espérait bien sûr qu’ils seraient rentrés. Auraient refait surface. Que ces heures d’inquiétude et d’angoisse ne seraient qu’une parenthèse vite oubliée. Mais pas de réponse. Pas de soulagement.

Ils entrèrent ensemble dans la cuisine. Hannah fut frappée par l’ordre qui y régnait. Certes, ils n’avaient qu’un enfant, de deux ans, mais même quand Thomas et elle veillaient au grain, on remarquait toujours qu’il y avait des enfants dans la maison. Ici, tout était soigneusement rangé, essuyé, classé.

Les jouets le long du mur, des plans de travail sans une seule miette, les couteaux au mur sur leur support magnétique, du plus petit au plus grand. Même les photos et les pense-bêtes sur la porte du réfrigérateur étaient disposés bord à bord en rangées rectilignes, fixés par des aimants ronds en trois couleurs. Ceux qui n'étaient pas utilisés étaient soigneusement alignés le long du côté gauche. Rouge, vert, bleu. Rouge, vert, bleu.

"Anna ! Ari !" appela à nouveau Mikael en s'enfonçant dans la maison. Hannah l'entendit monter l'escalier. Appeler à nouveau leurs noms. Elle allait lui emboîter le pas quand un bruit la fit se retourner. Elle crut d'abord que quelqu'un avait lancé quelque chose, mais comprit vite ce que c'était : la pluie qui s'abattait sur la fenêtre et son rebord. D'abord quelques grosses gouttes, puis elle monta vite en intensité, tambourinant violemment contre la vitre.

Le regard d'Hannah s'arrêta sur une photo encadrée sur le rebord de la fenêtre, entre deux plantes vertes. Elle alla la prendre. Marielle, bien entendu. Prise au cours de l'hiver. Riant aux éclats, les bras en l'air, dévalant une pente enneigée sur une luge. Peau de mouton et chapka. Des gants attachés aux manches de la combinaison. Le rose aux joues. Comme Elin quand elle rentrait du froid. Son petit corps chaud en sueur, les joues froides. Un des deux hivers qu'elle avait connus. Hannah regarda par la fenêtre le jardin en friche qui avait perdu ses contours à travers le rideau de pluie qui coulait sur la vitre.

Il pleut vraiment des cordes.

Les essuie-glaces travaillent à toute vitesse, mais peinent pourtant à écarter les trombes d'eau. Partout, les gens courent pour s'abriter de cette brusque averse, ils remontent les épaules, lèvent ce qu'ils ont sous la main au-dessus de leur tête pour se protéger au mieux. Les bouches d'égout n'ont pas le temps d'absorber autant d'eau. Les rues sont submergées, les roues des voitures projettent des cascades sur les trottoirs, trempant de plus belle les piétons.

J'aurais quand même dû prendre ce parapluie, se dit-elle en dépassant la rangée de voitures stationnées le long du petit parc de Söder. Elle s'arrête devant, trop près du passage piétons, à peu près certaine qu'aucune pervenche ne bravera la météo pour lui mettre une contravention. C'est l'affaire de cinq minutes. Maximum. Elle coupe le moteur. La pluie tambourine sur la tôle. Couvre l'autoradio qui passe *Cotton Eye Joe* de Rednex. Là, au moins, l'orage a du bon. Le disquaire est quelques mètres plus bas dans la rue. Assez loin pour qu'elle ait le temps d'être complètement trempée. Va-t-elle attendre une accalmie ? Elle jette un coup d'œil vers le ciel. Noir d'encre. Aucun signe d'arrêt ni d'accalmie. Elle se tourne vers la banquette arrière. Elin dort dans son siège auto. La tétine aux trois quarts sortie. Hannah la remet en place. Elin répond par quelques succions satisfaites, comme le roi sur son pouce dans *Robin des Bois*, le soir de Noël. C'est sûr, elle va se réveiller si Hannah la sort par ce temps. Elle regarde en direction de la boutique qui lui a promis un enregistrement clandestin de Bruce Springsteen. Ce n'est pas légal, mais pas non plus assez illégal pour lui causer des ennuis. Ça l'arrange tellement de l'avoir aujourd'hui. De l'offrir à Thomas pour fêter le nouveau poste qu'elle est certaine qu'il va décrocher. Elle prend sa décision. Détache sa ceinture de sécurité et se prépare. Ouvre la portière, remonte les épaules au contact de l'eau, se blinde, referme aussi doucement qu'elle peut avant de traverser la rue en courant, presque pliée en deux.

Elle s'ébroue comme un chien en entrant dans la boutique. Un seul client avant elle au comptoir. Il semble être venu pour avoir quelqu'un avec qui parler plus que pour acheter quelque chose. Ça discute Stax. Elle ne sait pas s'il s'agit d'un groupe, d'un style musical ou d'un label. Elle regarde dehors en direction de la voiture. Presque impossible de la distinguer avec la nuit qui tombe à travers le rideau de pluie. Puis vient son tour. Le vendeur se souvient d'elle, va lui chercher ce qu'elle veut, elle paie et, le disque dans un sac plastique, s'apprête à affronter à nouveau la pluie.

Aussitôt dehors, elle comprend que quelque chose ne va pas, mais pas vraiment quoi. Quelque chose dépasse de l'autre côté de la voiture. Quelque chose qui ne devrait pas être là.

Une portière ouverte.

Elin ne peut pas ouvrir les portières.

N'a-t-elle pas fermé ? Si. Elle était pressée de se mettre à l'abri de la pluie, mais elle a bien dû fermer ? Forcément. Mais la portière est ouverte. Une main glacée lui serre le cœur tandis qu'elle se précipite pour traverser, une chance qu'il ne passe aucune voiture, elle ne pense même pas à regarder. Les yeux fixés sur une seule chose. La portière ouverte côté parc, et les arbres derrière. Elle arrive, manque de glisser, fait tomber son sac, retrouve son équilibre et contourne la voiture.

Elle est vide. Le siège auto est vide.

Elle tourne sur place sur le trottoir. Elin doit forcément être là. C'est impensable autrement. Mais elle n'est pas là. La panique la saisit. Elle sait ce qui a dû arriver, mais ne peut pas, ne veut pas le comprendre. Crie son nom. Voit des gens s'arrêter dans leur course vers un abri. Un cri de pur désespoir et d'effroi surgi des profondeurs. Un cri devant lequel on ne peut pas passer son chemin. Elle les voit s'approcher, mais aucun d'eux n'a son enfant. Elle crie à nouveau le nom. C'est alors qu'elle la voit. Sur le trottoir. Une petite chaussure rouge vernie. Ses jambes se dérobent. Elle tombe à genoux. Si difficile de respirer. Elle croit qu'elle ramasse la chaussure, mais ne sait pas. Ne se souvient pas.

La chaussure rouge plonge tout le reste dans le noir.

"Ils ne sont pas là", dit Mikael Svärd en revenant dans la cuisine. Il s'arrêta en la voyant, confus, et Hannah réalisa qu'elle était en train de pleurer. Elle comprit aussi que Mikael Svärd interprétait ses larmes comme le signe du pire.

"Qu'y a-t-il ? qu'avez-vous trouvé ? demanda-t-il d'une voix inquiète.

— Rien, pardon, votre petite-fille me rappelait quelqu'un. Je suis désolée."

Elle essuya ses joues humides. Se maudit. Maudit Thomas. C'était sa faute. Il l'avait affaiblie, rendue vulnérable. Elle ne se permettait jamais de penser à Elin.

"Ils ne sont pas là, répéta-t-il en papillonnant un peu du regard, mal à l'aise en présence de cette policière en pleurs.

— J'ai entendu.

— Alors qu'allez-vous faire, à présent ?"

Elle savait ce qu'elle avait l'intention de faire, partir d'ici. Le plus vite possible. Elle reposa la photo sur le rebord de fenêtre, se racla la gorge, se ressaisit pour reprendre son rôle de représentante de l'autorité.

"Nous ne pouvons pas faire grand-chose. Tout semble indiquer qu'ils se sont absentés volontairement, et dans ce cas, nous n'entreprenons rien avant au moins vingt-quatre heures.

— Il leur est arrivé quelque chose. Ils ne se seraient jamais « absentés ». Il est arrivé quelque chose.

— Je suis désolée.

— Vous pourriez au moins rechercher leur voiture, lancer un avis de recherche, ou quelque chose ?

— Oui, nous pouvons faire ça", dit Hannah avant de quitter la cuisine, la maison et Mikael Svärd apparemment désemparé dans l'allée où elle recula et fit demi-tour pour reprendre la route d'Haparanda.

À LA MOITIÉ DU TRAJET, elle sentit qu'elle avait besoin de parler à quelqu'un. Elle pensait vouloir rester seule avec ses pensées, mais le souvenir avait été si fort, si vif qu'il recouvrait tout le reste comme une membrane gluante qui pénétrait partout et souillait tout.

Elle envisagea d'appeler Thomas, comme elle en avait l'habitude, comme elle l'aurait fait en temps normal, mais là, c'était au-dessus de ses forces. Pas maintenant. Pas encore. Elle avait besoin de continuer à garder une distance. Comme elle l'avait toujours fait avec tout ce qui était difficile. Tous les grands sentiments. Mais il fallait qu'elle entende une autre voix que la sienne, qui n'arrêtait pas de ressasser dans sa tête.

Elle appela Gordon. Il répondit aussitôt, lui demanda comment ça s'était passé, et elle lui raconta. Svärd, la maison, la vitre cassée, tout, sauf la pluie et son souvenir.

"Je pense qu'on devrait quand même y envoyer un technicien du labo, conclut-elle.

— Pourquoi ?"

Elle hésita un instant. Après avoir quitté la maison, une théorie avait lentement germé en elle. D'abord, elle avait tenté de l'ignorer, n'y voyant qu'une forme de méthode Coué, le désir de donner à cette visite tardive plus d'importance qu'elle n'en avait, mais elle s'était enracinée, tenait bon. À présent, elle testait sa consistance une fois énoncée à voix haute.

"Nous devrions vérifier si ça ne pourrait pas être eux qui ont renversé Tarasov.

— Pourquoi le crois-tu ?

— Ils habitent dans le bon périmètre, sont tous les deux de la région et viennent de mettre leur voiture à la casse pour en acheter une nouvelle. J'ai vérifié dans le fichier : une Merco valant presque un demi-million.

— C'est beaucoup d'argent.

— Le père dit qu'ils ont gagné à une loterie, mais c'était peut-être juste une façon d'expliquer comment ils avaient eu les moyens."

Gordon se tut. Elle l'imaginait, le téléphone à l'oreille, s'efforçant de se mettre sur la même longueur d'onde qu'elle, de poser les bonnes questions.

"Et dans ce cas, où sont-ils ?

— Je ne sais pas.

— Ils ne seraient pas partis de leur plein gré sans leur fille.

— Peut-être qu'ils se cachent et comptent la récupérer plus tard, je veux dire, ils savent où elle est.

— Peut-être.

— Ou bien..."

Elle hésita à finir sa phrase. La suite était plus tirée par les cheveux que tout ce qu'elle avait avancé jusqu'ici, et il y avait peu d'indices pour lui donner raison. En fait, aucun.

"Ou bien ? répéta Gordon, comme elle ne continuait pas.

— *Si* c'est eux, ils pourraient avoir commis une erreur.

— Et donc ?

— Et donc celui ou ceux qui se sont occupés de Fouquier et de sa bande pourraient les avoir retrouvés."

Elle entendit le soupir au téléphone, sans pouvoir décider si c'était à cause de sa théorie tirée par les cheveux ou de la perspective de retrouver encore d'autres cadavres.

"Est-ce que quelque chose le suggérait ? demanda-t-il avec dans la voix le vague espoir qu'elle réponde non.

— En fait, non, avoua-t-elle. Tout était en ordre, mais un technicien du labo trouverait peut-être des traces de sang, ou quelque chose.

— Je vois ça avec X, mais il n'y a pas grand-chose à lui mettre sous la dent.

— Je sais, mais pour une fois qu'on a des ressources.

— Je vois ça tout de suite, mais n'espère pas trop.

— Il est toujours là ?
— Il parle à la presse, fait un dernier point.
— Du nouveau ?
— Rien que tu ne saches déjà.
— Tu es aussi au commissariat ?
— Oui.
— Je serai là dans dix minutes, un quart d'heure."

Elle se mordit la langue, regretta aussitôt. Pourquoi avoir dit ça ? Vieille habitude, sans doute. Le risque était qu'il le prenne comme une avance, qu'elle avait envie qu'il reste à l'attendre. Peut-être aussi le voulait-elle ? Elle ne le savait pas. Elle ne pouvait plus y faire grand-chose, c'était fait, c'était dit.

"Alors on s'y verra probablement.
— OK", répondit-elle brièvement avant de raccrocher et de repartir sous la pluie.

"C'est pour toi", dit la Russe (peu importait d'ailleurs qu'elle vienne de là ou d'autre part) en descendant de la voiture qu'elle avait insisté pour faire entrer dans le garage. PV resta interloqué. "Tiens. C'est un cadeau.

— En quel honneur ?

— Je veux que tu m'aides, et j'ai été un peu dure avec toi la dernière fois." Elle posa la main sur le capot de la Mercedes gris argenté après en avoir fait le tour. "C'est un cadeau pour faire la paix, dit-elle d'un air sincère en lui tendant la main. Au fait, je m'appelle Louise.

— Merci, dit PV en serrant sa main tendue avec décontraction et le regard ouvert. Mais je ne peux pas t'aider."

Ce n'était pas vrai. Ça ne l'était pas non plus la dernière fois qu'elle était venue. Il savait alors que la Honda bleue était dans le garage de Kenneth, mais il l'avait plutôt aiguillée vers Jonte. Il voulait en savoir davantage avant de décider quoi faire des informations dont il disposait. À présent, il savait exactement.

Mentir n'était pas difficile. Il était doué pour ça. Plus il était important que la vérité reste cachée, meilleur il était. Et ça n'avait jamais été plus important qu'aujourd'hui. Après des mois de sacrifices, d'angoisse, de larmes et d'une fatigue qui le minait, il avait une chance de résoudre ses problèmes. La fameuse lumière au bout du tunnel dont il n'aurait jamais cru voir le bout.

L'aider était impensable.

Il mentit donc sans aucune retenue.

“René a disparu, dit-elle sur le ton de la conversation la plus banale, en se penchant nonchalamment contre la voiture mouillée.

— Qui est René ?

— René Fouquier. Tu ne te tiens pas informé ?”

L’alarme se mit à sonner, l’exhortant à la prudence : elle avait beau donner une impression terne, presque insignifiante, il lui semblait bien qu’elle le testait. Il reconnaissait ce nom et se surprit lui-même à se réjouir que Raimo ait dû terminer tôt.

“J’ai vu ce nom quelque part, mais je ne sais pas qui c’est.”

Ce qui était vrai, PV n’avait jamais entendu parler de René avant aujourd’hui dans les médias. Ce que cette femme cherchait à lui dire s’éclaira tout à coup : elle était à l’origine de la “disparition” de René. De lui et des quatre autres. Elle était dangereuse, plus dangereuse qu’il ne l’avait cru lors de leur première rencontre, plus que quiconque à sa connaissance.

“Il était le nouveau à ton poste.” Elle se tourna à nouveau vers lui. “Je me disais, maintenant que le nouveau a disparu, les gens voudront peut-être revenir à l’ancien ?”

PV ne répondit pas tout de suite. Que savait-elle ? Plus qu’elle n’en disait ? Si elle avait eu le moindre soupçon au sujet de Kenneth et Sandra et du deal qu’il avait passé avec eux, elle ne serait pas venue le voir, mais serait allée directement les trouver. Récupérer dope et argent. Elle l’aurait puni. Et pas donné une voiture en quémandant son aide. Rassuré par sa rapide déduction, il comprit qu’il s’agissait néanmoins de rester prudent. Plus il pourrait la maintenir à distance, mieux ça vaudrait.

“J’ai raccroché, dit-il, bien conscient que ce ne serait pas si facile.

— Tu vas reprendre.

— Qu’est-ce que tu veux dire ?

— Fais courir le bruit que tu reprends les affaires.

— Je ne peux pas faire ça.”

Elle s’avança de quelques pas vers lui. PV dut se faire violence pour résister au réflexe de reculer. Elle s’arrêta tout près, le regarda droit dans les yeux, semblant hésiter pour la suite.

“Tu te souviens que la dernière fois je t’ai posé des questions au sujet d’amphétamines, Dennis ? finit-elle par lâcher. Un gros lot.

— Oui.

— Il faut que je récupère ça. C’est très, très important pour moi. Tu vas m’aider à attirer la personne qui l’a.”

Entendait-il mal, ou il y avait un accent de désespoir dans sa voix ? Elle avait l’air sincèrement préoccupée. Ou était-ce là une nouvelle tactique pour qu’il accepte de l’aider ?

“Ça fait un bail. Si ce René n’a pas réussi à mettre la main dessus, pourquoi j’y arriverais, moi ?

— Personne ne le connaissait. Même pas nous. Toi, en revanche, tu vas faire courir le bruit que tu es de retour et que tu veux faire de grosses affaires. Vite. T’y remettre… pour ta fille.”

Même si ce n’était pas voulu comme une menace, ça y ressemblait décidément. Le plus simple aurait été de griller Kenneth et Sandra. Donner à la Russe ce pour quoi elle était venue, afin qu’elle disparaisse à jamais de sa vie.

Mais elle emporterait avec elle leurs millions.

Leur avenir.

Ce n’était donc pas une alternative. Il fallait qu’il gagne cette partie. Se débarrasse d’elle. Sans complications. Dire qu’il marchait avec elle, aller vendre la drogue de Sandra aux Finlandais, laisser passer quelques jours, téléphoner à “Louise” pour lui dire que ça n’avait rien donné, que personne ne s’était manifesté.

Que pourrait-elle y faire ? Il était un excellent menteur.

À défaut d’autre chose, ça lui ferait gagner du temps, lui donnerait la possibilité de réfléchir à tout ça.

“Qu’est-ce que j’y gagnerai ? demanda-t-il, ne voulant pas éveiller de soupçons en cédant trop facilement.

— Tu viens de recevoir une voiture.”

Il croisa son regard, regarda la Merco, parut réfléchir puis haussa les épaules.

“Bon, d’accord, je marche…”

On entendit alors une voiture se garer près de l’entrée. PV jeta un coup d’œil par la fenêtre, la reconnut immédiatement. Parmi toutes les personnes qu’il ne voulait surtout pas voir maintenant…

Quelques secondes plus tard, la première partie de *La Lettre à Élise* retentit quand Sandra ouvrit la porte et entra, un gros sac à la main. PV s'efforça de se détendre mais sentit son pouls battre à ses tempes quand il la salua de la main.

"Salut, entre dans le bureau, je te rejoins tout de suite."

Sa voix portait, semblait comme d'habitude. Il allait réussir.

"D'accord." Sandra regarda un instant la femme qu'il avait en face de lui, sourit et la salua de la tête. "Louise" sourit à son tour et suivit des yeux la visiteuse avec intérêt.

"Une maîtresse ? demanda-t-elle quand Sandra eut refermé la porte du bureau derrière elle.

— Hein ? Non, bordel, non, non, s'esclaffa PV par réflexe, avec un rire peut-être un peu trop appuyé.

— Tu as eu l'air nerveux quand elle est arrivée.

— Ah bon ? Non, rien de ce genre, en tout cas."

Elle ne dit rien, se contenta de le regarder avec insistance, elle aurait visiblement voulu savoir ce qu'il y avait entre eux si ce n'était pas quelque chose "de ce genre". Il aurait mieux valu admettre qu'il tirait son coup à droite et à gauche. Trop tard. Il se tourna vers la porte close où Sandra était entrée et, en se retournant, il baissa la voix.

"On s'occupe d'une petite… histoire d'assurance.

— Bonne chance, mais n'oublie pas notre accord.

— Non, non, je vais tout de suite causer à des gens.

— Merci."

Un sourire, puis elle se dirigea vers la sortie. Soulagé, il souffla.

"Dennis…"

Il se tourna et la vit, immobile, la main sur la poignée de la porte.

"Débarrasse-toi vite de ça, dit-elle en montrant la Mercedes.

— Pourquoi ?

— Tôt ou tard, quelqu'un va la chercher."

La Lettre à Élise accompagna sa sortie tandis que PV la suivait des yeux. Bordel. Elle lui avait fourgué une voiture volée. Ou pire. Elle n'était pas trop visible, il pouvait attendre pour décider quoi en faire.

Sandra l'attendait dans le bureau.

Quelques bougies brûlaient encore sur la place quand Hannah passa devant. Davantage de fleurs, de petites peluches et de cartes manuscrites, à présent que tout le monde connaissait le nom des victimes. Plus de gens dehors que d'habitude, malgré la pluie, qui s'était calmée mais tombait encore comme un fin brouillard sur tous ceux qui se déplaçaient dans les rues. Une grande partie revenaient de ou se rendaient à l'église restée ouverte toute la soirée. Partout, des petits groupes de vieux, jeunes et enfants réunis. Peu semblaient vouloir demeurer seuls dans ce deuil collectif. Ils voulaient le partager, même avec un inconnu. Hannah ne comprenait pas ce que ça pouvait avoir de bon.

Les rues se clairsemèrent à mesure qu'elle s'approchait du fleuve et de l'hôtel de police, et une fois arrivée à destination il n'y avait quasiment plus personne. Juste un journaliste tout seul sur le banc près de l'entrée. Les autres devaient avoir abandonné, ayant obtenu de la police tout ce qu'ils savaient pouvoir obtenir. Maintenant qu'on connaissait officiellement les noms des victimes, il s'agissait de trouver l'angle personnel, le côté sentimental qui permettrait de sympathiser avec elles et leurs proches. Il y avait des parents, des enseignants, des collègues, des petites amies avec qui parler. À qui demander s'ils avaient la moindre idée de pourquoi leur enfant, élève, collègue ou petit copain avait subi une chose pareille. Récolter des citations parlant de perte, d'amitié et de rêves brisés.

En passant devant le banc, en direction du parking du personnel, Hannah vit que celui qui attendait n'était pas du tout un des journalistes. Elle s'arrêta.

Thomas. Seul sous la pluie battante.

Il l'avait vue lui aussi, mais resta là, se contentant de la saluer de la main. Hannah ferma brièvement les yeux, se ressaisit et sortit de voiture.

"Qu'est-ce que tu fais là ? demanda-t-elle quand elle l'eut rejoint.

— Je t'attendais. Je ne savais pas si tu avais l'intention de rentrer.

— Je comptais le faire. Plus tard. Mais on a ces cinq meurtres sur les bras, tu sais…"

C'était une partie de l'explication. Pas toute, et il le savait bien. Elle s'assit à côté de lui, sentit l'humidité traverser son pantalon d'uniforme. S'en ficha.

"Tu es là depuis longtemps ?

— Un moment. Tu as mangé ?

— Ça fait un bon moment." Elle le sentit en le disant. Il sortit un wrap fromage-jambon du petit sac à dos posé sur le banc. Le lui donna. Elle retroussa le film plastique et mordit dedans, affamée.

"Je ne te mérite pas."

Il se contenta de lui sourire et lui passa le bras sur l'épaule. Sa gorge se serra aussitôt, l'empêchant d'avaler.

"Comment ça va ?"

Elle faillit éclater de rire. C'était tout lui. S'inquiéter pour elle. Certes, il ne s'était pas encore passé vingt-quatre heures depuis qu'elle avait appris la nouvelle, mais quand même… Comment allait-elle ? Elle ne savait vraiment pas.

"J'ai pensé à Elin aujourd'hui, dit-elle en réalisant que ça en disait déjà beaucoup sur comment elle se sentait.

— Pourquoi ?

— Je ne sais pas. J'ai vu une photo et… il s'est mis à pleuvoir, et il y avait toi et tout le reste. J'ai baissé la garde.

— Tu devrais le faire plus souvent."

Elle sentit ses yeux déborder et ses larmes se mélanger à la pluie. Elle s'appuya contre son épaule.

“Je t’aime.

— Je sais”, répondit-il. Elle savait qu’il souriait. Une allusion à *La Guerre des étoiles* qu’elle avait apprise. Un rappel de tout ce qui allait lui manquer. Tout lui déferla dessus. Tous les souvenirs, tout ce qu’ils avaient fait ensemble, tout ce qu’ils avaient traversé. Une vie tout entière. Meilleure chaque jour grâce à lui, et elle s’était contentée de considérer ça comme acquis. Sans jamais l’apprécier à sa juste mesure.

“Je t’aime et je suis désolée.”

Pour tant de raisons. Gordon, naturellement, mais aussi et peut-être surtout pour ne pas pouvoir être là pour lui quand, pour une fois, c’était lui qui avait besoin d’elle et non l’inverse.

“Tu n’as pas à l’être.

— Je veux être là. Pour toi. Ça…” Elle fit un signe de tête vers l’hôtel de police. “C’est juste… rien.

— Ça viendra. Je te connais.”

Elle se redressa, se tourna vers lui. Important de le dire, qu’il comprenne vraiment ce qu’elle voulait, ce qu’elle désirait et ce qu’elle pouvait.

“Je ne sais pas comment. Je ne sais pas comment je vais pouvoir être avec toi pendant plusieurs mois en sachant que tu vas disparaître.

— On trouvera une solution. C’est un bon début d’en parler.

— On ne l’aurait pas fait si tu n’étais pas venu là.

— Mais si, juste un peu plus tard, c’est tout.”

Elle posa ses mains sur ses joues humides, le regarda tout au fond des yeux avant de se pencher et de presser ses lèvres contre les siennes, fort, longtemps, avant de le serrer dans ses bras.

“Je ne te mérite pas, murmura-t-elle à son oreille.

— Tu l’as déjà dit, mais ce n’est pas vrai et tu le sais. J’aime chaque jour avec toi.”

Elle le serra encore plus fort. Ne voulait pas lâcher prise, mais y fut obligée pour ne pas se transformer en flaque, ne faire plus qu’un avec la pluie par terre. Elle le lâcha et se leva, s’essuya le visage du revers de la main.

“Il faut que j’aille… travailler, dit-elle en montrant à nouveau le bâtiment de la tête.

— Oui, et moi que je rentre me sécher.

— J'arrive bientôt. Promis.
— Ça ira."

Il prit son sac à dos et se dirigea vers la maison. Hannah gagna l'entrée en quelques pas, se retourna, et resta à le suivre des yeux jusqu'à le perdre de vue sous la pluie.

Carin était rentrée, la réception était vide et plongée dans l'obscurité quand elle la traversa pour passer sa carte d'accès dans le lecteur. Elle s'arrêta en bas de l'escalier de l'autre côté de la porte. C'était le chemin le plus court pour monter, si c'était ce qu'elle voulait. Elle ne savait pas. N'arrivait pas à avoir les idées claires. Elle ne voulait pas rentrer à la maison, mais c'était peut-être ce qu'elle aurait dû faire ? Le suivre. Monter signifiait être forcée de passer devant le bureau de Gordon. Elle ne voulait pas non plus, là, maintenant. Elle continua donc plutôt droit devant elle au rez-de-chaussée, gagna le vestiaire, se débarrassa de son uniforme trempé et se sécha. Et ensuite ?

Où aller, quand on ne veut aller nulle part ?

Elle finit par prendre l'escalier du fond et atterrit lourdement sur son fauteuil de bureau. S'abstint d'allumer. Comme si le reste du monde reflétait son état d'esprit, il n'avait pas fait si sombre dehors depuis longtemps. Fini, le soleil de minuit pour cette année. Cette nuit, le soleil allait lentement descendre sous l'horizon. Non que cela fasse une grande différence, les nuages sombres semblaient avoir décidé de rester.

Elle ferma les yeux, luttant contre les larmes. Ne se rappelait pas quand elle avait pleuré pour la dernière fois, et voilà qu'elle tentait de se retenir pour la troisième fois ce soir. Toujours la même origine.

Tout et tous ceux qui lui avaient été enlevés.

Elle ouvrit les yeux, et son regard tomba sur le panneau d'affichage. La carte annotée d'un cercle, la photo de René Fouquier, l'enquête qu'elle n'avait cessé de toute la journée de tenter de faire passer pour la chose la plus importante. Le tout soigneusement épinglé.

Plus soigneusement que dans son souvenir.

Elle se redressa sur son siège. Cet ordre lui rappelait quelque chose… Bord à bord. Lignes droites. Les épingles inutilisées alignées le long du côté gauche.

Rouge, verte, rouge, verte, rouge, verte.

Ça lui rappelait définitivement quelque chose, quelque chose en rapport avec l'enquête… Soudain, cela lui revint. Il lui fallut quelques secondes pour comprendre ce qu'elle venait effectivement de découvrir. Car c'était tellement… incroyable. Est-ce que, vraiment… ?

Quand elle réalisa pour de bon, elle bondit si violemment que son fauteuil alla cogner le mur derrière elle et qu'elle se heurta la cuisse au bord du bureau. La main sur la bouche, le souffle coupé, elle resta là les yeux écarquillés.

"Bordel de merde", lâcha-t-elle avec un dernier coup d'œil au tableau avant de disparaître dans le couloir, direction le bureau de Gordon.

"Ils sont venus ici. C'est une femme", cria-t-elle presque en déboulant chez lui. Il l'avait entendue arriver en courant et s'était déjà à moitié levé.

"Qui est venu ici ?" demanda Gordon, prêt à intervenir, tout en gardant l'air totalement interloqué. Hannah se força à respirer à fond. Les mots se bousculaient dans sa gorge, voulaient tous sortir en même temps.

"Celui ou ceux que les Russes ont envoyés. C'est une femme, elle a été chez Fouquier, chez les Svärd et ici. Elle est venue ici ! Elle fait le ménage ici. Au commissariat."

Elle vit à son air qu'il n'était pas beaucoup plus avancé. Sa hâte se mêla d'irritation. Il fallait qu'ils fassent quelque chose. Tout de suite. Elle arrivait avec une percée dans l'enquête, et il ne pigeait pas.

"Elle fait le ménage dans mon bureau. La nouvelle femme de ménage. C'est elle.

— Elle est là en ce moment ?

— Non, putain, bien sûr que non, cracha-t-elle en soufflant de frustration. Viens. Viens avec moi."

Elle fit volte-face et se précipita, Gordon sur les talons. Une fois dans son bureau, elle alluma au plafond et l'assit d'autorité dans un fauteuil avant de gagner le tableau d'affichage.

"Regarde les épingles : verte, rouge, verte, rouge. Les couleurs qui s'alternent sur le bord gauche. Chez les Svärd, ils avaient des aimants sur la porte du réfrigérateur de *trois* couleurs différentes, alignés aussi le long du bord gauche : rouge, vert, bleu, rouge, vert, bleu."

Elle alla ranimer son ordinateur sur son bureau et attendit impatiemment qu'il démarre. Gordon n'était pas encore complètement sur la même longueur d'onde, mais il attendit en silence qu'elle trouve ce qu'elle cherchait.

"Là, dit-elle en ouvrant les photos de l'appartement de Fouquier envoyées par le labo, faisant pivoter l'écran pour qu'il puisse voir. Chez René, les dessous de verre, à gauche sur la table basse : rouge, noir, rouge, noir, rouge."

Elle se tourna vers Gordon, qui semblait commencer à comprendre où elle voulait en venir, le poids de ce qu'elle disait.

"Je croyais que c'était lui qui avait la manie de l'ordre, mais c'était elle. Elle avait aussi rangé les jouets et classé les couteaux de cuisine par taille chez les Svärd et regarde seulement ici…" Hannah lui montra l'ordre qui régnait sur son bureau, où les stylos, les post-it et toutes les autres fournitures de bureau étaient disposés par ordre de couleur et de taille quand c'était possible. "C'est elle. Elle est venue ici.

— Comment a-t-elle réussi à entrer, putain ?" mais Hannah voyait que ses pensées étaient déjà ailleurs. Là où elle était elle aussi.

Plus près d'une solution.

"Je savais que vous alliez venir", les accueillit-il à voix basse en leur ouvrant la porte de son appartement et en les conduisant dans un séjour où une femme qu'Hannah reconnut était assise sur un canapé avec un petit garçon de huit ou neuf ans. Sofia avait fait le ménage au commissariat pendant plusieurs années. Jusqu'à ce que la société de Stepan Horvat remporte l'appel d'offres communal. Hannah la salua de la tête. Sofia lui adressa un petit sourire en la reconnaissant avant de regarder avec inquiétude son mari qui se laissa tomber à côté sur le canapé.

"Qui est-ce ?" demanda Alexander, allant droit au but.

Stepan regarda la photo qu'on avait fait glisser vers lui sur la table basse. Un rapide coup d'œil, comme s'il savait déjà ce qu'il allait y voir.

"Je ne sais pas, dit Stepan en lâchant l'image des yeux.

— C'est pris par la caméra de vidéosurveillance devant le commissariat, continua Alexander en montrant la photo. Cette femme est votre employée. Son passe est au nom de votre femme.

— Mais ce n'est pas votre femme. Comment expliquez-vous ça ?" demanda Hannah.

Stepan poussa un profond soupir, se tourna vers sa femme. Il y avait de la résignation dans le regard qu'ils échangèrent. Sofia se leva et s'approcha d'une commode le long d'un des murs. Gordon fit quelques pas vers elle pour la garder à l'œil. Il n'y avait rien à craindre, mais on ne savait jamais. Si la femme sur la photo était celle qu'ils suspectaient, ils étaient tous deux impliqués dans un meurtre de masse.

"Elle est venue ici il y a quelques jours, dit Stepan. Avec des photos.

— Elle ? La femme sur cette photo ?" demanda Hannah. Stepan hocha la tête tandis que Sofia tendait une petite enveloppe à Gordon. Il se tâta vite les poches, puis se tourna vers Hannah et Alexander.

"Vous avez des gants sur vous ?"

Tous deux fouillèrent leurs poches en secouant la tête. Gordon saisit précautionneusement un coin de l'enveloppe entre deux ongles, la posa sur la table, l'ouvrit avec un crayon et la secoua doucement pour en faire sortir le contenu. Hannah et X se penchèrent.

Les photos montraient toutes une petite fille brune aux yeux bruns, trois ans peut-être, prises dans divers décors : une aire de jeux, à la maternelle, dans ce qui ressemblait à un jardin. Le point commun entre toutes était le point rouge d'un viseur laser que la fillette avait sur elle. Sur le front, sur la poitrine.

"Notre fille, expliqua Stepan.

— C'est la fille de la photo qui vous a donné ça ?" demanda Hannah en levant les yeux du contenu de l'enveloppe. Stepan hocha la tête.

"Pourquoi ne pas être allés voir la police ? demanda Gordon.

— Elle nous a dit de ne pas le faire", répondit Sofia comme une évidence en revenant s'asseoir. Le garçon se blottit aussitôt contre elle.

"Elle voulait entrer dans l'hôtel de police. J'ai mis sa photo sur une nouvelle carte d'identification et je lui ai donné le passe de Sofia."

Hannah eut l'impression qu'ils avaient obtenu tout ce qu'ils pourraient apprendre. Ils savaient comment et pourquoi, mais n'étaient pas un iota plus proches de savoir qui. Cette visite était dans l'ensemble une déception, pas du tout la percée qu'ils avaient espérée tout à l'heure au commissariat.

"Pourquoi était-il important pour elle d'entrer au commissariat ? demanda Stepan avec une sincère inquiétude dans la voix. Elle a fait quelque chose ? Elle n'a pas fait du mal à quelqu'un, j'espère ?

— Nous craignons bien que si, répondit brièvement Alexander en se levant.

— J'ai une meilleure photo d'elle si vous voulez, dit Stepan après s'être lui aussi levé, en rendant à Alexander le cliché de la caméra de surveillance.

— Pourquoi avez-vous ça ?

— Elle en a laissé deux, pour la carte d'identification."

Il alla chercher dans la commode une petite photo d'identité prise dans un banal photomaton. La jeune fille blonde leur souriait, décontractée. Hannah prit la photo et l'examina. Aucun doute, c'était elle qu'elle avait vue dans son bureau. Mais il y avait aussi autre chose. Elle n'arrivait pas à mettre le doigt dessus. Quelque chose d'enfoui, insaisissable, un lien qui se refusait.

"Elle avait des cheveux noirs coupés court quand elle est venue ici.

— Une coupe au bol, glissa Sofia en indiquant la longueur de la main. Elle était coiffée au bol.

— Hannah ?"

Elle leva les yeux, vit la main autoritaire tendue vers elle, réalisa qu'elle avait continué à fixer la photo, la tendit à Alexander, qui la mit dans sa poche. Ils s'apprêtèrent à partir.

"Vous allez l'arrêter ? Sommes-nous en sécurité ici ?" demanda Stepan en faisant un geste en direction de sa famille sur le canapé. Alexander regarda son fils, resté tout ce temps silencieux et grave auprès de sa maman, écoutant tout ce qui se disait. Il lui adressa un sourire rassurant. Le garçon resta imperturbable.

"Probablement, mais si votre femme pouvait partir quelques jours ailleurs avec les enfants, ce ne serait pas mal.

— Et moi, alors ? demanda Stepan, mais Hannah eut l'impression qu'il connaissait déjà la réponse.

— Vous, vous venez avec nous."

Elle regarda Kenneth de l'autre côté de la table. Il engloutissait son dernier bout de viande en essayant de ramasser le plus de sauce possible avec ses pommes de terre. Seule sa présence en face de lui l'empêchait probablement de lécher son assiette comme un enfant après avoir mangé de la glace à une fête. Il avait eu du filet de bœuf. Elle lui avait menti en lui expliquant qu'elle l'avait eu moins cher pour cause de date de péremption courte. Faux. Elle avait payé le prix fort. Elle avait beaucoup fait aujourd'hui.

Ce qu'elle n'avait pas fait, en revanche, était de lui annoncer qu'elle avait décidé de vendre la drogue. Elle ne savait pas bien pourquoi. Pour elle, c'était juste quelque chose qu'il n'avait pas besoin de savoir. Peut-être parce qu'à l'origine c'était son idée de ne *pas* la vendre, et qu'elle lui avait même interdit d'essayer. Elle ne voulait pas le voir bouder pendant des jours parce que c'était une mauvaise idée venant de lui et une bonne quand c'était elle qui l'avait.

Il n'avait certainement pas besoin de savoir qu'elle avait passé un accord avec PV. Elle savait combien son ancien ami l'avait déçu, et il serait blessé d'apprendre qu'elle récompensait cette trahison d'une somme d'un million et demi.

Ce n'était pas son intention, elle s'était rendue au garage vraiment décidée à récupérer l'argent que Kenneth lui avait donné, mais PV avait présenté comme si simple la solution de quadrupler sa mise.

Elle prenait la plus grosse part de l'argent, lui tous les risques.

S'il se faisait prendre, qu'il la balançait, elle n'aurait qu'à nier en bloc, ce n'était qu'un ancien taulard qui avait vu là une occasion de se venger, pour une raison X. Les gens qui connaîtraient leur relation, l'amitié entre PV et Kenneth, pourraient toujours trouver ça bizarre, mais quelles preuves auraient-ils ? Aucune. Absolument aucune.

Aujourd'hui, elle avait eu un avant-goût de ce que serait leur nouvelle vie.

Puisqu'elle était montée jusqu'au cabanon en ruine pour récupérer le sac de drogue, elle en avait profité pour prélever elle aussi un peu d'argent. Après avoir déposé le sac au garage, elle avait franchi le pont et passé le reste de l'après-midi à faire du shopping à Torneå. À Haparanda, quelqu'un aurait pu tiquer en la voyant payer en euros. Elle avait acheté des vêtements neufs, du maquillage, des chaussures, s'était offert quelques sous-vêtements coûteux, une nouvelle montre, quelques bibelots pour la maison et un rasoir électrique que recommandaient plusieurs de celles qu'elle suivait sur Instagram pour les jambes et le maillot en été. De retour en Suède, elle avait fait un crochet par le centre-ville, était descendue au salon de manucure en espérant qu'ils avaient quelques créneaux sans rendez-vous. Ils en avaient. Pendant plus d'une heure, elle avait laissé quelqu'un d'autre s'occuper d'elle, lui faire une beauté.

Rien que parce qu'elle le pouvait, le voulait et que cela lui faisait du bien.

En faisant les courses au supermarché sur le chemin du retour, elle n'avait pas voulu que cette journée se termine avec des macaronis et du poisson pané. Elle avait opté pour du filet de bœuf.

Une fois rentrée, elle n'avait pas sorti toutes ses emplettes de sa voiture, au cas où Kenneth se serait demandé comment elle avait eu les moyens, mais il n'avait rien remarqué du tout. Ni les nouveaux chandeliers qu'elle avait mis aux fenêtres, ni qu'elle s'était changée avec des vêtements qu'il n'avait jamais vus, ni qu'elle s'était fait les ongles, alors qu'elle ne mettait jamais de vernis et qu'ils étaient d'un rose clair éclatant. Juste le filet de bœuf.

D'une certaine façon, elle était déçue qu'il ne soit pas plus attentif à elle, qu'il n'apprécie pas ses efforts pour soigner son apparence, embellir leur intérieur. En même temps, elle était bien contente qu'il ne demande pas où elle avait trouvé l'argent. S'il apprenait qu'elle était allée se servir dans la cachette, il deviendrait plus difficile pour elle de se mettre en colère au sujet de sa PlayStation neuve. Elle n'avait pas encore abordé le fait qu'elle avait trouvé la console neuve au grenier, elle réservait ça pour une occasion où elle aurait besoin d'avoir un ascendant sur lui, de le faire se sentir coupable.

En outre, elle avait deux problèmes plus urgents.

Le premier était que, si l'envie reprenait à Kenneth d'agir dans son dos en retournant au cabanon, il remarquerait que le sac de drogue avait disparu et comprendrait que c'était elle qui l'avait pris, puisque les autres sacs étaient toujours là. L'autre problème était ce qu'elle ferait de l'argent que PV lui remettrait.

Elle pensait avoir trouvé une solution dans les deux cas.

Quand PV viendrait lui remettre sa part de la vente, elle comptait tout déplacer ailleurs. L'ancien et le nouvel argent. Trouver un endroit qu'elle ne révélerait pas à Kenneth. Pour leur bien à eux deux. Cela lui épargnerait la déception d'apprendre qu'elle avait fait affaire avec PV, et si la police le prenait, lui mettait la pression, il n'aurait pas besoin de mentir. Il n'aurait aucune idée du lieu où était l'argent.

Il faudrait qu'elle tourne bien son plan dans tous les sens pour en découvrir les failles s'il en avait, mais pas maintenant. Cette journée avait été la meilleure depuis très, très longtemps. Peut-être leur suffirait-il d'attendre un an avant de commencer à utiliser l'argent ? Avant qu'elle ne commence à vivre sa nouvelle vie.

Avant qu'*ils* ne commencent à vivre leur nouvelle vie, se corrigea-t-elle.

Dire que c'était si difficile de se le ficher dans le crâne…

Il maintint sa vitesse en traversant le pont pour passer sur la presqu'île où commençait la Finlande. Pas trop lentement, et surtout pas trop vite. Il ne savait pas si la douane avait un système de reconnaissance automatique des plaques à la frontière, mais enfonça sa casquette autant qu'il put et regarda le plancher en la franchissant. *Tôt ou tard quelqu'un va la chercher*, avait-elle dit. PV espérait que ce serait le plus tard possible.

Après le départ de Sandra, cet après-midi, il avait essayé de continuer à travailler comme d'habitude, mais n'arrivait pas à se concentrer. Ses pensées revenaient sans arrêt au sac qui attendait dans le bureau, mais aussi de plus en plus souvent à cette fichue voiture. À la fin, il ne faisait plus que la regarder fixement. Les flics n'étaient plus revenus depuis l'autre soir, mais il n'osait pas risquer de la garder au garage. Il ne pouvait pas plonger pour un truc aussi bête. Il avait pris une décision rapide, envoyé un signal et fermé le garage pour la journée. Il roulait à présent sur le deuxième pont, qui conduisait sur la terre ferme, continua sur l'E8, prit à gauche au premier rond-point et, quelques minutes plus tard seulement s'engagea dans la zone industrielle de Torpin Rinnakkaiskatu. Mikko attendait devant la porte ouverte du garage, où il entra. La porte se referma derrière lui tandis que Jyri, douze minutes de plus que son frère, s'approchait pour examiner la Merco.

“Ce n'est pas la bonne, constata-t-il dès que PV en sortit.

— Je sais, c'en est une autre.

— Tu n'as pas dit que tu allais venir avec la Merco ?

— J'ai dit que je venais avec *une* Merco.

— Et celle de Floride, où est-elle ?" demanda Mikko en se fourrant une dose de tabac à chiquer sous la lèvre tandis qu'il rejoignait Jyri autour de la voiture. Les frères Pelttari. PV n'était pas petit, mais ressemblait à un collégien à côté d'eux. Tous deux dans les deux mètres, musclés, cheveux blonds en brosse et tatouages. Mikko avait en outre une longue cicatrice rouge descendant de l'œil droit sur sa joue, qui lui donnait un air de brute épaisse.

Ce qu'il était. Ce qu'ils étaient tous les deux.

"Elle n'est pas encore prête", mentit PV. N'avait pas l'intention d'entrer dans les détails en leur expliquant qu'il l'avait prêtée à Kenneth, certains qu'ils n'apprécieraient pas. Ce problème attendrait.

"D'où tu la sors, alors ?

— Un pote l'a volée.

— Donc elle est grillée ?

— Oui, il lui faut de nouvelles plaques, un numéro de série, un coup de peinture et des pneus neufs, dit franchement PV.

— Pourquoi tu n'as pas déjà tout arrangé ? demanda Mikko en donnant un petit coup de pied à une des roues arrière.

— Très franchement, je ne peux pas la garder chez moi. Les flics passent de temps en temps."

Les frères se regardèrent par-dessus le toit de la voiture et Mikko haussa un peu les épaules.

"Tu en auras cinq patates", dit Jyri.

Cinq mille euros. Tout juste cinquante mille couronnes suédoises. PV ne savait pas bien ce à quoi il s'attendait, mais c'était plus que ça.

"Elle vaut dans le demi-million, tenta-t-il.

— Si ça ne te convient pas, tu peux repartir avec."

PV soupira. Il comprenait qu'il était dans la pire position pour négocier. Il ne pouvait absolument pas rentrer avec en Suède. Ne voulait plus jamais la revoir.

"Cinq maintenant, et autant quand je déposerai l'autre."

Jyri opina du chef, l'affaire était réglée. Il s'éloigna, PV lui emboîta le pas. Le bureau était plus grand que le sien, plus lumineux, plus confortable, avec un canapé dans un coin et un téléviseur au mur. Jyri alla ouvrir un coffre qui dominait tout un mur, compta cinquante billets verts de cent euros qu'il tendit à PV avant de reposer le reste et de refermer.

PV resta là à regarder l'argent dans sa main. Il savait ce qu'il devait faire, mais traînait des pieds. Il était à la fois furieux et déçu que la solution à ses problèmes signifie un retour en arrière, dont il se serait bien passé. Redevenir un criminel. Pour de bon. Il pensait ne plus jamais retoucher à la drogue. C'était de la merde, il avait vu ce que ça faisait aux gens, aux copains, à des jeunes qui étaient presque encore des enfants, mais c'était surtout qu'il était certain de retourner en taule s'il se faisait prendre. Qu'adviendrait-il alors de Stina et Lovis ? La société les avait déjà laissés tomber en leur montrant son indifférence. Rien n'indiquait qu'elle répondrait présent et assume ses responsabilités s'il replongeait. Mais avait-il le choix ? Non, aucun.

"J'ai un autre truc en cours", dit-il, voyant Jyri se tourner vers lui avec un regard curieux. Il raconta. Les amphétamines. Combien il y en avait, ce qu'il en voulait, en commençant plus haut que ce qu'il savait Jyri prêt à accepter, si bien qu'ils conclurent à huit.

"Nous avons besoin d'un peu de temps pour rassembler le fric, dit Jyri en tendant la main pour sceller l'affaire.

— Bien sûr.

— On t'appellera. Mikko va te raccompagner."

Il quitta le bureau et le garage et, quand ils furent revenus à Haparanda, demanda à Mikko de le déposer devant Maxi. Il acheta des provisions sans même regarder les prix. Quel plaisir de pouvoir prendre ce dont il avait envie, ce dont il savait que Sandra avait envie. Content malgré tout. Vu les circonstances, cinq mille euros en poche. Et autant à venir. Cela permettrait de financer beaucoup d'heures d'aide à domicile, et avec le fric qu'il avait déjà soutiré à Kenneth et les quinze pour cent qu'il recevrait rapidement de la vente des amphétamines, l'avenir semblait vraiment radieux. Pour très, très longtemps.

Stepan Horvat était aux arrêts, il revenait à un procureur de décider s'il devait être écroué ou non. À titre personnel, Alexander le comprenait. Les menaces contre sa famille étaient des circonstances atténuantes, mais rien à faire, il avait commis un délit. Dans le pire des cas, si la femme blonde, grâce à son aide, avait mis la main au commissariat sur des informations qui l'avaient conduite jusqu'à Fouquier et les autres, il s'agissait de complicité de meurtre.

Mais tout ça attendrait demain, ils avaient pour l'heure d'autres priorités.

En montant l'escalier vers la salle de réunion, il éprouva la même excitation tendue que lorsque Gordon était venu lui dire ce qu'Hannah avait trouvé. La percée dans l'enquête. Certes, la visite chez Horvat n'avait pas été aussi fructueuse qu'ils l'avaient espéré, mais ils avaient une photo. Il avait demandé les films des caméras de vidéosurveillance de la ville – il n'y en avait pas beaucoup, mais quand même quelques-unes –, ils disposaient d'un logiciel de reconnaissance faciale et pouvaient comparer la photo d'identité avec tous les fichiers imaginables. Suédois et internationaux. Gordon était resté chez Horvat pour attendre les techniciens du labo. Dans le meilleur des cas, ils pourraient recueillir des empreintes digitales et même de l'ADN sur les photos et l'enveloppe qu'ils avaient laissées sur place.

Il poussa la porte de la cuisine et s'arrêta en voyant une petite fille sur le canapé bleu avec un coca, un paquet de brioches à la cannelle et un iPad posé sur la table devant elle.

“Salut…, fit-il, surpris.
— *Hei*, répondit-elle sans lever les yeux de l’écran.
— Qu’est-ce que tu fais là ?
— *Olen täällä idiootin kanssa.*”

Alexander pensait avoir compris le troisième de ces quatre mots, devina que l’explication de la présence de la fillette se trouvait dans la salle de réunion, s’y rendit et referma la porte derrière lui.

“À qui est cette gosse, là-bas ?
— À moi, dit Ludwig. Ou plutôt, c’est la fille de ma copine. Je n’ai pas trouvé de garde.”

Alexander se retourna et regarda le mur derrière lui où une double photo remplissait l’écran. L’original fourni par Horvat et à côté une autre où les cheveux blonds avaient été remplacés par ordinateur par des noirs coiffés au bol.

“Savons-nous qui c’est ?”

Le silence qui suivit était une réponse éloquente.

“Pas encore, finit par répondre Max, comme personne ne semblait vouloir prendre la parole.
— Et les caméras de vidéosurveillance en ville, ça donne quoi ?
— Vue sur aucune, dit P-O. J’ai commencé par les plus proches de la gare, nous n’en avons pas beaucoup, comme tu le sais peut-être, le risque existe donc qu’elle soit arrivée jusqu’ici sans passer devant aucune.
— Ou alors elle les évite, elle a l’air assez entraînée”, glissa Ludwig.

Alexander regarda à nouveau les photos, oui, elle avait l’air assez douée. Mais Haparanda n’était pas bien grande, ils avaient sa photo, il avait des effectifs, des ressources, des moyens techniques et tous les fichiers du monde à sa disposition.

Ils allaient la trouver. L’arrêter.

Il fut arraché à ses pensées par l’entrée de Sami Ritola, une tasse de café à la main, trois brioches dans l’autre. Alexander l’avait convoqué en même temps que les autres, mais bien entendu, il n’arrivait que maintenant, sans se presser. Parfois, il avait l’impression que son collègue finlandais ne faisait certaines choses que parce qu’il savait qu’elles l’irriteraient.

“Je suis ravi que tu aies pu venir te joindre à nous”, dit-il d’un ton si aigre que l’intention se passait de traduction. Morgan le répéta malgré tout en finnois.

“Les gens distingués arrivent en retard”, fut sa réponse. Sami se fourra une des brioches dans la bouche et alla tranquillement s’installer à sa place habituelle en bout de table. Il écarquilla les yeux en découvrant les photos au mur, avala et les montra du doigt.

“Pourquoi avez-vous une photo de Louise ?”

Toute la pièce se figea et se tourna vers lui. Morgan en oublia même de traduire.

“Qu’est-ce qu’il dit ? demanda Alexander. Elle s’appelle Louise ?

— Tu la connais ? demanda Hannah.

— Je la connais, si on veut. J’ai couché avec.” Il regarda Alexander pendant que Morgan traduisait. “Nous logeons dans le même hôtel.”

Elle était douée pour attendre.

Ça ne voulait pas dire qu'elle aimait toujours ça. Là, par exemple, maintenant qu'elle n'avait pas grand-chose d'autre à faire que d'espérer que sa dernière visite chez Dennis Niemi donnerait un résultat, l'attente l'irritait, elle ne tenait plus en place. Elle comptait lui laisser deux jours. Le laisser répandre la rumeur qu'il avait repris le trafic de drogue.

C'était sa meilleure chance. Sa seule chance.

Si ça ne donnait rien, il lui faudrait tout repenser. Accepter l'idée que la personne qui avait écrasé et enterré Vadim Tarasov n'avait pas pour intention d'écouler la drogue. En tout cas pas maintenant, et pas ici. Pas à Haparanda.

L'argent était à peu près impossible à repérer. Si celui qui l'avait le dépensait pour acheter une maison ou une voiture, faire un voyage à l'étranger, investir en Bourse ou consommer des produits de luxe, elle ne le saurait jamais. Avoir accès à l'ensemble du commissariat ne l'avait pas non plus aidée autant qu'elle l'espérait. Autant qu'elle avait pu le voir, ils n'avaient pas de nouvelle théorie, et leur enquête ne débouchait sur rien. La dernière piste, le cercle sur la carte dans le bureau d'Hannah Wester, s'était avérée une erreur.

Encore une. Inhabituel qu'elle en commette tant.

Mais c'était une mission inhabituelle.

Plus elle pensait en ces termes, plus la mission lui paraissait impossible. D'habitude, il s'agissait d'une ou plusieurs personnes nommément désignées. Parfois protégées par des alarmes, des gardes et des vitres à l'épreuve des balles. Parfois cachées dans ce qu'elles pensaient être des lieux secrets. Parfois elles vivaient une vie ordinaire, sans se douter le moins du monde que quelqu'un avait versé une grosse somme pour qu'elle cesse. Mais il s'agissait d'êtres humains, entourés d'autres êtres humains qu'on pouvait corrompre, menacer, acheter, tromper et trahir. Même si elles étaient plus ou moins difficiles à obtenir, les informations concernant l'endroit où ils se trouvaient et comment y accéder existaient toujours.

Jamais elle n'avait été envoyée en mission pour récupérer quelque chose que n'importe qui pouvait avoir en sa possession n'importe où. Cela semblait simple : va en Suède, trouve les sacs, tue celui qui les a pris et reviens avec. C'était peut-être pour ça qu'elle avait commis des erreurs simples. Comme une équipe qui doit affronter une équipe beaucoup plus faible sur le papier et qui prend une raclée. Quand on se rend compte à la mi-temps que c'est en train de tourner à la catastrophe, difficile de recharger les batteries, de revenir sur le terrain et de gagner. De la sous-estimation, c'était ça dont il s'agissait. Elle avait cru la victoire acquise d'avance. Puis Dyadya était venu et avait tout chamboulé dans sa tête.

La nuit dernière, c'était à cause de lui.

Frustrant, mais elle n'était pas trop inquiète.

Elle savait que la police n'allait pas partir à la recherche du jeune couple avant au moins vingt-quatre heures. Comme il n'y avait en outre aucune trace de violence dans la maison et que tout semblait indiquer un départ volontaire, ils tarderaient d'autant plus à les rechercher sérieusement.

Avant qu'une enquête soit ouverte.

Avant que Dyadya en ait connaissance.

Elle avait besoin de temps. Pour le moment, il se contentait de s'écouler. Dans une chambre d'hôtel d'Haparanda. Devait-elle déjà se préparer à l'hypothèse que l'argent et la drogue avaient malgré tout quitté la ville ? La police ne semblait pas y croire, mais si Dennis Niemi ne donnait rien, elle serait obligée de compter avec cette possibilité. Cela diminuerait sérieusement ses chances de retrouver ce qu'elle cherchait.

Le téléphone qu'elle gardait encore allumé sonna sur le bureau. Elle se leva pour répondre. Écouta quelques secondes puis demanda à rappeler.

Enfin ! De bonnes nouvelles. Les premières depuis une éternité.

Elle sortit du coffre-fort son Walther muni d'un silencieux, attacha le couteau à sa cheville, quitta sa chambre, l'hôtel, avec pour la première fois l'espoir de bientôt pouvoir quitter pour de bon cette ville et ce pays.

La discussion était intense et concentrée : quel serait le pas suivant, la meilleure façon d'avancer ? Hannah était certaine que tous étaient dans le même état d'esprit : ils auraient voulu se précipiter hors de la salle de réunion et monter à l'hôtel en mettant le paquet. Immédiatement. Mais il fallait qu'ils se brident, même si c'était dur. L'espoir d'une arrestation était si fort qu'il était presque palpable dans l'atmosphère de la pièce.

Électrique. Chargée.

Alexander interrompit la discussion en commençant par appeler l'Hôtel Central pour demander s'ils savaient si Louise était dans sa chambre ou non.

Elle n'y était pas.

Ils venaient de la manquer.

Mais elle n'avait pas rendu sa chambre. X ordonna à la femme à l'autre bout du fil de ne pas quitter la réception et de les prévenir dès que Louise Andersson reviendrait. Sans qu'elle le remarque, bien sûr. La réceptionniste ne demanda même pas d'explication, la gravité de sa voix lui suffit, et elle promit de faire comme on lui disait.

Ils ne savaient pas où elle était, mais seraient prévenus de son retour, ils pouvaient s'organiser à partir de là. Trop risqué d'avoir quelqu'un à découvert pour surveiller l'hôtel. Elle était entrée plusieurs fois au commissariat, ils partaient de l'hypothèse qu'elle les reconnaîtrait tous. S'ils devaient envoyer quelqu'un sur place, ce serait Sami. Il logeait au même hôtel, au même étage même, et elle savait qu'il était policier, il s'était présenté ainsi quand il l'avait draguée au bar.

"C'est peut-être pour ça qu'elle a couché avec toi, dit pensivement Morgan. Pour obtenir des informations par ce biais.

— Tu crois que je lui en aurais donné ? rétorqua Sami, visiblement dérangé par l'idée que la jeune femme ne l'ait peut-être pas choisi pour son charme et son physique irrésistibles.

— Tu ne serais pas le premier", dit sèchement Hannah.

Sami acheva la conversation en se tournant vers Alexander :

"Si c'est vide pour le moment, je pense que nous devrions envoyer quelqu'un dans sa chambre.

— Pourquoi ?

— Pour la prendre en tenailles. Elle revient, vous la suivez dans l'hôtel, si elle monte à son étage, vous serez derrière, et moi sur place.

— Toi ?

— Je me déclare volontaire."

Hannah trouva l'idée bonne. Si pour une raison ou une autre ils ne prenaient pas le risque de l'approcher au milieu des autres clients et qu'elle parvenait à entrer dans sa chambre, il pouvait se passer beaucoup de choses. Ils ne savaient pas de quelles armes elle disposait, et elle était visiblement totalement indifférente à la vie humaine. Difficile d'évacuer la place préventivement, la brusque disparition de la foule en deuil qui y défilait et s'y rassemblait depuis hier semblerait suspecte. Une arme automatique actionnée depuis une fenêtre pourrait vite provoquer une catastrophe inimaginable. Avoir quelqu'un à l'intérieur pour empêcher ça semblait malin, mais c'était à X de décider.

Comme d'appeler le président du conseil communal pour que quelqu'un aille rapidement leur ouvrir la Maison communale. De là, on avait une vue directe sur l'entrée de l'hôtel. Morgan fut chargé d'y aller et de prendre position dans un des bureaux donnant sur la place.

L'entrée arrière, qui donnait sur le parking de l'hôtel, pouvait être surveillée depuis les bâtiments décrépits et en grande partie déserts de Stationsgatan. Les locaux commerciaux en rez-de-chaussée étaient tous vides, leurs vitrines obturées de papier brun depuis des mois. En y grattant un œilleton, ils pourraient planquer sans risquer d'être repérés. Pas le temps de rechercher les propriétaires et de prendre contact. Alexander donna à Max et P-O le feu vert pour y entrer par effraction – au pire, la police aurait à rembourser un verrou ou peut-être un chambranle de porte.

Si Ludwig enfilait un sweat et mettait la capuche, il pourrait facilement se mêler à la foule en deuil sur la place.

Hannah avait atterri dans une voiture avec Gordon, qui devait arriver d'une seconde à l'autre – Alexander l'avait rappelé de chez les Horvat dès que Ritola avait lâché sa bombe en annonçant connaître la suspecte. Ils optèrent pour Packhusgatan, devant la pizzéria. Suffisamment loin pour ne pas attirer l'attention, mais assez près pour pouvoir intervenir n'importe où autour de l'hôtel en quelques secondes seulement.

“Je m'installe dans le bureau derrière la réception, dit Alexander en conclusion de ses ordres. Armes et gilets pare-balles. Toutes les communications, le moins possible, sur le canal trois. Et fissa ! Je veux tout le monde en position quand elle revient.

— Et moi ? demanda Sami.

— Tu peux prendre sa chambre”, répondit Alexander en hochant la tête. Sami eut un sourire satisfait quand Morgan traduisit.

Concentrés et graves, ils se préparèrent. Un bon plan, trouvait Hannah. Ils n'avaient pas à leur disposition de policiers spécialement formés et équipés. S'en tenir au personnel d'Haparanda sans y mêler les effectifs venus en renfort semblait une bonne décision. Les nouveaux venus, aussi bons et bien intentionnés soient-ils, représentaient toujours un risque. Certes, Louise devait être considérée comme armée et extrêmement dangereuse, mais ils étaient huit policiers. Avec un avantage incroyable. Elle ne savait pas qu'ils l'avaient démasquée, qu'ils l'attendaient. Ils devraient y arriver.

Au moment de franchir la porte, Ludwig s'arrêta.

“Bordel, qu'est-ce que je fais d'Helmi ?”

Hannah supposa que c'était le prénom de sa belle-fille. Elle entendit le soupir irrité d'Alexander.

“Mais putain, Ludwig, trouve une solution.
— Eveliina ne rentre pas avant très tard cette nuit.
— Débrouille-toi !”

Hannah ne resta pas assez longtemps pour entendre quelle serait finalement la solution. Elle dévala l’escalier, s’arma, endossa le gilet pare-balles sous sa veste d’uniforme, en prit un autre pour Gordon et alla l’attendre. Elle franchit la porte au moment précis où il venait à sa rencontre en petites foulées.

“On l’a ?
— Nous savons où elle va se pointer, dit Hannah en lui lançant le gilet. Toi et moi avons hérité d’une voiture positionnée dans Packhusgatan.
— La mienne ?
— Pourquoi pas ?”

Huit minutes plus tard, tout le monde confirma par radio être en position.

Il n’y avait plus qu’à attendre.

Ça sentait autrement. C'était la grande différence. Moins le renfermé. Plus de liberté dans l'air. Il n'y avait pas songé jusque-là, mais il l'éprouvait maintenant qu'ils regardaient un film ensemble, blottis dans le canapé. Stina sentait bon le shampooing, le savon et une crème qu'elle avait trouvée dans la salle de bains, mais ce n'était pas seulement ça. Tout l'appartement semblait plus propre, plus frais, moins comme un hôpital.

Le père de Stina l'avait ramenée à Haparanda, déposée devant chez eux, sans entrer saluer ni lui ni Lovis. Elle avait à peine franchi la porte qu'il lui avait dit qu'il avait une surprise. Ils ressortaient. Rien de grandiose. Ronnie, un des rares amis d'enfance qu'il voyait encore, était parti quelques semaines dans sa famille plus au sud avant d'aller au festival de Roskilde : PV avait pu lui emprunter son appartement, dans un des immeubles de deux étages au crépi jaune d'Åkergatan. Un assez petit deux-pièces, Ronnie et sa copine n'avaient pas d'enfants, mais Stina et lui auraient une soirée, une nuit et une matinée ensemble sans devoir en rien s'adapter aux aides à domicile ni surveiller que l'alarme ne se déclenche pas chez Lovis. Douze, quatorze heures rien que pour eux deux.

Dès leur arrivée dans l'appartement, elle l'avait pris dans ses bras. Ne le lâchant plus, elle l'avait embrassé en commençant à le déshabiller. Se souvenait-il de ce dont ils avaient parlé la veille ? Oui. Alors autant s'y mettre tout de suite, ça pouvait ne pas marcher du premier coup. Elle voulait vraiment être à nouveau maman. Avoir cette seconde crêpe.

Ils avaient eu un rapport non protégé dans le lit de Ronnie. Après, Stina était restée couchée, plante des pieds sur le matelas et un oreiller sous les fesses. De temps à autre, elle soulevait les hanches vers le plafond "pour que ça coule", comme elle le disait.

"Dis, cette histoire de crêpe… avait dit PV après être resté allongé sans rien dire et s'être laissé aller un moment totalement détendu auprès d'elle.

— Oui ?

— Il ne faut pas en parler aux gens.

— Pourquoi ?

— Parce qu'on les jette, les crêpes ratées, on s'en débarrasse.

— Mais ce n'est pas ce que je veux dire, avait dit Stina, paraissant blessée qu'il ait seulement pu le penser. C'est un acte d'amour… quand parfois c'est un peu raté, on continue jusqu'à être content du résultat."

PV n'avait pas répondu, espérant qu'elle entendrait d'elle-même l'effet que ça faisait, que ça n'était guère mieux.

"Enfin, ce n'est pas non plus ce que je veux dire, mais tu comprends."

Il s'était tourné vers elle. Il ne doutait pas une seconde qu'elle revivrait, serait plus heureuse et aurait beaucoup plus de courage en ayant un enfant en bonne santé. Ce dont il était beaucoup moins sûr était qu'elle devienne une meilleure mère pour Lovis par-dessus le marché. Mais que gagnerait-il à aborder le sujet maintenant ? Il savait combien elle luttait. Qu'elle aurait tant voulu aimer inconditionnellement leur fille, qu'elle y travaillait dur.

"Bien sûr, je te comprends, dit-il en lui caressant tendrement la joue. Mais tu ne peux pas parler de Lovis de cette façon.

— D'accord.

— Bien."

Elle s'était redressée, débarrassée de l'oreiller, puis avait glissé sous la couette pour l'embrasser. Ils avaient à nouveau fait l'amour.

Après, ils s'étaient douchés ensemble, avaient mis des vêtements d'intérieur, déplié la tablette dans la petite cuisine claire équipée chez Ikea et mangé ce qu'il avait apporté. Ils avaient emporté du vin, du coca – PV ne buvait rien, il espérait avoir à conduire un peu plus tard –, des chips et des cacahuètes au séjour, s'étaient installés dans le canapé et avaient chromecasté un film depuis son téléphone sur le grand écran plat mural. Stina avait choisi quelque chose sur Netflix qu'il avait suivi d'un œil le bras passé autour d'elle, le parfum de ses cheveux lavés et de l'appartement dans les narines. Détendu, il était bien. Ne pouvait même pas se rappeler la dernière fois qu'ils s'étaient retrouvés comme ça. Avec tant de temps rien que pour eux. Ça faisait longtemps. Mais ça allait changer. Ceci allait devenir la nouvelle normalité.

Son téléphone sonna. Jyri. Sans mettre le film sur pause, il se leva du canapé pour répondre. Il s'écarta de quelques pas vers la porte, tournant le dos à Stina, parla à voix basse, presque dans un murmure. À peine trente secondes plus tard, il raccrocha et se tourna vers Stina, sans revenir vers elle.

“Il faut que je file faire un tour.

— Maintenant ? demanda Stina en se redressant sur le canapé.

— Oui, il faut que je règle un truc.

— OK.”

Elle savait bien sûr que ce n'était pas le garage qui leur payait toutes ces heures d'aide à domicile et rendait possible une soirée comme celle-ci. Comprenait que les quelques voitures accidentées qu'il arrangeait pour les Finlandais ne suffisaient pas, que ce qu'il partait faire était illégal.

“Tu pars longtemps ?

— Une heure maximum.

— Sois prudent.”

Si elle avait voulu en savoir plus, tout savoir, elle lui aurait sans doute demandé. Ce qu'elle ne faisait pas. Il s'approcha donc du canapé et l'embrassa.

“Tu peux continuer avec ton téléphone”, dit-il en montrant le film de la tête. Et il s'en alla.

La pancarte "do not disturb" pendait à la poignée. Était là depuis l'installation de Louise Andersson. Personne n'était entré faire la chambre, lui dit la femme qui lui ouvrit la porte. Pourtant, tout était parfaitement en ordre, constata avec curiosité Sami en se familiarisant avec le lieu. Les serviettes étaient pliées sur leurs supports dans la salle de bains, toutes les faïences essuyées, les petits flacons de shampoing, baume et gel douche fournis par l'hôtel étaient soigneusement alignés d'un côté du lavabo, l'autre était dévolu à des pots, bouteilles et tubes qu'elle devait avoir apportés. Deux supports de perruque côte à côte devant le miroir : la blonde qu'elle avait utilisée au commissariat et une autre mi-longue, cendrée, avec une frange. Dans la chambre proprement dite, le lit était bien fait, la corbeille à papier vide, le bureau dans un ordre impeccable, son ordinateur placé au milieu. Il n'essaya même pas de l'ouvrir. Sûrement sécurisé. Il ouvrit le placard et ne s'étonna pas de trouver ses vêtements soigneusement pendus ou pliés selon ce qu'il supposa être un système, même s'il ne lui sautait pas aux yeux. Le coffre ouvert et vide. Nulle part rien qui puisse donner le moindre indice de qui elle était ni de pourquoi elle était venue. Une vraie pro.

Il s'approcha de la fenêtre, souleva de l'index un des épais rideaux et jeta un œil sur la place à travers l'ouverture. Se décida à ne pas tarder davantage, à prendre le taureau par les cornes. Il alla s'asseoir dans un des fauteuils. Sortit son téléphone et composa un numéro.

“C’est Sami. Il est là ?” dit-il quand on lui répondit. Il s’attendait à devoir à nouveau attendre, à avoir le temps de se répéter tout ce qu’il voulait dire, mais entendit aussitôt la voix grave de Zagorny :

“Qu’est-ce que tu veux ?

— Ils savent qui elle est.

— Qui sait qui est qui ?

— La police sait qui tu as envoyé pour récupérer tes trucs, explicita Sami en veillant bien à ne pas laisser transparaître la moindre irritation dans sa voix, alors qu’il était à peu près certain que Valery avait dès le début compris ce qu’il voulait dire. Je me trouve actuellement dans sa chambre d’hôtel.”

Pas un bruit du côté de Zagorny. Impossible à Sami de savoir si ce long silence était perplexe ou irrité, ce qui le mettait mal à l’aise.

“Comment l’ont-ils repérée ?” finit-il par lâcher.

Sami réfléchit brièvement. Les facteurs étaient multiples, le plus important était qu’elle avait laissé des traces, ou en tout cas que son comportement avait pu être repéré. Ça, et le fait de s’être introduite dans le commissariat.

“Un bon travail de flic, se contenta-t-il de résumer, pour se simplifier la tâche.

— Je la croyais meilleure que ça.

— Apparemment non.

— Donc, combien en savent-ils à son sujet ?

— À quoi elle ressemble, mais pas son nom ni rien, juste que c’est elle qu’ils recherchent et l’endroit où elle loge.

— Comment ont-ils su où elle logeait ?”

Voilà ce qu’il redoutait, la question pour laquelle il avait répété sa réponse. La chose qu’on pourrait éventuellement lui reprocher.

“Ils se sont procuré sa photo et… j’ai été obligé de dire que je savais où elle logeait.

— Pourquoi ?”

Il avait beau avoir beaucoup répété sa réponse, il voyait bien l’effet qu’elle allait faire, et ce n’était pas bon. Mais l’alternative d’un mensonge était encore pire. Il inspira donc à fond.

“On s’est rencontrés à l’hôtel, je ne savais pas que c’était elle que tu avais envoyée. On a couché ensemble, et si les collègues l’arrêtent et que quelqu’un de l’hôtel se rappelle nous avoir vus ensemble, comment expliquer n’avoir rien dit en voyant sa photo au commissariat ?”

C’était long. Plus une plaidoirie qu’une explication. Silence à l’autre bout du fil, clairement irrité cette fois – ou se faisait-il juste une idée ?

“J’ai été forcé d’improviser, de sauver ma peau.”

Il entendit Valery grommeler et échanger quelques phrases en russe avec quelqu’un. Puis le silence se fit à nouveau. Long. Mais il n’avait pas raccroché.

“J’ai pensé qu’il fallait que tu le saches, dit Sami en tentant d’aplanir le fait qu’il était le messager d’une mauvaise nouvelle. Pour que tu puisses la joindre, l’avertir, ou ce que tu veux.”

Ce n’était pas la solution optimale. Pour lui. Si elle ne revenait pas à l’hôtel, le risque existait que ses collègues comprennent que quelqu’un l’avait prévenue. Les soupçons s’orienteraient-ils vers lui ? Il était l’élément extérieur, celui qu’ils connaissaient le moins bien, à qui ils avaient le moins de raisons de faire confiance. Alexander Erixon, ce petit merdeux, croirait que c’était lui, c’était sûr. Il voudrait même que ce soit lui. Pourraient-ils prouver quelque chose ? C’était douteux.

“Tue-la.”

Sami fut arraché à ses pensées, sûr d’avoir mal entendu.

“Quoi ?

— Tue-la.”

Si la prévenir était une mauvaise idée, cette option était cent fois pire. Il ferma les yeux, sentit sa respiration s’alourdir. Refuser était juste impossible. Valery Zagorny n’était pas quelqu’un à qui on pouvait dire non. Probablement pas non plus quelqu’un qu’on pouvait faire changer d’avis, mais il fallait qu’il essaie.

“Elle est pro, non ? Je veux dire, même s’ils arrivent à l’arrêter, elle ne dira rien, dit-il, trouvant lui-même cette remarque logique et rationnelle. Alors est-ce que ce ne serait pas mieux de la prévenir pour qu’elle… ?

— Tu ne voulais pas sauver ta peau ? le coupa Zagorny d'un ton glacial.
— Si…
— Alors tais-toi et fais en sorte qu'elle meure."

La pluie battait contre le pare-brise, mais les essuie-glaces en venaient à bout par intermittence tandis qu'il se dirigeait vers Västra Esplanaden. Au niveau de la piscine, il prit à droite jusqu'au grand rond-point qui lui ferait dépasser Ikea et prendre la route 99 vers le nord.

Bientôt il eut sur sa droite les pelouses bien taillées du golf. Jeté au bord du fleuve, à la frontière, il avait onze trous en Suède, sept en Finlande. Tous déserts à cause du mauvais temps, sinon le parcours était populaire en cette saison. Le soleil de minuit permettait d'y jouer vingt-quatre heures sur vingt-quatre et, grâce au décalage horaire entre les deux pays on pouvait avec un peu de chance tirer le plus long hole-in-one du monde : un coup tiré de la piste six en Suède atterrissait une heure et cinq secondes plus tard en Finlande.

PV n'avait jamais joué au golf, et n'avait pas l'intention de commencer.

Jyri voulait qu'ils se retrouvent près de Karungi et après vingt minutes seulement il y arriva, quitta la route 99 en prenant Stationsvägen le long de la voie ferrée, accéléra et continua vers l'ouest.

Après à peine un kilomètre, il quitta la route et s'arrêta à l'endroit convenu. Une barrière rouillée près d'un panneau d'interdiction d'accès aux véhicules à moteur criblé de balles fermait un chemin plus ou moins envahi par la végétation. Là, derrière une carrière, un tas de fondations en béton, restes d'un chantier des environs abandonnés là. Peut-être par la commune, peut-être par quelqu'un d'autre ? PV sortit de voiture, contourna la barrière et s'avança vers l'ouverture dans la forêt. La pluie avait cessé, mais il sentait les hautes herbes mouillées tremper ses baskets et son pantalon. Il descendit jusqu'aux blocs en béton, s'assit précautionneusement sur le bord de l'un d'eux et regarda sa montre. Il semblait le premier arrivé. À part le faible frisson du vent dans les arbres, on n'entendait rien. La pluie avait fait taire les oiseaux et chassé les insectes.

"Tu ne m'as pas crue, quand je t'ai dit que nous avions des amis communs ?" entendit-il soudain derrière lui. Il se leva d'un bond. Il avait reconnu la voix, sut qui il allait voir avant de se retourner. C'était elle, Louise, la Russe, ou autre. Nonchalamment adossée à un bloc de béton, un pistolet à la main le long de la cuisse. Elle n'était pas là quand il était arrivé, et il ne l'avait pas entendue approcher. Putain, ce qu'elle lui avait fait peur.

"Les frères Pelttari m'ont tout de suite appelée, dit-elle l'air d'être presque désolée pour lui, ce dont il était certain qu'elle n'était pas.

— Les trucs sont dans la voiture, dit-il en indiquant de la tête où il était garé.

— Je sais.

— Tu peux les prendre.

— C'est mon intention."

PV avait la nette impression qu'elle ne s'en contenterait pas, et sentit son cœur s'emballer. Lentement, prudemment, il commença à reculer. Elle n'avait pas bougé, il y avait peut-être vingt mètres entre eux. Il n'était pas rapide, était en mauvaise forme physique, mais il avait peur, était mort de peur, l'adrénaline et le stress devraient lui donner un petit avantage. Il se prépara mentalement à tourner les talons et courir, tandis qu'il continuait lentement à augmenter la distance qui les séparait.

"Pardon", dit-il en levant les mains en l'air, espérant que cela la ferait se détendre davantage. Elle n'avait toujours pas bougé. Il avait une chance, bien sûr qu'il avait une chance, pourvu qu'il ait une chance.

"Qui t'a donné ça ? demanda-t-elle.

— Pardon", répéta-t-il en sentant ses larmes se mettre à couler. Il ne pleurait même pas, c'était comme si ses yeux débordaient.

“Je t’en prie. Pardon.” Il ne voulait pas mourir. Il ne voulait vraiment pas mourir. Il pensa à Lovis, à Stina sur le canapé chez Ronnie. Il ne pouvait pas mourir.

“Qui a l’argent ?”

Pour toute réponse, il secoua désespérément la tête, recula encore d’un pas, veillant bien à l’endroit où il mettait les pieds, il ne fallait pas trébucher, chercha où prendre son appui, pensa sentir une touffe d’herbe un peu plus épaisse, inspira à fond.

Et il se mit à courir.

Ses jambes s’ébranlèrent, ses bras se mirent à battre violemment la cadence le long de son corps. Il courait. Plus vite qu’il n’avait jamais couru. Il vit qu’il approchait de la voiture et s’efforça d’accélérer encore. Ne savait pas où elle était, n’osait pas tourner la tête pour s’en assurer. Continuait à courir. Arrivé à la barrière. Il allait y arriver. Avait-il entendu de faibles poufs, ou se faisait-il des idées ? Avait-elle tiré ? Avec un silencieux, dans ce cas, ou alors le sang tambourinait si fort dans sa tête qu’il avait à peine entendu les détonations. En tout cas, elle avait manqué sa cible. Il était indemne.

Quand il vit la voiture s’affaisser sur un côté, il réalisa qu’elle n’avait pas du tout manqué sa cible. Elle avait tiré dans les pneus, pas sur lui. La voiture s’inclina encore quand l’autre roue avant fut percée par une balle. À quelle vitesse pouvait-il rouler avec les roues avant à plat ? Quand même assez vite pour lui échapper ? Mais s’arrêter devant la portière, l’ouvrir, sauter à bord, démarrer…

Il n’avait pas une seule chance.

Pas si elle faisait mouche dans une roue à Dieu savait combien de mètres.

Il continua à courir, sa poitrine le brûlait, mais il s’en fichait. Il courait, c’était tout. Traversa la route, regarda vite alentour, droite, gauche, priant qu’il arrive quelqu’un. Personne. Continua dans le fossé de l’autre côté. Pensa sentir un goût métallique dans sa bouche, mais ne savait pas, ne savait pas même s’il respirait encore. Sentit qu’il perdait de la vitesse, força, mais son corps n’obéissait plus. Il se fraya un passage parmi les jeunes bouleaux qui lui fouettaient le visage et arriva au talus de la voie ferrée. De l’autre côté, la forêt. La vraie forêt.

Dense et verte. Là, il pourrait se cacher. Se dérober, garder la distance. Pourvu qu'il traverse les voies. Il mit ses dernières forces dans les quelques pas nécessaires pour grimper en haut du talus et allait disparaître de l'autre côté quand un choc à la jambe l'abattit par terre. Il n'avait pas entendu le coup de feu, mais comprit qu'il était touché en s'entendant hurler de douleur et en voyant le ballast se précipiter sur lui. Il roula lourdement de l'autre côté. Il sentit les écorchures sur son visage et ses bras, mais rien de comparable à la douleur dans sa jambe. Malgré tout il se retrouva quelques instants hors de vue.

Il avait une chance, bien sûr qu'il avait une chance, pourvu qu'il ait une chance.

Il se remit sur pied et tituba de côté, parmi les arbres. N'arriva pas bien loin, n'avait plus la force, s'affaissa derrière le large tronc d'un sapin et tenta de faire taire sa respiration. Son pantalon était trempé du sang qui s'écoulait de la plaie qui palpitait à sa cuisse.

Tellement de sang. Trop de sang.

Il pressa les mains sur la plaie, le souffle court et heurté. L'entendit faire un dérapage contrôlé jusqu'en bas du talus et s'arrêter. Il ferma la bouche, respirant faiblement par le nez seulement. Il l'entendit. S'approcher. Était-ce le sang ? Suivait-elle simplement la trace de sang ? Il ferma les yeux jusqu'à ce que le silence se fasse.

Quand il les rouvrit, elle était accroupie un mètre devant lui. Le pistolet dirigé vers le sol.

"Qui t'a donné la drogue ? Qui a l'argent ?"

PV se contenta de secouer la tête en pleurant. La sueur, les larmes et la morve lui coulaient sur le visage, mais il n'essaya pas de l'essuyer. N'avait pas la force. Il commençait à avoir du mal à concentrer son regard, sentait venir vertige et nausée.

"Je te laisserai là si tu parles."

Il la regarda, l'œil vide, n'était pas sûr de pouvoir répondre même s'il avait voulu essayer, respirant de plus en plus difficilement, par à-coups. Le choc. Il était en état de choc. Elle se pencha vers lui, prit son menton, lui leva la tête.

"Je prends les trucs dans ta voiture et je pars récupérer l'argent. Arrête l'hémorragie et tu t'en tireras.

— Arrête-la… toi-même, et je… te dis."

Elle regarda sa jambe en bouillie et releva les yeux. Plus floue et brouillée à chaque seconde qui passait.

"C'est ta dernière chance. Qui t'a donné ça ? Qui a l'argent ?"

Elle ne faisait pas mine de faire quoi que ce soit. Pour le sauver. Donc c'était trop tard. Il fallait qu'elle sache ce qu'il savait maintenant. Il ne voulait pas mourir, mais il allait mourir. Il le comprit alors.

"Lovis…

— Qu'est-ce que tu dis ?

— Ma fille… Elle est malade."

Dans sa tête, c'était tout différent. Ça sonnait plutôt comme une déclaration d'amour. Qui disait combien il l'aimait, même si elle ne pourrait jamais l'aimer en retour, qu'il avait voulu pour elle la meilleure vie possible, être là plus longtemps pour elle, qu'il aurait fallu qu'il soit là. Une courte seconde, il parvint à se la représenter, avec Stina, la chaleur procurée par leur image se mêla avec l'inquiétude et le chagrin de les laisser, puis il glissa dans l'inconscience.

"Merde !"

Elle sentit le découragement envahir tout son corps en regardant PV mort adossé au tronc d'arbre. Un nouvel échec. La drogue se trouvait très certainement dans la voiture, mais elle avait besoin d'un nom pour retrouver l'argent. Les Finlandais qui l'avaient tuyautée n'avaient pas entendu PV dire quoi que ce soit à propos de qui lui avait confié la marchandise. C'était une information qu'il fallait qu'elle lui soutire. Sûre d'ailleurs qu'elle y serait parvenue, si elle en avait eu l'occasion, mais il s'était assis là et y était mort. Son artère fémorale déchiquetée, le stress et l'essoufflement dus à sa course l'avaient fait se vider de son sang en un rien de temps.

À croire que rien ne marchait comme elle voulait.

Déçue, elle laissa PV, remonta sur le talus, traversa la voie ferrée et gagna la voiture. Avoir localisé la moitié de ce qu'elle avait été envoyée chercher était mieux que rien, mais pas suffisant. Elle ne pouvait pas rentrer avant d'avoir tout, et pour le moment elle n'avait aucune idée d'où se trouvait le reste.

Elle ouvrit alors le coffre. Reconnut aussitôt le sac.

Le sac noir que portait la femme qui était arrivée au garage pendant qu'elle était là pour remettre à PV la Mercedes. Elle prit une minute pour essayer de se souvenir si elle avait entendu PV prononcer un nom quand il l'avait priée d'aller l'attendre dans le bureau, mais en conclut que non. Ça n'avait pas d'importance, il ne serait pas tellement difficile de la retrouver.

Avec une énergie renouvelée, elle s'attela à faire ce qui devait être fait.

Elle commença par porter le sac de drogue jusqu'à sa propre voiture garée un peu plus loin. Puis elle revint traverser la voie ferrée et redescendit de l'autre côté pour aller dans la forêt chercher PV. Avec une certaine peine, elle le traîna par-dessus le talus de la voie ferrée jusqu'à la route. Elle exécutait la plupart de ses missions en milieu urbain, avec des témoins potentiels, des portables et des caméras de surveillance partout, à toute heure. C'était sans aucun doute plus facile de travailler dans ces zones peu densément peuplées du Norrland. Personne n'était passé depuis que PV s'était garé là, et personne ne passa non plus pendant les quelques minutes risquées où elle le traîna en travers de la chaussée pour le hisser dans le coffre vide. Elle conduisit difficilement la voiture sur ses jantes une centaine de mètres avant d'obliquer dans la forêt, où elle la camoufla de son mieux. L'important était qu'elle ne soit pas retrouvée dans les prochaines heures, de façon que la femme au sac n'apprenne pas la mort de PV, prenne peur et disparaisse avec l'argent. Une demi-douzaine d'heures, pas plus, et sa mission serait accomplie.

Demain, elle serait rentrée à Saint-Pétersbourg.

Progrès. Succès. Enfin.

Quand, une demi-heure plus tard, elle vit Haparanda surgir de la grisaille, elle sentit combien elle en avait vraiment besoin.

Il n'y avait que quelques personnes rassemblées sur la place devant l'hôtel, constata-t-elle en arrivant de l'est sur Köpmansgatan. La météo et l'heure tardive y étaient probablement pour quelque chose. Il y avait quelques places libres sur le parking devant l'entrée principale. Par simple réflexe, elle jeta un œil à sa fenêtre du dernier étage avant de se garer. Elle coupa aussitôt le clignotant et continua à rouler à la même vitesse qu'avant.

Un mouvement. Une petite ouverture entre les rideaux tirés, durant quelques secondes seulement, mais bien là.

Il y avait quelqu'un dans sa chambre.

Elle continua calmement à rouler, il fallait qu'elle réfléchisse. Le plus probable était que ce soit Dyadya. Mais pourquoi une autre visite, un jour seulement après la première ? Rien n'avait changé. En outre, entrerait-il en son absence ? Elle en doutait. Qui d'autre ? Elle avait accroché la pancarte et il était trop tard pour que ce soit le personnel de l'hôtel. La police ? Pas vraisemblable qu'ils aient autant avancé en si peu de temps. Elle pouvait bien sûr appeler Dyadya.

Lui demander où il était, s'il l'attendait.

Un bref appel et elle en aurait le cœur net.

Il ne se sentait pas à l'aise de ne pas être autour de l'hôtel, pas à l'aise du tout, mais il n'y avait pas eu moyen. Quand il avait demandé à Helmi s'il y avait quelqu'un chez qui elle voudrait rester un moment, quelqu'un qu'il pourrait appeler, elle s'était contentée de secouer la tête. Il avait proposé une camarade de classe, ou peut-être une copine de la danse, mais elle avait continué à secouer la tête en disant qu'elle voulait rentrer retrouver maman. Peut-être était-ce aussi bien, il était déjà beaucoup trop tard pour la plupart des enfants de sept ans et tout ce qu'il gagnerait en essayant de se débarrasser d'elle à une heure pareille serait de passer pour le mauvais beau-père dont il était certain qu'Helmi faisait déjà partout le portrait.

Au pied du mur, il avait proposé à Alexander qu'elle l'accompagne sur la place, et reste là avec lui. Un père et sa fille participant ensemble au deuil collectif. Cela ne l'exposait à aucun danger, ils n'avaient de toute façon pas l'intention d'évacuer les civils, et Eveliina pourrait passer la prendre une fois rentrée en ville.

"Et si tu es obligé d'intervenir, qu'est-ce qui se passera ? avait demandé Alexander.

— Elle a sept ans, avait dit Ludwig en jetant un regard à sa fille sur le canapé. Elle peut rester un moment toute seule. M'attendre."

Le regard qu'il avait reçu avait suffi à Ludwig pour savoir ce que X pensait de son idée.

Il se retrouvait donc devant son ordinateur et se sentait bête. Certes, il était beaucoup, beaucoup plus tard que ce qu'on pouvait considérer comme un horaire de travail normal, et ils n'avaient vraiment personne pour garder Helmi, mais il était le nouveau de l'équipe, et ne voulait pas être celui qui participait moins que les autres.

"On va rester ici encore longtemps ? demanda en finnois Helmi, avant de jeter le crayon avec lequel elle dessinait, en lui adressant un regard noir.

— Jusqu'à ce que maman vienne."

Elle haussa les sourcils, l'air de ne pas comprendre, alors qu'il était à peu près certain d'avoir mis les bons mots dans le bon ordre.

"Pas longtemps", dit-il très lentement en articulant chaque mot.

Helmi poussa un soupir qui lui gonfla les joues comme un hamster gavé, tout en levant au ciel des yeux morts d'ennui.

"Tu pourrais dessiner encore un peu", proposa Ludwig.

Elle brandit une liasse de dessins, avec une grimace qui rappelait qu'elle n'avait rien fait d'autre depuis une demi-heure.

"Et ton iPad ?"

En soupirant et en traînant démonstrativement des pieds, elle quitta la pièce et il entendit bientôt les voix hystériques et contrefaites d'un dessin animé. Il retourna à son travail, mais n'arrivait pas à se concentrer. Autant plier bagage. Juste une chose encore avant de partir, surtout pour pouvoir dire demain matin qu'il l'avait faite.

Pour compenser son absence à l'hôtel.

Il demanda une nouvelle triangulation du téléphone dont ils avaient retrouvé le numéro chez René Fouquier. Jusqu'à présent, ça n'avait rien donné. L'opérateur TELE2 était incapable de dire quelle boutique avait vendu la carte prépayée, et les précédentes tentatives n'avaient pas permis de localiser l'appareil.

"Helmi, on va rentrer, lança-t-il en direction de la salle de repos tout en se levant, enfilant son blouson et rassemblant les crayons et les feuilles qu'elle avait dispersés dans toute la salle de réunion. Éteins ça et habille-toi."

Il allait refermer son ordinateur portable quand il se figea. Était-ce vrai ? Pouvait-il avoir une chance pareille ? Il tira son siège et se rassit. Cliqua sur l'information qu'il venait de recevoir. Sentit son ventre se nouer d'excitation et d'espoir en voyant la part de tarte colorée s'afficher à l'écran.

“Alors, on y va ? demanda Helmi, sur le pas de la porte.

— Bientôt, attends un peu”, répondit Ludwig sans lever les yeux. La fillette fit demi-tour et retourna en tapant des pieds vers le canapé. Il réfléchit un instant, radio ou téléphone, opta pour le téléphone et appela Alexander, qui répondit à la première sonnerie.

“Elle a allumé le téléphone ! cria-t-il presque, surexcité. Je l'ai !”

Katya était postée dans le petit pavillon rouge et blanc situé dans le quart de la place le plus éloigné de l'hôtel, duquel elle surveillait le bâtiment.

Elle comptait laisser passer une heure pour commencer, n'était pas pressée.

De temps à autre, elle promenait ses jumelles le long de la façade, jusqu'à la fenêtre de sa chambre, mais elle n'avait pas décelé d'autres mouvements. Ce qui ne signifiait bien sûr pas qu'il n'y avait personne, juste qu'ils ne bougeaient plus.

Après avoir analysé la situation et ses options, elle avait défini une première action qui n'impliquait pas Dyadya et, dans le meilleur des cas, lui permettrait de découvrir si la police était sur sa trace. Elle avait roulé au hasard jusqu'à l'imposant bâtiment de la gare, avait tourné à gauche vers l'eau, envisagé le majestueux pont de chemin de fer bleu et vert qui sur ses lourds piliers traversait le fleuve, mais y avait renoncé, pour ne pas risquer qu'un mât finlandais capte aussi le signal, et avait repris la direction du centre-ville. S'était arrêtée au niveau de la petite aire de jeux située le long de la promenade au bord de l'eau et y était descendue. Avait sorti le portable resté éteint depuis qu'elle s'était débarrassée de René et des autres à la maison abandonnée, et l'avait allumé. L'avait débloqué avec son code à quatre chiffres, puis avait appelé l'horloge parlante pour être certaine qu'il soit bien repéré comme actif. Elle l'avait alors posé dans une des balançoires en pneu avant de retourner en voiture sur la place. Avait garé l'Audi et marché quelques mètres jusqu'au pavillon au toit surmonté de sa hampe à drapeau d'une longueur disproportionnée.

Et elle attendait donc.

Elle ne savait pas bien comment ça marchait, mais le numéro qu'elle avait donné à René Fouquier se trouvait sur le tableau d'affichage dans le bureau d'Hannah Wester, elle supposait donc qu'ils essayaient de retrouver le téléphone auquel il était rattaché. Mais elle ignorait si cette recherche était automatisée et si un programme informatique allait réagir automatiquement dès que le téléphone était rallumé, ou s'ils devaient faire des recherches manuellement.

Au bout de trois quarts d'heure, il commença à se passer des choses.

Une voiture qu'il lui sembla reconnaître arriva de l'ouest et s'arrêta devant l'hôtel. Elle leva ses jumelles. En effet. Elle l'avait bien vue garée devant le commissariat. Elle appartenait à Gordon Backman Niska, qui y était à présent en compagnie d'Hannah Wester et d'une autre personne à l'arrière, qu'elle ne voyait pas. Le fait qu'ils arrivent dans le même véhicule d'une direction qui n'était pas celle du commissariat à cette heure de la journée signifiait qu'ils se trouvaient à proximité de l'hôtel, mais elle n'en eut la certitude qu'en voyant quelques secondes plus tard Alexander Erixon sortir de l'entrée principale de l'hôtel et grimper rapidement à bord de la voiture, qui disparut en direction du fleuve.

Katya baissa ses jumelles et retourna tranquillement vers l'Audi.

Que se passait-il ?

Voilà seulement une minute, Alexander avait ordonné à Roger de quitter sa planque de Stationsgatan, de rejoindre Hannah et Gordon et de le retrouver devant l'hôtel.

Elle était à nouveau au téléphone. Ou plutôt il supposait en tout cas, comme les autres, que c'était elle. Son téléphone.

C'était négligent. Imprudent.

À moins que ce soit une diversion, une manœuvre d'évasion.

Mais cela signifiait dans ce cas qu'elle savait qu'ils étaient sur sa trace, peut-être même qu'ils avaient mis l'hôtel sous surveillance. Comment aurait-elle pu l'apprendre ? Zagorny l'aurait-il prévenue ? Mais dans ce cas, pourquoi ne disparaissait-elle pas en silence, sans se faire remarquer ?

Sami alla à la fenêtre regarder à nouveau dehors. Tout était comme d'habitude. Il ne savait pas vraiment ce qu'il cherchait. Ça l'aurait aidé de savoir au moins à bord de quel genre de voiture elle circulait. Il lâcha le rideau et contrôla une fois de plus que le pistolet qu'il tenait était prêt à tirer. Sentit que ses mains étaient moites, les essuya sur son pantalon.

Il était nerveux. Plus que ça, à vrai dire – il avait peur.

Quelque chose était en train de se passer. Elle avait rallumé son téléphone.

Il aurait préféré quitter cette chambre, l'hôtel, Haparanda, la Suède. Rentrer chez lui à Rovaniemi. Mais ce n'était pas une option. Valery Zagorny lui avait donné une mission. S'il restait ici, il avait au moins une chance de survivre. Morgan et P-O étaient toujours en position et devaient le prévenir par radio quand elle approcherait de l'hôtel. S'ils la voyaient.

Il réfléchit où se poster pour l'attendre. Sur le fauteuil, dans l'ombre, et tirer dès que sa silhouette apparaîtrait dans l'embrasure de la porte ? Mais s'il la ratait, il était relativement immobile. Cela n'avait peut-être pas grande importance, il avait l'impression qu'il n'aurait qu'une seule chance. Elle avait malgré tout tué cinq hommes avec un couteau pour seule arme. Devrait-il la laisser entrer davantage dans la chambre, pour faire valoir la légitime défense ? Se cacher dans la salle de bains, derrière les rideaux, sous le lit ?

Il inspira à fond, s'essuya à nouveau les paumes et se mit à faire les cent pas, autant que la surface de la chambre le permettait. Soudain, il s'arrêta.

Il n'avait pas vu ça auparavant. Ou bien se faisait-il juste des idées ?

Dans le miroir de l'entrée, il lui sembla apercevoir une faible lueur rouge clignotante près de la cloison, là où le couvre-lit ne descendait pas tout à fait jusqu'au sol. Il ferma un instant les yeux, ce n'était peut-être qu'une illusion de ses yeux fatigués restés longtemps dans le noir. Mais quand il les rouvrit, c'était toujours là. La chambre était-elle sur écoute, sous alarme, était-ce ainsi qu'elle avait été au courant de leur présence ? Une ride perplexe au front, il s'approcha du lit pour l'examiner de plus près.

Dans sa voiture, Katya réfléchissait à ce qu'elle laissait derrière elle. Rien qui puisse les faire remonter jusqu'à elle, naturellement. Elle possédait par ailleurs très peu d'objets ayant une quelconque valeur émotionnelle pour elle, et ne les emportait jamais en mission. Il n'y avait rien non plus dans la chambre qui ait objectivement de la valeur. Seule chose qu'on ne pouvait pas être sûr de ne pas laisser derrière soi : les traces ADN. Mais il y avait un protocole pour les éviter autant que possible.

Elle l'avait suivi à la lettre.

La chambre était équipée.

Elle se pencha, ouvrit la boîte à gants et sortit le petit boîtier noir, ôta la sécurité, posa le pouce sur le détonateur et appuya. Elle entendit la puissante explosion, vit les flammes projeter du verre, du bois et une partie de la façade sur le parking en contrebas. Les personnes encore présentes autour de la place se mirent à crier, puis suivirent les quelques secondes de silence qui s'installaient toujours quand des gens sous le choc essayaient de comprendre quelque chose dont ils venaient d'être témoins et qui n'aurait pas dû pouvoir arriver.

Katya recula et s'en alla sans se presser. Dans son rétroviseur, elle vit le trou béant sous le toit de l'hôtel, des parties du bâtiment avaient pris feu et une fumée noire s'élevait vers le ciel nuageux.

"Il avait une famille, est-ce qu'on sait ça ?" demanda Max en brisant le silence sourd qui plombait la salle de réunion. Pas besoin de préciser de qui il parlait, tous comprirent aussitôt, avaient du mal à penser à autre chose.

Une bombe à l'hôtel. En pleine ville.

Sami Ritola était mort, deux clients de l'hôtel légèrement blessés.

Les bombes et les explosions étaient hélas devenues monnaie courante dans toute la Suède, mais pas à Haparanda.

"Sais pas, répondit Morgan en haussant les épaules.

— Il a couché avec cette femme à l'hôtel, alors probablement pas", commenta Ludwig.

Un silence accueillit cette affirmation : personne ne semblait vouloir discuter si Sami Ritola était infidèle ou non. Ils étaient fatigués, avaient besoin de repos, mais avaient tous l'air de traîner des pieds pour rentrer chez eux, alors que leur présence n'était plus requise à l'hôtel. X avait appelé des renforts de Boden, Kalix, Luleå et reçu l'aide des collègues finlandais de Torneå. Les démineurs arrivaient, ainsi que l'AON – l'Agence opérationnelle nationale – et la Force d'intervention spéciale se tenait également prête. Une fois les renforts sur place, Alexander les avait tous renvoyés chez eux. Ils avaient été proches de l'explosion, dans le cas de Morgan et P-O aux premières loges dans le bâtiment voisin, et avaient perdu leur collègue finlandais. Tous avaient en outre travaillé plus de dix-sept heures d'affilée, et la tâche ne serait pas moindre demain matin. La ville bruissait déjà de rumeurs et d'inquiétude. Demain, tous sauraient, tous s'interrogeraient.

Auraient peur, se sentiraient en insécurité.

Exigeraient des réponses, une action, des résultats.

La porte de la salle de réunion s'ouvrit, et Gordon fit entrer deux personnes en civil qu'ils n'avaient encore jamais vues. Un homme aux cheveux blancs, peut-être cinquante ans et quelques, avec un chino et un polo qui lui donnaient l'air de revenir tout juste d'une partie de golf. Une femme de quinze ans plus jeune, cheveux sombres, yeux bruns, jupe crayon et chemisier de soie blanche boutonné jusqu'au cou, baskets basses aux pieds.

"Voici Henric Isacsson et Elena Pardo, ils arrivent de Stockholm, les présenta Gordon en les invitant à s'asseoir au bout de la table.

— Vous avez été rapides, constata P-O avec scepticisme. Vous étiez déjà en route quand Alexander a appelé ?

— Ils ne sont pas de l'AON, dit Gordon.

— Ah non ? Et vous êtes quoi, alors ?

— Coopération internationale au sein des services de sécurité, répondit Elena tandis qu'ils s'asseyaient côte à côte. Nous avons été informés quand vous avez consulté le fichier pour identifier cette femme."

Elle ouvrit sa serviette, en sortit et poussa vers eux sur la table une photo de la femme qu'ils ne connaissaient encore que sous le nom de Louise Andersson. Des cheveux différents cette fois, longs, bouclés et châtain clair. Une photo prise de haut et de côté par une caméra de surveillance, mais aucun doute qu'il s'agissait de la même personne.

"Nous pouvons nous occuper de ça demain, si vous voulez tous rentrer, glissa Gordon. En même temps, ça pourrait être bien que vous soyez briefés avant de commencer."

Les cinq personnes présentes autour de la table échangèrent des regards et secouèrent la tête, cette longue journée pouvait bien s'allonger encore un peu.

"Savez-vous qui c'est ? demanda Max en désignant la photo de la tête.

— Oui et non, plutôt non, répondit Henric, cryptique.

Nous savons qu'elle est déjà venue en Suède, cette photo a été prise à Ystad il y a quelques années.

— Que faisait-elle là-bas ?

— Nous la soupçonnons d'avoir exécuté un informateur dans le cadre d'une enquête en cours sur un trafic d'êtres humains. Ainsi que deux agents de sécurité."

Hannah saisit la photo sur la table et l'observa avec la même concentration que la photo d'identité chez Horvat plus tôt dans la journée.

"Nous pensons qu'elle est aussi à l'origine de la mort de l'attaché culturel ukrainien lors de la Foire du livre de Göteborg en 2017, continua Elena. Et de plusieurs autres décès à l'étranger.

— Ce n'était pas un accident ? À la Foire du livre ? demanda doucement Morgan. Le vent qui avait fait se briser une vitrine ?

— Nous n'avons pas pu prouver que ce n'en était *pas* un, dit Henric en leur adressant un regard entendu.

— Que savez-vous d'elle ? demanda Hannah en reposant la photo, visiblement intéressée.

— Pas grand-chose, des bribes d'informations ici et là que nous essayons de rassembler, mais c'est une tueuse à gage professionnelle, et ce n'est pas la seule. Il y a toute une organisation derrière, mais d'elle, nous ne savons à peu près rien.

— À peu près ?

— Rien, sinon que nous pensons qu'elle recrute des enfants, très jeunes, et qu'elle les entraîne à devenir… comme elle.

— Mais où ?

— En Russie, autant que nous sachions, mais il peut aussi y avoir d'autres endroits.

— Pourquoi la Russie ?"

Henric et Elena échangèrent un regard, Henric lui fit signe de continuer.

"L'an dernier, Europol a procédé à de vastes recherches sur internet avec un nouveau logiciel de reconnaissance faciale, et nous avons pêché ça."

Elle posa une nouvelle photo sur la table. L'agrandissement d'une photo noir et blanc, une ambulance devant une petite maison, quelques curieux attroupés devant.

“Ça vient d’un journal local russe. Prise dans le village de Kurakino il y a dix ans. La femme sur la civière est morte électrocutée chez elle. Et elle est là.”

Elena se pencha et désigna une jeune femme au dernier rang des badauds. Tous se penchèrent pour mieux voir. Dix ans de moins, des cheveux différents, mais sans aucun doute la même personne.

“Mais pourquoi ?

— Nous pensons qu’elle a grandi dans cette maison.

— C’est sa mère ?

— D’après le policier russe qui nous a aidés, des voisins qui habitent toujours là ont dit que les Bogdanov avaient une fillette, Tatyana, qui vivait autrefois chez eux, mais d’après l’état civil russe, ils n’ont jamais eu d’enfants.

— Et donc d’où sortait-elle ?

— Personne ne sait, elle est apparue âgée de deux ans et a disparu à huit.

— C’est alors que nous pensons qu’elle a été recrutée, glissa Henric. Dans ce cas, elle a dix-huit ans sur cette photo.”

Hannah se pencha pour la regarder à nouveau, elle était à l’arrière-plan, absolument pas nette, mais cela semblait correspondre. Une jeune femme austère, grave, dans les dix-huit ans. Dix ans plus tard, elle en aurait vingt-huit aujourd’hui.

“L’école qu’elle a fréquentée dit que c’était la nièce de cette femme, reprit Elena. Mais ce n’est pas exact non plus.

— Qu’en est-il donc de son « père » ? demanda Max.

— Il s’est noyé quelques semaines avant le décès de sa « mère ».”

Tous digérèrent ces informations en silence. Difficile de concevoir qu’on recrute une fillette de huit ans, qu’on la conditionne pendant toute son enfance pour que, dix ans plus tard, elle soit une tueuse professionnellement entraînée. Comme si quelqu’un enlevait l’an prochain la belle-fille de Ludwig pour la dresser à tuer. Mais d’après ce qu’ils savaient de la femme sur les photos, de ce dont elle était capable et de ce qu’elle avait fait en ville ces derniers jours, il était malheureusement plus que crédible que ce soit vrai.

“Les voisins ont dit que la fillette n’était pas bien traitée, nous pensons qu’elle a été recrutée, entraînée…

— … et qu'elle est revenue se venger", compléta Hannah. Henric confirma d'un hochement de tête. "Mais vous disiez qu'elle est arrivée dans cette famille âgée de deux ans, reprit Hannah.

— Elle avait dans les deux ans environ quand elle est apparue à Kurakino, oui.

— Quand était-ce ?

— 1994.

— Mais vous ne savez pas d'où elle venait ?

— Non, nous ne savons que ce qu'ont raconté les voisins, et à présent vous en savez autant que nous."

Hannah se contenta de hocher la tête, se pencha en avant et reprit la première photo, celle de la caméra de vidéosurveillance d'Ystad, se cala au fond de son siège et l'examina attentivement.

"Bien. À votre tour, qu'avez-vous à nous dire à son sujet ?" demanda Henric en sortant un carnet tandis qu'il promenait son regard autour de la table.

Que dire ?

Toutes leurs pensées tournaient plus ou moins autour d'elle, mais au moment de les résumer, il était frappant de constater combien ils en savaient peu à son sujet. Son apparence, qu'elle était entrée à l'intérieur du commissariat, qu'elle avait tué cinq personnes et fait sauter une chambre d'hôtel, qu'elle parlait suédois.

"Elle parle au moins quatre langues couramment, nous le savons, glissa Henric.

— Le suédois semble malgré tout un peu bizarre, c'est une petite langue, constata Morgan.

— Elle travaille en Scandinavie, nous savons qu'elle connaît aussi le finnois."

Il leur fit signe de poursuivre, mais personne n'eut le temps de reprendre la parole avant qu'Hannah recule son siège et se lève d'un bond. Les photos à la main, elle quitta sans un mot la pièce et ses collègues étonnés.

Il pleut quand elle se réveille à la vie.

Elle s'attend à une journée pleine de paroles, d'étonnement et d'inquiétude. Beaucoup viendront malgré la pluie se masser aux barrages autour de l'hôtel éventré et diront qu'ils ne se sentent plus en sécurité, qu'ils envisagent de déménager.

Personne ne le fera.

Pas pour cette raison en tout cas.

Elle a déjà vécu ça. Quelque chose se produit, quelques semaines passent, puis tout revient à la normale. Un an plus tard, c'est le "jour anniversaire de", puis seulement un souvenir parmi tant d'autres.

Comme le postier assassiné à Harrioja en 1906, les victimes du choléra, l'explosion de Palovaara lors de l'opération de déminage en 1944, les morts de la guerre de Finlande, les émeutes de la faim de 1917 à Seskarö, les invalides de guerre.

Si on interrogeait ses habitants, ils diraient d'elle qu'elle est bonne, sûre, accueillante pour les enfants et proche de la nature, certes il ne s'y passe pas grand-chose, il y a des problèmes de drogue et de chômage et les routes sont mauvaises, mais on regarde malgré tout vers l'avant. Avec foi dans l'avenir. Elle va se développer.

Des contacts internationaux vont à nouveau la placer sur la carte. Cette fois, c'est la Chine. Les nouvelles Routes de la Soie. Le chantier d'infrastructure qui a atteint Kouvola et qui continuera peut-être en passant par elle pour rejoindre Narvik. Et elle a encore la seule liaison ferroviaire du pays avec la Finlande.

Mais elle ne vend pas la peau de l'ours. Avec la majorité de ses habitants, elle a appris à la longue à ne pas tirer de plans sur la comète. Ils n'ont pas réussi à rétablir sa liaison avec Luleå et Boden, alors, avec la Chine, comment cela se passera-t-il ?

Bien, elle l'espère.

Les feux des projecteurs lui manquent.

À vrai dire, elle croit bien que son heure de gloire est passée, pour ne plus jamais revenir. Mais ça, l'avenir le dira.

À présent, la pluie rassasie le sol assoiffé, rince les toits, les voitures et les rues. Comme un déluge. Le futur proche est déjà là.

Tous ne vont pas lui survivre.

Il se réveilla plus tard qu'à son habitude, il avait pris des antidouleurs et un somnifère hier soir. Le lit d'Hannah était vide. Elle n'avait pas l'air d'y avoir dormi du tout. Elle finirait par revenir à lui. Quand elle serait prête. Beaucoup d'émotions se mêlaient, et les gérer n'avait jamais été son fort. Elle n'avait jamais vraiment été encouragée à les exprimer dans son enfance. Une mère qui ne les supportait pas, un père qui n'en avait jamais compris l'intérêt.

Ressasser n'avançait à rien.

Thomas savait combien elle avait déjà perdu. Sa maman, bien sûr, mais il s'agissait surtout d'Elin. Dont ils ne parlaient jamais. Même si elle était à l'origine de tout ce chagrin refoulé, tant de peur, une culpabilité tellement infinie.

Quand sa mère s'était suicidée, il l'avait aidée à aller de l'avant. Elle lui avait dit, longtemps plus tard, combien il avait été important pour elle d'entendre dire par un autre que ce n'était pas de sa faute. Mais pour Elin… Rien de ce qu'il pouvait dire n'avait d'importance. Il n'arrivait pas jusqu'à elle. Si la culpabilité éprouvée pour le suicide de sa mère était écrasante, ce n'était rien en comparaison. Le chagrin et les recherches étaient devenus une obsession qui était littéralement en train de la tuer, et détruisait à coup sûr leur couple.

Il avait fini par être obligé de la soumettre à un ultimatum. Pour leur bien commun.

Aller de l'avant, ou sombrer.

Quitter Stockholm pour commencer. Commencer à guérir ailleurs. Ils avaient déménagé, étaient rentrés chez eux. Ou presque, en tout cas. Revenus au nord. À Haparanda.

Lentement, très lentement, Hannah était aussi revenue au quotidien, à la vie. Trois ans après la disparition d'Elin, elle était retombée enceinte. Ça aurait pu tourner tout autrement, mais elle l'avait embrassée, cette nouvelle vie de jeune maman, toutes ces années trépidantes de la petite enfance. Un peu plus protectrice, mais cependant un peu moins impliquée. Dans l'ensemble ça formait à nouveau une famille. Jusqu'à aujourd'hui, où elle allait à présent le perdre lui aussi.

Thomas se leva du lit et sortit de la chambre. Fronça les sourcils en voyant que la trappe du grenier était ouverte.

"Hannah…" appela-t-il vers l'ouverture sombre. Pas de réponse. Il ferma la trappe et gagna la cuisine. Elle était assise devant la table, un carton posé par terre à côté d'elle, un carton qu'il ne savait même pas encore en leur possession et qu'il espérait assurément ne jamais revoir. Des papiers, des dossiers et des photos devant elle sur la table. Elle portait les mêmes vêtements qu'à son départ hier matin. Les yeux un peu rougis par le manque de sommeil, mais quelque chose de fou dans le regard qu'elle lui adressa.

"C'est Elin.

— Quoi ?

— Elle, celle que nous poursuivons. C'est Elin."

Remontée, la voix presque essoufflée, elle semblait turbiner à si haut régime qu'il était étonné de la voir tenir assise.

"OK, OK, attends voir…" commença-t-il en tendant les mains vers elle. Il tira une chaise et s'assit. Il ne comprenait rien, mais voyait bien que, quoi qu'il se soit passé, et quel que soit le cheminement qui l'avait fait se mettre en tête ce lien avec Elin, c'était presque trop pour elle.

"Calme-toi, calme-toi…

— La jeune femme que nous poursuivons, reprit-elle sans faire le moins du monde mine de se calmer. Je t'en ai parlé ?" demanda-t-elle, et elle lui laissa à peine le temps de secouer la tête avant de commencer. Elle ne savait visiblement pas bien ce qu'elle lui avait déjà raconté ou non, reprit tout de manière un peu décousue depuis le début, Tarasov, l'argent, la drogue, les Russes qui envoyaient quelqu'un, les meurtres, les disparitions, la bombe à l'hôtel.

“Une bombe a explosé à l’hôtel ? parvint-il à glisser, étonné.
— Oui, cette nuit. Elle a fait sauter sa chambre.”

Cela ne méritait visiblement qu’une simple note en bas de page, car elle continua à lui raconter comment cette femme qui se faisait appeler Louise Andersson s’était introduite à l’intérieur du commissariat, qu’elles s’y étaient croisées, puis tout ce que deux membres des services secrets de la Säpo lui avaient révélé voilà quelques heures seulement.

Que la fillette était apparue dans un village russe. À deux ans. En 1994.

“C’est elle. C’est Elin”, conclut-elle en le regardant, les larmes aux yeux, pleine d’espoir qu’il partage son excitation et sa joie après cette découverte.

“Non, ce n’est pas elle”, dit-il calmement. Forcé de la décevoir.

“Si, c’est elle. Je le sais.

— Hannah… ce n’est pas Elin.

— Il y a eu quelque chose dès que j’ai vu sa photo chez Horvat, continua-t-elle sans tenir du tout compte de ce qu’il disait. Il y avait quelque chose…”

Thomas ne répondit rien, il la regarda d’un œil triste chercher quelque chose parmi les papiers qu’elle avait étalés devant elle.

“Elle ressemble un peu à Alicia, je n’y ai pas pensé en la rencontrant dans mon bureau, avec sa perruque, mais là, regarde…” Elle posa devant lui une photo qui semblait prise par une caméra de vidéosurveillance. “Tu vois ? N’est-ce pas, que c’est elle ? Regarde. Il y a une meilleure photo d’elle au commissariat.”

Thomas ne regarda même pas, il se contenta d’écarter la photo, se pencha et lui prit les mains, le regard gravement fixé sur elle.

“Hannah, ma chérie, arrête maintenant, ce n’est pas Elin. Ne t’inflige pas ça.

— Tout correspond.

— Ce n’est pas elle.”

Il la sentit se raidir avant de retirer ses mains, inspirer à fond et essuyer une larme solitaire pendue à un cil. Il nota la transformation dans tout son corps avant de voir avec quelle froideur elle le regardait.

“Alors je suis juste folle.

— Non.

— Comme ma mère.

— Non, tu n’es pas folle”, dit-il aussi doucement et tendrement qu’il put. Forcé de choisir ses mots avec le plus grand soin. Il savait bien le faire. “Tu n’as pas dormi, nous n’avons pas encore vraiment parlé de…, enfin tu sais, de moi, de ma maladie, de ce qui va se passer.”

Il fit une autre tentative pour lui prendre la main, avoir un contact physique, parvenir jusqu’à elle, mais elle s’esquiva.

“Tu t’accroches à une brindille. Je comprends, mais tu ne dois rien en espérer. Je t’en prie. Ça ne fera que te blesser.

— Je ne suis pas folle, répéta-t-elle tout bas, comme si elle n’avait rien entendu de ce qu’il venait de dire.

— Mais tu es triste. Tu veux récupérer quelque chose, que tout ne te soit pas enlevé.

— C’est elle”, affirma-t-elle avec détermination avant de se lever brusquement en lui adressant un regard blessé. Plus déçue qu’il ne puisse pas partager son impression que fâchée qu’il ne la croie pas, elle tourna les talons pour s’en aller.

“C’est impossible, reprit-il dans son dos. Cette fille, avec tout ce qu’elle a vécu, celle qu’elle est devenue, voilà qu’elle atterrit justement à Haparanda, et que c’est toi qui enquêtes sur elle ?”

Pas de réponse. Il entendit la porte des toilettes se refermer, le verrou tourner. Il resta à table, regarda les photos, l’enquête de Stockholm qu’elle avait sortie, la petite chaussure au vernis rouge.

Il avait toujours su qu’elle ne vivrait pas bien sa disparition mais, pour la première fois, il s’inquiétait qu’elle ne s’en sorte pas du tout.

Il y avait quelque chose avec la pluie. L'entendre tambouriner furieusement contre le toit de la voiture la mettait mal à l'aise. Depuis aussi longtemps qu'elle s'en souvienne. En fait, elle n'avait rien contre la pluie, ni contre aucune météo.

Mais elle n'aimait pas être dans une voiture quand il pleuvait.

Peut-être parce que cela effaçait efficacement tous les autres sons, et qu'elle voulait avoir tous ses sens en alerte. À présent, elle n'entendait rien d'autre que les insistants coups de boutoir contre la tôle. La précipitation limitait également la visibilité. Même en activant de temps en temps l'essuie-glace, elle avait du mal à distinguer l'entrée du garage à dix, quinze mètres de là.

Son téléphone vibra dans sa poche. Elle décrocha avec un bref *oui*.

“Tu as clôturé la chambre.” La voix familière de Dyadya, une constatation sans la moindre trace de jugement.

“Oui.”

Elle n'avait qu'à le reconnaître, ce n'était pas la première fois, c'était ce qu'on attendait d'elle dans certaines situations.

“Pourquoi ?

— Il y avait des signes qu'ils l'avaient repérée.

— Ils l'avaient repérée. Un policier est mort dans l'explosion. Zagorny est furieux, c'était un homme à lui.

— Il avait envoyé d'autres personnes que moi ? demanda-t-elle sans révéler que c'était pour elle une mauvaise surprise.

— Un backup en interne. Au cas où la police retrouverait les marchandises avant toi.

— Tu étais au courant ?

— Non."

Rien de plus. Que Zagorny ait envoyé d'autres personnes, des hommes à lui, Dyadya aurait dû le prendre personnellement comme une manifestation de défiance. Qu'il ne semble pas le prendre ainsi la fit une fois de plus s'interroger sur leur relation, et sur qui était réellement Valery Zagorny.

"Je termine aujourd'hui. Je rentre, dit-elle pour changer de sujet et anticiper la question attendue sur l'état de ses recherches.

— Sûre ?"

Katya vit quelqu'un arriver en petites foulées et tourner au coin du garage. Sans parapluie ni aucune autre protection, déjà trempé. Elle remit en marche l'essuie-glace et vit le jeune employé, Raimo Haavikko, se dépêcher de gagner la porte, tirer dessus et, voyant qu'elle ne s'ouvrait pas, fouiller ses poches à la recherche de son jeu de clés.

"Tout à fait sûre, dit-elle tandis que le jeune homme vint à bout de la serrure et disparut dans le garage.

— Très bien. À plus tard, alors."

Puis le silence se fit. Elle rangea le téléphone, quitta la voiture et courut vers le garage. *La Lettre à Élise* l'accueillit quand elle entra et s'essuya le visage. Au bout d'une minute, Raimo sortit d'une des pièces intérieures, occupé à boutonner son bleu de travail, ses courts cheveux noirs encore dégoulinant d'eau.

"Salut Raimo", lança-t-elle avec un souvenir chaleureux. Il lui répondit par le même regard qui disait "On se connaît ?" que PV lui avait adressé lors de leur première rencontre, tout en s'approchant de quelques pas d'elle, se passant la main dans ses cheveux mouillés.

"Salut.

— J'ai besoin de ton aide."

Raimo regarda alentour, hésitant, assurément mal à l'aise, peut-être aussi réticent à endosser quelque responsabilité que ce soit.

"Euh, vous pourriez attendre que Dennis arrive, vous croyez ? C'est lui, comment dire, qui gère la boîte. Il va arriver d'une minute à l'autre.

— Non, je ne peux pas attendre que Dennis arrive.” Elle lui sourit à nouveau. “Je suis sûre que tu peux m’aider. Je cherche quelqu’un.

— Ah ? Quelqu’un d’ici, ou quoi ?

— Une cliente du garage. Une femme, assez grande, un mètre soixante-quinze peut-être, cheveux châtains jusque-là” Elle indiqua de la main un peu plus bas que ses épaules. “Taches de rousseur, yeux verts.

— Sandra.”

Katya avait imaginé un mensonge au cas où il lui demanderait pourquoi elle voulait savoir ça, s’il considérait ne pas devoir communiquer, sur simple demande, les noms de leurs clients, mais il semblait sincèrement ravi de pouvoir l’aider.

“Sandra ?

— La copine de Kenneth. Elle est passée hier.

— Kenneth.

— Elle est matonne. Elle bosse à la prison, dit-il avec un vague geste de la main dans la direction de la Centrale.

— Est-ce qu’elle a un nom de famille ? Ou encore mieux, une adresse ?”

"ENREGISTRER SOUS" puis sélectionner la clé USB qu'elle avait insérée. Pendant que l'ordinateur moulinait, elle rassembla les documents de l'enquête qu'elle n'avait pas sous forme numérique mais dont elle pensait avoir besoin.

Elle ne s'attendait pas à ce que Thomas la croie sans réserve, mais pas non plus à ce qu'il rejette en bloc sa découverte aussi facilement, avec une telle détermination, sans même envisager une seconde la possibilité qu'elle ait retrouvé leur fille.

Mais c'était comme ça. Elle comprenait.

Au fond, elle ne lui en tenait pas rigueur.

Il avait assez à faire avec lui-même et ses problèmes. Naturellement, il méritait qu'elle s'engage davantage à ses côtés. Elle le voulait, le ferait, mais d'abord, il fallait qu'elle remonte cette piste le plus loin possible. Elle ne pouvait pas se laisser entraver par quoi que ce soit.

Tu veux récupérer quelque chose, que tout ne te soit pas enlevé, lui avait-il dit. Il ne s'agissait pas de ça, il n'y avait rien à récupérer. Vingt-six ans s'étaient écoulés, et la petite Elin âgée de deux ans n'existait plus, et pas plus celle qu'on pouvait imaginer qu'elle devienne en grandissant.

Rêves, projets, espoirs, tout avait disparu.

Ce dont elle avait besoin, c'était une certitude. De la même façon qu'il était important de retrouver un corps, même quand on savait que la personne disparue était morte. Pour mettre un terme.

Elle avait convenu d'un rendez-vous avec Henric et Elena, voulait en savoir davantage, tout savoir. Leur avait dit qu'elle avait peut-être des éléments pour les aider, mais c'étaient eux qui allaient l'assister. Ensuite, elle allait monter au chalet – ne voulait pas rester au commissariat, ne pouvait pas être à la maison avec Thomas – et là s'installer au calme pour se plonger dans tout ce qu'ils avaient et décider comment avancer.

Elle fut interrompue par Gordon, qui se pointa sur le pas de sa porte. Il s'arrêta là, n'entra pas s'asseoir. Il avait l'air fatigué, ce qui ne lui arrivait jamais.

"Comment ça va ? demanda-t-il.

— Bien, pourquoi ?

— Eh bien, je pensais à hier, avec Ritola et tout."

Évidemment : les événements de la semaine écoulée avaient conduit à la mort d'un policier, naturellement que Gordon faisait le tour de l'équipe pour voir comment chacun allait et prenait la situation.

"Ah oui, dit Hannah. Ça va, enfin je veux dire, c'est comme ça, je suppose qu'on n'y peut rien." Elle secoua tristement la tête, c'était le maximum de l'engagement dont elle était capable pour l'instant. À vrai dire, elle n'avait pas accordé une seule pensée à son collègue décédé depuis la réunion avec Henric et Elena.

"Et maintenant, qu'est-ce qui va se passer ?

— L'AON est arrivée. X est en ce moment en train de leur passer le relais, je crois, nous devrions donc bientôt savoir ce qu'ils attendent de nous.

— J'ai besoin de quelques heures de congé.

— Aujourd'hui ?"

Elle comprenait son étonnement. Ils étaient passés des accidents causés par des animaux sauvages, de quelques rares coups et blessures et autres conduites en état d'ivresse à des massacres et des explosions. S'il y avait bien un moment où prendre des congés n'était pas une bonne idée, c'était maintenant. Mais elle n'avait pas le courage de seulement essayer de lui expliquer.

"Oui, un imprévu."

Elle vit qu'il aurait voulu lui demander si cela avait un rapport avec Thomas, et par extension eux deux, mais qu'il s'en abstenait.

“Ce n’est pas moi qui accorde les congés, alors…
— Tu n’as qu’à dire que je fais autre chose aujourd’hui, j’arrangerai ça plus tard.
— Très bien, vas-y.
— Merci.” Elle s’arrêta. Il avait vraiment l’air fatigué. “Et toi, ça va ? Tu as l’air au bout du rouleau.
— Ça va, on en parlera une autre fois.
— Sûr ?”
Aussitôt ce simple mot lâché, elle regretta de lui avoir laissé cette ouverture. Henric et Elena l’attendaient, elle n’avait pas envie d’écouter ce que Gordon avait éventuellement sur le cœur, elle voulait descendre se mettre en uniforme, pour donner à sa visite un air plus officiel, puis s’en aller au plus vite. En savoir plus sur Elin.
“Oui, sûr.”
Puis il s’en alla. Elle l’entendit glisser la tête chez Morgan plus loin dans le couloir, pour lui demander comment ça allait. Hannah finit de rassembler ce dont elle avait besoin.
Impossible, avait dit Thomas, que cette femme qu’ils poursuivaient soit leur fille. Impossible. Mais des choses impossibles se produisaient sans arrêt. Des frères et sœurs se retrouvaient après trente ans, des jumeaux séparés à la naissance étaient réunis à l’âge adulte, des chiens revenaient après dix ans d’absence.
Rien n’était impossible.

"J'AI APPELÉ, mais il ne répond pas."

Sandra sentit toute sa bonne humeur de la matinée retomber. Elle s'était réveillée longtemps avant que son réveil ne sonne, un chatouillis d'excitation au ventre, comme un soir de Noël qu'elle n'avait jamais connu dans son enfance. Tout en chantonnant, elle était descendue en robe de chambre à la cuisine se préparer un petit-déjeuner. Avait encore une fois regardé le court SMS reçu de PV la veille au soir, sans pouvoir cette fois-là non plus retenir un sourire.

Tu peux venir chercher demain / Dennis Niemi, Urgences Auto.

Correct, neutre, comme s'il s'agissait de sa voiture ou d'une pièce de rechange, rien de suspect si la police venait à se mettre en tête de reconstituer le message. Impossible de deviner qu'il s'agissait de huit millions de couronnes. Qu'elle allait chercher. Aujourd'hui. Elle avait effacé le message – elle aurait sans doute dû le faire dès réception, mais le lire lui faisait tellement plaisir – et était allée s'habiller. Avait choisi quelques-uns des vêtements neufs qu'elle s'était offerts. Des chaussures neuves. Elle voulait se sentir jolie.

Elle était partie de la maison à l'heure habituelle, était arrivée à la Centrale. S'était mise en uniforme, avait répondu oui quand ses collègues lui avaient demandé si c'était un nouveau pull. Une tasse de café, et c'était l'heure d'ouvrir les cellules.

Comme n'importe quel autre jour.

Mais ce n'en était pas un. C'était un jour très, très spécial. Elle s'était plusieurs fois surprise à sourire bêtement, en pensant à autre chose. Huit millions d'autres choses. Son plan était de descendre au garage à la pause déjeuner, mais le temps se traînait, elle ne pouvait pas attendre si longtemps, était en train de devenir folle à force de tourner en rond dans l'atelier de menuiserie. S'était excusée sous prétexte de ne pas se sentir bien, elle traînait visiblement quelque chose en ce moment, avait remis ses vêtements civils et était descendue au garage. Avait demandé PV en voyant Raimo l'accueillir. Il n'était pas là. N'était pas encore arrivé. N'avait pas prévenu qu'il serait en retard ni quoi que ce soit. Raimo ne savait pas où il était.

"J'ai appelé, mais il ne répond pas."

Sandra quitta le garage, courut sous la pluie pour remonter dans sa voiture. Aussitôt la portière claquée, elle composa le numéro de PV. Tomba directement sur le répondeur.

Irritée, elle raccrocha, il fallait qu'elle réfléchisse. Sa première idée fut qu'il l'avait roulée. Pris l'argent et filé. Dire qu'elle avait été assez bête et naïve pour lui faire confiance, aveuglée par ses rêves. Elle sentit sa respiration s'alourdir, sa colère grandir comme une boule brûlante au creux du ventre. Elle pensa au fusil, toujours caché sous une couverture dans le coffre. Il allait le regretter. Mais sa fille, Lovis ? Il n'aurait pas pu déménager si facilement. Et sa copine ? Peut-être en savait-elle davantage ? Sandra reprit son téléphone et chercha le numéro de Stina.

Elle semblait ne pas pouvoir s'arrêter de pleurer. Sûrement pour la trentième fois, elle appela et écouta.

Ici Dennis Niemi, Urgences Au…

Stina raccrocha, laissa le portable retomber sur ses genoux, ne sachant que faire. Il y avait un problème. Quel que soit ce qu'il était allé faire, ça avait mal tourné. Dans le meilleur des cas, il se cachait quelque part, faisait profil bas en attendant on ne savait quoi. Dans le pire des cas…

Ne pas penser au pire.

Assise dans cet appartement inconnu, elle ramena la couverture autour d'elle. Elle ne pouvait pas appeler la police, les mêler à ça, mais qui pouvait-elle appeler, que faire s'il ne donnait pas bientôt des nouvelles, s'il lui était arrivé quelque chose ? Son téléphone vibra. Elle se jeta dessus. Pas lui, un numéro qu'elle ne reconnaissait pas, mais il avait peut-être emprunté le portable de quelqu'un, perdu le sien.

"Oui, allô ?" Tant d'attente et d'espoir dans ces deux petits mots.

"Salut, c'est Sandra. Fransson. La copine de Kenneth.

— Oui, salut." Stina se racla la gorge, ravala vite sa morve pour masquer ses sanglots. Sandra Fransson. La matonne. Qu'est-ce qu'elle voulait ? Dennis était-il chez Kenneth ? Dans ce cas, il aurait quand même dû donner des nouvelles.

"Est-ce que Dennis est avec toi ? demanda Sandra.

— Non, il n'est pas ici.

— Tu sais où il est ?

— Non. Pourquoi tu demandes ça ?

— Il devait me retrouver au garage, nous avons un… Il m'aide à faire un truc.

— Il n'est pas là. Je ne sais pas où il est."

Sandra se mordit un peu la lèvre inférieure avec perplexité. Stina essayait de le cacher, mais il était évident qu'elle était triste, avait pleuré. Était-ce juste quelque chose qui ne regardait pas Sandra ? Elles ne se connaissaient pas. Pleurait-elle parce que PV l'avait larguée ? Pris les dix millions qui n'étaient pas à lui et était parti en les quittant.

"Il s'est passé quelque chose ? demanda-t-elle en s'efforçant de mettre un peu d'authentique attention et de chaleur dans sa voix. On dirait que tu pleures."

Stina ne répondit pas tout de suite, elle luttait pour ne pas fondre à nouveau en larmes, réfléchissait à ce qu'elle pouvait dire ou non. Sandra était matonne, mais elle avait besoin de parler à quelqu'un. Elle était en train de devenir folle à force d'incertitude et d'inquiétude.

"Stina ? entendit-elle Sandra demander à l'autre bout du fil, réalisant qu'elle se taisait depuis un bon moment.

— Il est parti hier soir. Il devait faire un truc, et il n'est pas rentré.

— Faire quoi ?

— Je ne sais pas, mais c'était un truc, tu sais, pas complètement légal, tu sais…

— Je croyais qu'il avait arrêté tout ça ?" s'étonna Sandra. Autant faire semblant de ne pas être au courant, pour que Stina n'aille pas imaginer qu'elle était impliquée dans ce truc pas complètement légal.

"Il avait arrêté, mais on nous a supprimé nos heures, alors…

— Oui, Kenneth m'en a parlé." Sandra assaisonna sa voix d'un peu de compassion, elle s'en fichait, voulait juste savoir où était passé son argent. Donc où était passé Dennis. Assez certaine qu'elle ne l'apprendrait pas de Stina.

"Nous avons besoin d'aide, continua Stina d'une voix brisée. Mais c'est cher, alors… il devait partir faire un truc.

— Et il n'est pas rentré ?

— Non.

— Tu n'as aucune idée d'où il est ?

— Non."

Sandra la croyait. Cela collait avec ce qu'elle savait. PV essayait peut-être de la rouler, mais il n'irait pas laisser sa famille en plan. Stina avait vraiment l'air anéantie, il n'y avait aucune raison de penser qu'elle jouait l'inquiétude et le désespoir, qu'ils aient prévu de disparaître ensemble. Avec son argent.

"Il va finir par rentrer, tu verras, dit-elle, pressée de terminer cette conversation. Et je ne dirai à personne ce que tu viens de me dire.

— Merci.

— Appelle-moi si tu entends quelque chose.

— Oui, toi aussi."

Et elle raccrocha. Sandra regarda fixement à travers la pluie. Que s'était-il passé ? Il s'était forcément passé quelque chose. Tout semblait indiquer que ça avait un rapport avec la vente. Qui pourrait être au courant ? Elle ouvrit sa portière et se dépêcha de retourner voir Raimo.

"Tu as pu le joindre ? demanda-t-il quand elle entra.

— Non. Quand il reviendra, dis-lui de m'appeler tout de suite.

— D'accord.

— Non, d'ailleurs, encore mieux, *tu* m'appelles tout de suite."

Elle se dirigea vers un des établis tout en fouillant dans son sac à la recherche d'un stylo et d'un bout de papier.

"Au fait, est-ce qu'elle a pu te joindre ? demanda Raimo quand elle eut pêché un vieux ticket de caisse au dos duquel elle commençait à noter son numéro.

— Qui ça ?

— Il y a une fille qui est passée tout à l'heure, qui te cherchait."

Sandra suspendit son stylo, se redressa et regarda Raimo.

"Quelle fille ?

— Je ne sais pas. Elle savait te décrire, mais ne connaissait pas ton nom.

— Mais tu le lui as dit ?

— Oui…, lâcha Raimo avec une certaine hésitation, l'air de se rendre compte que ce n'était peut-être pas une bonne idée, à bien y réfléchir.

— Elle ressemblait à quoi ?"

Raimo lui dit, et Sandra sut aussitôt qui c'était. La femme avec la Mercedes de luxe. Dont PV avait refusé de lui parler quand il l'avait rejointe dans le bureau après leur entrevue au garage et que Sandra lui avait demandé qui elle était. Il avait juste dit une cliente. À y repenser, il semblait nerveux, plus qu'à son habitude. Comme si la femme à la voiture de luxe lui avait donné plus de soucis qu'une cliente ordinaire.

Elle finit de noter son numéro et donna le papier à Raimo.

"Dès qu'il revient", dit-elle, avant de regagner sa voiture.

Un appel raté, vit-il en sortant de la douche. Sandra. Kenneth saisit son téléphone et la rappela tout en se dirigeant vers la chambre pour s'habiller.

"Salut, tu m'as appelé ? fit-il quand elle répondit à la première sonnerie.

— Si PV n'est pas au garage et pas chez lui, tu sais où il pourrait être ?

— Hein ? Non. Pourquoi ?

— Il n'a pas, comment… une planque, quelque chose comme ça ?

— Non, pourquoi tu me demandes ça ?" demanda-t-il en enfilant un tee-shirt propre. Il l'entendit inspirer à fond à l'autre bout du fil, avant de commencer à lui raconter. Il ne l'interrompit que lorsqu'elle en arriva à la drogue qu'elle avait confiée à PV pour qu'il la vende. Mais qu'est-ce qu'il lui avait pris ? Ils ne devaient pas y toucher, c'était ce qu'ils avaient convenu.

Ça, ils en reparleraient plus tard, s'entendit-il dire. Pour le moment, il devait se taire et écouter.

Il se tut donc et écouta.

Une femme avait demandé après elle ce matin, le lendemain de la disparition de PV. Cette drogue vaut beaucoup d'argent. Elle a appartenu à quelqu'un avant de tomber entre leurs mains. Et s'ils étaient sur leur trace ? Si PV avait merdé ? Parlé aux mauvaises personnes ?

"Elle ressemble à quoi ?" demanda Kenneth, à la fenêtre de la chambre.

Sandra la décrivit à grands traits.

“Elle est là”, la coupa Kenneth en s’éloignant de la fenêtre. Il voyait encore l’Audi garée dans l’allée et la femme qui avait l’air d’avoir son âge, qui venait d’en descendre. La vit sortir un pistolet et en ôter la sécurité avant de le remettre dans sa poche.

“Elle est armée, souffla-t-il en reculant encore d’un pas, saisi par la peur.

— Cache-toi.

— Hein ?

— Il ne faut pas qu’elle te trouve. Quoi qu’il arrive, tu entends ? Cache-toi. Vite.”

Kenneth baissa le téléphone et regarda alentour dans la chambre, stressé. Où ? Où se cacher ? Il avait rarement joué à cache-cache, enfant, et n’avait jamais été doué pour ça.

Le placard ? Sous le lit ? Derrière les rideaux ?

Nulles, ces planques, c’était là qu’on chercherait en premier. On sonna à la porte. Kenneth lâcha un petit gémissement, qui brisa sa paralysie. Il avait une maison entière pour se cacher. Il courut aussi silencieusement qu’il le put hors de la chambre. La sonnette retentit à nouveau. Plus longtemps, plus impérieuse cette fois. Kenneth arriva au rez-de-chaussée. Il songea à la cave mais la porte qui y descendait raclait et elle était juste à côté, elle aurait pu l’entendre. Nouvelles sonneries. Quatre, cinq courtes. Kenneth resta planté là, désemparé. Que ferait-elle si personne n’ouvrait ? Abandonner ? Attendre dans sa voiture que quelqu’un se montre ? Dans ce cas, il n’aurait qu’à ne pas se montrer et appeler la police. Expliquer pourquoi une femme armée était venue les chercher, ils verraient plus tard comment. Pour l’instant, il s’agissait de lui échapper.

Elle cessa de sonner à la porte. Kenneth regarda autour de lui. Il était parfaitement visible si elle faisait le tour de la maison. Il recula dans l’escalier sans fenêtres. Peut-être pourrait-il risquer un coup d’œil depuis l’étage, pour voir si elle avait regagné la voiture. Il comprit que non en entendant une vitre se briser à la cave. Il battit en retraite dans l’escalier, pour mettre le plus de distance possible entre elle et lui.

La panique menaçait. Il fallait qu'il réfléchisse. Vite. Ce n'était pas son fort en temps normal, et là, c'était presque impossible. Son cerveau tournait à vide.

Il entendit racler la porte de la cave. Elle était dans la maison et il ne trouvait pas d'idée. N'importe où valait mieux que là où il était planté, aussi se glissa-t-il à nouveau dans la chambre et s'approcha du placard ouvert. Leur corbeille à linge. Grande comme un coffre, couverte d'un treillis de bois, ou d'écorce de bouleau, ou de liège, quelque chose comme ça. Il lui sembla pouvoir y tenir. Refermer le couvercle. Une très, vraiment très mauvaise cachette, mais il ne trouvait rien d'autre.

Il parvint à s'y fourrer, mais était vraiment à l'étroit, se demanda déjà en trifouillant le couvercle combien de temps il allait y tenir.

"Kenneth, entendit-il monter d'en bas, retenant son souffle par pur réflexe. Sandra ? Il y a quelqu'un ?"

Il l'entendit se déplacer en bas, parcourir les pièces, monter l'escalier. Ferma les yeux. Rien, à part peut-être la Merco dehors, ne disait qu'il était à la maison. Il pouvait très bien être sorti se promener. Sous la pluie. Quelqu'un pouvait être passé le prendre. Elle ne pouvait pas être sûre qu'il était là.

Il l'entendit gravir la dernière marche de l'escalier.

"Kenneth !"

Il restait immobile, sans même respirer, ignorant la douleur dans ses jambes et ses reins. Elle ouvrit la porte de la salle de bains. Le sol devait être mouillé après sa douche. Ça ne voulait pas forcément dire grand-chose, ils n'avaient pas de chauffage au sol, ça pouvait rester humide pendant des heures. Pourvu que la buée sur le miroir ait disparu.

Une seconde plus tard, il l'entendit entrer dans la chambre. Elle sembla se contenter de rester immobile à écouter en silence pendant ce qui lui parut une éternité, avant de redescendre l'escalier. Kenneth souffla aussi doucement qu'il put, essaya de changer de position, mais l'espace ne le permettait pas. Il l'entendit entrer dans le séjour, puis le silence se fit. Un silence complet.

Elle ne bougeait pas. Il ne bougeait pas.

Un quart d'heure passa. Puis un autre. Son corps le faisait tellement souffrir qu'il pensa se mettre à pleurer. Était-elle seulement encore là ? Il n'avait plus rien entendu depuis il ne savait pas combien de temps. Précautionneusement, il souleva le couvercle et tenta de se redresser. Ses muscles hurlaient de douleur au moindre mouvement mais, au ralenti, il parvint à se mettre debout et à sortir de la corbeille. Il resta un moment totalement immobile, pas sûr que ses jambes lui obéissent, il ne voulait pas s'étaler bruyamment par terre. Fit une tentative. Avait à présent un plan. Lentement, il se glissa jusqu'à la fenêtre de la chambre donnant sur une échelle d'incendie fixée à la façade. Jeta prudemment un œil dehors. L'Audi toujours là, elle pas dedans, il supposa donc qu'elle était toujours dans la maison. À attendre en silence.

Il détacha un des crochets de la fenêtre, s'arrêta en tendant l'oreille. Pas un bruit au rez-de-chaussée. Il plaça les mains sur le battant et poussa. La fenêtre ne bougea pas d'un iota. Il allait recommencer plus fort quand il vit Sandra déraper dans la cour. Entendit alors la femme bouger en bas. Aurait voulu crier vers Sandra, mais n'osait pas. Il ne put que la voir descendre rapidement de voiture, ouvrir le coffre, s'y pencher et se redresser un fusil à la main.

Il était chargé. Elle le savait, et pourtant Sandra contrôla le fusil tandis qu'elle se dirigeait vers la maison d'un pas décidé.

Tant de pensées sur la route de la maison qui ne lui avait jamais parue aussi longue. La plupart concernant Kenneth, que faire si elle le trouvait blessé ou mort. Certes, elle avait caressé divers scénarios d'avenir dans lesquels il ne jouait pas un rôle prépondérant ou était même absent mais, pendant les trois quarts d'heure qu'il lui avait fallu pour rejoindre Norra Storträsk, elle n'avait pu penser à autre chose : il fallait absolument qu'il s'en soit tiré, surtout maintenant que c'était sa faute. Elle ne dirait pas un mot au sujet de sa stupide PlayStation, pourvu qu'il ait survécu.

L'Audi dans l'allée devait être celle de la femme.

Elle était toujours là. Bon ou mauvais signe ?

N'avait-elle pas trouvé Kenneth, ou l'avait-elle tué sans obtenir les informations dont elle avait besoin ? Elle penchait plutôt pour la première possibilité. Si elle l'avait trouvé, elle n'aurait pas eu de mal à lui faire déballer tout ce qu'il savait, estima-t-elle en gravissant à grands pas le perron. Elle ôta la sécurité de son arme et ouvrit la porte. Entra, s'arrêta juste après le seuil. Totalement concentrée, et plus à l'aise qu'elle n'aurait jamais pu imaginer, un fusil de chasse chargé à la main dans son entrée. La maison était plongée dans un silence total. Sandra n'avait aucune idée de ce qu'elle allait faire. Dos au mur, elle s'approcha de la cuisine. Jeta un coup d'œil. Vide, lui sembla-t-il. Elle entendit un bruit familier. La seconde qu'il lui fallut pour identifier le raclement de la porte de la cave suffit à la femme à l'Audi pour s'approcher et lui pointer son arme dans le dos.

"Lâche ce fusil, s'il te plaît."

Sandra obéit, pas suffisamment entraînée pour se risquer à un combat rapproché. Posa son arme sur le plan de travail le plus proche.

"Où est ton petit copain ?

— Je ne sais pas.

— Tu n'accourais pas pour le sauver ?

— Si tu l'avais trouvé, mais ce n'est pas le cas."

La femme inclina la tête de côté et l'observa avec un petit sourire amusé sur les lèvres. Sandra se surprenait elle-même, ne comprenait pas où elle puisait ce courage.

"Kenneth ! cria la femme en bousculant Sandra de quelques pas vers l'intérieur de la cuisine. Sors de ta cachette, ou je fais du mal à Sandra."

Elles attendirent toutes deux. Sandra se demanda s'il fallait qu'elle lui crie de rester là où il était, mais visiblement il l'avait compris lui-même :

Pas un mouvement, pas le moindre bruit.

Ou alors il avait trouvé moyen de filer. Sandra se tourna vers la femme avec l'esquisse d'un sourire de satisfaction. Une petite victoire. Mais avant qu'elle ait le temps de réagir, la femme lui saisit le bras, le leva, plaqua sa main contre le mur, y pressa le canon de son pistolet et tira.

La détonation était étouffée par le silencieux, mais Sandra poussa un grand cri.

Regarda sa main. Un trou. À travers. Curieusement, la douleur diminua un peu quand le sang commença à couler.

“Kenneth !” lança la femme vers l’intérieur de la maison. Sandra geignait, désemparée, pressant sa main déchiquetée contre son ventre, la serrant avec l’autre. Son nouveau pull absorbait une partie du sang, mais pas tout, le reste gouttait par terre. Mais pas de Kenneth en vue. La maison toujours aussi silencieuse.

“Assieds-toi”, ordonna la femme en poussant Sandra vers la table de la cuisine. Elle obéit. La main toujours fortement appuyée contre le ventre, la respiration lourde, difficile d’avoir les idées claires, son courage envolé. La femme lui saisit le menton et la força à lever la tête.

“Est-ce que tu sais où est l’argent ?” demanda-t-elle calmement. Sandra se hâta de hocher la tête. “Combien y a-t-il ?” Sandra ne comprit d’abord pas la question. Combien ? Ne le savait-elle pas ? Ou bien était-ce une simple question de contrôle ? Pour ne pas perdre de temps avec quelqu’un qui ne pourrait pas la mener au but ?

“Deux sacs. Environ trois cent mille euros.”

La femme hocha la tête, satisfaite, puis la releva.

“On bande ça, puis tu me montreras.”

Ce n’est qu’après avoir entendu la voiture reculer et disparaître au loin que Kenneth osa sortir. Une pelote de crampes et d’angoisse au ventre rendait sa respiration difficile. *Quoi qu’il arrive*, avait dit Sandra. Il lui avait obéi, c’était toujours le mieux. Il avait dû mobiliser toute sa volonté pour ne pas se précipiter en bas en l’entendant crier, mais tant bien que mal il y était arrivé.

Fermé les yeux, bouché les oreilles, serré les dents.

Compris que c’était leur meilleure chance de survivre tous les deux. La femme n’avait besoin que de l’un d’eux pour lui montrer où était l’argent. L’autre était superflu. Mais là, ils avaient réussi à la persuader qu’il n’était pas à la maison, elle ne pensait pas que quelqu’un fasse quelque chose.

Mais fasse quoi ? Que devait-il faire ? Que pouvait-il faire ?

Les poursuivre ? Ce serait retomber dans la même situation. En plus, elle aurait récupéré l'argent, et n'aurait donc plus aucune raison de garder aucun d'eux en vie. Mais elle avait emmené Sandra. Il fallait qu'il fasse quelque chose. Les mains tremblantes, il retrouva son téléphone. Trouva le numéro et appela. Fit les cent pas en écoutant les sonneries, mais s'arrêta net en entendant la voix familière décrocher.

"Il faut que tu m'aides, je suis dans la merde."

Elle espaça la cadence des essuie-glaces et jeta un coup d'œil aux documents posés à côté d'elle sur le siège passager. Pas grand-chose de plus après sa rencontre avec Elena que ce qu'elle avait emporté du commissariat ce matin.

En fait, une seule chose. Un mot.

L'Académie.

C'était tout ce qu'il y avait, la seule chose qu'Elena avait pu lui donner qui soit légèrement plus que suppositions ou spéculations.

Elle avait ouvert la porte et fait entrer Hannah dans sa chambre d'hôtel de Torneå où elle était arrivée à l'heure convenue. Elles étaient seules.

"Où est Henric ? avait demandé Hannah en entrant.

— À l'Hôtel Central. Il suit le travail de la police scientifique.

— Je comprends", avait dit Hannah en s'asseyant. Elena proposa du café, qu'Hannah refusa, puis s'assit à son tour en ouvrant un bloc-notes sur ses genoux.

"Donc, vous disiez détenir des informations susceptibles de nous aider ? attaqua-t-elle directement, sans perdre de temps en bavardages.

— Oui, mais j'ai menti." Elena leva des yeux étonnés. "Je n'en sais pas plus que ce que vous avez pu entendre au commissariat hier soir."

Elena referma lentement son bloc. Tendue, davantage sur ses gardes, comme si Hannah était soudain devenue une menace.

"Alors pourquoi êtes-vous là ?"

Clairement de l'hostilité dans la voix. Hannah s'attendait à cette question. S'y était préparée. Elle avait l'intention de continuer à jouer franc jeu, en espérant que c'était la meilleure façon d'obtenir ce qu'elle voulait. Ce dont elle avait besoin.

"J'ai rencontré cette femme quand elle faisait le ménage dans mon bureau.

— Ah ?

— Il y avait quelque chose, je n'ai pas réussi à mettre le doigt dessus sur le moment, mais depuis que vous êtes arrivés…

— Oui ?"

Le moment était venu. Le passage le plus difficile. Hannah avait fermement soutenu son regard, il était important de ne pas tout de suite être cataloguée comme folle tandis qu'elle continuait à dire la vérité.

"Ma fille a disparu à Stockholm en 1994 lorsqu'elle était âgée de deux ans. Il me semble voir des ressemblances."

La réaction d'Elena lui avait indiqué qu'elle n'avait malgré tout pas complètement réussi à éviter de passer pour folle : elle avait cligné des yeux et ses lèvres avaient pris une expression hésitante d'indulgence.

"Ce serait pour le moins une curieuse coïncidence.

— Je sais, et vous pouvez croire ce que vous voulez. Croire que je suis folle, c'est le cas de mon mari, mais est-ce que vous pouvez me dire ce que vous savez ?

— Ça dépend." Plus détendue à présent, mais encore nettement sur ses gardes. "Que comptez-vous faire de cette information ?

— Rien, avait menti Hannah sans se gêner. Qu'est-ce que je pourrais faire ? Vous travaillez à plein temps avec les ressources européennes et vous ne la trouvez pas.

— Donc pourquoi…

— Je veux en savoir le plus possible. Tout ce que je peux. Je réaliserai peut-être alors qu'il est impossible que ce soit elle. Ce serait d'ailleurs bien… Mieux, en fait", s'était-elle corrigée, pas convaincue pourtant que cette dernière phrase soit vraie.

Elena avait inspiré profondément avant de lâcher un bruyant soupir. Elle avait réfléchi. Observé Hannah comme pour déterminer si elle avait une idée quelconque derrière la tête, quelque chose qu'elle avait manqué. Et elle avait fini par se décider.

"Comme nous l'avons dit hier, nous n'avons pas beaucoup d'informations, mais il y a quelque chose..."

L'Académie.

C'était ce qu'ils avaient, ce qu'il y avait, lui avait dit Elena.

L'endroit où les enfants étaient conduits pour s'entraîner. Dix ans. S'ils y survivaient. Un mot au sujet duquel on chuchotait, qui était mentionné dans quelques rares documents, plus comme une rumeur et un ouï-dire, mais avec une fréquence suffisante pour mériter d'être pris au sérieux. Ils ne savaient pas où elle se trouvait, s'il y avait un seul site ou plusieurs.

L'Académie.

C'était par là qu'Hannah comptait commencer une fois arrivée au chalet.

Sandra était assise sur le siège passager, la douleur de sa main bandée palpitait au rythme des battements de son cœur. Les antidouleurs normaux qu'elle avait à la maison ne servaient à rien.

D'abord, elle avait tenté d'expliquer. Comment il se faisait qu'ils avaient l'argent, qu'ils avaient confié la drogue à PV. Que c'était un accident, qu'ils n'avaient jamais pensé à mal. Ils n'avaient juste pas réfléchi. Submergés, ils s'étaient précipités.

"C'était bête, fut le seul commentaire de la femme.

— Qu'est-ce qui est arrivé à PV ? demanda Sandra après quelques kilomètres encore.

— Tu veux vraiment le savoir ?" demanda à son tour la femme. Sandra le prit pour une réponse suffisante.

Ils continuèrent en silence. Un instant, Sandra envisagea de se jeter dehors, de tenter de fuir à pied, mais un coup d'œil au compteur lui fit abandonner l'idée. Donner une mauvaise adresse, essayer de tromper cette femme ne lui avait pas non plus semblé une voie praticable. Elles allaient donc bientôt arriver à destination. À moins que Kenneth n'ait imaginé un moyen de l'aider, tout ce qu'elle pouvait espérer était que la femme la relâche après avoir récupéré ce qu'elle était venue chercher. Quelque chose lui disait que c'était là trop espérer.

"Vous pouvez vous garer là, dit Sandra en indiquant un endroit un peu plus loin au bord de la route. C'est là-haut."

Elles se garèrent sur le bas-côté et descendirent de voiture. La femme fit signe à Sandra d'avancer en premier tout en sortant son pistolet. Le ciel d'un gris uniforme, les arbres, la mousse, l'herbe, tout était trempé. Ses cheveux se collaient sur sa tête et son visage, le bandage de sa main détrempé par la pluie se teignait de rouge pâle. Elle n'avait pas imperméabilisé ses chaussures. L'idée traversa Sandra, stupide, mais cela valait mieux que de songer à ce qui allait se passer d'ici quelques minutes, une fois qu'elles seraient arrivées au cabanon.

"C'est là", indiqua-t-elle une fois les quatre murs décrépits en vue. La femme se contenta de hocher la tête, et elles continuèrent. Entrèrent par là où il y avait jadis la porte principale, puis Sandra la guida jusqu'à la trappe fermée par terre. La femme s'arrêta un mètre environ sur le côté et fit un signe de tête vers le sol.

"Ouvre."

Sandra tomba à genoux et ouvrit non sans mal la trappe. Crut d'abord avoir juste mal vu, que le ciel sombre lui avait joué un tour. Elle ne voyait pas les sacs. Il lui fallut quelques effroyables minutes pour réaliser qu'ils n'étaient plus là.

"Qu'est-ce que c'est que ce bordel ?" Elle se redressa, complètement désemparée. La femme s'approcha d'un pas, jeta un œil dans le trou et leva aussitôt son pistolet. Sandra jeta les mains au-dessus de sa tête et se remit maladroitement sur pied.

"Non, non, non, les sacs étaient là ! Je le jure. C'est là qu'on les avait cachés. Je le jure.

— Ton petit copain…

— Non, non, ou peut-être, je ne sais pas, mais dans ce cas, on va les retrouver. Si c'est lui qui les a pris. Voilà, voilà, on va juste l'appeler.

— Ce n'est pas Kenneth."

La femme se tourna rapidement, arme au poing, vers la voix, tout en reculant d'un seul mouvement souple derrière Sandra, la tenant devant elle comme un bouclier. Sandra tenta de saisir ce qu'elle entendait et ce qu'elle voyait s'approcher. N'arrivait pas du tout à suivre.

Thomas sous la pluie. Un fusil braqué sur elles.

"J'ai l'argent. J'ai l'intention de le donner à mes enfants.

— Donne-le-moi, sinon elle meurt, répondit calmement la femme en pointant un instant le pistolet vers la tempe de Sandra plutôt que vers lui.

— Lâche-la, et tu l'auras. Tu pourras rentrer en Russie. Mission accomplie. Sans qu'il y ait de nouveaux morts."

Sandra ne comprenait pas ce qui se passait. Rien. Que faisait Thomas ici ? Quand avait-il récupéré l'argent ? Savait-il qui était cette femme ? Elle n'avait pas l'air d'être la seule surprise.

"Tu sais qui je suis, lâcha la femme dans son dos d'un ton interrogatif.

— Non, mais je sais pourquoi tu es là. Ma femme est policière.

— Hannah.

— Je suis le seul à savoir où est l'argent. Laisse-la partir, et je te montrerai.

— Si je la laisse partir, tu vas me tirer dessus.

— J'ai eu plein d'occasions de t'abattre si c'était ce que je voulais."

Le silence se fit. On n'entendait plus que les gouttes de pluie sur les feuilles des arbres et le toit effondré. Sandra osait à peine respirer et ne pouvait se risquer à tourner la tête pour tenter de deviner les intentions de la femme derrière elle. Elle continuait à ne fixer que Thomas. La pluie collait ses cheveux sur son crâne, lui coulait sur le visage et dans le cou, mais il ne semblait pas y prêter attention. Se contentait de cligner des yeux de temps en temps. Il était solidement campé là, le fusil prêt à tirer.

"Tu comptes juste me laisser rentrer ?" La femme derrière elle avait rompu le silence. "Ta femme a dû te dire ce que j'ai fait.

— Ils continueront à te poursuivre. Je veux juste sauver Sandra et mon neveu. Il y a eu assez de morts comme ça."

Le silence se fit à nouveau. Sandra sentit alors la poigne autour de son bras se desserrer. Elle fut bousculée de côté d'un geste violent qui la fit presque trébucher. La femme pointa à présent son arme sur Thomas.

"Bon, allons-y."

Katya ne lui faisait pas confiance, bien sûr que non, et ne se détendit pas une seule seconde tandis qu'elle le suivait, quelques pas derrière lui. Il avait certes paru sincère en disant qu'il ne voulait pas davantage de morts, et à y repenser il avait en effet eu plusieurs occasions de l'abattre à son arrivée ou dans le cabanon en ruine sans risquer de blesser Sandra, mais s'en était abstenu.

Donc, s'il la conduisait à présent jusqu'à l'argent, que ferait-elle ?

La mission était claire :

Trouver les marchandises, tuer ceux qui les avaient prises.

Pouvait-elle enfumer Dyadya et dire que c'était PV depuis le début ? PV était manifestement mort. Non qu'elle se soucie de ce que voulait le mari d'Hannah, mais elle se serait volontiers contentée de récupérer ce qu'elle devait et de rentrer à Saint-Pétersbourg. Ne pas avoir à aller chercher Sandra et Kenneth rien que pour les tuer. Elle n'avait pas besoin de se décider maintenant. Elle n'avait pas encore l'argent. Il pouvait se passer beaucoup de choses.

"Comment as-tu su que nous étions là ? demanda-t-elle quand ils arrivèrent en vue d'un chalet rouge entre les arbres.

— Kenneth m'a appelé pour me dire que vous étiez en route pour récupérer l'argent."

Il avait donc tout le temps été à la maison. Katya était forcée de s'avouer un peu impressionnée qu'il ne se soit pas trahi quand elle avait tiré sur sa petite amie. Une décision sage, certes, mais que peu auraient réussi à prendre.

"Quand l'as-tu déplacé ?

— Hier soir."

Ils sortirent de la forêt et contournèrent le coin de la maison vers une voiture stationnée qu'elle supposa appartenir à Thomas.

"Tu t'appelles comment ?

— Thomas. Et toi ?

— Louise.

— Quel est ton vrai nom ?

— Je n'ai pas de vrai nom.

— Pas même Tatyana ?"

Elle s'arrêta net. Serra plus fort la crosse humide, visa sa tête. Qui était-il ? Le mari d'Hannah, avait-il dit, mais il pouvait être n'importe qui. La police l'avait trouvée, mais qu'ils soient allés jusqu'à se procurer le prénom que ses "parents" lui avaient donné. Invraisemblable.

"Tu sais qui je suis ?

— Non, mais ma femme pense le savoir.

— Stop ! dit-elle froidement.

— On pourra en parler dans la voiture, répondit-il en continuant à avancer.

— Non. Stop. Lâche le fusil."

Il s'arrêta, se tourna vers elle, le fusil toujours baissé. Parut sur le point de dire quelque chose quand une voiture s'engagea dans l'allée en dérapant. Katya garda son arme braquée sur Thomas, qui parut aussi surpris qu'elle quand la portière s'ouvrit avant que la voiture soit tout à fait à l'arrêt et qu'Hannah en descende. La main se dirigeant déjà vers le holster. Katya pointa alors son pistolet vers elle, entendit Thomas crier *"Non !"* et le vit du coin de l'œil lever son fusil. Plus près, avec une arme à plus large dispersion qui faisait plus de dégâts. Elle changea rapidement et le visa à nouveau.

"Elin !" entendit-elle Hannah crier à travers la pluie. Aucune idée de la raison pour laquelle elle l'avait appelée ainsi. "Elin !"

Elle appuya sur la détente avant qu'il ait eu le temps d'épauler, la balle entra au-dessus de son œil droit, il s'arrêta en plein mouvement et tomba sans bruit. Hannah poussa un cri. Katya entendit une détonation et se tourna à nouveau vers la voiture. Elle vit Hannah s'abriter derrière la portière ouverte, arme au poing. Tira encore. Manqua à nouveau. Les jambes d'Hannah sous la portière : une cible petite, difficile. Un troisième tir d'Hannah, et il lui sembla sentir la balle passer tout près. Elle se décida. Tira trois coups rapprochés vers la voiture, sans vraiment viser, puis fit volte-face et courut vers la forêt.

Hannah la vit disparaître entre les arbres. Elle se redressa, le regard fixe et vide, comme si elle avait besoin de se réorienter avant de faire un pas. Difficile de faire entrer l'air dans les poumons, quelque chose bloquait. Elle poussa de courts gémissements désespérés.

Elle l'a tué.

Elle essayait de comprendre ce qui s'était passé, comment ça avait pu arriver, si c'était seulement arrivé. Eux deux, tous deux armés quand elle est arrivée devant le chalet.

Mon Dieu, elle l'a tué.

Elle avait toujours son arme à la main, s'en rendit compte, la laissa tomber dans le gravier, avança. Tomba à genoux près du corps sans vie de Thomas, ne savait pas quoi faire de ses mains, hésita en les levant au-dessus de lui avant d'en poser délicatement une sur la poitrine trempée de sa chemise. La pluie s'abattait droit dans ses yeux fixes, diluait le petit filet de sang qui coulait du trou à son front.

Tout ce qui restait coincé dans sa poitrine se vida soudain. La force qui la tenait debout la quitta et elle s'effondra sur lui.

"Hannah ?"

Elle sursauta et se tourna vers la voix. Sandra avait débouché du coin du chalet. Ça aussi était complètement incompréhensible. Exactement comme le fait que son mari soit étendu par terre une balle dans la tête.

"Qu'est-ce que tu fais là ?

— Il est mort ?" demanda Sandra en portant la main à sa bouche tandis qu'elle s'approchait lentement. Hannah se contenta de la suivre des yeux. Quand elle fut à ses côtés, elle tomba à genoux dans l'herbe. "Mon Dieu…"

Hannah la regarda, pas plus avancée.

"Qu'est-ce que tu fais là ? demanda-t-elle à nouveau.

— Où est-elle ?" Sandra esquiva pour la deuxième fois sa question en regardant alentour d'un air inquiet.

"Elle s'est sauvée en courant.

— Tu ne vas pas l'arrêter ?

— Je ne sais pas…" répondit sincèrement Hannah, surtout parce qu'elle ne concevait pas comment faire. Faire quoi que ce soit semblait difficile, difficile de se lever, difficile de penser.

"Ma voiture est garée à quelques centaines de mètres par là-bas, dit Sandra en lui indiquant. Tu peux la rattraper."

Hannah hésita, baissa les yeux vers Thomas, sa poitrine se noua à nouveau, sa respiration s'alourdit, ses yeux débordèrent.

"Je reste ici avec lui, dit Sandra d'une voix plus douce. Tu dois l'arrêter."

Hannah croisa son regard. Étonnamment calme et maîtrisé. Elle appréciait que quelqu'un lui dise quoi faire. Qu'elle soit dispensée de prendre elle-même des décisions. Celles qu'elle avait prises jusqu'ici étaient mauvaises, des erreurs fatales.

Elle se remit debout et retourna vers sa voiture. Réussit à démarrer, à enclencher la marche arrière et à sortir de l'allée. Ses phares éclairaient Sandra à genoux auprès de Thomas. Elle redouta que cela lui fasse perdre la petite prise qu'elle avait réussi à avoir sur son existence, mais à son grand étonnement elle devint plus résolue, plus rationnelle. Quand elle passa la première et s'éloigna, elle sentit même une colère naissante forcer ses pensées à s'orienter dans une autre direction, loin de ce chagrin sans fond, même si elle comprenait que c'était très provisoire, et qu'il l'accompagnerait encore longtemps.

À PEINE ESSOUFFLÉE, Katya sortit de la forêt et sauta à bord de la voiture. Elle avait eu le temps d'analyser la situation tout en courant. Ça ne se présentait pas bien. Si ce Thomas avait dit la vérité, et elle le croyait, elle n'avait plus moyen de récupérer l'argent. Aucune raison pour elle de rester. Revenir avec la moitié de ce qu'elle avait promis de livrer n'était pas une option, mais que faire ?

Elle avait échoué. C'était aussi simple que ça.

Ce trou merdique suédois l'avait poussée à l'échec.

Pour la première fois. C'était ce qui allait la sauver. Elle était une ressource, une des meilleures de l'Académie, sinon *la* meilleure. Elle serait punie, mais pourrait continuer. Elle représentait un investissement trop important pour qu'ils se débarrassent d'elle.

Elle démarra, quitta le bas-côté, et continua droit devant elle à vive allure, mais en veillant à ne pas trop dépasser la limite de vitesse. Direction les routes plus importantes. Ses faux papiers d'identité allaient-ils encore faire illusion ? Pouvait-elle prendre le risque d'acheter un quelconque billet ? Ils devaient avoir diffusé le nom de Louise Andersson et son signalement dans tous les lieux de départ imaginables. Devrait-elle faire tout le trajet par la route ? Dans ce cas il lui faudrait changer de voiture, celle-ci serait rapidement recherchée.

Elle était si profondément absorbée dans ses réflexions sur les itinéraires de fuite et les moyens de transport possibles pour rentrer chez elle qu'elle ne remarqua la voiture qui la suivait qu'une fois sur la route 99 en revenant vers Haparanda.

Hannah l'avait rattrapée après quelques kilomètres seulement. Elle supposait qu'elle avait déjà été repérée et reconnue, et gardait donc une distance suffisante pour ne pas perdre de vue la voiture de Sandra tout en ayant le temps de réagir si le véhicule se lançait dans une quelconque manœuvre. Prête au pire. À tout.

Elle connecta son téléphone à l'autoradio et appela Gordon.

“Je sais où elle est, dit Hannah dès qu'il décrocha.

— Qui ça, elle ?

— Louise, ou Tatyana, ou n'importe quel putain de nom. Elle !” cria-t-elle presque. Elle entendit Gordon se lever de son bureau, le souffle coupé. “Elle roule sur la 99, elle rentre en ville.

— Comment se fait-il…

— Elle a abattu Thomas”, le coupa Hannah. Elle ne savait pas pourquoi. C'était stupide. Le dire tout haut rendait la chose plus réelle, et parfois elle n'était pas très douée pour faire face à la réalité. Mais il fallait qu'elle le dise. “Il est mort”, continua-t-elle, entendant sa voix se briser, les mots se coincer.

Silence à l'autre bout pendant quelques secondes. Il lui semblait l'imaginer, luttant pour trancher comment poursuivre la conversation. *Qui* devait la poursuivre ? Gordon, le collègue attentionné qui aurait aimé poser des questions, consoler, écouter, ou Gordon, l'officier de police qui poursuivait une tueuse en série.

“Tu la suis sur la 99, tu la vois ?”

L'officier de police l'avait apparemment emporté. En tout cas provisoirement.

“Oui.

— Je rassemble les autres, on te rappelle dans deux minutes.

— Dépêche-toi, on arrive à Haparanda dans dix.

— Fais attention à toi, pas de bêtises.” Il aurait visiblement voulu ajouter quelque chose, ne pas la laisser, aussi l'aida-t-elle en raccrochant pour porter à nouveau toute son attention à la voiture qui roulait devant elle.

Gordon regarda le téléphone qu'il tenait à la main, dans une tentative de mettre de l'ordre dans le peu d'informations qu'il venait de recevoir. Très vite, il s'arracha à ses réflexions et sortit en courant dans le couloir, descendit jusqu'à Morgan qui s'était levé de son bureau, averti par ses pas précipités qu'il s'était passé quelque chose.

"Rassemble tout le monde, tout de suite, ordonna Gordon dès qu'il s'arrêta sur le seuil.

— Qu'est-ce qu'il y a ? Qu'est-ce qui se passe ?

— Hannah a appelé.

— Qu'est-ce qui lui arrive ?" Inquiétude dans la voix d'habitude si calme de Morgan, qui fit un pas vers Gordon.

"Thomas est mort." Ce n'était pas ce qu'il demandait. Une information dont il n'avait pas besoin, mais pour Gordon, il fallait que cela sorte. "Celle qui a fait sauter l'hôtel l'a abattu.

— Quoi ? Quand ? Où ?"

Morgan avait une capacité à assimiler les informations plus vite et mieux que n'importe qui de sa connaissance, mais Gordon vit dans le regard interloqué de son collègue que cette fois il l'avait complètement perdu.

"Je ne sais pas, je n'ai pas demandé. Elles sont en train d'arriver ici.

— Comment ça ? Ensemble ?"

Clair qu'il n'avait encore rien compris. Gordon sentit son impatience frémir.

"Non ! Hannah la suit en voiture. Elles sont là dans dix minutes.

— OK, alors c'est pressé.

— Où est X ?

— À l'hôtel. Je l'appelle pour le faire venir ?

— Laisse tomber, pas le temps. Rassemble tout le monde dans la salle de réunion."

Il allait repartir en courant quand Morgan l'arrêta.

"Gordon…

— Oui, quoi ? demanda Gordon, incapable de contrôler son stress et donc l'irritation de sa voix.

— Elle va s'en tirer." Morgan le rejoignit en quelques pas. "Je sais ce que tu éprouves pour elle. Elle va s'en tirer. On va l'aider."

Il posa une main lourde sur l'épaule de Gordon, la serra rapidement en le regardant dans les yeux. Il savait. Évidemment qu'il savait. Morgan Berg savait tout. Gordon aurait dû s'en douter.

"Rassemble tout le monde", dit-il d'une voix plus douce, en espérant que sa gratitude s'entendait. Morgan hocha la tête et Gordon courut au bout du couloir avant de grimper quatre à quatre l'escalier jusqu'à la salle de réunion.

Katya jeta un coup d'œil dans le rétroviseur. Hannah restait une centaine de mètres derrière elle, sans faire mine de s'approcher, de la doubler ou de tenter de l'arrêter. Pour le moment, Katya était contente d'avoir une certaine distance. Elle venait juste de tuer son mari. Tuer ou blesser ceux qui nous ont fait du mal est satisfaisant, elle le savait par sa propre expérience, et certaines personnes étaient prêtes à risquer gros pour se venger. Donc qu'Hannah garde ses distances n'était pas plus mal. Mais qu'elle reste là où elle était signifiait qu'elle avait appelé des renforts, elle était probablement en contact direct avec eux et pouvait les diriger en fonction de ce que Katya décidait de faire. Il fallait qu'elle la sème, mais c'était difficile avec quelqu'un qui gardait toujours cette distance. Impossible de la faire s'approcher, elle ne voulait bien sûr prendre aucun risque.

Elle prit sa décision. Si elle faisait brusquement demi-tour, rebroussait chemin, elle pourrait croiser Hannah, s'approcher. Assez pour rendre au moins sa voiture inutilisable. Disparaître par les petites routes. Passer en Finlande plutôt par le pont d'Övertorneå. Y avait-il seulement un poste de police, là-bas ? Sans beaucoup d'effectifs ni de ressources, en tout cas, elle en était certaine. Elle allait effectuer sa manœuvre sur la route déserte quand, d'un dernier coup d'œil dans le rétroviseur, elle vit qu'Hannah avait été rejointe par une voiture de police arrivant du nord. Gyrophare, mais pas de sirène. Elle n'arriverait pas à dépasser les deux. Elle avait un moment imaginé s'arrêter, abandonner la voiture et tenter de s'échapper à pied, mais ce n'était plus une option. Elle jura et continua sur sa lancée, espérant qu'une nouvelle chance se présenterait en chemin.

Les cinq hommes étaient tous penchés sur la grande carte déroulée sur la table de réunion, graves et concentrés.

"D'après ce que nous savons, elles arrivent de là, dit Gordon en posant le doigt sur la route 99 en provenance du nord.

— Et il y a à présent deux voitures qui la suivent ? demanda Max.

— Oui, ça lui complique le demi-tour, mais nous ne voulons pas qu'elle entre sur l'E4.

— Alors on l'arrête ici, dit Morgan en posant le doigt sur le rond-point d'Ikea. Mais nous ne voulons pas non plus la voir passer en Finlande, raisonna-t-il encore.

— Non, confirma Gordon.

— Dans ce cas, on la rabat en centre-ville", constata P-O avec un coup d'œil à la carte. Gordon leva les yeux en entendant la critique dans sa voix. "Il y a du monde, que se passera-t-il si elle s'arrête et prend des otages ?"

Gordon réfléchit rapidement. L'objection était absolument justifiée. Le peu qu'ils savaient de cette femme qui approchait de leur ville était qu'elle n'avait aucune considération pour la vie humaine.

"Il pleut. D'habitude, par ce temps, il n'y a pas grand monde. Croisons les doigts. Je la veux ici", dit Gordon en posant à nouveau le doigt sur la carte. Il espérait que le ton de sa voix n'appelait pas davantage d'objections. Visiblement cela fonctionnait. Les autres regardèrent l'endroit qu'il montrait. Hochèrent la tête, regardèrent l'horloge murale.

Le temps était vraiment compté.

Hannah maintenait une vitesse et une distance constantes. Les renforts la suivaient, en silence, mais la lueur bleue du gyrophare clignotait dans l'habitacle. Gordon était revenu dans le haut-parleur. Il était en contact avec tous les véhicules disponibles, avait fait se positionner les Finlandais sur le pont, qui n'était donc plus une issue possible.

"Nous avons un plan."

Hannah écouta attentivement.

Elle haïssait cette petite ville, sentit-elle en voyant l'ancien château d'eau s'élever vers le ciel sombre. Elle espérait n'avoir jamais à y remettre les pieds. Toujours convaincue qu'elle allait se tirer de cette situation, mais ce serait plus difficile maintenant qu'elle approchait d'Haparanda. Plus de policiers, un dispositif plus important. Avaient-ils reçu des renforts du sud ? De Stockholm ? Probablement. Quelqu'un avait dû parler d'elle à Hannah. De Tatyana.

Son ratage était vraiment spectaculaire et elle allait au-devant de plusieurs problèmes : Dyadya, Zagorny, le fait que son visage était connu, que quelqu'un ou quelques-uns savaient des choses sur son enfance. De vrais problèmes. Échapper à la police renforcée d'une bourgade de province ne devrait pas en être un. Il s'agissait d'être attentive, de voir les possibilités quand elles apparaissaient et de réagir vite.

La première voiture de police qu'elle vit arrivait sur l'E4 à vive allure. Elle s'arrêta en dérapage contrôlé, en bloquant efficacement les deux sorties ouest du rond-point. Des policiers armés en bondirent et prirent position.

Les voitures qui la suivaient se divisèrent au rond-point, la forçant à tourner à gauche, en tournant le dos à la frontière finlandaise. Là non plus, le passage n'était pas praticable, comprit-elle en apercevant les lumières bleues sur le pont. Elle fut forcée de prendre à droite dans Storgatan. Hannah et l'autre voiture la suivaient toujours. Plus proches à présent. Ils la rabattaient quelque part, ils avaient un plan.

Elle continua à travers le centre-ville, quelques passants qui avaient défié le mauvais temps s'arrêtèrent sur le trottoir quand elle passa à beaucoup trop vive allure suivie des deux autres voitures. Boutiques, banques, centre commercial H. M. Hermanson défilèrent jusqu'à une zone bordée de pavillons et de petits immeubles collectifs. Elle approchait de la voie ferrée, au bout de la rue, elle aperçut le petit pont de pierre où passaient les rails. Elle eut une idée : une seule voie sous le pont. Si elle opérait un crash contrôlé dans la paroi de droite, plaçait la voiture en travers, prête à en sauter, elle pourrait disparaître parmi les maisons de l'autre côté. Ils ne semblaient pas y avoir positionné de voitures, et elle n'avait pas vu ni entendu d'hélicoptère.

Ça allait marcher. Elle était rapide.

Avant que ses poursuivants soient sortis de leurs voitures, aient franchi le passage sous le pont bouché par sa voiture, elle serait bien cachée, en embuscade.

Elle était douée pour attendre.

Elle passa rapidement en revue son plan encore une fois. Ce n'était pas le plus sûr, mais elle était forcée d'improviser, il était temps d'en finir. Toujours deux voitures derrière elle. Elles se suivaient, donc celle qui arriverait au pont en premier était Hannah. Pas la plus rapide, lui semblait-il. Ça augmentait ses chances. Elle détacha sa ceinture, tourna à nouveau son attention vers l'avant et pila. Une voiture de police était arrivée par l'autre côté et bloquait efficacement le passage à une voie sous le pont.

Merde, merde, merde !

C'était là qu'ils voulaient la rabattre.

Il n'y avait pas de rue traversière, elle venait de passer la dernière. Elle jeta un œil dans son rétroviseur. Les voitures qui la suivaient savaient ce qui allait se passer, elles s'étaient à présent placées côte à côte, bloquant toute possibilité de rebrousser chemin. Sur la droite, elle avait un ancien bâtiment industriel désaffecté, ce serait donc vers la gauche. En descendant vers le fleuve. Elle passa rapidement la première et tourna sur la bande de graviers qui se finissait par une pente montant jusqu'au talus de la voie de chemin de fer et au pont vieux de plus de cent ans qui reliait la Finlande. Katya roula dans la pente aussi loin qu'elle le put. Un bunker datant d'une guerre passée sur la gauche, sur la droite une ouverture dans la clôture donnant accès aux rails.

Elle se jeta hors de la voiture et tira en direction des voitures qui arrivaient sur elle. Elles s'arrêtèrent quand les balles firent exploser les pare-brise, les policiers aplatis derrière les tableaux de bord. Katya se releva tout en rechargeant, se mit à courir et passa par l'ouverture de la clôture sur le pont.

Hannah était toujours dans sa voiture, regardant presque en état de choc les deux impacts de balles dans le pare-brise juste sur sa droite. Gordon et Morgan accoururent. Gordon s'arrêta, la regarda et l'interrogea d'un pouce en l'air. Elle répondit d'un hochement de tête et il continua à courir, rattrapant bientôt Morgan dans la pente. Hannah se détacha et descendit de voiture. Elle aurait dû courir derrière eux, mais elle n'arriverait pas à les rattraper et son arme était restée devant le chalet, alors à quoi bon ?

Mais en même temps…

Il fallait qu'elle voie comment ça se terminait. Ne savait même plus ce qu'elle espérait. Voulait-elle savoir ? Voulait-elle avoir raison ? Cette femme avait abattu Thomas sans sourciller. Ne vaudrait-il pas mieux qu'elle disparaisse, tout simplement ?

En montant en haut du talus, elle entendit Gordon sommer la fugitive de s'arrêter, et hâta sa course. Un coup de feu retentit. Gordon cria à nouveau, d'autres tirs. En arrivant au sommet, elle vit Morgan et Gordon, arme au poing, braquée vers l'avant. Hannah traversa la clôture et rejoignit précautionneusement ses collègues. Vit ce qu'ils voyaient.

À quelques centaines de mètres, sur la gigantesque construction métallique, elle était agenouillée au milieu de la voie. Hannah voyait combien sa respiration était lourde. Tout son dos remuait à chaque inspiration. Lentement et péniblement, elle se remit debout.

“Lâche ton arme et couche-toi !” cria Gordon en se dirigeant lentement vers elle pistolet brandi. Hannah resta là où elle était, remarquant que la femme tenait toujours son arme tandis qu'elle faisait un pas titubant vers les massives poutres métalliques. Elle était touchée d'au moins deux balles. Une dans la jambe, l'autre sur le côté du ventre. Gordon répéta ses sommations, lui criant de lâcher son arme et de se coucher.

Elle ne fit ni l'un ni l'autre.

Elle inspira à fond, parut soudain étonnamment stable et leva rapidement son pistolet. Morgan et Gordon tirèrent en même temps. Tous deux firent mouche. La femme vacilla, parut un instant retrouver son équilibre, mais tomba ensuite sur la gauche. Là où il y avait précédemment une poutre où s'appuyer, il n'y avait plus rien. Elle sembla surprise que sa main ne touche que de l'air, puis tomba entre les poutres métalliques dans l'eau tourbillonnante. Gordon et Morgan se précipitèrent.

Hannah tourna les talons et s'en alla.

Redescendit le talus, regagna lentement sa voiture. La colère qu'elle avait éprouvée, qui l'avait mue, la poussée d'adrénaline produite par la poursuite, sa concentration totale.

Tout avait disparu.

Ne restait qu'un vide énorme.

Plusieurs voitures de police suédoises et finlandaises vinrent se garer. Des gens se précipitaient vers elle, devant elle, vers le pont, vers le fleuve. Des ordres fusaient, des opérations de secours étaient coordonnées. Hannah regardait tout cela comme à travers un filtre. Ça ne la concernait pas, semblait arriver à quelqu'un d'autre, ailleurs. Les sons étaient étouffés, les mouvements plus lents.

Elle se rassit dans la voiture. Ils poseraient des questions. Ce qu'Hannah avait fait près du chalet. Ce que Sandra y faisait, avec Thomas. Pourquoi elle s'y trouvait, cette femme désormais au fond du fleuve. Pourquoi Hannah s'y était-elle rendue ? Alors que l'enquête battait son plein ? Juste après son rendez-vous avec les services secrets ? Y avait-il un lien ?

Oui, ils allaient poser des questions. Elle ne dirait rien de ce qu'elle pensait. De ce qui l'avait conduite là-bas. De qui avait tué Thomas. Que c'était Elin. Que c'était leur fillette disparue qui avait causé à tous tant de peine et de douleur. À Hannah plus qu'à quiconque. Encore une fois.

Peu importait ce qu'elle avait cru. Tous avaient disparu.

C'était fini. Tout était fini.

Un beau jour d'été à la mi-juillet que la plupart des gens passent sur une plage, au bord de l'eau, avec une glace, couchés à l'ombre. Il fait trop chaud pour faire les courses, s'il y a des gens dans les boutiques, c'est juste parce qu'on y trouve la fraîcheur.

Un jour qu'on n'associe pas avec le chagrin, le deuil, un enterrement.

Elle en a tant vu.

Cinq mille ans depuis le premier, puis un flot continu, intarissable. S'il y a quelque chose qu'elle sait avec certitude, c'est que si l'on choisit de vivre chez elle, on mourra aussi chez elle un jour.

C'est la vie.

Ça ne rend bien sûr rien plus simple pour ceux qui se sont rassemblés autour de la tombe ouverte. La femme et ses deux enfants presque adultes. Pleurent leur mari et père. Elle a le visage fermé, se force, lutte pour tenir. Le fils pleure, se souvient et regrette. La fille pleure elle aussi, mais son chagrin contient un soupçon, une accusation silencieuse, que sa mère ait en quelque sorte à voir avec la mort de son père.

D'autres personnes assistent à l'enterrement. L'homme qui l'aime. Qui hésite à accepter le poste qu'on lui a proposé à Umeå. Ou à rester. Pour elle.

D'autres de ses collègues. Quelques voisins. Pas d'amis, en fait. Personne vraiment proche.

La cérémonie terminée, ils se dispersent. Chacun de son côté, pas de réunion après l'enterrement. La mère et ses enfants rentrent chez eux. Dans cette maison où ils n'ont jamais vécu sans lui. L'homme qu'ils laissent au cimetière.

Elle les voit, a de la compassion pour eux, mais que peut-elle faire ? Elle n'est qu'une ville. Elle existe, et perdure.

Comme elle le fait toujours. L'a toujours fait.

Accueille les nouveaux et pleure ceux qui disparaissent, silencieuse et patiente, bordée par le cours éternel du fleuve.

“RÉFLÉCHIS !

— J’ai réfléchi, je ne sais pas.

— C’est toi qui le connaissais le mieux.”

Kenneth ne répondit rien, se contenta de hausser les épaules avec lassitude. Sandra prit sur elle. Elle le croyait. Pensait qu’il faisait vraiment un effort pour l’aider. Elle lui avait posé la même question à peu près tous les jours depuis bientôt un mois. Il ne savait tout simplement pas.

Que diable Thomas avait-il fait de l’argent ?

Son argent.

Qui devait lui offrir cette vie nouvelle et simple. Veiller à ce qu’elle n’ait plus jamais à se soucier de choses comme les factures qui s’entassaient devant elle sur la table de la cuisine. Elle était en congé maladie à cause de sa main, Kenneth ne rapportait comme d’habitude pas un sou. La vie était tout sauf simple.

Bien sûr, la police était venue les voir, leur avait posé plein de questions. Que faisait Sandra près du chalet quand Thomas avait été abattu ? Pourquoi était-elle là en compagnie de la femme qui l’avait tué ?

Heureusement, ils avaient réussi à accorder leurs violons avant leur premier interrogatoire, et tous deux avaient réussi à s’en tenir à la version des faits convenue : que cette folle avait débarqué chez eux sans prévenir, persuadée pour une raison inconnue qu’ils avaient quelque chose à voir avec cette histoire de Russe renversé dans la forêt. Pourquoi croyait-elle ça, mystère. Ils avaient été forcés de la faire sortir de chez eux, de jouer le jeu, de lui dire qu'ils allaient la conduire à ce qu'elle cherchait. Kenneth avait appelé Thomas, qui était arrivé sur place et…, eh bien, ils connaissaient la suite.

Pourquoi ne pas avoir appelé la police, plutôt que Thomas ?

Kenneth n'avait pas pu retenir ses larmes en disant qu'il aurait aimé le faire, mais il n'avait pas réfléchi. Thomas les avait toujours aidés, dans tous les domaines…

Ils avaient d'abord été sceptiques, mais quand par la suite ils avaient retrouvé la drogue dans la voiture de la femme et PV mort dans le coffre de la sienne, ils parurent se désintéresser d'elle et de Kenneth. Ils en avaient sans doute conclu que si PV avait la drogue, il avait aussi l'argent, c'était juste qu'ils ne le retrouvaient pas.

Dès que la police avait cessé de s'intéresser à eux, ils étaient retournés à la ruine, s'étaient assurés que l'argent n'était pas resté dans la cachette, avant de commencer leurs recherches. Ils avaient consacré des jours entiers à ratisser le terrain et la forêt alentour. En cercles de plus en plus vastes. Cherché des signes indiquant que quelqu'un avait enterré, déplacé, traîné ou caché les deux sacs. Rien. Ils s'étaient même introduits par effraction dans le chalet, en avaient inspecté chaque centimètre carré, ainsi que la remise. Rien.

"Est-ce qu'il aurait pu les cacher chez lui, à ton avis ?" demanda-t-elle, bien consciente qu'elle n'avait abandonné le sujet que quelques secondes. Mais cela occupait littéralement tout son temps.

"Dans ce cas, Hannah les aurait sans doute trouvés.

— Pas sûr. Il a dit qu'il comptait donner l'argent à ses enfants. Tu crois qu'il a eu le temps de leur dire où il l'avait caché ?

— Non.

— Appelle Hannah, dis-lui qu'on voudrait passer, voir comment elle va, comme ça on pourra jeter un petit coup d'œil.

— Sandra…"

Elle se tourna vers lui. Il n'aimait pas ça, elle le savait, surtout qu'il se sentait coupable de la mort de Thomas. Mais ses états d'âme étaient pour le moment secondaires.

"Qu'est-ce qu'il y a ?"

Ces quelques mots pour bien lui montrer qu'elle ne voulait pas être contredite ou remise en question. Il comprit aussitôt.

"Rien", dit-il en prenant son portable avec un soupir.

Bien. Hannah, Gabriel et Alicia d'abord, puis elle verrait avec les collègues de Thomas, peut-être quelques voisins. Elle savait à peu près quand il devait être allé chercher les sacs, pouvait essayer de déterminer où il s'était rendu entre ce moment et sa mort. En tant que personne privée, était-il possible d'obtenir des données à partir de son téléphone ? Où il avait été ? Ça valait la peine d'essayer.

Elle allait retrouver l'argent.

Son argent.

Même si elle devait y laisser sa peau.

L'AUTRE PARTIE DU LIT ÉTAIT VIDE. Évidemment. Il en allait toujours ainsi désormais, à toute heure du jour et de la nuit. Hannah se leva, enfila un jean et un pull, gagna la cuisine. La plupart des jours, elle n'arrivait pas plus loin.

Que faire ? Pourquoi le faire ? Pourquoi faire quelque chose plutôt que rien ?

Pour les enfants ? Ils étaient encore tous les deux à la maison. Ils avaient l'air de trouver plus facilement qu'elle le moyen de revenir à la normale. Plus proches de leurs émotions, plus de facilités pour parler. Ensemble. Avec des amis. Ils y échouaient parfois, mais dans l'ensemble, ils prenaient bien les choses.

Elle, c'était différent. Elle se sentait coupée en deux. C'était un cliché, mais elle ne trouvait pas mieux pour le décrire. Leurs vies étaient depuis si longtemps tressées ensemble. Maintenant il avait disparu et il lui revenait à elle de tout porter, tous les souvenirs. À elle seule.

C'était ça, le deuil.

Le poids incommensurable et la responsabilité de devoir maintenir en vie leur histoire commune. Si elle ne le faisait pas, elle avait peur que tous ces souvenirs pâlissent jusqu'à ce qu'un jour elle se demande s'ils avaient seulement été réels.

C'était ça, être laissée.

Elle était laissée. Elle était seule.

Les questions lui avaient bien sûr été posées.

Hannah avait expliqué sa présence au chalet par son souhait de se plonger dans l'enquête au calme. Aucune autre raison. Pas un mot au sujet d'Elin. Tous s'en étaient contentés.

Kenneth et Sandra avaient eux aussi fourni des réponses qui semblaient avoir satisfait ses collègues. Ils travaillaient désormais sur l'hypothèse selon laquelle PV avait renversé Tarasov. On avait retrouvé la drogue, mais pas l'argent. Interrogé Stina, sa petite amie, mais elle disait ne rien savoir sur rien.

Hannah ne savait pas non plus. Il restait décidément bien des points d'interrogation.

Il fallait qu'ils fassent sortir cette femme de la maison, avait déclaré Sandra, pour que Kenneth, dont elle ignorait la présence dans la maison, puisse avoir la possibilité d'appeler de l'aide. Pourquoi cette femme croyait-elle Kenneth et Sandra impliqués ? Comment Kenneth savait-il où elles se rendaient ? Pourquoi la conduire jusqu'au chalet ? Quel était le plan ? Jouer le jeu. Mais combien de temps ? Que s'était-il réellement passé, avant l'arrivée de Thomas ?

Points d'interrogation.

Kenneth connaissait PV depuis la prison. Sa Volvo, qu'il possédait depuis des années, avait disparu. Parfois, Hannah se disait que c'étaient Kenneth et Sandra qui avaient écrasé Vadim Tarasov dans la forêt. Qu'ils avaient pris l'argent et la drogue. Que la Russe avait raison.

Tout était possible.

Elle faisait très peu de recherches à ce sujet. Faisait très peu tout court. Rien, à vrai dire. Gordon était venu la voir une ou deux fois. Le collègue prévenant. S'était proposé pour l'aider de toutes les façons possibles, lui avait demandé si elle avait besoin de quelque chose, s'était soucié d'elle. Lui avait dit qu'elle pouvait l'appeler n'importe quand.

Elle n'avait pas appelé. N'avait rien fait.

Elle était seule. Laissée.

Mais des jours de désœuvrement avec trop de temps pour penser n'y changeraient rien. Assez, maintenant.

Ressasser n'avançait à rien.

Quoi qu'elle ressente, quelle que soit son humeur : il fallait aller de l'avant. Elle savait comment et avec quoi. Elle lança la cafetière et, en attendant, sortit les documents qu'elle avait emportés avec elle du commissariat avant de partir pour le chalet. Avant de voir Thomas abattu sous ses yeux. Par cette femme dont le corps n'avait pas été retrouvé, mais dont elle pensait toujours qu'elle avait jadis été sa fille.

Quelqu'un lui avait arraché Elin, l'avait détruite, entraînée à devenir celle qui avait tué son mari. Quelqu'un quelque part était responsable. Quelqu'un qu'elle comptait bien retrouver.

L'Académie.

C'était tout ce qu'elle avait.

C'était là qu'elle comptait commencer.

REMERCIEMENTS

Voilà. Fini Hannah, Katya et Haparanda pour un moment. Ce qui va suivre n'est surtout qu'une suite de noms, tu n'es pas forcé de lire ça si tu n'as pas envie, mais puisque tu es arrivé jusqu'ici... C'est là le septième livre que j'ai écrit, mais le seul dont je sois l'unique auteur. Mais seul, je ne l'ai bien sûr pas été, c'est la raison d'être de cette page. J'ai eu autour de moi des gens qui ont aidé, soutenu, pinaillé, poussé des cris joyeux ou veillé quand j'en avais vraiment besoin, à ce que je pense à autre chose. Sans eux pas d'*Été des loups*.

Avant tout, un grand merci à Ulf Wallin de la police d'Haparanda. Avec son collègue Martin Asplund, ils m'ont reçu lors de mon premier voyage d'étude à Haparanda, ont répondu à toutes mes questions et Ulf a ensuite eu la gentillesse de continuer à répondre aux interrogations qui n'ont cessé de surgir au cours de l'écriture au sujet du travail de la police. Parfois, la réalité ne cadrait pas avec ce que je voulais et ce dont j'avais besoin, et j'ai dû la tordre pour qu'elle convienne mieux à l'histoire. On peut donc dire que tout ce qui est juste et exact est à mettre au crédit d'Ulf, et tout ce qui ne l'est pas est ma faute.

Merci à Daniel Fälldin, porte-parole de la commune d'Haparanda, qui a lui aussi pris du temps pour moi et mes questions, et même si je n'ai bien sûr fait qu'effleurer la surface de tout ce qu'il y aurait à savoir au sujet d'Haparanda, c'est Daniel qui m'a fourni tout ce dont j'avais besoin en matière de statistiques et autres.

J'ai découvert qu'il n'était pas si simple d'écrire un livre seul, en tout cas pour moi qui suis habitué à la collaboration. Je suis donc très reconnaissant envers Michael Hjorth, mon bon, très bon ami et collègue pour avoir eu le courage de lire, de s'impliquer et de m'offrir ses suggestions et remarques pertinentes.

Merci aussi bien sûr aux éditions Norstedts qui ont tout de suite été d'accord quand j'ai avancé l'idée d'écrire un livre seul et qui, pendant toute la durée du projet, m'ont apporté un magnifique soutien, leur aide et leurs encouragements. Un merci tout particulier à ceux avec qui j'ai le plus étroitement travaillé – Eva Gedin, Peter Karlsson, Henrik Sjöberg, Kajsa Loord et Åsa Steen.

Merci également à Niclas Salomonsson et à la Salomonsson Agency qui m'aide vraiment pour tout, s'occupe de moi au mieux et tout particulièrement veille à ce que je parvienne avec succès hors des frontières de la Suède.

Merci à Annika Lantz, qui m'a autorisé à lui voler sa plaisanterie si drôle et qui allait si bien.

Ma meilleure amie Camilla Ahlgren n'a pas été partie prenante dans le travail cette fois, mais nous nous parlons presque tous les jours, nous nous voyons quand nous pouvons et j'ai du mal à imaginer une longue et intense période de travail sans la joie et l'énergie que me donnent nos conversations et nos rencontres.

Comme toujours, comme d'habitude, mon plus grand merci va avec tout mon amour à ma famille. Lotta, bien sûr, qui, à la sortie de ce livre, sera mariée avec moi depuis trente ans. J'aime notre vie commune, je t'aime et je ne veux même pas imaginer à quoi ressemblerait la vie si nous ne nous étions pas rencontrés lors de cette fête en 1986. Surtout parce que je n'aurais alors pas été parent de trois enfants maintenant adultes et volant de leurs propres ailes : Alice, Ebba et Sixten. Vous savez combien je suis fier, la joie et le bonheur que vous me donnez et combien je vous aime, alors pas besoin de l'écrire ici.

Enfin un grand merci à tous ceux que j'ai rencontrés et avec qui j'ai parlé pendant mes visites à Haparanda. Vous m'avez tous fait me sentir incroyablement bienvenu et j'espère que vous me pardonnerez les quelques libertés que j'ai prises avec la géographie de votre ville, ce que j'y ai déplacé et ce que je lui ai fait subir.

RETROUVEZ LES ENQUÊTES DU PROFILEUR
SEBASTIAN BERGMAN CHEZ ACTES SUD.

CELUI QUI N'ÉTAIT PAS UN MEURTRIER

roman traduit du suédois
par Max Stadler

Un adolescent de seize ans, Roger, a disparu. La police de Västerås, pourtant, refuse de s'inquiéter devant ce qu'elle estime être une simplefugue. Jusqu'à ce que le corps mutilé de Roger soit retrouvé dans les eaux du marais, le visage blanc, le cœur arraché.

Les enquêteurs vont devoir affronter ce qu'ils redoutaient : faire appel à Sebastian Bergman, l'un des plus grands profileurs du pays, personnage brillant mais détestable, arrogant, cynique, et coureur de jupons. D'ailleurs, faudrait-il encore qu'il accepte, lui qui n'a plus d'engagements qu'envers lui-même. À moins que cela ne lui permette d'accéder à des dossiers confidentiels qui pourraient bien l'intéresser.

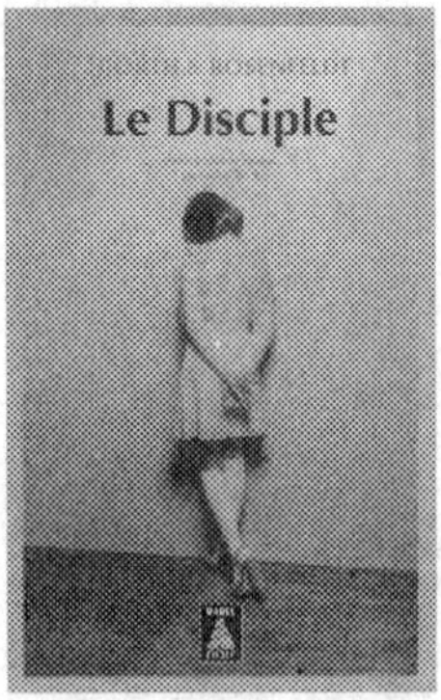

LE DISCIPLE

roman traduit du suédois
par Lucile Clauss

À Stockholm, plusieurs femmes sont atrocement assassinées dans leurs appartements. Le mode opératoire semble toujours le même et surtout rappeler étrangement une série de meurtres commis quinze ans auparavant. Sauf que le coupable réside désormais dans la prison de haute sécurité de Lövhaga, mis derrière les barreaux par un certain… Sebastian Bergman. Qui va donc devoir réintégrer la police criminelle le temps de l'enquête, malgré les réticences de ses collègues.

Sebastian s'en serait bien passé lui aussi tant il est occupé à épier sa fille biologique dont il vient d'apprendre l'existence. Peu doué pour les relations humaines, il aimerait tout lui avouer mais n'ose pas bouleverser son équilibre. Et rien ne va s'arranger pour lui alors qu'il découvre qu'il est plus intimement lié encore aux cadavres qui s'accumulent que ce qu'il avait pu imaginer…

LE TOMBEAU

roman traduit du suédois
par Lucile Clauss

Au cours d'un trek dans les montagnes du Jämtland, région suédoise à la frontière norvégienne, Maria et Karin font la terrible découverte d'un charnier : au bord d'une rivière, six squelettes, dont ceux de deux enfants, à peine recouverts de terre, ont été alignés avec soin.

Si la brigade criminelle, accompagnée du profileur Sebastian Bergman, va rapidement identifier deux des victimes, évanouies dans la nature dix ans auparavant, les autres corps – une famille ? – posent une énigme. Alors que la police semble s'empêtrer dans une affaire complexe aux ramifications multiples, un journaliste d'investigation se penche sur les nombreuses disparitions de réfugiés afghans et, supposant un lien avec le dossier, mène l'enquête parallèlement. Ce qui ne va pas simplifier le travail de l'équipe, d'autant que Sebastian Bergman est en proie à bien d'autres tourments…

LA FILLE MUETTE

roman traduit du suédois
par Rémi Cassaigne

Dans une petite ville au cœur des forêts du Värmland, une famille est sauvagement assassinée dans sa propre maison. Il existe un témoin de cette tuerie barbare : Nicole, une fillette de dix ans, retrouvée après plusieurs jours de fuite dans un état de choc profond et incapable de prononcer le moindre mot. La brigade criminelle fait alors appel à Sebastian Bergman afin que ce dernier réussisse à la faire parler avant que le meurtrier décide de la plonger dans le silence à tout jamais…

RECALÉ

roman traduit du suédois
par Rémi Cassaigne

Une star de téléréalité est retrouvée morte dans une école abandonnée, le crâne perforé. L'homme est attaché à une chaise dans un coin de la salle de classe, un bonnet d'âne sur la tête. Et ce meurtre n'est que le premier d'une série dont les cibles sont toujours des personnalités des médias. Quelqu'un cherche à dénoncer le manque d'éducation des idoles de la nouvelle génération et c'est Sebastian Bergman qui va devoir l'arrêter avant qu'il ne menace l'existence même des enquêteurs…

JUSTICE DIVINE

roman traduit du suédois
par Rémi Cassaigne

Vanja travaille sur une affaire de viols à Uppsala dans laquelle l'assaillant anesthésie ses victimes et leur couvre la tête d'un sac avant de commettre son crime. Lorsqu'une des victimes est tuée, la brigade criminelle est mobilisée, au grand dam de Vanja qui avait tout fait pour s'éloigner de Sebastian Bergman. Mais ils vont devoir mettre de côté leurs différends s'ils veulent comprendre pourquoi, dans cette enquête, tout le monde ment. Et découvrir quelle est la plus grande menace qui plane sur eux…